BATAILLE DE CHATS

EDUARDO MENDOZA

BATAILLE DE CHATS

Madrid, 1936

roman

TRADUIT DE L'ESPAGNOL
PAR FRANÇOIS MASPERO

ÉDITIONS DU SEUIL
*25, bd Romain-Rolland, Paris XIVe*

Note de l'éditeur

En Espagne, on appelle traditionnellement
les Madrilènes des *gatos*, des chats.
La signification que le titre *Bataille de chats*
laisse sous-entendre est donc *Bataille de Madrilènes*.

Titre original : *Riña de gatos*
Éditeur original : Editorial Planeta, 2010

ISBN original : 978-84-08-09725-9

ISBN 978-2-02-105064-6

www.seuil.com

Rosa était auprès de moi
et cette histoire est pour elle.

C'est le propre de l'étrange condition humaine que toute vie aurait pu être différente de ce qu'elle a été.

José Ortega y Gasset, *Vélasquez*

1

4 mars 1936

Chère Catherine,

Peu après avoir traversé la frontière et m'être libéré des fastidieuses formalités de la douane, je me suis endormi, bercé par les cahots du train, car j'avais passé une nuit d'insomnie, harcelé par l'accumulation des problèmes, des péripéties et des affres dues à notre tumultueuse relation. Par la fenêtre du wagon, je voyais seulement l'obscurité nocturne et mon reflet dans la vitre : l'image d'un homme tourmenté par l'inquiétude. L'aube n'a pas apporté le soulagement qui accompagne souvent l'annonce d'un jour nouveau. Le ciel restait voilé et la pâleur d'un soleil blafard rendait plus désolés encore le paysage extérieur et le paysage de mes propres pensées. C'est dans ces conditions, au bord des larmes, que j'ai fini par m'endormir. Quand j'ai ouvert les yeux, tout avait changé. Le soleil brillait, radieux dans un ciel sans limites, d'un bleu intense, à peine altéré par quelques petits nuages d'une blancheur éblouissante. Le train parcourait le plateau désertique de la Castille. Enfin l'Espagne !

Oh, Catherine, ma Catherine adorée, si tu pouvais voir ce spectacle magnifique, tu comprendrais l'état d'esprit qui est le mien en t'écrivant ces lignes ! Parce qu'il ne s'agit pas seulement d'un phénomène géographique ou d'un simple changement de décor : c'est autre chose, et c'est sublime. En Angleterre comme dans le nord de la France que je viens de traverser, la campagne est verte, les champs sont fertiles, les arbres montent haut, mais le ciel est bas, gris et humide, l'atmosphère est lugubre. Ici, en revanche, la terre est aride,

les champs sont secs et crevassés, ils ne produisent que des buissons rabougris, mais le ciel est infini et la lumière héroïque. Dans notre pays, nous marchons toujours la tête baissée et les yeux rivés au sol, accablés ; ici, où la terre n'offre rien, les hommes vont la tête haute en fixant l'horizon. C'est une terre de violence, de passion, de grands élans individualistes. Ils ne sont pas comme nous, attelés à notre morale étriquée et à nos conventions sociales dérisoires.
C'est comme cela, chère Catherine, que je vois maintenant notre relation : un sordide adultère semé d'intrigues, de doutes, de remords. Tout le temps qu'elle a duré (deux ans, trois peut-être ?), ni toi ni moi n'avons eu une minute de tranquillité et de joie. Immergés dans la petitesse de notre misérable climatologie morale, nous ne nous en rendions pas compte, car nous voyions cela comme une fatalité inéluctable, une souffrance que nous ne pouvions que subir. Mais le moment est venu de nous libérer, et c'est le soleil de l'Espagne qui nous l'a révélé.
Adieu, Catherine chérie, je te rends la liberté, la sérénité et la possibilité de jouir de la vie qui te revient de plein droit, par ta jeunesse, ta beauté et ton intelligence. Et moi aussi, seul mais consolé par le doux souvenir de nos étreintes fougueuses quoique sans issue, je tenterai de retrouver le chemin de la paix et de la sagesse.
P.-S. Je ne crois pas que tu doives affliger ton mari en lui confessant notre aventure. Je sais combien il souffrirait d'apprendre que j'ai trahi une amitié qui remonte aux jours heureux de Cambridge. Sans parler de l'amour sincère qu'il éprouve pour toi.
Celui qui est toujours ton

ANTHONY

– Inglish ?

La question le fit sursauter. Absorbé dans la rédaction de sa lettre, c'était à peine s'il avait remarqué la présence d'autres voyageurs dans le compartiment. Depuis Calais, il avait eu pour unique compagnie un Français laconique avec lequel il avait échangé un salut au début du voyage et un autre quand l'homme était descendu à Bilbao ; le reste du temps, le Français avait dormi à poings fermés, et l'Anglais avait fait de même après son départ. Les nouveaux passagers étaient montés lors des arrêts qui s'étaient succédé depuis. Outre Anthony voyageaient maintenant, formant une sorte de compagnie théâtrale folklorique en tournée, un curé de campagne d'un âge plus que canonique, une jeune fille à l'allure rude de paysanne et l'individu qui venait de l'aborder, un homme de condition et d'âge incertains, crâne rasé et épaisse moustache républicaine. Le curé voyageait avec une modeste valise en bois, la fille avec un gros balluchon et l'homme avec deux volumineuses valises en cuir noir.

– Je ne parle pas anglais, vous savez ? poursuivit-il devant l'apparent acquiescement de l'Anglais à sa question initiale. No inglish. Moi, Spanish. Vous Inglish, moi Spanish. Espagne pas du tout comme Angleterre. *Different*. Espagne, soleil, taureaux, guitares, vin. Everibodi olé. Angleterre, no soleil, no taureaux, no joie. Everibodi kaput.

Il garda le silence un moment pour donner à l'Anglais le temps d'assimiler sa théorie sociologique, puis ajouta :

– En Angleterre, roi. En Espagne, no roi. Avant, roi. Alfonso. Maintenant, plus roi. Fini. Maintenant, république. Président : Niceto Alcalá Zamora. Élections. D'abord Lerroux, maintenant Azaña. Partis politiques tous dans le même sac, tous mauvais. Politiciens pourris. Everibodi fumiers.

L'Anglais ôta ses lunettes, les nettoya avec le mouchoir qui dépassait de la pochette de sa veste et profita de la pause pour regarder par la fenêtre. Sur la terre ocre qui s'étendait à l'infini, on ne voyait pas un arbre. Au loin, il aperçut un paysan, portant cape et chapeau à large bord, monté en travers sur un mulet. Dieu sait d'où il vient et où il va, pensa-t-il avant de se tourner vers son interlocuteur avec une expression peu engageante, bien décidé à ne pas se montrer disposé au dialogue.

– Je suis au courant des vicissitudes de la politique espagnole, dit-il froidement, mais en ma qualité d'étranger je ne me considère pas autorisé à m'immiscer dans les affaires intérieures de votre pays ni à émettre des opinions sur le sujet.

– Ici, personne ne se mêle des affaires des autres, dit le loquace voyageur, quelque peu déçu de constater la maîtrise de la langue castillane dont faisait preuve l'Anglais. Manquerait plus que ça. Je causais juste pour vous mettre au courant. Même si on pense n'être que de passage, c'est pas mauvais, dans certains cas, de savoir à qui on se frotte. Une supposition : moi, pour une raison ou une autre, je suis en Angleterre, et voilà que j'insulte le roi. Il se passe quoi ? Il se passe qu'on me met au trou. Normal. Et ici, c'est la même chose, mais à l'envers. C'est pour ça que j'ai voulu vous prévenir que, chez nous, depuis un certain temps, les choses ont changé.

Ça ne se remarque pas, pensa l'Anglais. Mais il ne le dit pas : il voulait seulement mettre fin à cette conversation insipide. Habilement, il dirigea son regard vers le prêtre, qui suivait le bavardage du républicain en dissimulant sa désapprobation mais avec l'air de quelqu'un qui n'en pense pas moins. La manœuvre eut le résultat escompté. Le républicain désigna le curé du pouce :

– Ici même, sans aller plus loin, vous avez un exemple de ce que je viens de vous expliquer. Il y a à peine quatre jours, ces gens-là faisaient la pluie et le beau temps. Aujourd'hui, ils vivent de ce qu'on veut bien leur donner, et ceux qui rouspètent, on leur remet les idées en place. Pas vrai, mon père ?

Le curé croisa les mains sur son ventre et toisa le voyageur.

– Rira bien qui rira le dernier, répondit-il, impavide.

L'Anglais les laissa s'empêtrer dans leur duel à coups de proverbes et de paraphrases. Lent et monotone, le train poursuivait son chemin sur une plaine désolée, répandant une épaisse colonne de fumée dans l'air pur et cristallin de l'hiver de Castille. Avant de se rendormir, il entendit le républicain argumenter :

– Vous savez, mon père, c'est pas pour rien que les gens brûlent les églises et les couvents. Ils n'ont jamais brûlé une taverne, un hôpital ou des arènes. Si dans toute l'Espagne le peuple choisit de brûler des églises, avec tout le tintouin que ça lui donne, faut bien qu'il y ait une raison.

Il fut réveillé par une violente secousse. Le train s'était arrêté dans une gare importante. Sur le quai, un employé portant capote, écharpe et casquette galonnée s'agitait en clopinant. Dans sa main gantée se balançait une lanterne en métal, éteinte.

– Venta de Baños ! Les voyageurs pour Madrid changent de train ! Départ de l'express dans vingt minutes !

L'Anglais descendit sa valise du filet, prit congé de ses compagnons et sortit dans le couloir. Ses jambes se dérobèrent, engourdies par toutes ces heures d'immobilité. Il n'en sauta pas moins sur le quai, où il fut accueilli par une rafale de vent glacé qui lui coupa le souffle, et où il chercha en vain l'employé : celui-ci, sa mission accomplie, s'était hâté de regagner son bureau. L'horloge de la gare était arrêtée et marquait une heure invraisemblable. À une hampe pendait un drapeau tricolore en lambeaux. L'Anglais envisagea un instant de chercher refuge dans l'express, mais il se ravisa et traversa la gare en direction de la sortie. Il s'arrêta devant une porte vitrée, voilée par le givre et la suie, sur laquelle on pouvait lire le mot BUFFET. À l'intérieur, un poêle ne chauffait guère et épaississait l'atmosphère. L'Anglais ôta ses lunettes embuées et les nettoya avec sa cravate. Dans le buffet, un unique client, accoudé au comptoir, sirotait un verre d'alcool blanc et fumait un cigarillo. Le garçon de l'établissement le regardait, une bouteille d'anis à la main. L'Anglais s'adressa à lui :

– Bonjour. J'ai besoin d'envoyer une lettre. Peut-être avez-vous des timbres ? Dans le cas contraire, dites-moi s'il y a un bureau de poste dans la gare.

Le garçon commença par le contempler bouche bée. Puis il murmura :

– Je saurais pas vous dire.

Le client solitaire intervint sans lever les yeux de son verre d'anis.

– Tu pourrais être aimable ! Quelle impression ce monsieur va-t-il avoir de nous ?

Et à l'Anglais :

– Excusez le garçon. Il n'a pas compris un mot de ce que vous lui disiez. Vous trouverez dans le hall même de la gare un comptoir où acheter des timbres, ainsi qu'une boîte à lettres. Mais avant, prenez donc un petit verre d'anis.

– Non merci, vraiment.

– Ne refusez pas, c'est ma tournée. À voir votre tête, vous avez bien besoin d'un remontant.

– Je n'avais pas prévu qu'il ferait si froid. En voyant ce soleil…

– On n'est pas à Malaga, monsieur. On est à Venta de Baños, province de Palencia. Ici quand ça caille, ça caille. Vous êtes étranger, ça se voit.

Le garçon servit un verre d'anis que l'Anglais s'empressa d'avaler. Comme il était à jeun, l'alcool lui brûla la trachée et lui enflamma l'estomac, mais une agréable chaleur se répandit dans tout son corps.

– Je suis anglais, répondit-il à la question du client. Et je dois me dépêcher si je ne veux pas manquer l'express de Madrid. Si ce n'est pas trop vous demander, je laisserai ma valise ici le temps d'aller expédier ma lettre, pour ne pas m'encombrer.

Il reposa le verre sur le comptoir et sortit par une porte latérale qui communiquait avec le hall de la gare. Il fit plusieurs tours sans trouver l'endroit, jusqu'au moment où un employé lui désigna un guichet fermé. Il y frappa et le guichet finit par s'ouvrir en encadrant la face ahurie d'un homme chauve. En entendant l'Anglais lui exposer sa requête, il ferma les yeux et remua les lèvres comme s'il priait. Puis il se pencha et, en se relevant, posa sur la tablette du guichet un énorme livre. Il le feuilleta minutieusement, s'absenta et revint muni d'une petite balance. L'Anglais lui remit la lettre et le fonctionnaire des postes la pesa avec soin. Il consulta de nouveau le livre et calcula le montant de l'affranchissement. L'Anglais paya et revint en courant au buffet. Le garçon regardait le plafond, un chiffon sale à la main. À la question de l'Anglais, il répondit que la consommation avait été réglée par l'autre client, comme convenu. La valise était toujours là, posée par terre. L'Anglais la prit, remercia et partit en courant. L'express de Madrid démarrait lentement dans des nuages de vapeur blanche et des bouffées de fumée. À grandes enjambées, il atteignit le dernier wagon et grimpa dans le train.

Après avoir parcouru plusieurs wagons sans trouver de compartiment libre, il décida de rester dans le couloir en dépit du courant d'air glacé qui le traversait. La course l'avait réchauffé et le soulagement d'avoir pu envoyer la lettre compensait l'effort fourni. Désormais, les dés étaient jetés. Au diable les femmes ! pensa-t-il.

Il voulait être seul pour jouir de sa liberté toute neuve et contempler le paysage, mais au bout d'un moment il vit venir en tanguant l'individu qui l'avait invité au buffet. Il le salua et l'autre resta planté près de lui. C'était un homme d'une cinquantaine d'années, petit, maigre, le visage sillonné de rides, des poches sous les yeux et le regard inquiet.

– Vous avez réussi à poster votre lettre ?

– Oui. Vous n'étiez plus là quand je suis revenu au buffet. Je n'ai pas pu vous remercier de votre amabilité. Vous voyagez en seconde classe ?

– Je voyage où ça me plaît. Je suis policier. Et ne faites pas cette tête : c'est grâce à ça que personne ne vous a volé votre valise. En Espagne, il ne faut pas être aussi confiant. Vous restez à Madrid, ou vous allez plus loin ?

– Non, je vais à Madrid.

– Puis-je vous demander la raison de votre visite ? À titre personnel, bien entendu. Ne répondez pas si vous n'en avez pas envie.

– Je n'y vois aucun inconvénient. Je suis spécialiste en art et plus précisément en peinture espagnole. Je ne suis ni acheteur ni vendeur. J'écris des articles, je donne des cours et je collabore avec des galeries. Chaque fois que je le peux, avec ou sans motif, je me rends à Madrid. Le musée du Prado est mon second foyer. Peut-être devrais-je dire le premier. Nulle part dans le monde je n'ai été aussi heureux.

– Voilà une bien belle profession. Je n'aurais jamais cru ça, commenta le policier. Et vous pouvez en vivre, si je ne suis pas indiscret ?

– Pas tout à fait, reconnut l'Anglais, mais j'ai une petite rente.

– Il y en a qui ont de la chance, dit le policier, presque pour lui-même.

Puis il ajouta :

– Alors, puisque vous venez si souvent en Espagne et que vous parlez si bien notre langue, je suppose que vous devez y avoir beaucoup d'amis.

– Des amis, vraiment amis, non. Je n'ai jamais fait de longs séjours à Madrid et nous, les Anglais, comme vous savez, nous sommes plutôt réservés.

– Dans ce cas, mes questions doivent vous sembler intrusives. Ne le prenez pas mal : déformation professionnelle. J'observe les personnes et j'essaye de connaître leur métier, leur état civil et, autant que possible, leurs intentions. Je fais partie du service de sécurité de l'État et les temps sont agités. Aucune référence à vous, naturellement ; s'intéresser à une personne n'est pas soupçonner cette personne. Derrière l'individu le plus banal peut se cacher un anarchiste, un agent au service d'une puissance étrangère, un pourvoyeur de la traite des Blanches. Comment le distinguer des gens honnêtes ? Nul ne porte un écriteau qui annonce ce qu'il est. Et pourtant, tout le monde cache un mystère. Vous-même, sans aller plus loin, pourquoi étiez-vous si pressé de poster une lettre que vous auriez pu expédier tranquillement de Madrid dans quelques heures ? Ne me dites rien, je suis sûr que tout ça s'explique de façon très simple. C'était juste pour donner un exemple. Ma mission est celle-là, ni plus ni moins : découvrir le véritable visage sous le masque.

– Il fait froid, ici, dit l'Anglais après un silence, et je ne suis pas aussi couvert que je le devrais. Avec votre permission, je vais chercher un compartiment avec un peu de chauffage.

– Allez, allez, je ne vous importune pas davantage. Moi, je vais au wagon-restaurant, prendre quelque chose et parler avec les serveurs. Je fais souvent cette ligne et je connais le personnel. Un serveur est une source précieuse d'informations, surtout dans un pays où tout le monde s'exprime à tue-tête. Je vous souhaite un bon voyage et un heureux séjour à Madrid. Nous n'aurons sûrement pas l'occasion de nous revoir, mais je vous laisse ma carte, à tout hasard. Lieutenant-colonel Gumersindo Marranón, pour vous servir. Si vous avez besoin de quoi que ce soit, demandez-moi à la Direction générale de la Sécurité.

– Anthony Whitelands, dit l'Anglais en glissant la carte dans la poche de sa veste ; également à votre disposition.

2

Malgré la fatigue due au long voyage, Anthony Whitelands dort d'un sommeil léger, réveillé à plusieurs reprises par des bruits lointains qui ressemblent à des coups de feu. Il est descendu dans un hôtel modeste mais confortable, qu'il connaît de ses voyages précédents. Le hall est petit, peu accueillant, et le réceptionniste ne brille pas par son amabilité, mais le chauffage est bon, et la chambre, spacieuse et haute de plafond, a une armoire suffisamment grande, un lit confortable avec des draps propres ainsi qu'une table en pitchpin, une chaise et une lampe idéale pour travailler. La fenêtre rectangulaire, avec des volets en bois, donne sur la Plaza del Ángel, tranquille et peu fréquentée, tandis que par-dessus les maisons d'en face se dessine le dôme de l'église San Sebastián.

Malgré tout, l'atmosphère n'est pas agréable. À cause du froid, l'agitation des nuits madrilènes a laissé la place au hululement lugubre du vent implacable de la Sierra, qui fait tourbillonner les feuilles mortes et les papiers éparpillés sur le sol noir, luisant de givre. Les façades des immeubles sont couvertes d'affiches de propagande électorale, déchirées et souillées, et de tracts de toutes les tendances qui appellent invariablement à la grève, à l'insurrection et à l'affrontement. Anthony est bien placé pour connaître la situation, puisque c'est justement la gravité de celle-ci qui l'a conduit à Madrid, mais la vision réelle des choses le plonge dans un mélange d'inquiétude et de découragement. Tour à tour, il se repent d'avoir accepté cette mission puis d'avoir envoyé la lettre qui met fin à sa relation avec Catherine, une relation orageuse, certes, mais aussi la seule chose qui pourrait donner présentement un sens à sa vie.

Le cœur serré, il s'habille lentement, vérifiant de temps en temps son reflet dans la glace de l'armoire. La vision n'est pas flatteuse. Du fait du voyage, les vêtements sont froissés et il a eu beau les brosser consciencieusement, il n'a pas réussi à effacer les marques de suie. Cette mise, s'ajoutant à son visage blême et à son air fatigué, lui confère un aspect qui s'accorde mal aux gens qu'il s'apprête à voir et ne correspond guère à l'impression qu'il est censé produire sur eux.

En sortant de l'hôtel, il fait quelques pas et débouche sur la place Santa Ana. Le temps est clair, le vent a balayé les nuages et le ciel a la transparence et la pureté des matins glacés d'hiver. Les bars et les gargotes accueillent les premiers clients. Anthony se joint à eux et entre dans un bistrot qui sent le café et le pain chaud. En attendant d'être servi par le garçon, il feuillette un journal. Les énormes titres et l'avalanche des points d'exclamation produisent une impression générale peu attrayante. Des heurts entre groupes de partis rivaux se sont produits dans de nombreuses localités d'Espagne, avec pour funeste résultat plusieurs morts et beaucoup de blessés. Il y a aussi des grèves dans divers secteurs. Dans un village de la province de Castellón, le curé a été expulsé par le maire et un bal a été organisé dans l'église. À Betanzos, on a coupé la tête et les pieds d'un Christ. Les clients du café commentent ces événements avec des gestes grandiloquents et des phrases sentencieuses, tout en tirant furieusement sur leurs cigarettes.

Habitué au copieux breakfast anglais, la tasse de café noir bien serré et les churros huileux lui barbouillent l'estomac et ne contribuent pas à lui éclaircir les idées ni à lui rendre le moral. Il consulte sa montre, car l'horloge hexagonale accrochée au-dessus du comptoir semble aussi inanimée que celle de la gare de Venta de Baños. L'heure de son rendez-vous est encore loin, mais le vacarme et la fumée lui sont tellement insupportables qu'il paye et ressort sur la place.

En marchant d'un bon pas, il ne lui faut que quelques minutes pour atteindre les portes du musée du Prado qui vient de s'ouvrir au public. Au guichet, il exhibe la carte qui certifie sa condition de professeur et de chercheur, et, après moult palabres et tergiversations, on le laisse entrer gratuitement. À cette époque de l'année il y a très peu de visiteurs, et leur nombre est encore diminué par la situation de violence et d'incertitude que connaît Madrid : bref, le musée est désert. Dans les salles, il règne un froid glacial.

Indifférent à tout ce qui n'est pas ses retrouvailles avec son musée adoré, Anthony fait halte un instant devant *Il Furore*, la statue en bronze de Charles-Quint par Leone Leoni. L'empereur, portant la cuirasse romaine, brandit une lance tandis qu'à ses pieds, vaincue et enchaînée, gît la représentation de la violence sauvage subjuguée, le nez écrasé contre le postérieur du vainqueur qui incarne l'ordre et l'impose à la terre entière par ordre divin et sans s'arrêter aux moyens employés.

Revigoré par ce modèle de fermeté, l'Anglais redresse les épaules et va d'un pas décidé dans la salle des Vélasquez. L'œuvre de ce peintre l'impressionne tant qu'il n'examine qu'un seul tableau à chacune de ses visites. Il les a étudiés de la sorte depuis des années, l'un après l'autre, se rendant tous les jours au musée, muni d'un bloc où il notait tous les détails à mesure qu'il les percevait. Puis, épuisé mais heureux, il rentrait à son hôtel et recopiait ses notes sur un grand cahier aux pages réglées.

Cette fois, cependant, il ne vient pas dans l'intention d'écrire quoi que ce soit, mais tel un pèlerin qui se rend sur un lieu où l'on honore un saint, pour implorer sa protection. En proie à ce vague sentiment, il s'arrête devant un tableau, cherche la distance appropriée, essuie ses lunettes et le contemple, immobile, presque sans respirer.

Vélasquez a peint le portrait de *Don Juan d'Autriche* au même âge que l'Anglais qui le contemple aujourd'hui avec émotion. À l'époque, il faisait partie d'une collection de bouffons et de nains destinée à orner les résidences royales. Que quelqu'un ait pu commander à un grand artiste les portraits de ces êtres pathétiques pour en faire un élément de décoration si prestigieux peut sembler choquant de nos jours, mais ce ne devait pas l'être alors et, en définitive, l'important est que l'étrange caprice du roi ait donné naissance à ces œuvres terribles.

À la différence de ses compagnons de collection, l'individu désigné sous le nom de *Don Juan d'Autriche* n'avait pas d'emploi fixe à la Cour. Il était bouffon à temps partiel, employé occasionnellement pour suppléer une absence temporaire ou pour renforcer la bande d'infirmes, d'idiots et de fous qui divertissaient le roi et ses courtisans. Les archives ne conservent pas son nom, seulement son sobriquet extravagant. Le comparer au plus grand militaire des armées impériales, fils naturel de Charles-Quint, devait faire partie de la farce. Sur le tableau, le bouffon, pour faire honneur à son nom, est représenté avec à ses pieds une arquebuse, une cuirasse, un casque et ce qui ressemble à des boulets de canon de petit calibre ; son accoutrement est royal, il tient un bâton de commandement et est coiffé d'un chapeau démesurément grand, légèrement retroussé, surmonté d'un superbe panache. Ces accessoires somptueux ne masquent pas la réalité, au contraire, ils la rendent manifeste : on remarque tout de suite une grosse moustache ridicule et des sourcils froncés qui, avec quelques siècles d'avance, le font ressembler un peu à Nietzsche. Le bouffon n'est plus très jeune. Ses mains sont fortes ; par contraste, les jambes minces indiquent une complexion fragile. Le visage est émacié à l'extrême, les pommettes proéminentes, le regard fuyant, plein de méfiance. Pour renforcer l'effet burlesque, on entrevoit derrière le personnage, sur un côté du tableau, une bataille navale ou son dénouement : un navire en flammes, une colonne de fumée noire. L'authentique don Juan d'Autriche avait commandé l'escadre espagnole à la bataille de Lépante contre les Turcs, dont Cervantès a dit qu'elle fut le plus grand exploit de tous les siècles. La bataille du tableau n'est pas évidente : ce peut être un fragment de réalité, une allégorie, un pastiche ou un rêve du bouffon. L'effet prétend être satirique, mais le regard de l'Anglais se brouille en contemplant une bataille décrite avec une technique qui est en avance sur toute la peinture de l'époque et qu'utilisera Turner avec la même finalité.

Anthony fait un effort pour recouvrer sa sérénité et jette de nouveau un coup d'œil à sa montre. Il ne se rend pas très loin, mais il doit se mettre en route s'il veut arriver au rendez-vous avec la ponctualité que l'on attend certainement de lui, non comme une qualité ou une marque de politesse, mais comme un trait pittoresque de sa nationalité : la proverbiale ponctualité anglaise. Profitant de ce que personne ne le voit, il salue le bouffon d'une inclination de la tête, fait demi-tour et quitte le musée sans prêter attention aux chefs-d'œuvre accrochés aux murs.

En marchant dans la rue, il découvre avec surprise que les réflexions mélancoliques inspirées par la contemplation du tableau, loin d'augmenter son abattement, l'ont dissipé. Pour la première fois, il prend conscience d'être à Madrid, une ville qui lui rappelle d'agréables souvenirs et lui procure une excitante sensation de liberté.

Anthony Whitelands a toujours aimé Madrid. À la différence de beaucoup d'autres villes d'Espagne et d'Europe, l'origine de Madrid n'est pas grecque, ni romaine, ni même médiévale, mais date de la Renaissance. Philippe II l'a créée à partir de rien en y établissant la Cour en 1561. Pour cette raison, Madrid n'a pas de mythes fondateurs qui remonteraient à une obscure divinité, ni de Vierge romane qui l'abriterait sous son manteau de bois sculpté, ni d'auguste cathédrale qui projetterait son ombre sur le vieux quartier. Sur ses armoiries, pas de belliqueux tueur de dragons ; son saint patron est un humble paysan dont on célèbre la mémoire par des fêtes et des courses de taureaux. Pour préserver cette indépendance naturelle, Philippe II a construit l'Escurial et a éloigné ainsi de Madrid la tentation de devenir un foyer de spiritualité en plus d'être le siège du pouvoir. Les mêmes critères l'ont conduit à refuser le Greco comme peintre de cour. Grâce à ces prudentes mesures, les Madrilènes ont beaucoup de défauts, mais ce ne sont pas des fanatiques. Capitale d'un empire colossal auquel la religion donnait sa substance et sa cohésion, Madrid n'a pas toujours pu rester à l'écart du phénomène religieux, mais, chaque fois que cela lui a été possible, elle en a délégué les aspects les plus sombres à d'autres villes : Salamanque a été le théâtre des âpres débats théologiques, c'est en Avila que sainte Thérèse de Jésus, saint Jean de la Croix et saint Pierre d'Alcántara ont connu leurs extases, et les terribles autodafés avaient lieu à Tolède.

Réconforté par la compagnie de Vélasquez et de la ville qui l'a accueilli et l'a porté au faîte de la renommée, et malgré le froid et le vent, Anthony Whitelands prend le Paseo del Prado jusqu'à la place de Cibeles, puis suit le Paseo de Recoletos jusqu'à celui de la Castellana. Là, il cherche le numéro qui lui a été indiqué et arrive devant un haut mur et une grille en fer forgé. À travers les barreaux, il voit au fond du jardin un hôtel particulier de deux étages, avec une entrée en forme de portique et de hautes fenêtres. Cette grandeur sans ostentation lui rappelle le caractère de sa mission, et de l'euphorie il replonge dans son abattement premier. De toute manière, c'est trop tard pour reculer. Il tourne la poignée, traverse le jardin jusqu'à la porte et frappe.

3

À peine trois jours plus tôt, la proposition lui était apparue comme une chance magnifique de donner un nouveau sens à une vie qui lui était devenue insupportable. Quand il était seul, il prenait la ferme décision de mettre fin à son aventure avec Catherine ; et puis, dès qu'il se retrouvait avec elle, les forces lui manquaient, et il adoptait une attitude hésitante et tourmentée qui transformait la rencontre en un drame absurde : tous deux couraient le risque d'être découverts, pour n'obtenir en contrepartie qu'un moment de gêne, gros de reproches et de silences amers. Mais plus la nécessité d'en finir avec cette relation malsaine devenait évidente, plus l'image de la normalité recouvrée se faisait lugubre. Catherine était le seul élément qui mettait un peu de piment dans une vie construite avec tant de circonspection que, arrivé à l'âge de trente-quatre ans, il était condamné à ne plus rien en attendre, si ce n'est une routine d'autant plus accablante qu'elle passait aux yeux du monde pour être le couronnement de ses désirs et de ses ambitions.

Issu d'une famille de la classe moyenne, son intelligence et sa ténacité lui avaient ouvert les portes de Cambridge. Une fois dans les lieux, l'art d'abord, puis la peinture, et finalement la peinture espagnole du Siècle d'Or avaient exercé sur lui une telle fascination qu'il y avait investi toute son énergie intellectuelle et émotionnelle. Le résultat de cette passion fut qu'il avait délaissé tout autre intérêt ou activité, si bien que, tandis que ses camarades couraient les aventures amoureuses ou se convertissaient aux idéologies virulentes de l'époque, il demeurait enfermé dans un monde peuplé de saints et de rois, d'infantes et de bouffons nés des palettes de Vélasquez, de Zurbarán, du Greco et de tous les autres peintres qui alliaient une incomparable virtuosité technique à une vision du monde dramatique et sublime. Ses études terminées, et après avoir fait de longs séjours en Espagne et voyagé en Europe, il avait commencé à travailler et bientôt ses connaissances, son intégrité et sa rigueur avaient fait de lui une autorité, à défaut de lui procurer célébrité et argent. Son nom avait bonne réputation dans un cercle restreint de professionnels, plus portés à la critique qu'aux louanges. Il n'aspirait pas à davantage sur ce terrain ni sur aucun autre. Une amitié dont le développement affectif l'avait mené au mariage avec une jeune femme séduisante, cultivée et fortunée avait résolu ses problèmes matériels en lui permettant de consacrer tout son temps et ses efforts à sa grande passion. Comme il était désireux de faire partager à sa femme l'objet de ses ravissements, ils avaient décidé de partir en voyage à Madrid. Par malchance, ils étaient arrivés en pleine grève générale et, pour ne rien arranger, son épouse avait attrapé une maladie intestinale due à l'eau ou à la nourriture, ce qui les avait conduits à ne pas répéter l'expérience. La vie quotidienne et un dense réseau de relations mondaines étouffantes avaient fini par ruiner une relation qui n'avait jamais été passionnée ni stable. Ayant perdu avec son divorce sa principale source de revenus, Anthony s'était concentré sur son travail. Au moment où même celui-ci commençait à devenir asphyxiant, il s'était lancé dans une aventure avec la femme d'un ancien camarade d'université. À la différence de son épouse, Catherine était fougueuse et sensuelle. Comme lui, elle ne cherchait certainement qu'un peu d'animation dans une existence conventionnelle, mais la situation était tout de suite devenue insupportable : ils s'étaient aperçus trop tard du poids qu'exerçaient sur leur esprit des normes sociales qu'ils avaient jugé amusant de transgresser pour se rendre compte ensuite qu'elles faisaient partie non seulement de leur conscience mais de leur identité profonde.

À plusieurs reprises, devant l'impossibilité de provoquer une rupture en tête à tête, Anthony Whitelands s'était proposé d'écrire une lettre à Catherine, malgré l'imprudence de laisser une preuve écrite de leurs écarts, et de lui manifester sa décision de façon irrévocable, mais il avait toujours fini par renoncer après un long et douloureux effort de rédaction. Les arguments se dérobaient, les mots lui manquaient.

Une après-midi qu'il se trouvait dans son bureau, attelé une fois de plus à cette pénible tâche, la domestique lui annonça la présence d'un monsieur dont elle lui tendit la carte de visite sur un plateau. Anthony ne connaissait pas personnellement le visiteur, mais il avait entendu parler en diverses occasions de Pedro Teacher, et toujours en termes peu élogieux. C'était un personnage aux antécédents obscurs qui fréquentait le milieu des collectionneurs d'art, où son nom était mentionné à propos de transactions peu claires. Seules ces rumeurs, peut-être fausses et en tout cas jamais prouvées, avaient empêché d'aboutir sa demande d'admission au Reform Club, auquel appartenait Anthony. Il pensa que ce devait être là le motif de cette visite inopinée. S'il avait été plongé dans la rédaction d'un article touchant à sa spécialité, il aurait congédié l'importun plus ou moins poliment. Mais l'interruption venait à point pour lui permettre de reporter à plus tard la lettre à Catherine, si bien qu'il laissa de côté la missive en cours d'écriture pour dire à la bonne de faire entrer Pedro Teacher.

– Avant tout, dit le visiteur, une fois expédiées les formules de politesse habituelles, je tiens à vous présenter mes excuses pour faire intrusion sans prévenir dans votre intimité. Je suis sûr que la nature de l'affaire qui m'amène justifiera amplement une incorrection aussi impardonnable.

La diction, à l'image de tout le reste de sa personne, était trop correcte pour être naturelle. Il frisait la quarantaine et était de petite taille, avec des traits poupins, des mains blanches et menues qui voltigeaient en permanence devant sa figure pendant qu'il parlait. Une fine moustache aux pointes légèrement relevées et des yeux ronds et gris lui donnaient l'aspect d'un chat ; ses joues étaient un peu maquillées et il répandait un parfum coûteux et douceâtre. Il portait monocle, était chaussé de bottines surmontées de guêtres et vêtu avec une recherche qui ne correspondait pas à sa silhouette : sa mise, de la meilleure qualité, aurait conféré de la prestance à un homme de grande taille ; sur lui, l'effet produit avait quelque chose de comique.

– Aucune importance, répliqua Anthony. Dites-moi plutôt en quoi je puis vous être utile.

– J'aborderai sans tarder l'objet de ma visite. Mais auparavant, je dois vous prier de faire en sorte que tout ce que nous dirons ne sortira pas de ces quatre murs. Je sais que je peux vous choquer en ayant l'air de douter de votre discrétion bien connue, mais, dans ce cas précis, des questions vitales sont en jeu. Cela vous dérange, si je fume ?

Sur un geste condescendant de son hôte, il sortit une cigarette d'un étui en or, l'introduisit dans un fume-cigarette en ambre, l'alluma, aspira la fumée et poursuivit :

– J'ignore si vous me connaissez, monsieur Whitelands. Comme mon nom le suggère, je suis à moitié anglais et à moitié espagnol, raison pour laquelle je jouis d'amitiés dans les deux pays. Depuis mon adolescence, je me suis consacré à l'art, mais étant dénué de tout talent sauf celui de reconnaître cette réalité, j'interviens dans ce domaine en qualité de marchand et occasionnellement de conseiller. Certains peintres m'honorent de leur amitié et je suis fier de pouvoir dire que Juan Gris connaissait mon existence et que Picasso a entendu parler de moi.

Anthony esquissa un geste d'impatience qui ne passa pas inaperçu du visiteur.

– J'en viens à ce dont je voulais vous parler, dit ce dernier. Voici quelques jours, un vieil et très cher ami est entré en contact avec moi : un Espagnol distingué, résidant à Madrid, un homme de haute noblesse et de grande fortune, heureux possesseur, par héritage et par goût personnel, d'une collection de peinture espagnole qui n'est nullement à dédaigner. Pas besoin de vous préciser le calvaire que subit l'Espagne. Seul un miracle peut empêcher que cette noble nation ne soit précipitée dans l'abîme d'une révolution sanglante. La violence qui y règne fait froid dans le dos. Personne, dans ces moments, n'est à l'abri, mais, dans le cas de mon ami et de sa famille, pour des raisons évidentes, la situation est particulièrement désespérée. D'autres, dans des circonstances similaires, ont quitté le pays ou s'apprêtent à le faire. Auparavant, et dans le but de s'assurer de quoi vivre, ils ont transféré de grosses sommes d'argent dans des banques étrangères. Mes amis ne peuvent le faire, car leurs revenus proviennent principalement de propriétés rurales. Seule leur reste la collection d'art dont je viens de parler. Vous me suivez, monsieur Whitelands…

– Parfaitement, et je subodore la conclusion.

Le visiteur sourit mais continua de parler sans se laisser impressionner par le ton réticent de son interlocuteur.

– L'État espagnol, comme tous les États, n'autorise pas l'exportation du patrimoine artistique national, même quand il s'agit de propriété privée. Néanmoins, une pièce pas trop grande ni trop connue pourrait tromper la vigilance et sortir du pays, même si, dans la pratique, l'opération présente quelques difficultés, la principale étant de déterminer la valeur de l'œuvre en question sur le marché. Pour cela, il faudrait un expert qui jouisse de la confiance de toutes les parties intéressées. Pas besoin de préciser qui serait, dans ce cas, l'expert idoine dans l'affaire qui nous occupe.

– Moi, j'imagine.

– Qui d'autre, effectivement ? Vous connaissez à fond la peinture espagnole. J'ai lu tout ce que vous avez écrit sur le sujet et je peux témoigner de votre érudition, mais aussi de votre capacité de comprendre, mieux que personne, le sentiment du dramatique chez les Espagnols. Je ne dis pas qu'il n'y ait aussi en Espagne des gens très compétents, mais se mettre entre leurs mains comporterait un grand risque : ils pourraient nous dénoncer pour des raisons idéologiques, par animosité personnelle, par intérêt, voire simple goût du bavardage. Les Espagnols parlent toujours trop. Voyez plutôt : moi-même, je ne fais rien d'autre en ce moment.

Il resta un instant silencieux pour démontrer qu'il était capable de mettre une limite au défaut national, puis reprit en baissant la voix :

– Je résumerai en quelques mots les termes de ma proposition : dans les plus brefs délais, car les jours et même les heures sont comptés, vous vous rendrez à Madrid, où vous vous mettrez en relation avec l'intéressé, dont je vous révélerai l'identité si nous arrivons à un accord. Une fois établi le contact, ledit intéressé vous montrera son patrimoine artistique ou une partie de celui-ci, et vous le conseillerez quant à l'œuvre la plus appropriée aux fins que j'ai décrites ; cela fait, une fois le choix décidé, vous l'estimerez en toute honnêteté, conformément à votre savoir et à vos connaissances, et le montant de cette estimation sera communiqué téléphoniquement au moyen d'une clef ou d'un code secret qui vous sera donné en temps opportun. Sur-le-champ et sans discussion, ledit montant sera déposé dans une banque de Londres sur le compte de l'intéressé et, une fois garanti le paiement, l'objet de la vente fera le voyage. Vous n'aurez pas à participer à cette dernière étape de la transaction ; de la sorte, si quelque contrariété venait à se produire, elle ne vous attirerait aucune conséquence, légale ou autre. Votre identité sera constamment couverte par l'anonymat et votre nom n'apparaîtra nulle part, sauf si vous souhaitez le contraire. Les frais du voyage seront à la charge de la partie intéressée et, comme il est logique, vous percevrez la commission habituelle dans ce genre d'opérations. Votre mission accomplie, vous pourrez revenir ou demeurer en Espagne, à votre gré. Quant au secret qui doit entourer la transaction, votre parole de gentleman anglais sera suffisante.

Il fit une pause très brève pour ne pas laisser le temps aux objections et ajouta :

– Encore deux observations, afin de dissiper vos scrupules et vos hésitations. Soustraire une pièce insignifiante de l'immense patrimoine artistique espagnol dans les circonstances actuelles ne peut être considéré comme une évasion mais plutôt comme un sauvetage. Si la révolution éclate, l'art en sortira aussi mal en point que le pays, et de façon irréparable. La seconde observation est également de poids, car votre intervention, monsieur Whitelands, contribuera sans doute à sauver plusieurs vies humaines. Maintenant, réfléchissez et décidez en conscience.

Trois jours plus tard, devant la porte à panneaux de l'hôtel particulier dont le style n'était pas sans rappeler l'Escurial, Anthony Whitelands se demandait si sa présence en ce lieu répondait aux objectifs altruistes énoncés par Pedro Teacher ou à un simple désir de sortir de sa routine et, du même coup, comme cela s'était réellement passé, d'en finir avec les complications de ses frasques amoureuses. Et, tandis qu'il tentait d'insuffler dans son esprit déprimé le goût de l'aventure dont il manquait totalement, la porte s'ouvrit et un majordome lui demanda son nom et quel était l'objet de sa visite.

4

– Dites à monsieur le duc que je suis envoyé par Pedro Teacher.

Le majordome était un homme étonnamment jeune, brun de peau, cheveux bouclés, longs favoris, l'allure tauromachique. On pouvait difficilement imaginer plus grand contraste entre l'Anglais et le gitan. Ce dernier dévisagea longuement le visiteur et, au moment où il semblait prêt à lui claquer la porte au nez, il s'effaça, le pria d'entrer en lui faisant signe de se hâter et s'empressa de refermer derrière lui.

– Attendez ici, dit-il d'un ton sec qui évoquait davantage un conspirateur qu'un serviteur, je vais informer Son Excellence.

Et il disparut par une porte latérale en abandonnant Anthony Whitelands dans un hall d'entrée de vastes dimensions, haut de plafond, le sol en marbre, sans le moindre meuble, manifestement conçu pour servir de lieu de passage pour les amis et recevoir les étrangers debout et sans égards. La pièce aurait été lugubre s'il n'y avait eu la lumière dorée du dehors qui pénétrait par les fenêtres, hautes et étroites, donnant sur le jardin.

Aveugle à tout ce qui ne concernait pas le champ réduit de ses intérêts, Anthony, resté seul, passa en revue les tableaux accrochés aux murs. La plupart étaient des scènes de chasse, dont l'une attira puissamment son attention. *La Mort d'Actéon* est considérée comme l'une des œuvres les plus importantes de la maturité du Titien. Le tableau qu'il contemplait en ce moment était une belle copie de l'original, qu'il n'avait jamais eu l'occasion d'observer, bien qu'ayant pu voir de nombreuses reproductions et lire suffisamment de commentaires pour l'identifier tout de suite. L'histoire avait plusieurs sources, mais la plus connue était les *Métamorphoses* d'Ovide. En chassant avec des amis, Actéon s'égare et, errant dans les bois, il surprend Diane au moment où elle s'est dévêtue pour se baigner dans un étang. Furieuse, la déesse transforme Actéon en cerf, et il est déchiqueté par ses propres chiens. Sans nécessité apparente, Ovide donne le nom de tous les chiens qui composaient la meute d'Actéon, et, pour certains, celui de leurs géniteurs, il indique leur origine et énumère leurs qualités. L'accumulation des détails finit par renforcer le sentiment d'angoisse d'une tuerie dont tous les participants se connaissent, mais ne se reconnaissent pas et ne peuvent communiquer. Ovide conte que les premiers à atteindre leur maître transformé en cerf sont deux chiens qui sont restés à la traîne mais ont pris un chemin de traverse. De ce triste événement, dit le poète, on ne peut faire grief à personne, car ce n'est pas un crime de s'être égaré. D'autres versions affirment qu'Actéon avait voulu séduire la déesse, par la parole ou par la force. D'autres encore minimisent l'affaire : nul ne peut apercevoir une divinité, avec ou sans vêtements, et en sortir indemne. Le Titien représente la scène d'une façon incohérente : Diane est encore habillée et, au lieu de maudire Actéon, elle semble s'apprêter à lui expédier une flèche, à moins qu'elle ne l'ait déjà tirée ; la transformation du malheureux chasseur n'a fait que débuter : il conserve son corps d'homme, mais il lui est poussé une tête de cerf dont la petitesse est disproportionnée ; cela n'empêche pas les chiens de l'attaquer avec toute la férocité réservée à un gibier ordinaire, alors qu'ils devraient reconnaître leur maître à son odeur. À première vue, ces défauts pourraient être attribués à la précipitation ou au mépris de l'artiste pour une œuvre de commande. Pourtant le Titien l'a peinte à la fin de sa vie et il a consacré plus de dix ans à son exécution. À sa mort, le tableau était toujours en sa possession. Il est passé par diverses mains et a parcouru divers pays avant de finir en Angleterre dans une collection privée. La copie qu'examinait Anthony en ce moment était d'un format légèrement inférieur à l'original et avait été faite, à ce qu'il pouvait en juger, vers la fin du XIXe siècle par un copiste compétent. Comment elle était arrivée jusque dans le hall de cet hôtel particulier madrilène, telle était l'inconnue qu'il tentait de résoudre quand il fut interrompu par une voix dans son dos.

– Pardon, monsieur, êtes-vous le nouveau professeur d'anglais ?

En se retournant, il se trouva face à une gamine aux longues nattes vêtue en collégienne.

– Je crains que non, répondit-il. Comment as-tu su que je suis anglais ?

– À votre allure.

– Ça se voit donc tant que ça ?

La fillette se rapprocha un peu plus du nouveau venu comme si elle voulait s'assurer de la véracité de sa déduction ou de la sincérité de son interlocuteur. Vue de près, elle semblait plus âgée que ne l'indiquaient son accoutrement et son attitude enfantine ; elle était mince, avait des traits délicats et de grands yeux inquisiteurs.

– Mon père veut que j'apprenne l'anglais au cas où nous devrions quitter Madrid. Ça fait plus d'un mois que je ne vais plus au collège. Mais je n'ai pas envie d'apprendre des langues étrangères. Les Anglais sont protestants, n'est-ce pas ?

– Pour la plupart.

– Le père Rodrigo dit que les protestants iront tout droit en enfer. Les nègres, bien que païens, vont dans les limbes s'ils sont bons. Mais les protestants, même s'ils sont bons, vont en enfer, parce qu'ils pourraient être catholiques et qu'ils persévèrent dans l'erreur.

– Eh bien, ce n'est pas moi qui discuterais ce que dit le père Rodrigo. Comment t'appelles-tu ?

– Alba María, mais tout le monde m'appelle Lili.

– Lili, pour vous servir, corrigea une voix sèche derrière lui.

Un homme de haute taille fit son entrée, le teint olivâtre, le front dégarni et les cheveux gris. D'un coup d'œil, il embrassa la scène, passa près de la fillette en esquissant une caresse et tendit la main à l'Anglais sans changer d'expression.

– Excusez-moi de vous avoir fait attendre. Je suis Álvaro del Valle y Salamero, duc de la Igualada. Vous êtes l'envoyé de Pedro Teacher. J'espère que l'insolence de cette calamité naturelle ne vous aura pas importuné.

Lili s'était placée derrière son père. Elle se mit sur la pointe des pieds et chuchota quelque chose à son oreille, puis elle quitta le hall en courant.

– Nullement. Votre fille s'est comportée en hôtesse accomplie et m'a assuré de ma damnation éternelle d'une façon charmante.

– N'en faites pas cas, répliqua le duc, et ne croyez pas qu'elle se soucie vraiment du salut de votre âme. Elle vient de me dire que vous ressemblez à Leslie Howard. Mais ne restons pas ici. Ayez la bonté de passer dans mon bureau.

Ils traversèrent deux pièces sans rencontrer personne et entrèrent dans un bureau fort accueillant. Au lieu des sévères meubles castillans, la bibliothèque était de style anglais, avec des rayonnages en bois clair remplis de livres anciens reliés en cuir et aux tranches dorées. Un mur portait une marine de Sorolla et un autre plusieurs dessins dont l'Anglais ne put préciser les auteurs. Il y avait aussi des photos personnelles dans de discrets cadres en argent. Dans un coin, l'inévitable meuble cabinet, probablement un héritage familial. Tout, dans ce lieu, distillait la paix. Une porte-fenêtre à trois vantaux donnait sur une partie du jardin où des cyprès graciles et des haies bien taillées encadraient un coin enchanteur avec des statues, un jet d'eau et un banc de marbre. En s'approchant pour contempler cette vue délicieuse, Anthony découvrit la présence d'un couple debout devant le jet d'eau. La distance et l'ombre des arbres lui permirent seulement de distinguer un homme de haute taille portant un long manteau bleu marine et une femme aux cheveux blonds vêtue de vert. Bien qu'étant seuls et ne pouvant être vus que de la demeure, car un mur séparait le jardin de la rue, il crut percevoir dans leur comportement quelque chose de furtif. Conscient d'être en train d'observer des personnes qui ne souhaitaient pas être vues, il détourna son regard de la fenêtre et le reporta sur son hôte, dont le visage s'était assombri, soit à cause de ce qui se passait dans le jardin, soit parce que quelqu'un d'étranger à la maison en était le témoin. Néanmoins, ni l'un ni l'autre ne firent de remarque à ce sujet. Les traits du duc recouvrèrent leur aimable sérénité et, de la main, il indiqua un ensemble de sièges en cuir. Obéissant, Anthony s'assit sur le canapé et le duc prit place dans un des fauteuils. Il saisit une boîte en argent sur une petite table, l'ouvrit, offrit une cigarette au visiteur et, devant le refus de celui-ci, en prit une, l'alluma, croisa les jambes et resta un moment à fumer, signifiant ainsi que l'affaire qui les réunissait ne serait pas expédiée en vitesse.

– Ce n'est pas facile, dit-il enfin, d'aborder un sujet aussi embarrassant avec quelqu'un que l'on ne connaît que par ouï-dire. Pedro Teacher m'a parlé de vous en termes dithyrambiques, tant pour votre compétence que pour vos qualités personnelles. Je connais Pedro Teacher de longue date et, bien que nos relations soient plus commerciales qu'amicales, rien ne me permet de douter de la justesse de ses opinions et de ses intentions. Le fait que je ne puisse accorder ma confiance qu'à des inconnus est bien la preuve de la délicatesse de la situation que je viens d'évoquer. Vous êtes un gentleman : vous pouvez juger combien il est pénible pour un homme comme moi de devoir recourir à l'assistance d'étrangers.

En prononçant ces mots, sa voix trembla légèrement, mais il contint son émotion et poursuivit avec un naturel apparent.

– Je ne parle pas ainsi pour me ménager votre sympathie, et encore moins pour faire appel à votre solidarité, bien au contraire : tout ce qui se passe aujourd'hui en Espagne sort de la normale et prend, pourquoi le nier, une tournure dangereuse. C'est pourquoi je vous comprendrai parfaitement si, à un moment quelconque, vous décidez d'abandonner l'affaire et de rentrer chez vous. En d'autres termes : agissez selon vos critères professionnels, placez votre intérêt avant toute autre considération et ne permettez pas aux émotions de s'immiscer dans votre décision. Je ne veux pas avoir un poids de plus sur la conscience.

D'un mouvement brusque, il éteignit la cigarette dans le cendrier, se leva et alla à la fenêtre. La contemplation du jardin sembla ramener le calme dans son esprit, car il revint s'asseoir, alluma une autre cigarette et ajouta :

– Si je ne me trompe pas, notre ami commun vous a mis au courant...

Anthony hocha affirmativement la tête. Puis, devant le mutisme de son interlocuteur, il dit :

– Votre charmante fille m'a informé, peut-être involontairement, que vous alliez probablement vous installer à l'étranger. Je suppose que notre affaire n'est pas sans lien avec ce projet.

Le duc soupira et prononça d'une voix profonde :

– Ma fille est très éveillée. Je ne lui ai rien dit, mais c'est naturel qu'elle ait deviné mes intentions. Il suffit de sortir dans la rue pour comprendre à quel point la situation est intenable. Cela fait plus d'un mois que je l'ai retirée du collège pour des raisons de sécurité. Un prêtre s'occupe provisoirement de sa formation, tant morale que scolaire.

Il écrasa la cigarette, en alluma une nouvelle d'un geste machinal et poursuivit :

– La révolution va éclater, ce n'est qu'une question de temps. La mèche est allumée et rien ne peut plus l'éteindre. Je serai sincère avec vous, monsieur Whitelands, je n'ai pas peur de la révolution. Je ne suis pas assez aveugle pour refuser de voir l'injustice qui a régné en Espagne pendant des siècles. Mes privilèges de classe ne m'ont pas empêché en diverses occasions de soutenir des mesures réformistes, à commencer par la réforme agraire. La gestion de mes propriétés et la fréquentation de mes métayers m'en ont plus appris là-dessus que tous les discours, les rapports et les débats des politiciens de café, de couloir ou de ministère. Je crois possible une modernisation des relations de classe et du système économique qui profiterait au pays en général et, en fin de compte, à tous les Espagnols, riches ou pauvres. À quoi bon être riche, si nos propres serviteurs affûtent le couteau qui nous tranchera la gorge ? Mais il est trop tard pour la réforme. Par paresse, incompétence ou égoïsme, le bon sens n'a pas prévalu et, au point où nous en sommes, une solution pacifique du conflit n'est plus envisageable. Voici un peu plus d'un an, une révolution communiste a éclaté dans les Asturies. Elle a été étouffée mais, le temps qu'elle a duré, de nombreuses exactions ont été commises, particulièrement contre le clergé. Les momies des sœurs ont été exhumées de leurs sarcophages et outragées, le cadavre d'un des nombreux prêtres assassinés a été exposé aux lazzis et aux quolibets de la foule avec une pancarte : « viande de porc à vendre ». Ces actes ne sont pas le propre de communistes et ne répondent à aucune idéologie, monsieur Whitelands, il n'y a rien d'autre là-dedans que sauvagerie et soif de sang. Ensuite, l'armée et la garde civile sont intervenues, et la répression a été terrible. Nous sommes devenus fous, un point c'est tout. Dans ces conditions, il ne me reste pas d'autre issue que de faire sortir ma famille du pays. J'ai une femme et quatre enfants, deux garçons et deux filles. Lili est la plus petite. J'ai cinquante-huit ans. Je ne suis pas un vieillard, mais j'ai beaucoup et bien vécu. Je ne me fais pas d'illusions sur la possibilité d'être tué, mais elle ne m'inquiète pas ; non, je n'ai pas peur. Si j'étais seul en cause, je resterais. L'idée de fuir va contre ma nature ; pas seulement par la lâcheté qu'elle implique, mais pour autre chose aussi. Abandonner l'Espagne est comme abandonner un être cher au dernier stade d'une maladie incurable. Il n'y a plus rien à faire, mais ma place est au chevet de l'agonisant. Il n'en reste pas moins que ma famille a besoin de moi. Du point de vue pratique, un héros mort est aussi inutile qu'un lâche mort.

Il se leva d'un coup, fit quelques pas dans le bureau et écarta les bras.

– J'ai beaucoup parlé, et je vous prie de m'en excuser. Mes soucis vous sont étrangers. Mais je voulais vous montrer que je ne suis pas un spéculateur d'œuvres d'art. Et puis, ces derniers temps, je n'ai guère eu d'occasions de causer. J'essaye de tenir les miens en marge de tout cela et, avec les gens qui ne sont pas de la maison, ce n'est plus comme avant. Ils craignent d'exprimer leur opinion et encore davantage de révéler leurs projets. Il n'y a plus d'amis, seulement des personnes qui vivent les unes à côté des autres.

Embarrassé, l'Anglais s'apprêtait à protester contre l'idée que les nobles et prudentes décisions de son hôte puissent être mal interprétées : pour lui, Anthony Whitelands, ce n'était certainement pas le cas. Mais il n'en eut pas le temps, car le tintement mélodieux d'un carillon voltigea dans l'air bleuté de la pièce, et le duc de la Igualada se leva comme s'il faisait lui-même partie du mécanisme d'horlogerie et s'exclama d'un air joyeux :

– Grand Dieu ! Il est déjà une heure et demie ! Le temps vole, cher ami, surtout quand un vieux bavard et un auditeur aussi aimable que compréhensible sont de compagnie. Advienne que pourra, il n'est pas question de nous mettre au travail à l'heure où les chrétiens se mettent à table. Nous laisserons cela pour un moment plus propice. Entre-temps, ce serait pour moi et ma famille un honneur et un plaisir si vous acceptiez de partager notre collation. À moins, bien entendu, que vous n'ayez d'autres engagements.

– Il n'en est rien, répondit l'Anglais. Mais je ne voudrais en aucun cas m'immiscer dans la vie de votre famille.

– Billevesées, cher ami ! Tout est permis chez nous, sauf de faire des manières. Et ne vous laissez pas impressionner par cette bâtisse : vous verrez, nous sommes des gens simples.

Sans attendre de réponse, il tira sur un cordon à gland qui pendait du plafond et, un moment plus tard, le majordome fit irruption dans le bureau pour s'enquérir d'un ton brusque des désirs de monsieur le duc. Celui-ci lui demanda si le jeune monsieur Guillermo était de retour. Le majordome ne l'avait pas vu.

– C'est bon, dit le maître de maison avec impatience, dites d'ajouter un couvert. Et de servir le repas à deux heures et demie précises. Si monsieur Guillermo n'est toujours pas revenu, il mangera ce qui restera, réchauffé. Et dites à madame la duchesse que nous prendrons l'apéritif dans le salon de musique. Guillermo, expliqua-t-il avec une sévérité peu convaincante quand le majordome fut sorti, est le plus jeune de mes garçons, mais aussi le plus grand des idiots. Il fait son droit à Madrid, mais passe une partie de l'année en allées et venues dans nos propriétés. Mon intention est de lui laisser prendre en main progressivement l'administration de nos domaines. Depuis plusieurs mois, il ne bouge pas de la maison. Sa mère ne vivait plus en sachant ce qui se passait dans les régions rurales, et elle n'avait pas tort. C'est pourquoi j'ai préféré garder la famille au bercail. Mais essayez donc de brider la jeunesse. Il ne s'était pas écoulé quarante-huit heures qu'il n'en pouvait plus de rester enfermé entre quatre murs et, avant-hier, il est allé à la chasse sur nos terres en compagnie d'amis, avec la promesse de rentrer aujourd'hui à la mi-journée. On verra bien. Mon autre garçon voyage en Italie avec deux camarades de faculté. Florence, Sienne, Pérouse, ah, si je pouvais être à sa place ! Il a terminé son droit mais raffole d'art, et ce n'est pas moi qui le lui reprocherai. Venez, monsieur Whitelands, je vais vous présenter à mon épouse et nous prendrons un verre de xérès. Le chauffage est antédiluvien et cette maison est un sépulcre. Ah, et en présence de ma femme et de mes filles, pas un mot de ce dont nous avons parlé. Inutile de les alarmer plus qu'elles ne le sont déjà.

5

Des bûches flambaient joyeusement dans la cheminée du salon de musique, sur laquelle trônait le buste blanc et taciturne de Beethoven. Un grand piano à queue occupait une partie substantielle du spacieux salon. Une partition ouverte sur le pupitre témoignait de l'usage familier de l'instrument. Les murs étaient tapissés de soie bleue et la fenêtre encadrait un coin du jardin planté d'orangers et de citronniers.

Ils venaient à peine d'entrer, quand la duchesse fit son apparition. C'était une femme petite et avec des traits un peu ingrats que l'âge et l'absence d'affectation avaient transformés en dignité. Son comportement distillait l'intelligence, l'énergie et la fermeté, et elle parlait avec un soupçon d'accent andalou qui lui conférait une grâce naturelle. Sa spontanéité et sa candeur irrépressibles lui faisaient commettre de fréquentes étourderies qui réjouissaient ceux qui la connaissaient et lui vouaient une tendre affection. Il n'était guère difficile d'imaginer que cette femme était le centre de la maisonnée.

– Soyez le bienvenu dans cette demeure, et particulièrement dans ce salon : mon refuge et mon sanctuaire, dit-elle d'une voix aiguë et musicale où les mots se bousculaient quelque peu. Mon mari vit pour la peinture et moi pour la musique. Ainsi, nous ne nous disputons jamais. Il aime ce qui dure et moi ce qui passe. Êtes-vous mélomane, monsieur… ?

– Whitelands.

– Jésus ! Quels noms bizarres vous avez donc ! Et votre nom de baptême ?

– Anthony.

– Antoñito ? Voilà qui est déjà mieux.

– Monsieur Whitelands, intervint le duc sur un ton indulgent non exempt de déférence, est l'expert en peinture espagnole dont je t'ai parlé, l'ami de Pedro Teacher. Il arrive directement d'Angleterre pour jeter un coup d'œil sur notre modeste collection, mais comme le temps nous a manqué, je l'ai prié de rester à déjeuner. Guillermo n'est pas rentré ?

– Si, il y a un moment, d'après ce que m'a dit Julián, mais il était fagoté comme un bandit des grands chemins, et il est monté se rafraîchir et passer du linge propre.

À ce moment entra Lili, accompagnée d'une jeune femme qui fut présentée à l'Anglais comme étant Victoria Francisca Eugenia María del Valle y Martínez de Alcántara, marquise de Cornellá, et que tout le monde appelait Paquita, fille des ducs et sœur aînée de Lili. Quoique élancée, avec des traits réguliers, elle conservait une ressemblance avec sa mère qui, paradoxalement, la rendait fort séduisante. Elle prit sans sourire la main que lui tendait l'invité et la serra avec une brièveté et une fermeté quasi masculines. Puis elle se retira dans un coin du salon et se mit à feuilleter un magazine illustré. Bien qu'elle ne fût pas vêtue de vert, Anthony Whitelands se demandait si cette jeune fille à l'air hautain n'était pas la femme énigmatique entrevue dans le jardin en compagnie d'un soupirant anonyme. Pendant ce temps, Lili s'était placée près de lui et lui prenait la main avec une confiance enfantine et effrontée. Lorsque l'Anglais lui eut accordé son attention, elle déclara :

– Pardonne-moi ce que j'ai dit tout à l'heure. Je ne voulais pas te vexer.

– Oh, ça n'a rien de vexant d'être comparé à Leslie Howard.

La fillette rougit et lâcha sa main.

– Lili, laisse Antoñito boire son xérès en paix, dit la duchesse.

– Elle ne me dérange pas, balbutia-t-il en rougissant à son tour.

Une domestique chétive et renfrognée, l'air vaguement demeurée, annonça en s'époumonant que le déjeuner était servi. Ils posèrent leurs verres et se dirigèrent vers la salle à manger. Sans se préoccuper du protocole, Paquita se plaça à côté d'Anthony et lui prit le bras.

– Vous êtes vraiment un spécialiste de la peinture ? demanda-t-elle à brûle-pourpoint. Vous aimez Picasso ?

– Oh, répondit hâtivement l'Anglais un peu déconcerté par cette attaque frontale, Picasso a un grand talent, sans aucun doute. Mais, à dire vrai, son œuvre ne m'enthousiasme pas, comme d'ailleurs la peinture moderne en général. Je comprends le cubisme et l'abstraction d'un point de vue technique, mais je ne vois pas où ça peut mener. Si l'art doit mener quelque part, bien entendu. Vous êtes pour l'avant-garde ?

– Non, pas plus que pour l'arrière-garde. J'appartiens à la partie musicale de la famille. La peinture m'ennuie.

– Je ne vous comprends pas. Vous vivez entourée d'œuvres magnifiques.

– Vous voulez dire que je suis une enfant gâtée ?

– Non, je vous en prie, je n'ai rien dit de pareil. D'ailleurs, ce serait absurde de ma part : je vous connais à peine.

– Je croyais que votre profession consistait à distinguer le faux du vrai au premier coup d'œil.

– Ah, je comprends, vous vous moquez de moi, mademoiselle Paquita.

– Un peu, c'est vrai, monsieur Antoñito.

La confusion de l'Anglais allait augmentant. Selon ses calculs, Paquita devait avoir légèrement dépassé l'âge auquel une jeune fille de bonne famille, surtout si elle est jolie, intelligente et spirituelle, est mariée ou pour le moins fiancée. Sinon, comme c'était de toute évidence le cas présent, ou bien l'intéressée prenait soin d'affecter une extrême pruderie, ou bien elle exagérait une désinvolture et une indépendance qui ne laissaient pas de doutes sur le caractère volontaire de son célibat. Aussi Anthony pressentait-il une raison mystérieuse dans le ton caustique de la séduisante jeune fille en compagnie de qui, en cet instant précis, il entrait dans la somptueuse salle à manger de la demeure.

La table pouvait accueillir aisément une trentaine de convives, bien qu'en cette occasion seuls sept couverts eussent été disposés à une extrémité. Deux lustres pendaient du plafond, et des portraits anciens accrochés aux murs captivèrent l'attention d'Anthony en la détournant momentanément de la jeune femme énigmatique qui semblait prendre un malin plaisir à se moquer de lui. Il s'agissait à coup sûr d'une galerie d'ancêtres allant des figures de courtisans du XVIIe siècle, dans le style de Van Dyck, à l'académisme figé des débuts du XXe. En les observant, Anthony constata une fois de plus que l'aristocratie espagnole ne s'était jamais laissée aller aux excès de préciosité qui avaient sévi dans le reste de l'Europe. Avec une fermeté dédaigneuse, elle avait refusé les fards, les fanfreluches et, surtout, les énormes perruques qui s'accordaient mal aux traits sombres, ascétiques et farouches de ses représentants. Tout au plus ces gens avaient-ils consenti à rassembler leurs cheveux pour former une petite queue en demeurant aussi frustes et mal vêtus que des valets d'écurie. Maintenant, Anthony admirait cette noble intransigeance et, en comparant mentalement les portraits anglais sucrés de petits-maîtres portant vestes brodées, bajoues rubicondes et grosses perruques tombant sur les épaules, avec les personnages de Goya, rudes, émaciés, sales, mais débordant d'humanité, il se trouvait conforté dans la conviction d'avoir choisi le bon côté de la confrontation.

Ils prirent place tous les cinq à la table en laissant une chaise et un couvert pour le frère absent et un autre couvert à la gauche de la duchesse. Celle-ci s'assura que tout était en ordre et fit un signe à son mari, lequel acquiesça et inclina la tête. Tous l'imitèrent sauf Anthony Whitelands, et le duc bénit la nourriture qu'ils allaient manger. Lorsqu'il eut fini et que les convives relevèrent la tête, Lili demanda si les protestants, eux aussi, bénissaient la table. Son père la gronda pour son manque de discrétion, mais l'Anglais répondit aimablement que les protestants étaient très friands de prières et qu'ils lisaient des passages de la Bible à tout moment et en toute occasion.

– Mais les anglicans ne bénissent pas la table, et nous en sommes bien punis, car en Angleterre on mange très mal.

L'arrivée d'un prêtre à l'air maussade transforma cette inoffensive plaisanterie en impertinence. Avant même de lui être présenté, le père Rodrigo avait lancé à l'Anglais un regard inquisiteur qui montrait clairement sa répugnance instinctive pour tout ce qui venait de l'extérieur. C'était un personnage d'âge moyen, robuste, rébarbatif et revêche, dont les traditionnelles taches de graisse sur la soutane témoignaient du mépris de leur auteur pour les vanités de ce monde.

La tension se relâcha à l'apparition de la servante portant une soupière et, marchant sur ses talons, d'un garçon fraîchement lavé, changé et gominé. Il posa un baiser sur le front de sa mère et tendit la main au visiteur.

– Mon fils Guillermo, dit le duc avec une pointe de fierté dans la voix.

Guillermo était bien fait de sa personne. Lui aussi ressemblait à sa mère, mais il y avait dans son attitude, comme souvent chez les jeunes gens beaux, riches et intelligents, un soupçon d'insolence inconsciente. Il semblait très excité et se mit à conter avec véhémence ce qui leur était arrivé. Le matin même, alors que le soleil était déjà haut, les chasseurs et le rabatteur qui les accompagnait, fatigués et grelottant de froid, étaient entrés dans un petit village en quête d'une quelconque nourriture, un bol de soupe ou n'importe quoi de chaud pour se revigorer. En arrivant sur la place où ils supposaient que se trouvait l'auberge, ils étaient tombés sur la fanfare qui, à cet instant, s'était mise à jouer *L'Internationale*, tandis que tous les habitants surexcités poussaient des cris menaçants contre le bâtiment de la mairie et contre l'église, bien que la porte de cette dernière soit fermée à double tour et que le drapeau tricolore flotte au balcon de la mairie. Les chasseurs n'avaient pas réalisé tout de suite le danger qu'ils couraient, et ce temps d'hésitation avait suffi pour qu'un villageois repère leur présence et attire l'attention des autres sur ce groupe de petits messieurs. Un chasseur avait voulu porter la main au fusil qu'il portait en bandoulière, mais le rabatteur, homme d'âge et d'expérience, l'en avait empêché. Avec dignité, mais en s'abstenant de toute provocation, les chasseurs avaient entrepris de rétrograder pas à pas pour reprendre finalement le chemin par où ils étaient venus. Une fois éloignés de quelques kilomètres, ils avaient regardé derrière eux et aperçu une colonne de fumée qui leur avait confirmé que la populace avait mis le feu à l'église, suivant l'exemple de beaucoup d'autres localités d'Espagne.

– Ça vous apprendra, dit la duchesse à la fin du récit, à aller à la chasse à cette époque de l'année. Avec le froid que nous avons le matin, je ne sais pas comment vous avez fait pour ne pas attraper un mal de poitrine ou pis encore. Maudite chasse. À votre âge, ce que vous devez faire, c'est aller à vos cours et étudier.

– Mais maman, répliqua le jeune homme, comment pouvons-nous aller à l'université puisqu'elle est fermée ?

– Fermée ? s'exclama la duchesse. L'université fermée en plein mois de mars ? Qu'est-ce que l'on fête ?

Lili riait sous cape et le père Rodrigo marmonnait des imprécations. Le duc détourna la conversation pour ne pas inquiéter son épouse.

– Et à part ça, comment a marché la chasse ?

La chasse n'avait pas très bien marché. D'abord ils avaient poursuivi un chevreuil très malin qui avait réussi à semer les chiens en bondissant dans les rochers ; puis ils avaient tiré sur un aigle royal, mais il volait trop haut. Finalement, les chasseurs étaient revenus avec un maigre butin dans leurs gibecières : quelques lièvres et deux oies. La frustration était d'autant plus forte qu'ils étaient partis avec la ferme intention d'abattre des outardes.

– À cette époque de l'année, vous n'en verrez aucune, et encore moins dans la sierra.

La discussion dura un moment. Anthony mangeait et observait. Au milieu de la table était posé un grand sous-plat en argent délicatement ouvragé ; la vaisselle et les couverts étaient également splendides. Néanmoins, la nourriture était frugale. À part la duchesse, qui semblait ailleurs, tous mangeaient de bon appétit, y compris les deux filles, sans les façons des gens faussement raffinés. Le service était efficace et respectueux, mais d'une inélégance proche de la rusticité. Anthony Whitelands ne pouvait que comparer ce prototype de la famille espagnole aristocratique aux familles anglaises qu'il connaissait, et juger encore une fois des différences. Ici l'on mariait avec un naturel parfait la modestie de la vie familiale avec le luxe, la paisible simplicité de la campagne avec le raffinement achevé de la Cour, l'absence d'affectation avec l'intelligence et la culture. Bref, tout le contraire de la rigidité et du comportement de parvenus des aristocrates britanniques, obsédés par leurs titres nobiliaires, leurs relations de parenté et leurs rentes, méprisants pour les autres, arrogants et incultes.

La voix de la duchesse le tira de ses réflexions :

– Pour l'amour de Dieu, ne parlez plus de cette maudite chasse. Vous ennuyez notre invité. Voyons, Antoñito, parlez-nous de vous. Qu'êtes-vous venu faire à Madrid, à part vous ennuyer en notre compagnie ? Est-ce pour donner une conférence à l'Ateneo ? J'adore les conférences. Et sinon, je m'endors. Dans les deux cas, je passe un très bon moment. Il y a un mois, nous avons eu un Allemand qui nous a expliqué que Christophe Colomb était le fils d'un Esquimau et d'une Majorquine. Très intéressant. Ce qu'il n'a pas dit, c'est comment ils ont fait pour engendrer l'Amiral. Vous aussi, vous avez des théories biscornues ?

– Non, madame. Je crains d'être un peu prosaïque. Je ne donne pratiquement jamais de conférences et je publie de temps en temps un article dans une revue spécialisée.

– Ah, bon, mais vous êtes encore jeune, dit la duchesse.

La suite du repas se poursuivit sur le même ton d'insouciance. À la fin, Anthony supposa que chaque convive allait retourner à ses occupations et qu'il pourrait s'atteler au travail pour lequel on l'avait fait venir, mais le duc, comme s'il considérait que la journée de labeur était terminée ou avait oublié la raison de la présence de l'étranger dans sa demeure, ramena tout le monde dans le salon de musique où le café et les liqueurs leur seraient servis et où, précisa-t-il en se désignant lui-même, celui qui le souhaitait pourrait fumer un bon havane.

Ainsi firent-ils tous, à l'exception du père Rodrigo qui se retira en proférant un monosyllabe inintelligible censé exprimer à la fois des excuses et un au revoir ; puis la duchesse, après avoir bu sa tasse de café, s'assit au piano et commença à jouer des mélodies légères. Là-dessus, Lili s'assit à côté d'elle et toutes deux interprétèrent un morceau à quatre mains. Quand elles eurent terminé, Anthony applaudit et Lili, quittant le tabouret, courut vers lui, passa les bras autour de son cou et lui demanda tout de go si ça lui avait plu. Il lui donna une petite tape affectueuse sur la joue et se lança dans des éloges dont il fut distrait par Guillermo qui avait sorti d'on ne sait où une guitare et, après l'avoir accordée, esquissait quelques accords, tandis que Paquita s'asseyait près de lui sur le canapé et se mettait à chanter d'une voix un peu rauque mais fort bien posée et très sensuelle. Anthony était sous le charme. Le frère et la sœur chantèrent et jouèrent de la guitare tour à tour pendant un bon moment. Lili, toujours à côté de lui, murmurait à l'oreille de l'Anglais, ça c'est un fandango, ça c'est une séguedille. Le duc fumait distraitement et la duchesse somnolait dans un fauteuil. Au-dehors, la lumière du crépuscule diluait les contours du jardin. Lorsque la pénombre ne permit plus de distinguer les visages des personnes présentes, le duc se leva et alluma une lampe. La lumière soudaine, en les éblouissant, dissipa la magie du moment. Tous quittèrent leurs sièges et il y eut un moment d'indécision.

– Diable ! s'exclama finalement le maître de maison, il se fait un peu tard. Évidemment, nous avons encore quelques heures devant nous, mais je dois expédier des affaires qui ne souffrent pas de délai. Quant à vous, monsieur Whitelands, ça n'a pas de sens que vous voyiez les tableaux : avec l'éclairage électrique, on ne peut juger convenablement des couleurs ni de rien. Je crains que vous ne deviez revenir, si notre compagnie ne vous est pas trop désagréable.

– Oh, pour moi, ce sera un vrai plaisir, dit l'Anglais avec un enthousiasme sincère, mais je ne voudrais pas abuser de votre hospitalité.

– Tout au contraire, trancha le duc. Ces derniers temps, nous recevons très peu et votre présence est pour nous des plus bienvenues. C'est donc entendu. Je vous attends demain matin, à l'heure qui vous conviendra, mais pas trop tard, pour que le temps ne nous file pas encore une fois entre les doigts. Nous avons beaucoup à faire. Lili, dis au revoir à notre hôte et cours faire tes devoirs. Ce n'est pas parce que tu ne vas plus au collège qu'il faut que tu négliges ton éducation et te transformes en Hottentote. Le père Rodrigo t'attend pour ta leçon et tu connais son caractère.

Chacun prit congé et, quand ce fut le tour de Paquita, celle-ci proposa de reconduire Anthony jusqu'à la porte. Ils traversèrent ensemble les pièces qui séparaient le salon de musique du hall d'entrée, où la séduisante jeune femme dit à celui qu'elle accompagnait :

– Ne jugez pas légèrement ma famille. Dans les circonstances présentes, nous nous conduisons tous d'une manière exagérée qui, aux yeux d'un étranger, peut sembler inconsidérée. Lorsque l'avenir est incertain, les façons et les sentiments prennent une tournure qui, en temps normal, serait plus calme et plus réservée. C'est aussi valable pour moi. Et puis ma famille est atrabilaire et féodale : depuis des siècles, elle est habituée à s'approprier ce qui lui plaît. Et vous lui avez plu. Peut-être parce que le fait de venir d'ailleurs apporte dans cette maison le souvenir d'une autre réalité, plus gaie et moins cruelle.

– Je me réjouis d'avoir fait bonne impression sur votre famille, répondit l'Anglais, mais j'aimerais savoir quelle impression j'ai faite sur vous.

– Ça, vous devrez le chercher par vos propres moyens, monsieur Whitelands. Moi aussi je m'empare de ce qui me plaît, mais je ne laisse personne s'emparer de moi.

Anthony ouvrit la porte de la rue. Il s'arrêta sur le seuil et dit :

– Vous reverrai-je demain matin ?

– Je ne sais pas. Je n'arrête pas de plans à si long terme, rétorqua-t-elle en refermant la porte.

Anthony Whitelands se retrouva seul sur le Paseo de la Castellana où circulaient peu de voitures et aucun piéton. La lumière des réverbères, circonscrite par l'air froid et cristallin de la nuit, projetait tout juste des ronds entre les arbres et les haies de l'avenue. Au moment où il se mettait en marche, surgit de l'obscurité un homme de grande taille qui semblait se diriger résolument vers l'hôtel particulier. L'Anglais s'arrêta et l'inconnu, se sachant peut-être observé, passa rapidement et poursuivit son chemin, les mains enfouies dans les poches de son manteau dont le col masquait son visage, pour disparaître de nouveau dans le noir. Bien que n'ayant pu voir sa figure, ni avant ni maintenant, Anthony eut la certitude que cet individu était le même que celui qu'il avait aperçu le matin dans le jardin, en conversation intime avec la femme énigmatique vêtue de vert.

6

En lui remettant la clef de sa chambre, le réceptionniste de l'hôtel l'informa que, dans l'après-midi, un monsieur était venu le demander.

– Vous en êtes sûr ?

– Absolument. C'est moi-même qui l'ai reçu, et il a donné vos nom et prénom. Il n'a pas laissé de message ni dit s'il reviendrait. À l'allure, il semblait étranger, mais il parlait aussi bien espagnol que vous, et avec un meilleur accent, si vous me permettez cette observation.

Anthony monta dans sa chambre en se demandant qui pouvait être le visiteur anonyme et comment celui-ci avait pu le trouver, puisqu'il n'avait dit à personne où il était descendu. Son arrivée avait été sûrement portée sur le registre de l'hôtel et le gérant avait peut-être communiqué à la police la présence d'un nouveau pensionnaire, étranger de surcroît. Beaucoup d'étrangers passaient par Madrid, mais, se dit-il, les circonstances actuelles étaient exceptionnelles. Pourtant, si c'était un policier et s'il avait demandé à le voir, pourquoi ne s'était-il pas identifié comme tel ? Et surtout, quel intérêt pouvait avoir la police, ou qui que ce soit d'autre, à lui parler ? Était arrivé quelque chose à Londres, pour que l'ambassade le recherche ? Et, enfin, pourquoi tant de secret ?

Tout en se posant ces questions, il sortit un livre qu'il avait tenté en vain de lire dans le train. Mais, dans la solitude de la chambre, il ne parvint pas davantage à se concentrer. Au bout d'un moment, il ferma le livre et sortit faire un tour.

Dans la rue le froid était vif, mais le centre de Madrid débordait de monde. En voyant les habitants déambuler sans hâte et sans souci, occupés aux habituelles escarmouches verbales typiques de la pétulante population madrilène, l'Anglais, oubliant sa méfiance, se sentit gagné par la joie de vivre qui flottait dans l'air et lui rendait si plaisant le séjour en Espagne.

Cheminant au hasard, il se trouva devant une taverne où il se souvenait d'être allé lors d'un voyage antérieur. Des voix et des rires pleins de promesses sortaient des portes de l'établissement. L'intérieur ne semblait pouvoir contenir une seule personne de plus, mais il réussit quand même à se frayer un passage et à s'accouder au comptoir. Un garçon le servit avec une promptitude et une amabilité surprenantes au milieu du tumulte général : c'était comme s'il n'y avait pas d'autre client dans toute la taverne. Anthony demanda une assiette de gambas et un verre de vin. Pendant qu'il attendait, il se rappela ses précédentes incursions dans le même lieu, dont les murs étaient tapissés de photos de toreros, car il était le siège d'un cercle tauromachique très important et très belliqueux. Il arrivait que les toreros eux-mêmes viennent y prendre un verre avec leurs bandes. Dans ces occasions, une trêve intervenait dans les disputes acharnées, car les toreros étaient d'authentiques idoles, et nul n'aurait eu l'impolitesse d'exprimer une opinion susceptible de les choquer. En dépit des disputes, l'ambiance était amicale et les soirées s'achevaient toujours par des chansons, très tard dans la nuit. Anthony adorait cette ambiance. Un soir, des années plus tôt, quelqu'un lui avait signalé la présence d'un torero très fameux, le légendaire Ignacio Sánchez Mejías, un homme déjà mûr et d'allure distinguée. Anthony le connaissait de nom et savait qu'il était, outre un torero admirable, un intellectuel et un poète de talent. Peu après cette rencontre fortuite, Anthony avait appris sa mort dans l'arène. Federico García Lorca lui avait dédié un poème poignant et Anthony, que l'événement avait vivement impressionné, en avait fait une traduction anglaise très rigoureuse du point de vue grammatical, mais peu émouvante du point de vue poétique.

Ce souvenir et la conscience de sa propre ingénuité le firent rire, ce qui fit dire à son voisin de comptoir :

– Vous trouvez ça si drôle ?

– Pardon ?

– Vous êtes étranger, c'est évident.

– Oui, monsieur.

– Et, apparemment, ce qui se passe vous amuse.

– Excusez-moi, mais je ne sais pas de quoi vous parlez. Je riais d'un souvenir qui n'a aucune relation avec l'actualité.

Tandis qu'il s'excusait, il comprit la raison du malentendu. Derrière lui, deux groupes discutaient avec hargne et violence. Au début, il pensa qu'il s'agissait d'une des habituelles disputes taurines, mais, cette fois, la tauromachie n'était pas la cause de ce tapage. Des deux camps qui s'affrontaient, l'un, le moins nombreux, était composé de très jeunes gens, bien faits de leur personne, bien habillés et bien nourris. L'autre était formé d'individus rudes, artisans et ouvriers à en juger par la casquette et le foulard à pois noué autour du cou. Le conflit initial avait déjà atteint la phase des insultes. Les ouvriers criaient : « Fascistes ! » à quoi les autres répondaient : « Rouges ! » Les deux camps se rejoignaient pour se traiter réciproquement de salauds. Pourtant rien n'indiquait que, des paroles, on passerait aux actes. Chacun supputait la force de celui d'en face et le résultat de ce calcul les dissuadait mutuellement d'aller plus loin que les invectives. À un moment donné, l'un des jeunes gens fit mine de porter la main à sa poche. Un de ses camarades, devinant son intention, l'arrêta, lui dit quelques mots et se dirigea vers la sortie. Les autres le suivirent sans tourner le dos à l'assistance qu'ils fixaient avec une expression de défi.

– Voyez-vous, dit le voisin d'Anthony quand le calme fut revenu dans l'établissement, avant on se disputait ici au sujet du meilleur, Cagancho ou Gitanillo de Triana… Des toreros, vous comprenez ?

– Oui, bien sûr, je suis grand amateur de corridas.

– Non, vous ne comprenez pas, mais vous m'êtes sympathique.

Mateo, un autre verre, et la même chose pour monsieur. Mais si, voyons, après vous paierez la tournée, et chacun sera content. Donc, comme je vous disais, ça, c'était avant. Aujourd'hui, et vas-y pour Mussolini, et vas-y pour Lénine, un vrai bordel, excusez-moi, je dis ça sans connaître vos idées. Pour le moment, comme vous pouvez le constater, ça ne dépasse pas les engueulades. À faire les bravaches, nous, les Espagnols, on est les meilleurs mais on a du mal à en venir aux mains. Seulement, le jour où on s'y mettra, même Dieu ne pourra pas nous arrêter.

Les Espagnols ont l'ouïe fine pour les conversations qui ne les concernent pas et n'éprouvent aucune gêne à les interrompre, à seule fin d'exposer leur propre opinion, que chacun donne pour bonne et définitive. De sorte qu'en quelques minutes s'était instauré un sonore et sentencieux débat, où divers clients se disputaient l'attention de l'étranger pour lui offrir leur diagnostic irréfutable des maux de l'Espagne et leur solution radicale. Les intervenants étaient en majorité des ouvriers, mais s'y mêlaient aussi des artisans, des employés de bureau, des commerçants et quelques quidams inclassables, unis dans une passion commune pour les taureaux qui effaçait toutes les barrières sociales. Ceux qui étaient entrés tout à l'heure dans la taverne étaient des phalangistes. Ils cherchaient sûrement la bagarre, mais l'aspect pacifique des clients et le caractère apolitique de l'établissement les avaient découragés. Les phalangistes, lui fut-il expliqué, étaient peu nombreux, jeunes pour la plupart et, par conséquent, impulsifs et irréfléchis ; comme leur parti avait pris une raclée aux dernières élections, ils faisaient maintenant du barouf. Ils se croyaient les maîtres de la rue, surtout à Madrid, encore que, parfois, les socialistes ou les anarchistes viennent leur donner une bonne correction. Ces derniers temps les affrontements s'étaient radicalisés et il n'était pas rare qu'ils se terminent par des blessés et même des morts. Les phalangistes, dit quelqu'un, sont des gamins de la haute, des fils à papa ; le problème était que papa, non content de leur donner de l'argent, leur prêtait son pistolet. À ce qu'il paraît, ce matin même, une poignée de morveux en chemise bleue s'était présentée dans un meeting socialiste et avait tiré une décharge de chevrotine contre la tribune des orateurs. Avant que les témoins de la scène ne se soient remis de leur peur, les agresseurs s'étaient enfuis en automobile. Et si, à ce moment-là, poursuivit le client, un type avec une gueule de capitaliste ou pire, de curé, avait eu la mauvaise idée de passer dans les parages, sûr qu'on l'aurait mis en charpie. Et voilà comment, termina-t-il, les justes payaient pour les pécheurs.

Le problème, dit un autre, c'est qu'au jour d'aujourd'hui il ne reste plus ni justes ni pécheurs. C'était facile d'accuser les phalangistes de tous les maux, mais il ne fallait pas oublier qui leur avait préparé le terrain : les attentats, les grèves et les sabotages, les églises et les couvents brûlés, les bombes et la dynamite, sans oublier les affirmations clairement exprimées du but final, à savoir la destruction de l'État, la dissolution de la famille et l'abolition de la propriété privée. Et tout ça avec la tolérance, lâche ou complice, des autorités. Au vu de ce panorama, on ne pouvait s'étonner que certains secteurs de la société aient décidé de prendre des mesures pour faire entendre leur voix ou, à défaut, mourir les armes à la main.

Un petit homme coiffé d'un chapeau melon râpé, qui dit s'appeler Mosca et être membre de l'UGT[1], intervint sans le laisser finir. De l'avis de monsieur Mosca, à la racine du conflit, il y avait l'attitude des Catalans. Sous prétexte de vouloir modifier des structures administratives de l'État espagnol, les Catalans avaient brisé de fait l'unité du pays et, maintenant, la nation s'écroulait comme un mur auquel on aurait ôté son mortier. Comme il n'y avait pas de Catalans dans la salle, personne ne réfuta son argument ni ne lui fit remarquer le caractère douteux de la métaphore, ce qui permit à monsieur Mosca de continuer en disant que, suite à la disparition du sentiment d'appartenance à une patrie commune, chaque citoyen emboîtait le pas de la première procession

1. L'Union générale des travailleurs, syndicat étroitement lié au parti socialiste.

qui passait en bas de chez lui et, au lieu de voir dans le voisin un compatriote, il voyait un ennemi. Avant de pouvoir terminer, il fut réduit au silence par les cris d'autres clients, désireux de faire connaître leur propre analyse de la situation. Pour se faire entendre, monsieur Mosca se haussa sur la pointe des pieds et allongea le cou, mais mal lui en prit car les gesticulations d'un autre individu firent voler son chapeau melon.

Le ton de la polémique montait et Anthony, dont le garçon n'avait cessé de remplir le verre de vin, intervint pour exprimer sa conviction que tout pouvait être résolu par le dialogue et la négociation. Cela lui valut l'hostilité de l'assistance, car, ne défendant les positions d'aucun, tous le considéraient comme un allié des autres. Finalement, un homme lui prit le bras et lui indiqua par signes de le suivre vers la sortie. Anthony jeta quelques pièces sur le comptoir et se laissa conduire. Quand ils eurent tous deux traversé le barrage humain sans incident et se retrouvèrent dans la rue, l'inconnu dit :

– Inutile que vous preniez une raclée.

– Vous croyez qu'ils m'en auraient donné une ?

– C'est probable. Vous êtes plus grand que les autres et le seul étranger, donc vous n'aurez personne pour rendre les coups à votre place. Si vous voulez vérifier, retournez-y. Après tout, ce ne sont pas mes oignons.

– Non, vous avez raison et je vous remercie de m'avoir remis les idées en place. Et puis il se fait tard et je ferais mieux de rentrer à l'hôtel plutôt que de me fourrer dans un guêpier.

Il tendit la main à son bienfaiteur inconnu, lequel, au lieu de la lui serrer, mit les siennes dans les poches de son manteau et dit :

– Écoutez, je vais vous accompagner jusque chez vous. Les rues sont dangereuses, et plus encore à cette heure-ci. Évidemment, je ne puis vous offrir aucune garantie de sécurité, mais vu que je suis d'ici et pas né de la dernière pluie, je sais voir quand on doit changer de trottoir et quand il faut détaler sans demander son reste.

– Vous êtes bien aimable, mais je ne veux pas vous déranger. Mon hôtel est tout près.

– Dans ce cas, ça ne me causera guère de dérangement. Et si, au lieu de vous rendre directement à votre hôtel, vous préférez passer un moment en bonne compagnie, je connais un endroit, juste au coin de la rue, très hygiénique, avec des prix raisonnables et un personnel de qualité.

– Ah, dit l'Anglais en sentant les effets de l'alcool s'évaporer et ses sens s'éveiller sous l'effet du froid de la nuit et du danger récemment couru ; lorsque j'étais étudiant ici, à Madrid, il m'est arrivé de visiter une maison de tolérance.

– Eh bien, il n'est jamais trop tard pour recommencer, répliqua l'autre.

Ils marchèrent un moment dans la Gran Vía et tournèrent dans une obscure ruelle adjacente. Ils frappèrent à la porte d'une étroite bicoque aux murs écaillés, jusqu'à ce qu'apparaisse le veilleur de nuit en zigzaguant et en agitant un trousseau de clefs. Il empestait le vin à plusieurs mètres et gardait les yeux à demi fermés. Il ouvrit fort poliment, remercia pour le pourboire en faisant une révérence et en lâchant un rot, puis s'en fut. Ils pénétrèrent dans un étroit vestibule, et l'aimable cicérone annonça :

– Montez au second étage à droite et demandez la Toñina. Je ne vous accompagne pas car je n'ai pas l'esprit à ça en ce moment, mais je vous attendrai tranquillement ici en fumant un petit cigare. Ne vous dépêchez pas ; je ne suis pas pressé. Ah, et avant de monter, je vous suggère de me laisser votre portefeuille, votre passeport et tout autre objet de valeur que vous portez sur vous, à part le montant du service et un peu de monnaie en plus, au cas où il vous viendrait un caprice. Les filles sont honnêtes, mais n'empêche, même dans les meilleures maisons, il peut y avoir des voleurs.

Anthony trouva la proposition de son accompagnateur raisonnable et lui remit son argent, ses papiers, sa montre et son stylo. Puis, à la faible lumière d'une ampoule qui brillait par intermittence dans le tunnel de l'escalier, il monta au second étage et frappa à la porte. Une matrone portant une camisole et un châle lui ouvrit. Quatre autres femmes, d'âge mûr, écoutaient la radio et jouaient aux cartes autour d'une *mesa camilla*[1]. L'Anglais dit qu'il voulait voir la Toñina. La matrone eut un mouvement de surprise, mais, sans rien dire, elle disparut derrière un rideau et revint tout de suite en ramenant une jeune personne très mince et très jolie, qu'elle gardait sûrement cachée parce qu'elle était mineure. La fille prit l'Anglais par la main et le conduisit dans un cagibi meublé d'un lit et d'une table de toilette, d'où il ressortit fort satisfait au bout d'un moment. Lorsqu'il eut payé et redescendu l'escalier, il ne trouva personne en train de l'attendre, ni dans le vestibule, ni dans la rue. Tout était fermé, de sorte qu'il regagna son hôtel d'un bon pas et se coucha. Au moment d'éteindre la lumière, le soupçon l'assaillit qu'il avait été victime d'une arnaque, mais, éreinté comme il l'était, il ferma les yeux et s'endormit aussitôt.

1. La *mesa camilla* est une table dont la nappe retombe en forme de jupe et sous laquelle brûle un brasero.

7

En ouvrant les volets, il vit un ciel couvert et une fine pluie qui rendait les toits luisants ; subitement, il se souvint du nom du crachin en espagnol, *calabobos*, un mot qui peut se traduire par « mouille-couillons » et qui, dans le cas présent, convenait parfaitement à sa personne. La gueule de bois due aux excès de la veille ne l'empêchait pas de percevoir clairement tout ce que sa situation avait de dramatique. Le malaise physique et l'angoisse lui donnaient des nausées. Manger quelque chose de solide et prendre un café bien tassé n'auraient pas été de trop, mais il en chassa l'idée, puisqu'il n'avait plus un sou en poche et que, sans passeport, il ne pouvait recourir à une banque. Il ne lui restait d'autre solution que de se rendre à l'ambassade britannique pour y demander de l'aide, bien que la perspective d'avoir à passer pour le plus naïf des touristes devant un fonctionnaire dénué de complaisance le remplisse de honte.

S'abritant de la pluie sous les corniches, il s'engagea dans la rue du Prado en réfléchissant à la meilleure manière de se présenter à l'ambassade, privé comme il l'était de papiers qui certifieraient son identité. Si un fonctionnaire connaissait ses écrits sur la peinture espagnole du Siècle d'Or, donner son nom suffirait ; dans le cas contraire, il se verrait obligé de recourir à ses relations au Foreign Office, une éventualité qui ne laissait pas de l'inquiéter, car son ami au Foreign Office était un ancien condisciple de Cambridge, pour l'heure mari de cette Catherine avec laquelle il l'avait fait cocu ces dernières années ; et si elle avait déjà reçu la lettre de rupture, il pouvait s'attendre à une réaction de fureur, voire à une confession de leur aventure amoureuse. De toute façon, faire appel à l'autorité de son ami ne semblait pas une bonne idée. Par ailleurs, le séjour d'Anthony Whitelands à Madrid correspondait à un dessein qui requérait la plus grande discrétion. L'Anglais se demandait si la nature de sa mission ne lui imposait pas un strict secret professionnel et, par conséquent, l'impossibilité d'informer de sa présence les services diplomatiques de son pays. Mais si l'ambassade ne le prenait pas sous son aile, comment résoudre une situation qui lui apparaissait désespérée ? La seule autre solution était de raconter ce qui s'était passé au duc de la Igualada et de se placer sous sa protection. Évidemment, une telle démarche revenait à lui faire perdre toute respectabilité et tout crédit aux yeux du duc et de sa famille. Il passait par toutes les couleurs de l'arc-en-ciel en imaginant la tête de Paquita quand elle prendrait connaissance de ses exploits. Il se dit que tout se liguait contre lui.

Au moment où il arrivait à la fontaine de Neptune, le crachin se transforma en averse. Ne sachant où se réfugier, il gagna en deux enjambées les marches du musée du Prado et se dirigea vers le guichet. Vu l'heure matinale et le peu de visiteurs, la préposée le reconnut et, avec une amabilité qui, dans son désarroi, le toucha profondément, le laissa passer sans lui demander une accréditation qui lui avait été également volée. Une fois à l'abri, et encore incertain quant à la voie à suivre, il laissa ses pas le porter une fois de plus dans la salle des Vélasquez. Il voulait voir *Les Fileuses*, mais en passant devant *Ménippe* il s'arrêta brusquement, happé par le regard menaçant de ce personnage mi-philosophe, mi-fripouille. Le choix de ce sujet par Vélasquez lui avait toujours semblé étrange. En 1640, Vélasquez avait peint deux tableaux, *Ménippe* et *Ésope*, destinés à concurrencer dans la faveur du roi deux portraits fort analogues de Rubens, alors qu'il séjournait à Madrid. Rubens avait peint Démocrite et Héraclite, deux philosophes grecs de renommée universelle. Au contraire, Vélasquez avait choisi deux personnages d'importance mineure, dont l'un était presque inconnu. Ésope écrivait des fables et Ménippe était un philosophe cynique dont rien de certain n'est parvenu jusqu'à nous, à part ce qu'en racontent Lucien de Samosate et Diogène Laërce. Selon ces derniers, Ménippe, qui était né esclave et s'était affilié à la secte des Cyniques, avait gagné beaucoup d'argent par des méthodes d'une honnêteté douteuse avant de perdre tout ce qu'il avait à Thèbes. La légende dit qu'il était monté sur l'Olympe et descendu dans l'Hadès, et que dans les deux endroits il avait trouvé la même chose : corruption, mensonge et vice. Vélasquez montre un homme corpulent, déjà âgé mais encore plein d'énergie, vêtu de haillons, sans foyer ni biens matériels, et sans autres ressources que son intelligence et sa sérénité face à l'adversité. Ésope, son pendant pictural, tient dans la main droite un gros livre dans lequel sont sûrement écrites ses célèbres quoique modestes fables. Ménippe est lui aussi peint avec un livre, mais celui-ci gît à terre, ouvert et une page déchirée, comme si tout ce qu'il avait écrit manquait d'intérêt. Qu'a voulu signifier Vélasquez en choisissant ce personnage évanescent, toujours en chemin vers un but inexistant, à part son incessante et réitérée désillusion ? Ces années-là, Vélasquez était justement le contraire : un jeune artiste en quête de reconnaissance artistique et, surtout, d'ascension sociale. Peut-être a-t-il peint Ménippe comme un avertissement, pour se rappeler à lui-même qu'au bout du chemin menant au sommet ce n'est pas la gloire qui nous attend, mais le désenchantement.

Inspiré par cette pensée, l'Anglais sortit précipitamment de la salle et du musée, décidé à régler ses problèmes de la façon la plus pratique. La pluie avait cessé et le soleil pointait entre les nuages. Sans hésiter, il se dirigea vers la demeure du duc de la Igualada. Arrivé à la place de Cibeles, il se rangea de côté pour laisser passer un groupe compact d'ouvriers portant casquette et blouse qui, à en juger par les pancartes et les drapeaux que certains tenaient enroulés, se rendaient à une manifestation ou à un meeting. Grâce à sa grande taille, Anthony put voir, stationnant sur la Gran Vía, des jeunes gens en chemise bleue qui contemplaient la scène dans une attitude provocante. Les ouvriers leur jetaient des regards haineux. Se souvenant de ce qui lui était arrivé la veille au cercle tauromachique, Anthony prit la résolution d'éviter tout affrontement et de rentrer sans tarder à Londres dès qu'il aurait réglé l'affaire qui le retenait à Madrid. En même temps, la sensation de violence et de danger produisait en lui une excitation tout à fait insolite chez un homme qui s'était toujours tenu lui-même pour méthodique, prévoyant et pusillanime. En le quittant, Paquita lui avait dit qu'en des moments de grande incertitude, lorsque c'est le hasard qui décide de la vie et de la mort des gens, ceux-ci se comportent avec une exagération qui peut sembler inconsidérée. Il comprenait maintenant le sens de ces paroles et se demandait si la belle et énigmatique jeune femme ne les avait pas prononcées pour l'inciter à se laisser conduire par ses impulsions, sans réfléchir aux conséquences immédiates et à venir.

Il arriva devant l'hôtel particulier et frappa à la porte avec une énergie renouvelée. Comme la fois précédente, l'insolite majordome lui ouvrit, le fit entrer dans le vestibule et alla aviser monsieur le duc. Celui-ci arriva tout de suite et salua l'Anglais sur le ton affectueux et naturel avec lequel on reçoit un ami que l'on vient à peine de quitter.

– Cette fois, je ne vous ferai pas perdre de temps, dit-il.

S'adressant au majordome, il ajouta :

– Julián, prévenez monsieur Guillermo. Nous serons dans mon bureau. Je veux que mon fils soit présent, expliqua-t-il à Anthony, et je regrette que son frère ne puisse également intervenir dans l'opération. J'ai une conception traditionnelle du patrimoine. Je n'ai jamais considéré que mes propriétés et mes biens étaient réellement à moi, car ils font partie d'une chaîne successorale dont chaque génération est un maillon et, comme telle, dépositaire de ce patrimoine qu'elle doit conserver, augmenter dans la mesure du possible et, le moment venu, transmettre à la génération suivante. Lorsque l'on voit les choses ainsi, la richesse se transforme en une obligation, et les satisfactions qu'elle procure sont compensées par un sentiment de responsabilité qui lui ôte une bonne part de son attrait. Je n'irai pas jusqu'à dire que j'envie les pauvres ; l'homme heureux qui, selon le dicton, n'a pas de chemise ne survivra pas à l'hiver de Madrid. Je dis cela pour que vous compreniez ma tristesse à l'idée de me séparer d'une partie importante de ce que je possède.

Tout en parlant, ils étaient arrivés dans le bureau du duc, où celui-ci lui avait conté ses malheurs lors de leur précédente rencontre. Une douzaine de tableaux y étaient maintenant alignés par terre, appuyés contre le mur.

– Mon fils ne va pas tarder, dit l'éminent personnage.

L'Anglais comprit que les femmes de la famille n'interviendraient pas dans les décisions qui seraient prises ici, ce qui le contraria quelque peu, son expérience lui ayant appris que les femmes sont plus réalistes quand il s'agit d'expertiser une œuvre d'art, peut-être parce qu'un manque intime d'orgueil familial leur permet d'accepter le compromis nécessaire entre la valeur esthétique, la valeur sentimentale et la valeur marchande.

La brusque entrée de Guillermo del Valle interrompit ses réflexions. Ils se saluèrent avec une froide politesse et leurs regards convergèrent sur le maître de maison.

– Procédons sans tarder, dit celui-ci sur le ton faussement détaché d'un homme qui s'apprête à subir une intervention chirurgicale. Comme vous voyez, mon cher Whitelands, afin de faciliter votre expertise, nous avons rassemblé dans le bureau les œuvres qui, au vu et au su de mes modestes connaissances, correspondent le mieux à notre dessein. Ce sont des tableaux de format moyen, dont les sujets sont décoratifs, la plupart signés et authentifiés. Ayez la bonté d'y jeter un coup d'œil et de nous livrer une première impression.

Anthony nettoya ses lunettes avec son mouchoir et s'approcha des tableaux. Le duc et son héritier restaient à distance respectueuse, sans faire de bruit, avec une impatience mal dissimulée qui l'empêchait de se concentrer pour un examen objectif des œuvres. En aucun cas, il ne voulait décevoir les attentes de cette noble famille accablée par le sort, à laquelle il se sentait déjà attaché pour diverses raisons ; mais une première impression lui fit comprendre qu'il ne pourrait leur offrir que de belles paroles. Bien que son opinion fût déjà faite, il s'arrêta un moment devant chaque tableau pour écarter toute éventualité d'un faux, évaluer la qualité de l'œuvre et examiner l'état de conservation de la peinture, ce qui ne fit que renforcer sa conviction. Finalement, il décida d'affronter la réalité sans plus tergiverser, parce qu'il était, lui aussi, en proie à un trouble croissant, dû non seulement à l'impossibilité de répondre aux espoirs placés dans son expertise, mais aussi à l'idée d'avoir fait pour rien un voyage hérissé d'incidents fâcheux et probablement de dangers réels – ce qui le mettait de plus en plus en colère contre lui-même : il n'aurait jamais dû écouter un charlatan de l'espèce d'un Pedro Teacher.

Son expression dut trahir ces sentiments quand il se tourna vers son hôte, car celui-ci lui dit avant même qu'il ouvre la bouche :

– Ils vous semblent donc si mauvais ?

– Oh, non. Pas du tout. Les tableaux forment une collection splendide. Et chacun a ses propres mérites, je n'ai aucun doute là-dessus. Mes réserves... mes réserves sont d'une autre nature. Je ne suis pas un spécialiste de la peinture espagnole du XIXe siècle, mais le peu que je sais me porte à penser que l'on ne doit probablement pas considérer ce qui est là comme relevant de sa période la plus brillante. C'est injuste, évidemment, mais rien ne résiste à la comparaison avec Vélasquez, avec Goya... Les choses sont ainsi : hors d'Espagne, des noms appréciés comme ceux de Madrazo, Darío de Regoyos, Eugenio Lucas et bien d'autres sont éclipsés par les grandes figures du passé. Peut-être Fortuny, Sorolla... mais ça ne va guère au-delà...

– Oui, oui, je comprends ce que vous dites, mon cher Whitelands, l'interrompit discrètement le duc, et je suis tout à fait d'accord, mais quand même, vous croyez que ces œuvres ne trouveront pas d'acheteurs en Angleterre ? Et s'il en existe, à combien pourrait se monter le produit de la vente ? Je ne vous demande pas de chiffres exacts, bien entendu, juste un calcul approximatif.

Anthony s'éclaircit la gorge avant de dire entre ses dents :

– Sincèrement, Votre Excellence, je ne le sais pas et je crois que personne n'est en mesure de faire une estimation à l'avance. J'ignore qui peut être intéressé par ce genre de peinture en dehors d'ici. La seule chose faisable, à mon avis, est de confier ces œuvres à une maison de vente aux enchères comme Christie's ou Sotheby's. Mais ça, étant donné la situation…

Le duc de la Igualada fit un geste large et débonnaire.

– Ne vous forcez pas, mon cher Whitelands. Je vous sais gré de votre délicatesse, mais je crois avoir compris ce que vous essayez de me dire. Ce n'est pas ainsi que nous réussirons à réunir un capital.

Devant le silence de son interlocuteur, il soupira, sourit tristement et ajouta :

– Qu'importe. Dieu y pourvoira. Je regrette, croyez-moi, de vous avoir fait perdre un temps précieux pour rien, quoique votre travail sera rétribué comme il se doit. Et je vous préviens : je ne tiendrai aucun compte d'un refus de votre part ; l'amitié ne doit jamais interférer dans les engagements pris, surtout s'ils sont de nature économique. Vous avez fait, vous les Anglais, de cette règle un véritable dogme et c'est ce qui vous a placés en tête du monde civilisé. Mais nous aurons d'autres occasions de philosopher. Laissons de côté cette malheureuse affaire et allons voir si tout est déjà prêt pour l'apéritif. Naturellement, nous comptons sur vous pour partager notre modeste repas.

Anthony Whitelands n'avait pas prévu cette invitation et, en l'entendant, il lui sembla voir s'ouvrir le paradis, non seulement parce qu'elle lui donnait l'occasion de revoir la charmante Paquita, mais parce qu'il n'avait rien mangé de la journée et se sentait sur le point de défaillir. Avant d'accepter, cependant, il remarqua une expression de contrariété sur le visage de Guillermo del Valle. Il était évident que le jeune héritier se sentait humilié par le jugement négatif d'un étranger à propos de ce qu'il considérait comme son patrimoine légitime, mais aussi comme le symbole de la dignité de son nom.

– Papa, l'entendit-il murmurer, je te rappelle qu'aujourd'hui nous avons un invité.

Le duc regarda son fils avec réprobation et tendresse, et dit :

– Je sais, Guillermo, je sais.

Malgré lui, l'Anglais se crut dans l'obligation d'intervenir :

– Je ne voudrais en aucune manière... j'ai justement un rendez-vous...

– Ne mentez pas, monsieur Whitelands, répliqua le duc, et quand vous mentez, ne mentez pas si mal. Et ne faites pas non plus cas de mon fils. C'est encore moi qui décide des commensaux qui s'asseyent à ma table. C'est vrai que nous avons aujourd'hui un invité, mais c'est une personne de confiance, un bon ami de la famille. D'ailleurs, je suis convaincu qu'il sera ravi de faire votre connaissance et que ce sera très instructif pour vous de le rencontrer. Donc, n'en parlons plus.

Il tira sur le cordon et, à l'arrivée du majordome, il dit :

– Julián, monsieur reste pour le déjeuner. Et faites remettre les tableaux en place avec le maximum de précautions. D'ailleurs, il est préférable que je supervise moi-même l'opération. Guillermo, occupe-toi de notre ami.

Une fois le duc sorti du cabinet, un silence tendu s'instaura. Pour sauver la situation, Anthony décida d'aborder le sujet sans détour.

– Je suis désolé de vous avoir déçu, dit-il.

Le jeune Guillermo lui adressa un regard hostile.

– En effet, répondit-il, vous m'avez déçu, mais pas pour la raison que vous croyez. Je n'ai jamais eu l'intention de quitter le pays. Au contraire : c'est le moment de rester à notre poste et de prendre les armes. Nous ne pouvons laisser l'Espagne aux mains de la canaille. Mais j'aurais aimé voir ma mère et mes sœurs à l'abri. Peut-être aussi mon père : il est âgé et constitue, malgré lui, un obstacle. Maintenant, ma famille devient un double motif de préoccupation. Je m'inquiète pour eux et parce que, le moment venu, ils tenteront de me retenir. Ils me considèrent comme un enfant, alors que j'ai déjà dix-huit ans. Désormais, si je reste, tout le monde pensera que ce n'est pas de ma propre volonté mais par manque de moyens, et j'en suis mortifié. Vous ne comprenez pas ça, car vous n'êtes pas espagnol.

Après avoir dit cela, il parut soulagé, comme si on lui avait ôté un poids de la poitrine.

8

En s'approchant du salon de musique, les notes du piano parvinrent à leurs oreilles et, avec elles, la voix reconnaissable entre toutes de Paquita, rauque et attirante, qui égrenait une allègre *tonadilla* :

Caballero del alto plumero,
¿ Dónde camina tan pinturero ?[1]

Anthony Whitelands s'arrêta devant la porte et ses deux accompagnateurs l'imitèrent. Avec une émotion grandissante, l'Anglais entendit, après une roulade :

Los caminos que van a la gloria
son para andarlos con parsimonia.[2]

Mais le plaisir de l'auditeur passionné fut tout de suite gâché par une voix de baryton qui répondait :

Señorita que riega la albahaca,
¿ Cuántas hojitas tiene la mata ?
Me parece que són más de ciento,
como las plumas de mi plumero.[3]

1. Chevalier au grand plumet / Où allez-vous donc si coquet ?
2. Les chemins qui mènent à la gloire / sont faits pour aller pas à pas.
3. Demoiselle qui arrosez le basilic / combien de feuilles compte la plante ? / Il me semble qu'elles sont plus de cent / comme les plumes de mon plumet.

Son Excellence le duc de la Igualada ouvrit la porte du salon et interrompit la romance. Lili était assise au piano et sa sœur se tenait près d'elle, vêtue de la robe verte qu'elle portait quand Anthony l'avait vue pour la première fois dans le jardin. À son côté, il y avait un homme d'une trentaine d'années, brun et bien fait, traits virils, grands yeux intelligents, front dégarni, cheveux noirs, port distingué et simple de l'aristocratie espagnole. Avec l'irruption des nouveaux venus, les chanteurs s'étaient tus, mais ils continuaient de se regarder dans les yeux, la bouche entrouverte, encore immergés dans la complicité galante de la musique interprétée en duo. Ils réagirent tout de suite et leurs regards se tournèrent vers la porte. Celui de l'Anglais et celui du fringant inconnu se croisèrent brièvement. La présence de la duchesse assise sur le canapé mit fin à ce début de duel de salon entre deux mâles. L'Anglais s'empressa de présenter ses hommages à la maîtresse de maison qui lui tendit la main en disant :

– Dieu soit loué, Antoñito, vous nous manquiez déjà.

Anthony ne sut pas si ces paroles étaient affectueuses ou ironiques. Il pensa que la duchesse pouvait trouver son assiduité fâcheuse. Peu entraîné aux subtilités mondaines, l'invité se sentit rougir, jusqu'au moment où Lili sauva la situation en se jetant dans ses bras avec une innocence spontanée. Le duc la réprimanda.

– Alba María, laisse en paix ton protestant préféré et conduis-toi en vraie demoiselle.

Et, se tournant vers Anthony, il ajouta d'un ton jovial :

– Excusez cette gamine mal élevée, mon cher Whitelands, et permettez-moi de vous présenter le bon ami dont je vous ai parlé.

Libéré de sa jeune admiratrice, Anthony dut reporter le moment de saluer Paquita pour concentrer son attention sur le fringant inconnu. Le duc fit les présentations de rigueur :

– Le marquis de Estella, en plus de jouir de l'estime de ma famille, est un homme aux intérêts multiples. Je suis persuadé que les sujets de conversation ne vous manqueront pas. Monsieur

Whitelands est un expert distingué en peinture espagnole de passage à Madrid, qui a tenu à jeter un coup d'œil sur certaines œuvres aux fins d'évaluation. Le marquis de Estella, expliqua-t-il, est au courant de nos intentions.

Le marquis effaça toute trace de tension par une forte poignée de main et un sourire lumineux et sans réticence.

– Tout le monde, dans cette maison, se répand en éloges à votre sujet, dit-il. Heureux de faire votre connaissance.

– Tout le plaisir est pour moi, répliqua Anthony, gagné malgré lui par l'amabilité du gentilhomme.

Le majordome fit circuler les verres de xérès sur un plateau d'argent.

– Ne vous laissez pas leurrer par les bonnes manières, ironisa le duc. Le marquis et moi, nous appartenons à deux générations distinctes et, apparemment, à deux mondes opposés. Je suis un monarchiste acharné et lui, en revanche, est un révolutionnaire qui mettrait le monde sens dessus dessous si on le laissait faire.

– N'exagérez pas, don Álvaro, dit l'intéressé en riant.

– Ce n'était pas un reproche, répliqua le duc. L'âge nous assagit. La jeunesse est radicale. Tenez, voyez notre ami Whitelands : avec tout son flegme britannique, c'est un iconoclaste. Tout ce qui n'est pas Vélasquez, il le jetterait au bûcher. Non ?

Le vin lourd et sucré embrumait l'esprit de l'Anglais encore à jeun et lui épaississait la langue.

– Je n'ai rien dit de pareil, protesta-t-il. Toute œuvre d'art doit être estimée pour ses qualités propres.

En disant cela, il jeta involontairement un coup d'œil vers Paquita et rougit. Malicieuse, la jeune femme augmenta sa confusion.

– Monsieur Whitelands se débat entre une froide érudition et une passion débridée.

Le fringant marquis prit noblement sa défense :

– C'est bien naturel. Il ne peut y avoir d'authentique conviction sans passion. Le sentiment est la racine et la sève nourricière des idées profondes. Je trouve que nous devons être contents et reconnaissants qu'un Anglais ait mis tout son cœur dans quelque chose d'aussi espagnol que Vélasquez. Parlez-nous de votre passion pour ce peintre et dites-nous comment elle vous est venue, monsieur Whitelands.

– Je ne voudrais pas vous ennuyer avec mes histoires, protesta Anthony.

– Oh, mon garçon, intervint la duchesse de son ton acide et spirituel, dans cette maison on n'entend jamais que des querelles à propos de la chasse, des taureaux et de la politique. Si je ne suis pas encore morte d'ennui, rien ne pourra me tuer. Dites-nous franchement les choses comme vous les sentez.

– Mon propos n'a rien de passionné. Je suis un spécialiste, un universitaire, qui s'attache davantage aux faits précis qu'aux appréciations véhémentes. Mes polémiques avec mes collègues s'apparentent plus à des actes notariés qu'à des pamphlets.

– Cette attitude, dit le marquis de la Estella, ne s'accorde pas avec un peintre aussi dramatique que Vélasquez.

– Oh, non, pardonnez-moi si je ne suis pas de votre avis. Vélasquez n'a rien de dramatique. Le Caravage est dramatique, le Greco est dramatique. Vélasquez, au contraire, est distant, sage, il peint comme à contrecœur, laisse des toiles inachevées, choisit rarement son sujet, préfère la figure figée à la scène en mouvement ; et même quand il peint le mouvement, celui-ci reste statique, comme arrêté dans le temps. Pensez au portrait équestre du prince Baltasar Carlos : le cheval est en suspens au milieu d'un saut qu'il n'achèvera jamais et, chez le prince, rien n'indique l'effort du cavalier. Vélasquez lui-même était un homme au sang froid. Sa vie personnelle manque de relief, la politique ne l'a jamais intéressé : il a passé toute sa vie à la Cour sans participer aux intrigues de palais, chose difficile à imaginer. Il préférait être un fonctionnaire plutôt qu'un artiste et quand, finalement, il a obtenu une haute charge administrative, il a cessé de peindre, ou peu s'en faut.

– En vous écoutant, dit le duc, personne ne penserait que vous évoquez un grand artiste universel, un génie indiscutable.

Paquita, qui s'était tenue à l'écart et comme indifférente, fit brusquement irruption dans la conversation.

– Pour moi, dit-elle, monsieur Whitelands ne fait que prêcher pour son saint.

– Que voulez-vous dire ? demanda Anthony.

Paquita lui adressa un regard amusé, comme pour le défier.

– Je veux dire qu'à force de connaissances acquises dans des musées et des bibliothèques vous vous êtes approprié Vélasquez et vous l'avez modelé à votre propre image.

Son Excellence le duc de la Igualada intervint en conciliateur :

– Paquita, ne sois pas insolente avec notre hôte. Insolente et téméraire. Notre ami Whitelands est une autorité mondiale : ce qu'il dit de Vélasquez vaut parole d'Évangile, si vous me permettez l'expression.

– On peut parler comme l'Évangile et n'en être pas moins sectaire, rétorqua la jeune femme sans écarter son regard du visage d'Anthony, lequel, dans sa nervosité, avait avalé un second verre de xérès et voyait valser autour de lui le salon avec ses meubles et ses occupants. Je ne sais rien de Vélasquez, c'est vrai, mais est-ce que ça signifie que monsieur Whitelands sait tout ? Je ne nie pas qu'il sait tout ce que l'on peut savoir. Mais comment pouvons-nous dire d'un homme qui a vécu il y a des siècles, qui a passé sa vie pris dans un labyrinthe de cérémonies, de faux-semblants et de dissimulations comme devait être la Cour espagnole, et qui, de surcroît, a été un grand artiste, comment pouvons-nous dire qu'il n'a pas emporté un secret dans la tombe ou qu'il n'a pas été suffisamment rusé pour mener une double vie ?

Anthony fit un effort pour surmonter l'ivresse et la confusion qu'il ne pouvait attribuer uniquement au vin et à son estomac vide. Au long de sa brillante carrière universitaire, il avait réfuté et défendu des arguments face à des collègues de même niveau que lui, toujours sur des questions de détail, toujours avec le secours d'une lourde et volumineuse bibliographie. Maintenant, par contre, il devait faire face à une jolie femme qui l'attaquait sur son terrain et lui imposait une lutte corps à corps dont il lui semblait qu'elle n'était qu'une pâle copie d'un autre affrontement plus vital et plus immédiat. C'était quelque chose d'autre que son prestige universitaire qui était en jeu. Il s'éclaircit la gorge pour répondre :

– Ne vous méprenez pas. Sur le fond, je suis plus d'accord avec ce que vous dites qu'avec ce que vous suggérez que j'ai dit. Nous pouvons reconstituer la vie de Vélasquez pas à pas, jusqu'au plus minime incident. La vie à la cour de Philippe IV, comme dans toutes les cours des grands monarques, était effectivement un nid de faux-semblants, de calomnies et de médisances, mais aussi, ou peut-être justement pour cette raison, elle est une source abondante de documents officiels, d'observations minutieuses, d'informations détaillées et de commérages. De tout cela, on garde des traces écrites. En s'armant de beaucoup de patience, de moyens appropriés et de sens commun, il n'est pas difficile de séparer le bon grain de l'ivraie. Néanmoins, même avec tout ce que cela nous révèle de la réalité quotidienne, rien ni personne ne nous révélera le mystère intime de l'homme et de l'artiste. Plus je vois et plus j'étudie les tableaux de Vélasquez et Vélasquez lui-même, plus je me rends compte de la profonde énigme que j'ai sous les yeux. De fait, cette énigme et la conviction que je ne pourrai jamais la résoudre sont ce qui rend mon travail passionnant et confère quelque dignité à mon existence de modeste et ennuyeux professeur.

Ces mots furent suivis d'un silence tendu, comme si le discours de l'Anglais contenait une accusation implicite. Heureusement, le duc intervint aussitôt, toujours bonhomme :

– Je t'avais bien dit de ne pas lui chercher noise, Paquita.

La jeune femme adressa à l'Anglais un regard lourd de signification et répondit :

– Il a été convaincant, mais les épées ne sont pas remises au fourreau pour autant.

– Eh bien, je propose de remplacer les épées par la cuillère et la fourchette, dit le duc en indiquant la porte de la salle à manger qui venait de s'ouvrir pour laisser passer la domestique à l'air niais qui annonça que le repas était servi.

Tous se dirigèrent vers la salle à manger, mais, cette fois, pour des raisons de protocole ou par dépit, Paquita prit le bras du marquis de Estella, à l'oreille duquel elle chuchota une phrase inaudible pour le reste de l'assistance.

9

Après le bref recueillement imposé par la bénédiction de la table, qui fut prononcée cette fois par le père Rodrigo toujours aussi maussade et renfrogné, et pendant que la servante faisait passer de l'un à l'autre la soupière fumante, la duchesse s'enquit de l'estimation des tableaux. Le duc, conformément à ce qui avait été convenu, exprima une satisfaction modérée.

– Notre ami Whitelands a fait honneur à sa réputation : ni enthousiaste, ni défaitiste, il a donné ce qu'il considère comme une juste évaluation. Il a dit aussi que la transaction ne serait pas un chemin de roses. Corrigez-moi si j'interprète mal votre sentiment.

– Non, non, confirma précipitamment l'Anglais, c'est bien tel que l'explique Votre Excellence.

La duchesse, qui n'avait compris que ce qu'elle voulait comprendre, joignit les mains, leva les yeux au ciel et s'exclama :

– Dieu soit loué, nous pourrons enfin quitter cet enfer ! J'ai beaucoup prié le Sacré-Cœur et la Très Sainte Vierge, et mes prières ont été entendues. Et tout cela par votre médiation, cher Antoñito, vous, un protestant ! Mais qui n'en êtes pas moins l'instrument de la divine Providence ! Les voies du Seigneur sont impénétrables, à moins que ce ne soit le contraire. Je m'embrouille toujours dans les proverbes. En tout cas, au nom de toute ma famille comme au mien propre, je vous bénis de tout mon cœur.

Anthony émit quelques borborygmes confus dans l'espoir de les faire passer pour une manifestation de modestie ou de politesse, car s'il était convaincu d'avoir agi avec honnêteté, il éprouvait les remords lancinants du traître néophyte, et bien que la soupe substantielle vienne à point pour le remettre de sa faiblesse, il y aurait volontiers renoncé pour prendre les jambes à son cou et fuir cette scène qui, pour lui, avait tout d'un odieux mensonge. Remarquant sa confusion, Son Excellence le duc de la Igualada intervint une fois de plus :

– Mon seul regret, c'est que, sa mission accomplie, notre ami va retourner dans son pays, et qui sait quand nous le reverrons ?

– Ne dis pas cela, Álvaro, répliqua la duchesse. Où que nous allions, et même si c'est aux Amériques, Antoñito sera toujours bien reçu, par moi et par nous tous.

Personne ne se joignit à cette manifestation d'affection, mais l'intéressé crut apercevoir un soupçon de sarcasme dans les beaux yeux de Paquita et une tristesse sincère dans ceux de sa cadette. Brisant le silence gêné, le fringant marquis de Estella, qui s'était tu jusque-là, dit avec volubilité :

– Eh bien, moi aussi je regretterai votre absence, ne serait-ce que pour des raisons tout à fait égoïstes. Comme tout Madrilène de bonne famille, je suis allé au musée du Prado depuis ma plus tendre enfance, pas toujours de bonne grâce, je dois l'admettre. Mes goûts m'ont toujours porté vers la poésie. Mais une gouvernante nous menait dans les musées, mes frères et moi, parce que cela faisait partie de notre éducation, même si elle ne nous a jamais rien appris. Mes connaissances en la matière sont pratiquement nulles, et pour moi Vélasquez fait partie du décor comme les arbres du Retiro. Maintenant, en vous entendant parler, je me rends compte que j'ai tout près de moi une mine de métaux précieux à exploiter. Et rien ne me plairait davantage que de l'explorer en votre savante compagnie.

Anthony fut heureux du changement de cap que ce commentaire inconsistant imprimait à la conversation et s'empressa d'enchaîner :

– Je le ferais avec le plus grand plaisir, si les circonstances le permettaient. Je vois que vous êtes un homme de culture, mais je pressens aussi que votre vie suit d'autres chemins. Est-il indiscret de vous demander quelle est votre occupation, monsieur le marquis ?

– Ce ne l'est pas, car ma profession est bien connue. Je suis avocat et, depuis quelque temps, je me consacre à la politique, en partie par tradition familiale, en partie par inclination personnelle et en partie par un sens quasi religieux du devoir envers la patrie.

– Monsieur le marquis, intervint la duchesse, a été jusqu'il y a peu député de Madrid aux Cortès.

– Comme c'est intéressant ! dit Anthony.

– Intéressant ? dit le marquis. Ça l'est peut-être. Mais aussi, à mon avis, bien stérile. Certes, j'ai été député, mais je l'ai été sans y croire vraiment. En Espagne, l'expérience de la démocratie libérale s'est traduite par un échec fracassant. L'Histoire ne nous a pas préparés à ce système, dont je ne nie pas les mérites tant qu'il reste ce qu'il doit être et non un simple paravent pour le sectarisme, la démagogie et la corruption. Un échec fracassant qui se fait sentir quotidiennement dans les rues de Madrid.

L'Anglais acquiesça en silence pour éviter une discussion sur des sujets dont il ignorait tout et sur lesquels il ne croyait pas convenable pour un étranger de se prononcer. Mais Paquita, toujours malicieuse, n'était pas disposée à le laisser en paix.

– Vous me surprenez, monsieur Whitelands, dit-elle d'un ton faussement innocent. En votre qualité d'Anglais, vous devriez défendre la démocratie parlementaire. Ou êtes-vous aussi sceptique en la matière que l'était Vélasquez ?

– Pardonnez-moi, mademoiselle Paquita, mais je ne crois pas que Vélasquez ait été sceptique, répliqua Anthony avec sérieux. Simplement, il était fidèle à un roi qui, de son côté, lui répondait en lui accordant sa faveur et son amitié personnelle. Dans de telles circonstances, une attitude accommodante de la part de Vélasquez n'a rien de particulier, comme n'a rien de particulier mon attitude à propos de mon pays et de mon roi, contre lesquels je n'ai aucune raison de m'insurger. Cela dit, je reconnais qu'il n'y a guère de mérite à être fidèle en temps de prospérité et de paix sociale.

– Vous avez fort bien parlé, convint le marquis de Estella. Un abîme sépare nos deux pays et, pour cette raison même, le système politique que peut se permettre l'Angleterre a échoué ici. Votre démocratie et votre égalitarisme se fondent sur des relations sociales satisfaisantes pour toutes les parties, ce qui, à son tour, n'est possible que grâce aux richesses provenant de votre vaste empire colonial. En un sens, on peut dire la même chose de la France. Mais dans les pays ne disposant pas de cette source de richesse qui règle tout en arrondissant les angles, à quoi sert cette parodie d'élections ? N'y a-t-il pas d'autres formes plus logiques de diriger le destin d'une nation ? Voyez l'Allemagne, voyez l'Italie...

– Vous plaidez pour un régime totalitaire ? demanda l'Anglais, quelque peu scandalisé.

– Non, répliqua son interlocuteur, c'est tout le contraire : je parle de défendre l'Espagne contre un totalitarisme mille fois pire que celui des régimes que vous évoquez. Le totalitarisme soviétique, qui s'avance à pas de géant avec la connivence d'un gouvernement et d'un Parlement supposés être élus au suffrage universel.

– Ce sont là des paroles très graves, monsieur le marquis, dit Anthony.

– Les faits le sont bien davantage.

– Vous accepteriez donc une solution à l'italienne ?

– Non : à l'espagnole.

Il n'y avait dans le ton général de cet échange ni crispation ni affrontement, aussi les deux interlocuteurs estimèrent-ils plus sage d'en rester là, et la suite du repas s'écoula en banalités de bonne éducation. Celui-ci terminé, le marquis de Estella s'excusa de devoir s'absenter sans tarder, salua avec l'affabilité qui faisait son charme tous les membres de la famille, donna une forte poignée de main à l'Anglais et lui dit avant de partir :

– Ce fut un privilège et un plaisir de vous rencontrer, monsieur Whitelands. Un ami de cette famille, que j'aime comme si c'était la mienne, ne peut être que mon ami. Je serais enchanté de vous revoir, et j'espère qu'il en sera ainsi. Mais si vous devez rentrer dans votre pays, je vous souhaite bon voyage et bonne chance, et je vous prie de réfléchir à notre conversation.

Anthony resta pour l'après-déjeuner, mais à la différence de la veille il n'y eut ni musique ni animation. Le départ du fringant marquis avait laissé un vide que personne ne semblait capable de remplir. C'était comme si, en s'en allant, l'illustre hôte avait emporté avec lui l'oxygène de l'air, laissant une atmosphère raréfiée. La duchesse, jusque-là si joyeuse à la perspective de quitter rapidement le pays, était tombée dans un mutisme mélancolique, et l'on eût dit qu'elle sentait déjà dans son âme la triste condition de l'exil. Le duc était distrait. Son fils Guillermo, nerveux et irrité, quitta les lieux au bout de quelques minutes en marmonnant une excuse inintelligible. Les deux filles donnaient, elles aussi, des signes d'abattement. Lili lançait furtivement des regards languides à l'Anglais, et Paquita ne dissimulait pas une profonde préoccupation. Anthony supposa qu'elle éprouvait pour le marquis un amour non partagé. Rien de plus logique : le marquis était beau, distingué, brillant et sans doute d'un tempérament ardent. À Cambridge, il aurait fait des ravages, pensa-t-il. Puis, sans écarter cette éventualité, il se dit que la connaissance qu'il avait jusqu'à maintenant de ces personnes rendait toute supposition très hasardeuse. Une femme de l'intelligence et de la position de Paquita ne devait pas manquer de motifs de préoccupation dans la situation présente, et pas nécessairement de nature romantique. Et en fin de compte, se dit-il, qu'est-ce que tout ça peut bien me faire ? Demain, à la même heure, je serai dans le train, direction Hendaye, et je ne reverrai jamais ces gens. Mais ce que cette idée avait de certain et de sensé lui causa un profond chagrin. Une fois retrouvés la sécurité et le confort de sa maison londonienne, quel bilan pourrait-il faire d'un voyage marqué par l'échec professionnel et le constat de sa stupidité personnelle ? Quelle opinion se seraient-ils faite de lui, particulièrement Paquita, et surtout, que serait cette opinion quand ils sauraient que l'estimation des tableaux ne permettait pas le sauvetage de la famille ? Comme le médecin qui diagnostique une maladie grave et sait que, même s'il n'y est pour rien, il ne peut guère aspirer à la sympathie du malade, Anthony ne se faisait pas d'illusions sur les sentiments de Paquita à son égard, dans l'hypothèse improbable d'une nouvelle rencontre. Bah, se dit-il, finalement, que m'importe la vision que cette femme peut avoir de moi, même si je la trouve attirante ? C'était absurde de spéculer sur ses sentiments pour Paquita précisément au moment où il venait de mettre un point final à sa relation avec Catherine. Sortir de cette maison le plus tôt possible, conclure la ridicule aventure madrilène et essayer d'oublier ce qui s'était passé n'était pas seulement la meilleure solution, mais la seule raisonnable. Que les Espagnols se débrouillent entre eux comme il leur plaira ou comme ils le pourront, pensa-t-il ; même s'ils s'entre-tuent, lorsque sera passée la tourmente, Vélasquez sera toujours là, attendant mon retour.

Décidé à mettre un terme à cette situation et à ses propres questionnements, il amorça des adieux qu'il prévoyait longs et qui s'avérèrent brefs. Seule la duchesse retint les mains de l'Anglais dans les siennes, extrêmement froides malgré la chaleur de la pièce, et murmura :

– Si nous ne nous revoyons pas à Madrid, nous vous attendrons sur la Côte d'Azur. Nous comptons nous y installer jusqu'à ce que tout cela soit terminé, n'est-ce pas, Álvaro ?

Son Excellence le duc de la Igualada acquiesça gravement. Paquita lui tendit la main et Lili lui colla un baiser mouillé sur la joue. Le duc s'offrit à le raccompagner à la porte.

– Venez me voir demain matin de bonne heure et nous réglerons nos comptes. Ne répliquez pas. Les bons comptes font les bons amis, vous avez fait honnêtement votre travail, je tiens toujours parole et je vous sais particulièrement gré de votre discrétion : je sais que les Anglais n'aiment pas qu'on leur raconte des histoires.

Anthony s'éloigna de l'hôtel particulier d'un pas fatigué et le cœur en berne. S'il avait eu de l'argent, il aurait pris le premier train pour l'Angleterre. Mais c'était impossible. Non seulement il n'avait pas un sou, mais il était sans papiers. Si l'individu qui les lui avait soustraits était un délinquant professionnel, comme le procédé employé semblait l'indiquer, il devait probablement évoluer dans un périmètre fixe, dont les lieux et les gens lui étaient familiers. La nuit était tombée et les tavernes commençaient à se remplir. Même s'il avait peu de chances de le trouver au même endroit, Anthony décida de commencer par le cercle tauromachique où il avait lié connaissance avec le malandrin à l'occasion du tumulte provoqué par les jeunes phalangistes.

Il ne le trouva ni là ni dans les innombrables établissements qu'il visita. Comme il s'était proposé de procéder de façon systématique, il entrait dans tous ceux où il voyait de l'animation. Certains étaient fréquentés par des gens distingués ou par des employés, d'autres par des individus patibulaires aux professions improbables ; la plupart, cependant, présentaient un mélange varié et résolument démocratique. Dans tous régnaient un brouhaha assourdissant et un va-et-vient incessant de vin et de plats d'une incroyable diversité. Tout le monde prédisait l'imminence d'une explosion de violence et Anthony n'avait aucune raison de ne pas douter du bien-fondé de la prédiction, mais tant que la tragédie ne se serait pas produite, les Espagnols semblaient bien résolus à se divertir.

De son périple prolongé dans la bohème nocturne, Anthony ne retira que cette conclusion et rien d'autre. Décidé à parcourir le plus grand nombre possible de lieux, et sans argent pour consommer, à peine était-il entré qu'il se dirigeait droit vers le patron, un employé ou un client et lui demandait s'il connaissait un individu présentant les caractéristiques de celui qui l'avait escroqué la veille. Sa brusquerie, son accent et l'impossibilité de rémunérer d'une manière ou d'une autre l'aide ainsi requise firent échouer toutes ses tentatives. Sa curiosité éveillait la méfiance et dans certains cas une hostilité ouverte. Plus d'une fois, il dut opter pour une retraite prudente, pour ne pas dire honteuse. Finalement, il reprit la direction de son hôtel.

En chemin, et avant de considérer l'entreprise comme définitivement vaine, il décida de revenir sur le théâtre du crime. Il ne tarda pas à retrouver la porte délabrée, frappa et attendit le veilleur de nuit. Lorsque celui-ci se présenta en titubant sur le seuil, il lui dit :

– Vous vous souvenez ?

– De quoi ?

– De la nuit dernière.

– Parce qu'il est arrivé cette nuit-là quelque chose dont je devrais me souvenir ?

– Non, rien. Laissez-moi passer.

La même matrone se montra agréablement surprise à la vue d'Anthony. Les clients aussi assidus ne devaient pas être tellement fréquents. Cette réception dissipa les soupçons de l'Anglais quant à une possible complicité entre la matrone et le pickpocket. Elle le fit entrer, ferma la porte et, sans lui laisser le temps de parler, se tourna vers le couloir obscur de la maison.

– Toñina, ma fille, viens vite, ton amoureux est revenu !

Et, s'adressant à Anthony :

– Elle ne tardera pas, monsieur. Elle doit être en train de se pomponner. La pauvre petite en pince pour vous, ça saute aux yeux. Vous ne pouvez pas savoir comme elle aime les Catalans. Bon Dieu, Toñina, magne-toi le cul ! Et mets les bas noirs que t'a donnés le commis voyageur de Sabadel !

– Madame, je ne suis pas catalan, rectifia Anthony. Je suis anglais.

– Merde alors, excusez l'erreur ! Comme vous avez un accent bizarre et que vous n'avez pas laissé de pourboire… Mais voilà la demoiselle. Voyez comme elle est mignonne : si c'est pas Dieu possible !

À jeun et déprimé, Anthony remarqua pour la première fois un regard famélique dans les grands yeux de la fille.

– En réalité, madame, je ne suis pas venu pour ce que vous croyez, dit-il.

En phrases confuses, il raconta ce qui lui était arrivé, en essayant de rassurer les deux femmes sur ses intentions. Il ne nourrissait aucun soupçon à l'encontre des habitants de ce respectable établissement et n'avait pas l'intention de recourir aux autorités. Simplement, il était dans une situation délicate, étranger sans argent ni papiers, et il voulait savoir si elles connaissaient l'individu qui l'avait escroqué. Comme il était prévisible, ces paroles ne dissipèrent pas les craintes des deux femmes. Elles jurèrent qu'elles ne savaient rien d'un tel individu, et la matrone insista sur la règle stricte de la maison, qui était de ne pas poser de questions et de ne pas se rappeler les visages. Anthony remercia et prit congé. Il allait sortir, quand la matrone dit :

– Si vous avez pas de blé, vous avez rien becté.

– C'est vrai, madame.

– Ben alors, écoutez-moi : ici, celui qui paye pas, il mouille pas son biscuit, mais on a jamais refusé un morceau de pain à un chrétien. Même si c'est un Anglais. C'est vrai que chez vous les hommes portent des jupes ?

– En Écosse, et seulement les jours de fête.

– Ha ! Ha ! pas besoin de me dire quel genre de fêtes ! s'esclaffa la vieille.

Un moment plus tard, la Toñina réapparut avec une écuelle en terre cuite pleine d'un potage huileux, une cuillère en bois et un verre d'eau. Pendant qu'il mangeait, Anthony Whitelands se remémorait tous les détails du tableau de Vélasquez intitulé *Le Christ dans la maison de Marthe et Marie.*

10

Le lendemain à la première heure, confiant dans l'assiduité au travail de ses compatriotes, Anthony Whitelands prit le chemin de l'ambassade britannique située sur le Paseo de Recoletos. Au fonctionnaire qui l'arrêta à l'entrée et lui demanda ses papiers, il expliqua que c'était précisément parce qu'il les avait perdus qu'il était là. Le fonctionnaire hésitait. N'avait-il rien qui puisse prouver sa qualité de sujet de la Couronne ? Sinon, il ne pouvait pas prendre sur lui de lui laisser franchir l'entrée. Furieux de constater que son apparence et son inimitable accent de Cambridge ne suffisaient pas, Anthony exigea de voir l'ambassadeur en personne, ou tout au moins un diplomate de rang supérieur. L'homme lui dit d'attendre dans le vestibule pendant qu'il allait s'informer.

Le fonctionnaire partit. Dans une pièce contiguë, Anthony vit une vieille dame vêtue très comme il faut qui tricotait. Se sentant observée, la vieille dame ébaucha un salut de la tête. Pendant qu'ils échangeaient des considérations sur le temps, le fonctionnaire revint et, avec une froideur vindicative, comme s'il avait reçu une réprimande par la faute du nouveau venu, fit signe à celui-ci de le suivre. Ils parcoururent un bref couloir et, arrivés devant une porte, le fonctionnaire frappa, ouvrit sans attendre la réponse et s'effaça.

Dans une pièce de dimensions moyennes, meublée de rayonnages portant des recueils de lois, d'un lourd bureau et de plusieurs chaises en tapisserie, un homme jeune le reçut avec d'évidentes démonstrations de joie.

– Harry Parker, conseiller d'ambassade, dit-il en tendant une main molle à son compatriote. En quoi puis-je vous être utile ?

Ses manières étaient suaves, mais son aspect apathique et une expression voilée d'alarme dans ses yeux trahissaient l'insécurité du fonctionnaire qui ne se sent à l'abri que si tout correspond à des procédures claires et inamovibles. Ses traits encore enfantins permettaient de prédire l'alopécie et l'obésité que lui préparaient les années à venir. Sur un coin du bureau était posée une photo encadrée d'Harry Parker serrant la main de Neville Chamberlain. Avec la photographie de Sa Majesté le roi Édouard VIII au mur, c'était là tout ce que la pièce révélait de la personnalité de la personne de son occupant.

– Enchanté de faire votre connaissance. Mon nom est...

– Anthony Whitelands, s'empressa de dire le jeune diplomate. Et vous avez égaré votre portefeuille. Une circonstance embarrassante, réellement embarrassante. En fait, nous vous attendions hier, dès que nous avons appris votre mésaventure. Je me demande comment vous avez pu passer une journée entière sans un penny. Admirable. Par chance, tout est bien qui finit bien, n'est-ce pas ?

Tout en parlant, il fouillait dans un tiroir du bureau. Il finit par en extraire le portefeuille, le passeport, la montre et le stylo d'Anthony, et les lui donna.

– Voyez si tout y est, s'il vous plaît. Pas besoin de vérification entre nous, naturellement, mais l'ambassade a signé un reçu et vous devrez le contresigner. Si vous êtes d'accord, bien entendu.

Remis de sa stupéfaction, Anthony examina le contenu du portefeuille, constata que rien ne manquait et le confirma au conseiller. Puis il lui demanda comme ces objets étaient arrivés entre ses mains.

– Oh, d'une manière très simple, dit le jeune diplomate. Hier matin, un individu de nationalité espagnole est venu nous les déposer. D'après ce qu'il a dit, c'est vous-même qui les lui avez confiés avant d'entrer dans un bordel, pour qu'il les garde. L'individu est resté à vous attendre dans le froid et, après un long moment, voyant que vous ne sortiez pas, transi et soucieux de regagner son domicile assez éloigné du centre, il a décidé de s'en aller avec l'intention de vous les rendre le lendemain. C'est seulement en arrivant chez lui qu'il s'est rendu compte qu'il ignorait où vous logiez. Ne sachant que faire, il a eu l'idée de les porter à l'ambassade en supposant que, tôt ou tard, vous vous y présenteriez. Naturellement, nous nous serions nous-mêmes mis en contact avec vous dès que nous aurions découvert où vous êtes descendu.

– Ça, alors ! s'exclama Anthony, je n'aurais jamais imaginé un tel dénouement. Et cet individu, a-t-il laissé un nom et une adresse ? J'aimerais lui exprimer ma reconnaissance et le récompenser de son honnêteté.

– Le nom figure sur le reçu : Higinio Zamora Zamorano, mais sans autres indications. Je crois me rappeler qu'il a mentionné un endroit nommé Navalcarnero. Ça vous dit quelque chose ?

– Oui, c'est une localité très éloignée de Madrid. Je ne crois pas que mon bienfaiteur habite là-bas. Il s'agit peut-être d'une adresse précédente ou de la municipalité où il est recensé. Quoi qu'il en soit, je ne vois pas comment entrer en contact avec lui, car une fois récupérés le portefeuille et le passeport, et comme rien ne me retient ici, je me propose de retourner en Angleterre aujourd'hui même. Si mes souvenirs sont bons, il y a un train qui part à deux heures. En me dépêchant, je peux être ce soir à Hendaye.

Il avait pris cette décision précipitamment et sans réfléchir, mais le jeune diplomate acquiesça comme s'il s'y attendait.

– Évidemment, dit-il, vu le tour que prennent les événements en Espagne, ce n'est pas prudent de prolonger son séjour sans avoir pour cela un puissant motif. Et à ce propos, puis-je vous demander la raison de votre présence à Madrid, monsieur Whitelands ?

– Des affaires privées. Je suis venu voir des amis.

– Je vois. Bien entendu, cela ne me regarde pas. Absolument pas. Je vous souhaite un bon voyage. Juste une question, si vous voulez bien. Connaissez-vous un certain Pedro Teacher ? Je peux vous épeler son nom.

– Inutile. Pedro Teacher est un marchand d'art londonien. Je suis expert en art et, vu ma profession, il est naturel que je connaisse le nom de monsieur Teacher. Souhaitez-vous savoir autre chose ?

Harry Parker regarda par la fenêtre, qui encadrait un ciel bleu sans nuages, haussa les épaules comme s'il considérait que le sujet était clos, et, sans en écarter les yeux, dit :

– Tout me fait supposer, monsieur Whitelands, que vous connaissez bien ce pays. S'il en est ainsi, vous n'aurez pas été sans remarquer la situation d'instabilité dans laquelle il se trouve. Inutile de préciser la préoccupation du gouvernement britannique pour la tournure que peuvent prendre les événements, dans la mesure où ils auraient de sérieuses répercussions à l'échelle du continent. Cette préoccupation concerne particulièrement notre ambassade. En premier lieu, parce qu'elle peut affecter la sécurité de beaucoup de sujets de la Couronne résidant ou de passage en Espagne ; en second lieu, parce qu'elle peut affecter nos intérêts, tant stratégiques qu'économiques. Ces questions d'une extrême gravité sont, bien entendu, traitées par monsieur l'ambassadeur et les attachés compétents. Moi, je suis en charge de questions de moindre importance, mais pas pour autant insignifiantes. C'est mon territoire, et je dois me tenir informé, n'est-ce pas ?

Il se détourna de la fenêtre et regarda fixement Anthony avec la même expression d'innocence.

– Ce n'est pas un secret, poursuivit-il, qu'en ces temps d'incertitude beaucoup de familles tentent de mettre leurs biens à l'abri, au cas où elles se verraient contraintes de quitter le pays. Rien de plus naturel, à tout point de vue. Rien de plus naturel. Mais, précisément, en ces temps d'incertitude, notre gouvernement souhaite éviter des petites frictions à propos d'affaires de contrebande, vous voyez ce que je veux dire. Confidentiellement, je vous dirai que nous avons été informés, il y a quelque temps, que monsieur Pedro Teacher, marchand de tableaux de Mayfair, comme vous le savez, est intervenu dans des... contacts... Personne ne met en doute l'honorabilité de monsieur Teacher, naturellement. Cependant, monsieur Teacher n'est pas... comment dirais-je ? Il n'est pas cent pour cent anglais. Rien de mal non plus à cela : nul n'est à même de décider de ses origines. Je faisais seulement allusion, comprenez-moi, à des loyautés contradictoires... Des dilemmes moraux, si l'on peut appeler cela ainsi. Bien évidemment, les dilemmes moraux n'entrent pas dans mes attributions. Vous êtes expert en art, comme vous venez de me le dire...

– Écoutez, monsieur...

– Parker. Harry Parker.

– Monsieur Parker, je peux vous donner ma parole de gentleman que je ne suis mêlé à aucune opération d'achat ou de vente d'objets d'art à Madrid, et encore moins à des opérations illégales concernant des tableaux.

– Oh, bien entendu, dit le jeune diplomate avec une expression alarmée, bien entendu. Je ne voulais rien insinuer de tel. Nous sommes tous amenés à réfléchir, vous savez, et il peut nous arriver de penser que la frontière entre ce qui est légal et... légèrement illégal est floue. Mais c'est seulement une hypothèse. Ce n'est pas votre cas, évidemment, surtout si votre séjour à Madrid n'est lié à aucune transaction, légale ou illégale. Vous disiez que vous rentriez aujourd'hui même en Angleterre ?

– Si je ne rencontre pas d'obstacles.

– Il n'y a pas de raison pour que vous en rencontriez. Les trains espagnols ne sont ni ponctuels, ni propres, ni confortables, mais ils fonctionnent assez bien quand il n'y a pas de grèves ou de sabotages. De toute manière, si, pour une raison quelconque, vous décidiez de rester à Madrid, je vous serais reconnaissant de m'en aviser. Je vous laisse ma carte. Harry Parker. Le numéro de téléphone est celui de l'ambassade : vous pouvez appeler à n'importe quelle heure, il y a toujours quelqu'un de garde, et cette personne se mettra en contact avec moi. N'hésitez pas à appeler à n'importe quelle heure, monsieur Whitelands.

En sortant de l'ambassade, Anthony poussa un profond soupir : tous ses problèmes avaient été résolus en quelques minutes. Il avait pu dissimuler le motif de son voyage sans manquer à sa parole, puisque, au sens strict du terme, il n'avait participé à aucune transaction, et maintenant qu'il disposait de papiers et d'argent, il pouvait rentrer en Angleterre sans avoir besoin de toucher la rémunération que le duc lui avait si noblement offerte. Quitter Madrid sans revoir cette famille accueillante l'attristait, mais son soulagement était encore plus grand. Il bénit en pensée l'honnêteté exemplaire de cet humble représentant du peuple espagnol dont il avait déjà oublié le nom et qui, pouvant faire sans risque un bénéfice, avait préféré tout rendre et pris l'initiative d'aller à l'ambassade en se donnant le mal d'y déposer personnellement les objets sans en attendre aucune récompense.

L'air était froid ; les gens se dépêchaient dans les rues, mains dans les poches, casquettes enfoncées et cols relevés. À l'horizon se dessinaient les cimes enneigées de la Sierra de Guadarrama. Il était dix heures et demie : il avait tout son temps pour revenir à l'hôtel, faire sa valise, gagner la gare d'Atocha et prendre le train.

En entrant dans l'hôtel, il annonça au réceptionniste qu'il quittait la chambre. Le réceptionniste le nota aussitôt sur le registre. Puis il lui remit la clef et une enveloppe.

– On l'a apportée tout à l'heure.

L'enveloppe était fermée et ne portait pas de nom d'expéditeur ni de destinataire.

– Qui l'a déposée ? La même personne que celle qui m'a demandé hier ?

– Non. Celui-là était un homme jeune, mauvais genre, une tête de gitan. Il n'a pas dit son nom, ni rien de rien. Juste de vous remettre la lettre en main propre dès votre retour. Que c'était important. C'est tout ce qu'il a dit.

– Très bien, dit Anthony Whitelands en glissant la lettre dans sa poche. Je vais faire mes bagages. Préparez-moi la note. Je n'ai pas de temps à perdre.

Il monta dans sa chambre, posa la valise sur le lit et ouvrit la porte de l'armoire qui contenait ses quelques affaires. Avant de commencer à transférer le contenu de l'armoire dans la valise, il retira la lettre de sa poche, s'approcha de la fenêtre, ouvrit l'enveloppe et déplia la feuille couverte d'une large écriture féminine qui dénotait une excellente éducation. Le texte disait :

Cher Anthony,
Je sais que vous avez convenu avec mon père d'un rendez-vous pour ce matin, mais le noble caractère que notre brève rencontre m'a permis de déceler en vous me fait craindre que vous ne vous absteniez de vous y présenter. S'il vous plaît, ne faites pas cela : il est absolument nécessaire que nous nous revoyions. Nécessaire pour moi et, si mon instinct et ma raison ne me trompent pas, également pour vous.
C'est pour ce motif impérieux que je me permets de vous écrire. Notre majordome, que vous connaissez, vous fera parvenir cette lettre dont il ne connaît pas le contenu, car il ignore même la main qui l'a écrite. Si vous le voyez, ne la lisez pas en sa présence et ne lui posez aucune question. Déchirez-la après l'avoir lue.
Lorsque vous viendrez à la maison, ne frappez pas à la porte d'entrée. Faites le tour du mur jusqu'à ce que vous rencontriez dans la rue latérale une petite porte étroite en fer qui donne sur le jardin. À douze heures précises, frappez trois coups et je vous ouvrirai. En venant, assurez-vous que vous n'êtes pas suivi ni observé. En temps voulu, je vous expliquerai la cause de toutes ces précautions.
Je vous fais toute confiance.

PAQUITA

Il relut la lettre sans en comprendre le sens. Pourtant, et même si cela ruinait ses plans, il ne pouvait rester sourd à un appel aussi pressant. Il descendit à la réception et annonça qu'il restait un jour de plus. Le réceptionniste raya la mention précédente et en mit une nouvelle sur le registre sans proférer aucun commentaire, ce qu'Anthony trouva suspect : le secret imposé par la lettre et ses mises en garde réitérées le tenaient dans un état d'alarme exacerbée.

Il retourna dans sa chambre, rangea la valise et ferma l'armoire.

Sa montre indiquait onze heures. Il avait largement le temps d'aller au rendez-vous, mais comme son inquiétude ne lui permettait pas de rester entre quatre murs, il sortit dans la rue. Dans une brasserie de la place Santa Ana, il commanda une bière et une assiette de calamars, car il n'avait pas encore pris son petit-déjeuner. Puis il se mit en route, non sans emprunter des détours compliqués. Quand il entra dans la ruelle qui bordait l'hôtel particulier, il était certain de ne pas avoir été suivi, ou, en tout cas, d'avoir égaré tout suiveur possible. Une fois là, il n'eut aucun mal à trouver la porte en fer décrite dans la lettre. Il frappa, et le métal résonna avec des accents lugubres. Tout de suite, la clef tourna dans la serrure vétuste et la porte s'ouvrit en grinçant. L'Anglais se faufila dans l'embrasure et une forme féminine protégée du froid et de la curiosité d'autrui par une ample pèlerine de chasseur referma rapidement ; un châle masquait ses traits. Dans les yeux profonds de Paquita, entrevu entre les plis du châle, Anthony aperçut la lueur fiévreuse de l'aventure. Autour de la main qui tenait l'énorme clef, il vit un chapelet enroulé en manière de talisman.

– Ne craignez rien, dit-il, personne ne m'a suivi.

Elle lui posa un doigt sur ses lèvres et murmura :

– Chut !

Puis elle le prit par la main et, l'entraînant doucement, le conduisit d'un pas vif sur le sentier qui menait à la maison. Anthony n'avait eu que de rapides visions du jardin par les fenêtres de l'hôtel particulier. Maintenant qu'il était dedans, il lui semblait plus grand et plus mystérieux. Un parfum de mélancolie y flottait, montant de la terre mouillée où hibernaient les semences. Des bancs de pierre tachés de mousse apparaissaient entre les myrtes desséchés et les rosiers sans feuilles. À travers les branches nues des arbres, il aperçut les fenêtres de l'hôtel particulier dont les vitres reflétaient le soleil hivernal, doré et doux. Dans un jardin voisin, un chien aboyait. Paquita et l'Anglais s'arrêtèrent devant une porte en ogive. En s'ouvrant, elle révéla un couloir obscur. Avant d'entrer, prise d'une impulsion soudaine, elle le serra dans ses bras. Anthony sentit contre son visage la chaleur des joues de la jeune femme et le frôlement de ses lèvres glacées. « Ma vie est entre vos mains », crut-il entendre dans le murmure du vent. Comment devait-il interpréter ces paroles ? Une pensée fugace, dernier vestige de son bon sens, lui traversa l'esprit : en ce moment, je devrais être sur le chemin de la gare pour prendre le train d'Hendaye. Cette réflexion prit le pas sur son imagination débridée et il décida d'attendre la suite de cette aventure insolite en gardant tous ses sens éveillés. Sans lui lâcher la main ni lui donner le temps de réfléchir davantage, Paquita pénétra dans le couloir. La porte refermée, l'obscurité les enveloppa, le temps que leurs yeux s'habituent à la faible lumière venant d'une ampoule pendue au plafond. Dans le corridor, le froid était humide et agressif. Ils avancèrent pour atteindre une autre porte, que la jeune femme ouvrit avec des gestes précis et décidés. Elle entra et Anthony la suivit. Le seuil franchi, il se trouva dans un vaste entrepôt rempli de meubles anciens, de vieux coffres et de formes indécises de toutes tailles protégées par des couvertures. Les statues avaient l'aspect de fantômes. Voyant qu'elle ne disait rien ni ne faisait aucun mouvement, il lui demanda :

– Où sommes-nous ? Pourquoi m'avez-vous conduit ici ?

D'un coin obscur, une voix grave lui répondit :

– Ne craignez rien, monsieur Whitelands, vous êtes avec des amis.

Tout en prononçant ces mots, Son Excellence don Álvaro del Valle, duc de la Igualada, sortit de derrière ce bric-à-brac, couvert d'une épaisse blouse et coiffé d'un bonnet de feutre vert à pompon. En le voyant, l'Anglais resta perplexe : les émotions qu'avait suscitées en lui le comportement de Paquita lui avaient fait oublier la raison de sa présence dans l'hôtel particulier.

– Je vous suis très reconnaissant d'être venu, poursuivit le duc. Un moment, j'ai nourri la crainte que vous ne vous fassiez un point d'honneur de renoncer à notre rendez-vous. Quant au secret qui entoure notre rencontre, attribuez-le à un excès de précautions. Il est important que personne ne soit au courant de votre présence ici et, surtout, de ce dont nous allons parler. Vous devrez aussi excuser l'incommodité du lieu. Et maintenant, si vous me le permettez et sans autre préambule, je vous donnerai les explications que, sans nul doute, nous vous devons ; et si vous avez la patience de les écouter, vous comprendrez et vous nous pardonnerez d'avoir procédé sur un mode aussi mélodramatique. D'abord, mon cher Whitelands, il me faut vous demander mille fois pardon pour le mensonge que nous avons délibérément entretenu jusqu'à maintenant. J'ai dû faire violence à ma franchise et plus encore à ma dignité naturelles pour vous jouer la comédie, sachant que, ce faisant, j'abusais de votre confiance et de votre honneur de gentleman. Ce qui allège mes remords, c'est de penser qu'au bout de tout cela vous obtiendrez une récompense morale qui réparera largement le préjudice que je vous ai causé.

Le duc s'approcha de son visiteur dont la perplexité ne faisait que croître et, posant la main sur son épaule, poursuivit d'une voix plus basse et plus confidentielle :

– Bien que profane en matière d'art, je ne suis pas assez ignorant ni assez présomptueux pour imaginer que les tableaux que je vous ai montrés hier puissent avoir réellement de la valeur sur le marché étranger. Jamais je n'aurais fait se déplacer une autorité telle que vous pour estimer la modeste collection d'un simple amateur. Ne vous offensez pas si je vous dis que je vous ai fait venir deux fois et participer à notre ambiance familiale dans le seul but de vous observer. J'avais sur vous les meilleures références et aucun motif de douter de votre probité ; mais la nature de notre relation exigeait une confiance que seul pouvait engendrer un lien plus personnel. Est-il utile de préciser que non seulement le résultat de cet examen a été satisfaisant, mais qu'il a largement dépassé mes attentes les plus optimistes ? Désormais, je sais que vous êtes un homme intelligent, intègre et désintéressé ; je mettrais sans hésiter entre vos mains ma vie et celle de ma famille. Et en vérité, c'est ce que je suis en train de faire.

Il fit une pause pour dominer son émotion, comme si la mention du danger qui planait sur ses êtres chers lui coupait la respiration.

Mais il avait beau lancer des regards furtifs apparemment chargés de peur, on voyait bien qu'il trouvait un certain plaisir à cette mise en scène.

– De ce que je vous dis et de ce que je vais vous dire ensuite, nul n'est au courant, pas même les membres de ma propre famille, à l'exception, naturellement, de Paquita, ici présente, qui, malgré sa condition féminine, possède une acuité de jugement et une force de caractère indéniables. Pour les autres, ce qui s'est passé depuis votre arrivée, y compris le pieux mensonge à propos de la valeur des tableaux, dont ils seront vite détrompés, est la pure vérité. De la sorte, j'essaye de les tenir à l'abri non seulement de possibles conséquences malheureuses, mais de quelque chose de plus grave encore : si, comme je le soupçonne, nous sommes entourés d'espions, ceux-ci en tireront les mêmes conclusions que ma famille et que vous-même jusqu'à présent. Sur ce, mon cher Whitelands, je vais vous montrer le tableau qui a motivé votre voyage à Madrid. Personne ne connaît son existence et, pour les mêmes raisons de prudence que je vous ai exposées, je ne puis vous le montrer hors de cette cave où la lumière est déficiente. Plus avant, j'apporterai une lampe supplémentaire. Pour le moment, vous devrez vous contenter d'une misérable ampoule. Mais je ne pouvais pas remettre plus longtemps cette conversation ni attendre davantage pour vous révéler l'objet de tout cet imbroglio et de cette mystification.

Le duc se tut et, sans attendre de réponse, pivota sur ses talons pour se diriger vers le fond de l'entrepôt. L'Anglais le suivit, plus déconcerté qu'avant d'avoir reçu les explications de son hôte ; Paquita, qui les avait écoutées en silence, se plaça près de lui, bras croisés, yeux baissés, un léger sourire énigmatique aux lèvres.

Une forme rectangulaire de hauteur moyenne était posée contre une armoire à glace, recouverte d'une épaisse couverture brune. Avec beaucoup de précautions, le duc de la Igualada retira la couverture pour révéler, sous les yeux de l'Anglais incrédule, une toile stupéfiante.

11

Anthony Whitelands griffonna un numéro de téléphone sur une feuille de son carnet de notes et demanda à la téléphoniste du Ritz d'établir la communication. Il dut le lui répéter plusieurs fois, car il bafouillait en mélangeant l'anglais et l'espagnol. Il était entré dans l'hôtel dans l'intention de faire cet appel, mais aussi en quête de la protection que semblait lui promettre le luxe paisible et impersonnel de l'établissement. Là, il se sentait momentanément hors du monde réel. Pour rétablir le calme dans son esprit et mettre de l'ordre dans ses idées, il alla au bar et commanda un whisky. Après l'avoir avalé, il sentit se calmer la tempête qui l'agitait, mais il ne vit pas plus clairement le chemin à suivre dans ces circonstances sans précédents. Le deuxième whisky ne dissipa pas davantage ses hésitations, mais lui confirma la nécessité d'assumer le risque. La téléphoniste, habituée aux excentricités de certaines des personnalités qui composaient la clientèle distinguée de l'hôtel, fit le numéro, attendit un moment et lui indiqua finalement une cabine. Anthony s'y enferma, décrocha le combiné et, en entendant la voix lasse de la secrétaire, dit :

– Je voudrais parler à monsieur Parker. Mon nom est…

– Ne quittez pas, le coupa la secrétaire en recouvrant d'un coup sa vivacité.

Quelques secondes plus tard, la voix d'Harry Parker se fit entendre à l'autre bout du fil.

– C'est vous ?

– Oui…

– Ne dites pas de nom. D'où m'appelez-vous ?

– Du Ritz, en face du musée du Prado.

– Je connais. Vous avez bu ?

– Deux whiskys, ça se remarque ?

– Mais non, voyons ! Prenez-en un autre pendant que j'arrive, et ne parlez à personne, vous m'avez compris ? À personne. Je serai là dans moins de dix minutes.

Anthony revint au bar et commanda un autre whisky, content de son appel et, en même temps, le regrettant déjà. Il achevait à peine de vider son verre quand il vit entrer Harry Parker. Avant de saluer son compatriote, le jeune diplomate posa sur un fauteuil son chapeau, son manteau, son écharpe et ses gants, puis fit signe à un garçon d'approcher. Il lui tendit un billet et lui dit :

– Apportez-moi un porto et un autre whisky pour ce monsieur. Mon nom est Parker, comme les stylos. Si quelqu'un me demande, venez me le dire personnellement, sans crier mon nom. En aucun cas je ne veux qu'on crie mon nom. Est-ce clair ?

Le groom glissa le billet dans sa poche, hocha affirmativement la tête et s'en fut. Le jeune diplomate s'adressa à Anthony :

– Ici, tout le monde surveille tout le monde : les Allemands, les Français, les Japonais et les Ottomans. C'est une comédie, naturellement. Par chance, un pourboire résout n'importe quel problème de façon satisfaisante. Dans ce pays, tout s'arrange avec un bon pourboire. Quand j'ai débarqué, j'ai eu du mal à le comprendre, mais maintenant je trouve ce système magnifique : il permet de maintenir les salaires à leur bas niveau et en même temps il donne tout son sens à la hiérarchie. Le travailleur touche la moitié et doit remercier son patron pour l'autre moitié en redoublant de servilité. Mais vous, qu'avez-vous à me dire ? Si ma mémoire est bonne, la dernière fois que nous nous sommes vus, vous étiez sur le point de rentrer à Londres. Qu'est-ce qui vous a fait changer de plan ?

Anthony hésita avant de répondre.

– Il s'est passé quelque chose… Je ne sais pas si j'ai bien fait de vous appeler.

– Ça, nous ne le saurons jamais. Ce qui se serait passé si nous avions agi différemment, hein ? Une devinette insoluble. Pour le moment, la seule chose que nous savons est que vous m'avez appelé et que je suis là. Prenez la chose calmement et racontez-moi la raison de votre appel en commençant par le début.

Le serveur apporta les verres. Quand il fut reparti, Anthony dit :

– Je ne vous demanderai pas de donner votre parole de gentleman que tout ce que je vais vous conter restera secret, mais je vous prierai de considérer cette rencontre comme extrêmement confidentielle. Je ne recours pas à vous en votre qualité de diplomate en fonction, mais en votre qualité de compatriote et d'homme capable de comprendre l'importance de l'affaire. Je veux aussi vous dire, ajouta-t-il après avoir un peu hésité, que je vous ai menti ce matin en affirmant que je ne participais à aucune transaction commerciale. En réalité, on m'a demandé de venir pour expertiser une possible vente de tableaux, mais l'opération a avorté avant même de commencer.

– Comment se nomme la personne qui vous a fait venir ? Et quelle est sa nationalité ?

– Oh, monsieur Parker, je ne peux révéler l'identité de cette personne. Cela relève du secret professionnel.

Le conseiller but une gorgée de porto, ferma les yeux et murmura :

– Je comprends. Continuez.

– La raison pour laquelle on m'a fait venir est celle que vous suggériez : vendre des tableaux hors d'Espagne afin de disposer d'argent à l'étranger et, de la sorte, permettre à la personne en question de s'exiler avec toute sa famille si les circonstances politiques du pays l'y incitent.

– Mais vous venez de me dire que l'opération n'a pas été réalisée.

– En effet. Dès le début, j'ai moi-même déconseillé la vente des tableaux, non tant pour des motifs légaux mais à cause des possibilités réduites de leur trouver un acheteur, pas plus en Europe qu'en Amérique. Depuis midi, cependant, les choses ont changé… de façon radicale.

– De façon radicale ? répéta le jeune diplomate. Qu'entendez-vous par une façon radicale ?

Anthony s'éclaircit la gorge avant de répondre et regarda fixement son verre de whisky. Il était sur le point de faire la révélation la plus importante de sa vie, et cela l'attristait que ce soit à un inconnu qui, de toute évidence, manquait de la sensibilité nécessaire pour en apprécier l'immense gravité, et en un lieu bien différent de celui qu'il avait imaginé dans son exaltation.

– Il s'agit d'un Vélasquez, dit-il enfin avec un long soupir.

– Ah, bon, dit Harry Parker sans manifester le moindre enthousiasme.

– Ce n'est pas tout, poursuivit Anthony Whitelands d'un air découragé. C'est un Vélasquez non répertorié, totalement inconnu jusqu'à ce jour. Personne ne connaît son existence, à part ses propriétaires et, maintenant, vous et moi.

– Ça lui donne plus de valeur ?

– Beaucoup plus, évidemment. Et pas seulement du point de vue économique. Car il y a encore autre chose. Vous vous y connaissez en art, monsieur Parker ?

– Moi non, mais vous si : dites-moi tout ce que je dois savoir.

– J'essaierai de vous expliquer l'essentiel le plus brièvement possible. De la vie publique de Vélasquez, nous savons tout : il est né et s'est formé à Séville, il est venu jeune à Madrid et a été nommé peintre de cour par Philippe IV. Il est mort à soixante et un ans de mort naturelle. Il n'a jamais participé à des intrigues de cour ni eu de frictions avec l'Inquisition. Cela, comme je vous l'ai dit, pour ce qui touche à sa vie professionnelle. De sa vie privée, nous savons peu de choses, même si, apparemment, il n'y a pas beaucoup à savoir. Il s'est marié à Séville à dix-neuf ans avec la fille de son maître, il a eu deux filles ; son mariage a été exemplaire, on ne lui connaît pas d'aventures. S'il avait commis des écarts, de cette sorte ou d'une autre, les rivaux de Vélasquez, ceux qui jalousaient son succès et les profits qu'il tirait de sa charge, n'auraient pas manqué d'en répandre le bruit pour le faire tomber en disgrâce. Par ailleurs, Vélasquez, à la différence de beaucoup d'autres peintres de genre, n'a jamais fait le portrait de sa femme, ni ne l'a utilisée comme modèle, même au début de sa carrière quand il peignait des scènes de la vie quotidienne en se servant de personnes de son entourage. Il a voyagé deux fois en Italie ; la première, il y est resté un an, et la seconde presque trois. Il n'a pas emmené sa femme avec lui et l'on n'a pas trouvé de correspondance entre les époux. Vélasquez était bel homme et jouissait de grands privilèges ; et c'est évident qu'il était sensible à la beauté féminine, comme on peut s'en rendre compte en observant la *Vénus à son miroir* à la National Gallery de Londres.

Il fit une pause pour s'assurer que son interlocuteur suivait attentivement ses explications, mais le jeune diplomate gardait les paupières mi-closes et semblait somnoler.

– Parker ! s'exclama Anthony Whitelands, décontenancé. Ce que je vous dis ne vous intéresse pas ?

– Oh, si, si, pardonnez-moi. Je viens de me souvenir d'une affaire, une affaire à régler, pour demain, demain matin, et, vous savez, la routine du travail… mais je vous écoute, je vous écoute. Que me disiez-vous de la National Gallery ?

– Arrêtez de faire l'idiot, Parker. Je vous parle de la vie privée de Diego de Silva Vélasquez.

– Dites-moi, Whitelands, est-ce que, vraiment, vous m'avez fait quitter mon bureau à une heure intempestive, en plein hiver et de toute urgence, pour insinuer que ce Vélasquez n'était peut-être pas aussi bon mari que le disent ses biographes ? Je dois admettre que les diplomates ne dédaignent jamais les secrets d'alcôve, mais, sincèrement, je ne vois pas l'intérêt que peuvent présenter les coucheries d'un bellâtre qui a cassé sa pipe il y a trois siècles.

Anthony Whitelands posa son verre sur la table et se redressa sur son siège.

– Je trouve votre attitude déplorable, Parker, s'exclama-t-il d'un ton sec. Je ne tolère pas que l'on méprise mes connaissances, ni que l'on mette en question mes affirmations, et encore moins que l'on traite Vélasquez de bellâtre.

– Quelles affirmations ?

– Mes affirmations concernant l'importance du tableau. Écoutez : ce que j'ai vu voilà quelques heures n'est pas seulement un authentique Vélasquez de la plus haute qualité, ce qui, en soi, serait déjà une découverte sensationnelle, mais c'est un apport extraordinaire à l'histoire de la peinture universelle. Je vous donnerai un exemple pour que vous compreniez. Imaginez qu'un beau jour un manuscrit de Shakespeare vous tombe entre les mains, une œuvre d'une qualité comparable à *Othello* ou à *Roméo et Juliette*, et que, de plus, il contienne des éléments autobiographiques capables d'éclairer les énigmes qui entourent la vie du Barde. Est-ce que vous trouveriez ça intéressant, monsieur Parker ?

Le jeune diplomate, qui avait écouté cette diatribe les yeux baissés, les releva pour promener son regard sur le salon. Puis, sans regarder son interlocuteur, il répondit :

– Monsieur Whitelands, ce qui m'intéresse ou ne m'intéresse pas est sans importance. Je n'ai pas abandonné le confort de mon séjour pour me chercher de nouveaux intérêts. Si je suis ici, c'est pour prendre connaissance de ce qui vous intéresse, vous. Et soyez moins susceptible et moins véhément, si vous ne voulez pas mettre tout le monde au courant de ce que personne ne devrait entendre. Pour l'amour du Ciel, même un enfant se serait rendu compte que je vous mettais à l'épreuve. Si vous perdez votre sang-froid, tout est perdu. Et maintenant, si vous pouvez chasser un instant de votre esprit les frasques de votre peintre adoré, dites-moi quel rôle je joue dans cette histoire.

Anthony observa une pause pour remettre de l'ordre dans ses idées. Le salon tournoyait au rythme de la musique, et il se serait volontiers laissé aller à cette agréable sensation ; mais il voulait s'exprimer avec le maximum de précision possible dans une affaire aussi délicate.

– Voyez-vous, il y a un individu, conservateur de la National Gallery, son nom est Edwin Garrigaw ; bonne famille, la plus grande respectabilité ; il a été mon professeur à Cambridge, cela fait déjà quelques années. À Cambridge, nous l'appelions Violette, ou un nom comme ça ; si vous le répétez, je nierai vous l'avoir dit… Ce gentleman, Edwin ou Violette, qu'importe, est expert en peinture espagnole : Vélasquez, Murillo, Ribera, enfin vous voyez ; pour cette raison, nous nous sommes affrontés à plusieurs reprises, pas physiquement, bien entendu ; des articles dans des revues spécialisées et, une fois, une lettre au *Times*, avec rigueur, mais aussi avec hargne et ironie de sa part ; il ne m'apprécie pas ; je le soupçonne de soupçonner que j'aimerais prendre sa place, et je ne nie pas que l'idée m'en est passée par la tête il y a quelques années… mais pour l'heure, il ne s'agit pas de ça. En fin de compte, je ne l'apprécie pas non plus, je le considère comme un cacatoès vaniteux, si vous voulez mon opinion ; mais je lui reconnais un haut degré de compétence en la matière, et pour cette raison je… je lui ai écrit une lettre…

Il sortit une grosse enveloppe de la poche intérieure de sa veste et fit mine de la tendre à son voisin, mais, au dernier moment, il retira la main et regarda fixement la lettre, des larmes dans les yeux.

– Pour l'amour du Ciel, Whitelands, reprenez-vous, murmura le conseiller en observant le trouble de son interlocuteur. Votre attitude est embarrassante. Voulez-vous un autre whisky ?

Il adressa des signes au serveur et celui-ci, interprétant correctement son intention, s'empressa d'apporter un nouveau verre. Anthony s'était déjà remis de sa soudaine agitation et nettoyait ses lunettes avec son mouchoir.

– Pardonnez-moi, Parker, dit-il d'une voix entrecoupée. J'ai eu… j'ai eu un moment de faiblesse… mais maintenant, ça va. La lettre, poursuivit-il en buvant son whisky à petites gorgées, la lettre est adressée à Edwin Garrigaw et ne doit lui être remise que dans le cas où il m'arriverait quelque chose. Vous me comprenez. Je vous la confie à cette condition. Si… si quelque chose m'arrivait, si un imprévu m'empêchait… C'est d'une importance vitale que cette lettre parvienne entre les mains de Garrigaw. Dedans, je lui raconte tout… Je veux dire, au sujet du tableau de

Vélasquez dont je vous ai parlé. Sous aucun prétexte et pour aucun motif, il ne doit rester caché plus longtemps ; le monde doit connaître son existence et, quoi qu'il advienne, le tableau doit finir en Angleterre. Edwin saura comment faire. Et si ce n'est pas lui, alors que l'on déterre lord Nelson ou sir Francis Drake, mais nous devons prendre possession de ce maudit tableau, Parker, à n'importe quel prix, vous m'entendez ? À n'importe quel prix. Il a plus de valeur que les mines de Rio Tinto. Vous avez compris, Parker ? Vous avez compris la nature et la portée de votre mission ?

– Mais oui, mon vieux. Elle n'est pas compliquée. Remettre cette lettre à un type à Londres.

– Seulement s'il m'arrive quelque chose, hein ? Sinon, pas question. Et si les circonstances faisaient que vous deviez remettre la lettre à Violette, n'oubliez pas de lui dire que c'est moi qui ai découvert le tableau et déterminé son authenticité. Ne permettez pas qu'il accapare le tableau et la gloire. S'il m'arrivait quelque chose… au moins, Parker, qu'on se souvienne dignement de moi…

– Soyez sans inquiétude, Whitelands, s'empressa de dire le jeune diplomate en s'apercevant que les larmes réapparaissaient dans les yeux de son interlocuteur. La lettre est en bonnes mains. Et espérons que je n'aie pas à la faire parvenir à son destinataire. Et maintenant, dites-moi, que comptez-vous faire ?

– La lettre…

– Oui, oui, la lettre ; s'il vous arrive quelque chose d'irréparable ; ça, je l'ai bien compris. Mais pour le moment, vous êtes vivant et il ne se passera rien si vous ne fourrez pas votre nez là où vous ne devez pas. C'est pour ça que je vous demande ce que vous comptez faire. Je veux dire, à propos du tableau.

Anthony fixa le conseiller avec une expression ahurie, comme si la question lui semblait absurde. Au bout d'un moment, il se passa la main sur la figure et dit :

– Faire ? Je… je ne sais pas. Je n'y ai pas encore réfléchi.

– Je comprends, je comprends. Vos faits et gestes ne me regardent pas. Mais vu que vous m'avez appelé pour me manifester votre confiance, je crois de mon devoir de répondre à cette confiance par un conseil d'ami.

– Ah, je sais ce que vous allez me dire. Mais je préférerais ne pas entendre votre conseil. Ne vous en offusquez pas, Parker. Vous êtes un brave type et je vous suis infiniment reconnaissant de votre disponibilité. En réalité… en réalité, vous êtes le seul ami que j'ai en ce monde…

Voyant que son malheureux informateur allait remettre ça, le jeune diplomate prit doucement la lettre, la glissa dans sa poche, se leva et dit :

– Dans ce cas, Whitelands, je vous laisserai quand même le conseil que je pensais vous donner : allez à votre hôtel et cuvez votre whisky. Demain, vous verrez tout plus clairement, et ce qui compte, pour ce soir, c'est que vous ne parliez plus à personne.

12

Du pas incertain et cérémonieux des ivrognes, Anthony Whitelands regagnait son hôtel par les rues froides et désertes du Madrid hivernal, quand il entendit une voix le héler, puis vit un individu aux allures de mendigot, coiffé d'un anachronique couvre-chef à large bord, le rejoindre et ajuster son pas au sien. Comme il ressemblait à un personnage sorti d'un tableau, Anthony attribua son existence à une hallucination et poursuivit son chemin sans lui adresser un mot ni un regard, jusqu'au moment où son accompagnateur spontané, lui prenant doucement le coude, l'obligea à s'arrêter sous le cône de lumière d'un lampadaire et lui dit d'un ton attristé :

– Mais, bon sang, vous ne me reconnaissez pas ? Regardez-moi bien : je suis Higinio Zamora Zamorano, celui qui vous a gardé votre portefeuille l'autre nuit.

Tout en parlant, il avait soulevé le bord de son chapeau pour permettre au lampadaire d'éclairer ses traits peu engageants. En les voyant, l'Anglais sursauta et s'exclama :

– Par tous les diables, don Higinio, je vous prie de m'excuser. L'éclairage public est déficient et je dois avoir oublié mes lunettes au Ritz.

– Non, monsieur, vos lunettes sont sur votre nez. Et ne m'appelez pas don Higinio. Higinio tout court me suffit. Vous allez bien ?

– Oh, oui, parfaitement, parfaitement. Et je me réjouis de cette rencontre fortuite, qui me permet de vous exprimer ma reconnaissance. J'ai tenté en vain de trouver votre adresse afin de vous offrir une gratification pour avoir porté mes affaires à l'ambassade.

Higinio Zamora Zamorano fit un moulinet avec son chapeau avant de le remettre.

– Il n'en est pas question. Manquerait plus que ça. Mais dites-moi, où allez-vous à cette heure, si gaillardement ? Sans vouloir être indiscret, bien entendu.

Anthony désigna le haut de la rue et dit d'un ton résigné :

– À l'hôtel, cuver mon whisky.

– Ah, et c'est loin ?

– Non. Si j'ai gardé mon sens de l'orientation, c'est par là.

Higinio l'empoigna plus fermement et dit :

– Dans ce cas, vous ne devez pas aller dans cette direction. J'en viens et j'ai entendu des cris et des bruits de course. Ceux de la Confédération nationale du travail et les phalangistes sont en pleine bataille rangée. Mieux vaut attendre que la tempête s'apaise. Écoutez, pourquoi n'irions-nous pas là où je vous ai laissé l'autre jour ? La Juste ne doit pas encore être couchée et, s'il le faut, la petite la réveillera. Au moins, là-bas, nous serons à l'abri du froid et des horions, et nous pourrons boire quelques petits verres de gnôle pour nous réchauffer. Qu'est-ce que vous en pensez, hein ? La nuit ne fait que commencer.

L'Anglais haussa les épaules.

– Bien, dit-il. C'est vrai que je n'avais pas très envie de rentrer à l'hôtel. Est-ce qu'on vous a déjà dit que vous ressembliez beaucoup au *Ménippe* de Vélasquez ?

– Jamais, répondit l'autre. Venez, nous ferons un détour et nous éviterons les rues trop larges ; c'est là que se produisent les bagarres.

Anthony avait beau tendre l'oreille, il ne percevait pas le bruit des heurts que son compagnon lui annonçait, mais il se laissa quand même mener comme un agneau, tant il rechignait à mettre un terme à une journée aussi singulière. Bras dessus, bras dessous, ils traversèrent la petite place de la Vaquilla, si animée en été avec les parasols des brocanteurs, mais déserte en cette saison, et ils pénétrèrent dans un dédale de ruelles tortueuses et obscures.

Un instant plus tard, l'Anglais ne savait déjà plus où il était. Cela lui fit réaliser combien il connaissait peu Madrid, malgré des séjours relativement longs. Maintenant, il se sentait doublement étranger, et cette sensation lui inspirait une profonde mélancolie et l'excitation de l'inconnu. Il passait sans transition d'un enthousiasme enfantin à une tristesse proche du désespoir. Dans les deux cas, il était dans un tel état de confusion qu'il se serait laissé conduire n'importe où. Mais Higinio Zamora Zamorano prétendait seulement le mener à l'endroit annoncé et, après beaucoup de détours, ils se trouvèrent de nouveau devant la vieille porte, en train d'y frapper furieusement, jusqu'à ce que surgisse le veilleur de nuit sanglé dans sa capote, traînant les pieds et grelottant de froid. Sous la casquette apparaissaient des yeux rougis, et une goutte caramélisée pendait du bout de son nez.

Ils montèrent au deuxième étage et sonnèrent. Un moment s'écoula, puis on entendit un bruissement de pas et la matrone ouvrit, dans une robe de chambre en peluche, chaussée de babouches, des mitaines aux mains. En voyant l'Anglais, elle mit ses poings sur ses hanches et s'exclama d'une voix enrouée :

– Mais bon Dieu, y a donc pas d'autre endroit où aller dans tout Madrid ? C'est pas une heure, merde ! Et si vous avez pas de quoi bouffer, rentrez dans votre pays ! Ou à Gibraltar, puisque vous nous l'avez chouravé.

Anthony fit une révérence et se cogna le front contre le montant de la porte.

– Vous faites erreur, madame la Juste, bafouilla-t-il en se souvenant du nom que lui avait donné Higinio Zamora peu de temps auparavant. Je ne suis plus pauvre comme l'autre nuit, et je ne viens pas en mendiant pour tremper la soupe. J'ai retrouvé mon portefeuille et mon argent grâce à l'honnêteté de cet excellent ami qui vient avec moi en qualité d'invité.

Alors seulement, la Juste s'aperçut de la présence d'Higinio Zamora et ses traits s'adoucirent.

– Fallait commencer par là. Les amis d'Higinio ont toujours leur place dans cette maison. Mais entrez donc, restez pas sur le palier, vous allez prendre un rhume. Cette nuit, c'est pas une nuit, je vous dis. Heureusement que nous autres on a le brasero.

Les deux hommes entrèrent dans le petit salon qu'Anthony connaissait de ses précédentes visites. Sur la *mesa camilla*, une lampe éclairait une bouteille à moitié vide, deux petits verres et une assiette pleine de miettes. À la table était assise une vieille au visage parcheminé, si menue et si emmitouflée qu'on avait du mal à la distinguer des coussins et des bouts de tissu disséminés un peu partout dans la pièce pour cacher le mauvais état du mobilier. Dans le silence de la nuit, on entendait un robinet goutter et un chat miauler dans la cour intérieure. Higinio accrocha son pardessus et son chapeau au portemanteau et aida l'Anglais à se défaire des siens. Puis ils allèrent se réchauffer sous les jupes de la *mesa camilla*, pendant que madame la Juste sortait deux autres verres du buffet et servait de l'alcool aux nouveaux venus.

– Je vais tout de suite réveiller la petite, annonça-t-elle.

– Oh, non, ne la dérangez pas si elle dort, murmura Anthony d'une voix défaillante. Pas pour moi… je venais pour…

Higinio intervint en faveur de son ami :

– Laisse tomber, la Juste. On est seulement venus pour un moment : ça canarde de nouveau dans la rue.

– Saloperie de politique ! grogna la matrone, en reprenant sa place à table et en s'adressant à l'Anglais. Avant, les étudiants venaient nous voir. Ils faisaient un chahut pas possible et ils avaient pas beaucoup d'oseille, mais c'était quand même quelque chose. Au jour d'aujourd'hui, ils préfèrent la bagarre ou peut-être pire encore. Au bout du compte, entre le froid et tout ce désordre qui nous tombe dessus, y a plus un chrétien qui vient ici. Le pays fout le camp, que le diable emporte don Niceto et Ortega y Gasset.

– C'est pas eux les fautifs, intervint Higinio.

Et, voulant changer de sujet, il s'adressa à la vieille en élevant beaucoup la voix pour lui demander des nouvelles de sa santé. Elle sembla revenir à la vie et ouvrit une bouche édentée comme si elle voulait dire quelque chose, mais elle la referma aussitôt et revint à son mutisme.

– Excusez-la, dit la Juste à Anthony. Madame Agapita vit seule à côté, et, vu son âge, elle est un peu gâteuse. Sourde comme un pot, à moitié aveugle, sans un sou et personne pour s'occuper d'elle. Quand il fait froid comme aujourd'hui, je l'invite, parce que, chez elle, pas question de brasero.

Anthony observa avec compassion la vieille infirme, et celle-ci, comme si elle devinait que, pour un instant, elle était devenue le centre d'intérêt, s'exclama en croassant :

– Churros, aguardiente et citron !

– Et ces tirs ? s'enquit la Juste en se désintéressant de sa voisine.

– Allez savoir ! dit Higinio. Et à l'Anglais : En Espagne, les choses vont mal depuis des siècles, mais ces derniers mois c'est devenu une maison de fous. Les phalangistes tirent sur les socialistes ; les socialistes sur les phalangistes, sur les anarchistes et, de temps en temps, ils se battent entre eux. Et avec ça, ils parlent tous de faire la révolution. C'est n'importe quoi. Pour faire une révolution, de droite ou de gauche, il faut d'abord prendre la chose au sérieux : unité et discipline.

Anthony but une gorgée de son verre d'anis et sentit son gosier s'enflammer. Il toussa et dit :

– Il est préférable qu'il n'y ait pas de révolution du tout, sérieuse ou pas.

– Il n'y aura pas de révolution, répliqua Higinio, mais il y aura un coup d'État. Et ce sont les militaires qui le feront, ça ne fait pas un pli. Reste à savoir quand : cette nuit, demain, dans trois mois ; le temps nous le dira.

– Bon, dit la Juste, peut-être qu'avec les militaires les choses s'arrangeront un peu. On peut pas continuer comme ça.

– Ne dis pas de bêtises, la Juste, répondit Higinio sévèrement. Si on a un coup d'État militaire, il y aura du grabuge. Le peuple entier prendra les armes pour sauvegarder ce qui lui appartient.

La matrone fit un geste large qui embrassait la pièce et ses occupants et dit :

– Pour sauvegarder quoi ? Ce foutoir ?

Higinio vida son verre d'un trait et le reposa brusquement sur la table.

– Pour défendre la liberté, merde !

– Churros, aguardiente et citron ! cria madame Agapita en joignant sa voix à cette protestation.

La Juste éclata de rire et remplit les verres. Dans un couvent voisin, une cloche sonna deux fois.

– Faites pas attention à ce qu'il raconte, dit la matrone à l'Anglais. En l'écoutant parler, on pourrait se tromper ; mais au fond, c'est un agneau. Il est bon comme du bon pain.

– Ne commençons pas, la Juste. Ces histoires n'intéressent pas les étrangers.

– Mais moi, si, rétorqua la Juste, et nous sommes dans ma maison. Alors quoi !

Et sans tenir compte le moins du monde des reproches, interrompue par le caquetage intempestif et sénile de la vieille, la Juste expliqua à Anthony une longue et confuse histoire dont le sens lui échappa presque en totalité. Dans sa jeunesse, comme tant de filles de la campagne perdues dans le tumulte de la grande ville, elle avait fauté et fini dans la rue, jusqu'à ce qu'elle croise un ouvrier, un beau garçon, un type honnête, lequel, pour défier la morale bourgeoise, l'avait retirée de la mauvaise vie et conduite à l'autel. Au bout de plusieurs années de bonheur (et quelques autres de déboires), l'ouvrier était décédé de mort naturelle ou pas (cela, Anthony ne parvint pas à le comprendre avec précision), laissant la Juste et la fille née de cette union dans la plus grande détresse. Au moment où le monde semblait s'écrouler sur leurs pauvres têtes, se présenta chez elle à l'improviste Higinio Zamora, dont elles n'avaient jamais entendu parler jusque-là et qui leur dit avoir été un compagnon d'armes du défunt pendant la guerre du Maroc où ils avaient dû aller comme tant d'autres jeunes conscrits par tirage au sort, et où l'un avait sauvé la vie de l'autre, à moins que ce ne soit le contraire, raison pour laquelle Higinio, mis au courant de la situation qui accablait la veuve et la fille de son ancien camarade, venait solder sa dette ou honorer la promesse faite sur le champ de bataille ou à la veille du combat ou dans des occasions réitérées tout au long de la malheureuse campagne.

Pendant que la Juste racontait son histoire, Higinio souriait et balançait la tête de gauche à droite et réciproquement pour relativiser ses mérites et ôter toute importance à son intervention. Au bout du compte, il s'était borné à faire ce que n'importe qui aurait fait à sa place, surtout à cette époque où il gagnait convenablement sa vie comme employé municipal auxiliaire et n'avait personne à charge, car ses parents étaient morts, ses deux frères avaient émigré au Venezuela et il n'avait pas de conjointe, même si, avec ses biens personnels et ses revenus, les prétendantes ne manquaient pas. Il assura n'appartenir à aucun syndicat et ne militer dans aucune organisation politique, tout en étant fermement convaincu que les prolétaires devaient s'aider les uns les autres. La Juste s'empressa d'ajouter qu'Higinio n'avait jamais demandé ni voulu accepter la moindre récompense. À ce moment, comme si elle avait écouté le récit ou un fragment de celui-ci, madame Agapita ressuscita et proclama qu'il n'y avait pas de meilleur amoureux qu'un soldat, à preuve un petit ami qu'elle avait eu dans le temps.

– Il me semble encore le voir, avec sa moustache et son képi bleu et rouge, dit-elle, soudain volubile. Quand je l'ai connu, il servait Isabelle II. Si c'était dans la chambre royale, je sais pas. Mais pour servir Sa Majesté, ça oui, il l'a servie. Hussard de la reine ! Quand il m'embrassait, ses galons me rentraient dans la peau, et avec le sabre… avec le sabre… churros, aguardiente et citron !

La Juste porta l'index à sa tempe avec un sourire plus apitoyé que moqueur et dit :

– Faites pas attention. Elle est très diminuée. Elle a eu une maladie des reins, et elle est restée accrochée à la morphine. La pauvre Agapita, elle est plus ce qu'elle était ! Et cet amoureux qu'elle dit avoir eu, c'est vrai qu'elle l'a eu ; maintenant, pour ce qui est de servir la reine, ça non ! Ivrogne et teigneux comme il était, on l'a chassé de l'armée.

L'alcool et la fatigue présentaient leur facture à l'Anglais, qui ne se rendait plus compte de rien. Au prix de grands efforts, il se leva et demanda la permission d'aller aux toilettes. Après avoir uriné, il remplit la cuvette avec l'eau glacée du broc et s'en aspergea la figure. Cela lui éclaircit un peu les idées, sans diminuer l'épuisement physique. Pendant qu'il s'essuyait avec un chiffon sale, il crut entendre pleurer un nouveau-né derrière une cloison. Il ne s'en étonna pas, mais, de retour dans le petit salon, il trouva la Toñina qui avait rejoint les autres et berçait le petit braillard dans ses bras. La Toñina avait un aspect plus maladif que les fois précédentes, peut-être parce qu'elle n'était pas tout à fait réveillée. Une chemise de nuit en laine grise la couvrait du cou jusqu'aux pieds glissés dans d'épaisses chaussettes d'homme, généreusement trouées aux pointes et aux talons. Personne ne fit mine d'expliquer d'où sortait le bébé, et Anthony n'avait aucune envie de s'en enquérir. Pour ne pas s'écrouler, il posa ses deux mains sur la table en faisant osciller dangereusement la bouteille et la lampe, avant d'annoncer qu'il s'en allait. En entendant sa voix, le nouveau-né cessa de pleurer et fut remplacé par un chœur de protestations : Quoi ? Partir à cette heure ! Quelle imprudence ! Pas question ! Ils ne permettraient jamais une chose pareille ! Et puis, il n'était pas en état d'aller tout seul dans la rue. La Toñina se libéra du poids du bébé en le donnant à la Juste et passa les bras autour des épaules de l'Anglais.

– Reste et repose-toi, lui murmura-t-elle à l'oreille. Pourquoi te presser ? Personne ne t'attend à l'hôtel.

– La petite a raison, dit Higinio. Ici, vous êtes avec des amis.

Anthony tentait en vain de se libérer des bras de la fille.

– Je vous remercie sincèrement de votre hospitalité et de vos marques d'intérêt et je ne voudrais pas sembler impoli, mais, à la première heure, je dois aller à un rendez-vous, et avant il faut que je dorme un peu et que je fasse convenablement ma toilette.

– Y a rien de compliqué là-dedans, dit la Juste. Vous dormez ici et on vous réveille à l'heure que vous voulez ; vous prenez un café au lait avec une tranche de pain et vous partez faire ce que vous avez à faire.

– Non, non, s'entêtait l'Anglais. Vous ne comprenez pas. Il faut que je parte maintenant. Ce qui me réclame... ce qui me réclame est très important. Une affaire d'une immense portée. Vous êtes des gens simples et vous ne pourriez pas comprendre. Il s'agit d'un tableau... un tableau incomparable, par sa qualité et sa signification. Il faut le sortir d'Espagne le plus tôt possible... Vous... non, vous ne pourriez pas comprendre...

Il perdit connaissance et la recouvra dans l'obscurité la plus totale, étendu sur un lit dur, sous une couverture lourde et malodorante. Près de lui, il perçut la respiration profonde d'une autre personne. À tâtons, il reconnut avec soulagement les formes juvéniles de la Toñina. Il continua son exploration et eut la charmante surprise de découvrir entre les draps le corps minuscule du bébé. Higinio a raison, l'Espagne est incurable, pensa-t-il avant de replonger dans un profond sommeil.

13

Le coup de fouet de l'air glacé du matin lui permit de retrouver le chemin de l'hôtel et de faire le trajet d'un pas mal assuré mais en marchant droit. L'estomac en capilotade, le larynx en flammes, le corps engourdi et la mémoire imprécise, il était surpris de n'avoir perdu aucune de ses affaires, pardessus, chapeau et gants compris. Le ciel était couvert et l'air laissait présager de la neige.

En entrant dans l'hôtel, il vit un homme qui lisait un journal adossé au mur dans une attitude qui pouvait d'autant moins passer inaperçue qu'il lisait avec des lunettes de soleil et avait gardé sa gabardine et son chapeau. En voyant l'Anglais, il abandonna toute dissimulation, plia le journal, vint à lui et, d'un ton sec et comminatoire, lui dit :

– Seriez-vous par hasard monsieur Antonio Vitelas ?

La déformation de son nom ne le troubla pas, mais quelque chose dans le comportement de l'homme à la gabardine lui inspira de l'inquiétude. Il jeta un coup d'œil au réceptionniste et celui-ci se borna à hausser les sourcils, le regard absent, et à exhiber les paumes de ses mains, manifestant ainsi qu'il se désintéressait de tout ce qui était étranger à ses strictes fonctions. Entre-temps, et sans attendre de confirmation à sa question, l'homme à la gabardine avait pris Anthony par le bras et l'entraînait vers la rue, tout en marmonnant :

– Ayez l'obligeance de m'accompagner : capitaine Coscolluela, ci-devant capitaine d'infanterie, pour l'heure affecté à la Direction générale de la Sécurité. Vous n'avez rien à craindre si vous collaborez.

Il boitait ostensiblement et, à chaque pas, son visage se contractait et prenait une expression chagrinée. À l'évidence, ce défaut le mortifiait dans sa dignité.

– Vous m'arrêtez ? demanda l'Anglais. De quoi m'accuse-t-on ?

– De rien, répliqua l'agent sans cesser de marcher. Vous n'êtes pas arrêté, et si vous n'êtes pas arrêté c'est qu'il n'y a pas de délit : je vous ai dit de me suivre, vous me suivez, et voilà tout.

– Au moins, laissez-moi monter dans ma chambre pour faire ma toilette et changer de linge. Dans l'état où je suis, je ne suis pas présentable.

– Là où nous allons, si, trancha l'homme à la gabardine sans lui lâcher le bras.

Une voiture noire stationnait devant l'hôtel, un chauffeur au volant et la portière ouverte. Ils montèrent, et la voiture démarra pour se garer un moment plus tard devant le bâtiment de la Direction générale de la Sécurité, situé rue Victor Hugo, au coin du Paseo de las Infantes. Anthony poussa un soupir de soulagement, car, dans son trouble, il avait oublié d'exiger de l'homme à la gabardine une carte prouvant sa qualité d'agent de l'autorité et, durant le trajet, il avait été pris de peur à l'idée d'être victime d'un enlèvement, bien que ne sachant ni par qui ni pourquoi. Sa crainte s'apaisa en voyant qu'ils descendaient de voiture et pénétraient dans le bâtiment sans tenir compte des gardes d'assaut postés à l'entrée ni être interceptés par eux.

Dans le hall d'entrée régnaient une douce pénombre et, contre tout pronostic, un calme absolu. Un groupe composé de plusieurs hommes et d'une grosse femme en deuil qui portait un dossier chuchotait dans un coin. Une odeur âcre de tabac refroidi flottait dans l'air. Sans que personne ne leur adresse un regard, Anthony et son accompagnateur traversèrent le hall et, avant d'arriver à l'escalier, franchirent une porte latérale, gravirent un escalier étroit et obscur jusqu'au premier étage ; là, ils parcoururent une succession de couloirs pour arriver devant la porte d'un bureau où ils entrèrent sans frapper. Le bureau était une pièce carrée, exiguë, qui contenait, non sans difficulté, un classeur en bois clair, une énorme table de travail et plusieurs chaises, un portemanteau, un crachoir en faïence et une corbeille à papier en fil de fer. Une lucarne grillagée donnait sur une cour sombre. Sur un mur était fixé par des punaises un plan de Madrid, gondolé, jauni, dont la partie centrale avait beaucoup souffert. La table était encombrée de documents éparpillés n'importe comment ainsi que d'une lampe flexible, une garniture de bureau, un téléphone et un ventilateur antédiluvien. Face à ce chaos était assis un individu dont la tête penchée, bien que dans l'ombre et raccourcie par la perspective, produisit chez Anthony une insolite sensation de familiarité. Il ne savait ni où ni quand, mais il avait la certitude d'avoir déjà vu cet homme.

Après une période d'immobilité, l'individu plongé dans sa lecture leva les yeux de ses papiers, examina attentivement l'Anglais et dit :

– Asseyez-vous.

Puis il s'adressa à l'homme à la gabardine qui s'apprêtait à sortir du bureau.

– Ne partez pas, Coscolluela. Ou plutôt, rendez-moi le service d'aller dire à Pilar de revenir avec le dossier que je viens de lui remettre. Et si vous aviez l'amabilité de m'apporter un café au lait et des churros, je vous en serais très reconnaissant.

Avec un bref geste d'assentiment, l'homme à la gabardine sortit et ferma la porte. Une fois seuls, et comme l'autre persistait à l'observer sans piper mot, Anthony se lança :

– Puis-je demander le motif de ma présence ici, monsieur…

– Marranón. Lieutenant-colonel Gumersindo Marranón, pour vous servir. Je pensais que vous vous souviendriez peut-être de moi comme je me souviens de vous. Mais je ne vous tiens pas rigueur de cet oubli : se souvenir des visages fait partie de mon travail, pas du vôtre. Si ça peut vous aider, nous nous sommes rencontrés voici quelques jours dans le train. Vous veniez de la frontière et, d'après ce que vous m'avez dit, de votre Angleterre natale. Nous nous sommes croisés à la gare de Venta de Baños et nous avons eu une conversation brève, mais cordiale. C'est d'ailleurs pour cette raison qu'ayant eu connaissance par hasard de l'hôtel où vous êtes descendu, j'y suis allé la nuit dernière dans l'intention de vous saluer et de me mettre à votre disposition. Je vous ai attendu et, finalement, comme vous ne rentriez pas et que je ne pouvais pas me déplacer de nouveau, j'ai préféré vous envoyer ce matin un de mes collaborateurs et vous prier de venir. Comme vous voyez, je suis écrasé de travail. Je tiens le capitaine Coscolluela pour un homme avisé et bien élevé. Nous avons combattu ensemble en Afrique. Une blessure à la jambe l'a rendu inapte au service actif. Une conduite héroïque : il a été à deux doigts d'être décoré de l'ordre de Saint-Ferdinand, mais avec ses idées politiques... vous voyez ce que je veux dire. J'espère qu'il vous aura traité avec la politesse qui convient.

– Oh, oui, oui, naturellement, s'empressa de confirmer Anthony. Néanmoins, à cette heure-ci, cette... visite... au demeurant très sympathique, me pose un gros problème... J'avais précisément rendez-vous avec des personnes...

– Sapristi, je n'y avais pas pensé. Une maladresse de ma part, je vous demande mille fois pardon. Heureusement, la chose peut être facilement réparée. Prenez mon téléphone, appelez vos amis et dites-leur de patienter quelques instants. Ils comprendront : force est bien d'avouer qu'en Espagne nous ne sommes pas aussi exigeants que vous autres sur la ponctualité. Et si vous ne connaissez pas le numéro de téléphone, donnez-moi le nom de la ou des personnes en question et je le trouverai en un clin d'œil.

– Non, merci beaucoup, se hâta de dire Anthony. Au fond, ce n'était pas un rendez-vous ferme. Inutile que vous preniez cette peine.

Le téléphone sonna. Le lieutenant-colonel décrocha le combiné et le reposa aussitôt sans répondre à l'appel ni quitter son interlocuteur des yeux.

– Comme vous voudrez, dit-il allègrement. Ah, voici Pilar. Pilar, je vous présente monsieur Vitelas. Il est anglais, mais il parle espagnol mieux que vous et moi réunis.

Anthony constata que Pilar était la femme corpulente qu'il avait aperçue en arrivant, et aussi que le dossier qu'elle portait semblait être le même. De cette double coïncidence, il déduisit que sa réception avait été minutieusement préparée. Pendant que Pilar posait le dossier sur la table de son chef et que celui-ci en détachait les liens et en feuilletait le contenu, le capitaine Coscolluela réapparut avec un plateau de métal sur lequel étaient posés un bol fumant et un cornet d'où dépassaient des churros dégoulinant de graisse et saupoudrés de sucre. Ils ménagèrent une place sur la table pour le plateau en repoussant les papiers. Puis Coscolluela ôta sa gabardine et son chapeau et les pendit au portemanteau. Cela fait, il s'assit et Pilar suivit son exemple. Elle sortit de son sac un bloc de sténo et un crayon comme pour s'apprêter à prendre note de la conversation. Ce cérémonial terminé, le lieutenant-colonel regarda fixement Anthony et dit :

– Je ne sais si le capitaine Coscolluela vous aura expliqué que votre présence dans ces locaux ne répond à aucun motif de caractère officiel. Que, de plus, cette présence est totalement volontaire et l'on pourrait même dire amicale. Voilà qui doit rester très clair entre nous. Il ne demeurera aucune trace de tout ce dont nous pourrons parler ici, ajouta-t-il comme s'il n'avait pas remarqué les préparatifs de Pilar, laquelle, de son côté, gardait son crayon en l'air, mais sans rien noter. Concluez de ce qui précède, poursuivit l'inspecteur, que vous êtes libre de partir à tout moment. Néanmoins, je souhaiterais que vous nous consacriez quelques minutes de votre temps. Entre amis, bien entendu. En fait, le café au lait et les churros si aimablement apportés par le capitaine Coscolluela sont pour vous. Dès que je vous ai vu entrer, je me suis fait cette réflexion : cet homme est à jeun. Dites-moi si je me trompe. Non, évidemment, ce sont là des choses qui n'échappent pas à un policier. Ainsi, ne faites pas de manières, monsieur Vitelas, et acceptez de bonne grâce cette modeste collation.

La dignité le poussait à refuser la proposition, mais il se sentait défaillir et pensa que le café au lait et les churros lui permettraient d'affronter avec l'esprit plus clair l'interrogatoire auquel ils s'apprêtaient sûrement à le soumettre.

– Il n'y a pas à dire, s'exclama l'inspecteur en le voyant dévorer voracement le petit-déjeuner, mais des churros comme ceux de Madrid, on n'en trouve nulle part ailleurs dans le monde !

Pendant qu'il prononçait cette phrase affable, il avait sorti une feuille du dossier et la montrait à l'Anglais. C'était la photographie d'un homme en train de prononcer un discours avec des gestes véhéments. Ce n'était pas une bonne photo et le tirage laissait à désirer, mais Anthony reconnut tout de suite le personnage qu'il avait rencontré chez le duc de la Igualada. Par chance, il avait la bouche pleine et cela lui fournit une excuse pour dissimuler son trouble et retarder sa réponse. Calme en apparence, il tira son mouchoir, essuya la graisse de ses lèvres et de ses doigts avant de dire :

– Qui est-ce ?

– Votre réponse rend la mienne inutile, puisque vous me laissez entendre que vous ne le connaissez ni d'Ève ni d'Adam, dit le policier sans écarter la photo des yeux de l'Anglais. Peu importe, je ne pensais pas qu'il puisse exister une quelconque relation entre vous et ce personnage. Mais quand même, lors d'une discussion de café, dans la maison d'amis communs… vous savez, une rencontre fortuite… En ce qui concerne son identité, ajouta-t-il en rangeant la photo dans le dossier et en refermant celui-ci, il est naturel que vous n'ayez pas entendu parler de lui, mais je vous assure que peu nombreux sont les Espagnols qui ne pourraient pas tout vous dire à son sujet.

Il adressa un clin d'œil au capitaine Coscolluela et à Pilar, et, sans tarder davantage, se mit en devoir de dresser un portrait sommaire de l'intéressé.

L'individu en question était le fils aîné de Miguel Primo de Rivera, un général auteur d'un coup d'État, dictateur en Espagne entre 1923 et 1930. José Antonio Primo de Rivera y Sáenz de Heredia avait l'habitude d'utiliser le titre de marquis de Estella dans les cercles aristocratiques qu'il fréquentait, mais ses partisans l'appelaient José Antonio tout court, ou simplement le Chef. Né à Madrid, avocat de profession, célibataire ; trente-trois ans au calendrier. Cassé de son grade et chassé de l'armée pour avoir agressé physiquement un général, tous deux vêtus en civils. En 1933, il avait fondé la Phalange espagnole, un parti politique d'orientation fasciste. Un an plus tard, le parti avait fusionné avec le groupe de Ramiro Ledesma Ramos dénommé Juntes d'offensive nationale-syndicaliste ou, plus brièvement, les JONS, d'orientation similaire, plus radical dans ses positions. Peu de temps après, Ramiro Ledesma avait rompu avec cette formation et, par conviction ou par dépit, lancé une virulente campagne de discrédit contre la Phalange et son Chef, les accusant tous deux de s'être appropriés le programme et les symboles des JONS. Peine perdue, car la majorité de ses anciens partisans décidèrent de ne pas le suivre et de rester au sein de la Phalange. Mais l'opération avait été douloureuse et avait mis en relief certaines contradictions qui ne sont toujours pas encore résolues à ce jour. Plus tard, quand José María Gil Robles semblait destiné à devenir le Mussolini espagnol, José Antonio Primo de Rivera lui avait offert le concours de la Phalange pour réaliser le coup d'État, mais Gil Robles ne s'était pas décidé à faire le pas décisif et avait décliné la proposition. Ces deux contretemps avaient convaincu José Antonio de la nécessité de mener la Phalange au combat sans compter sur d'autres forces que les siennes. Cette conviction l'avait conduit alors à refuser une possible alliance avec José Calvo Sotelo, monarchiste, autoritaire, brillant orateur et doté d'une forte personnalité, qui s'était fait le champion de la droite la plus conservatrice et prétendait prendre la tête du mouvement fasciste espagnol. Les relations de la Phalange avec les militaires favorables au soulèvement étaient cordiales mais fluctuantes ; des deux côtés prédominait la méfiance : celle de José Antonio envers l'armée, coupable à ses yeux d'avoir lâché son père, et celle de l'armée envers un parti à l'idéologie confuse et aux comportements erratiques. La violence faisait partie du programme de la Phalange espagnole depuis sa fondation. Dans les heurts successifs avec des groupes de gauche, les phalangistes avaient subi des pertes et en avaient aussi causé. Aux élections législatives de

1933, Primo de Rivera avait obtenu un siège ; à celles de 1936, il l'avait perdu. Depuis, les actions violentes s'étaient amplifiées et, en conséquence, les représailles.

– Nous ne savons pas ce qu'il trame actuellement, conclut le lieutenant-colonel, mais il a lancé des appels constants à la rébellion armée et l'on n'écarte pas l'éventualité d'une tentative de coup d'État.

Il se frotta les mains et reprit la parole.

– Vous devez vous demander, mon cher Vitelas, dit-il posément, pourquoi nous vous racontons toutes ces choses qui, en votre qualité d'étranger de passage dans notre pays, ne vous concernent pas. J'aurais moi-même du mal à répondre à cette question. Pourtant, dès le premier jour, quand nous avons bavardé dans le train, j'ai eu la conviction que, tout anglais que vous soyez, vous nourrissez un sentiment très particulier envers l'Espagne et que vous ne souhaitez pas la voir, pour ainsi dire, la proie des flammes. Est-ce que je me trompe ?

– Non, répondit Anthony, vous avez raison. Je porte l'Espagne tout près de mon cœur. Ce qui n'implique pas que je doive m'immiscer dans ses affaires, et moins encore dans des questions de haute politique. Mais puisque nous parlons de ce sujet, croyez-vous vraiment que ce Primo de Rivera peut faire un coup d'État ?

L'inspecteur et le capitaine Coscolluela échangèrent un regard, comme si chacun espérait de l'autre qu'il prendrait l'initiative de la prédiction. Finalement, le lieutenant-colonel Marranón dit :

– Difficile de répondre. Qu'il puisse essayer, c'est évident. Qu'il y parvienne ? Je ne crois pas. Sauf en comptant sur une aide de l'extérieur. Avec ses propres forces, il n'irait pas loin. À elles seules, la Phalange espagnole et les JONS ne font pas le poids. Les fondateurs sont des jeunes fils de famille oisifs ; leurs partisans, une poignée d'étudiants et, dans les derniers temps, une demi-douzaine de pistoleros à gages. Ils ont l'appui d'une fraction de la réaction et les votes des snobinardes et des godelureaux de la Puerta de Hierro. Malgré tout, on ne peut nier leur capacité d'action. Coscolluela, dites-lui.

Le capitaine Coscolluela jeta un regard en dessous à son supérieur, puis abandonna son attitude soumise pour expliquer avec compétence :

– Les phalangistes sont organisés en forme pyramidale : éléments, escouades, phalanges, centuries, *banderas* et légions. L'unité la plus petite, un élément, compte trois hommes, un chef et un sous-chef. La plus grande, une légion, environ quatre mille hommes. Ce système leur donne une grande capacité d'action dans toutes les modalités de la lutte armée : comme guérillas et comme troupes de choc, il s'adapte à toutes les circonstances, sauf s'agissant de bataille rangée. Le chiffre total des phalangistes enrôlés dans cette troupe est difficile à préciser. Ils exagèrent tous, les uns en le grossissant, les autres en le minimisant, selon ce qui leur convient. De toute manière, ils ne sont pas assez pour prendre le pouvoir à eux seuls. Primo de Rivera a offert sa collaboration aux militaires en diverses occasions, dans le cas où l'armée ou une partie de celle-ci se déciderait à faire un pronunciamiento. Naturellement, les militaires lui ont claqué la porte au nez. Ils feront ce qu'ils voudront quand ils l'estimeront opportun et, pas plus avant que pendant ou après, ils ne veulent rien savoir d'une faction armée qui ne reconnaît pas la hiérarchie militaire, n'obéit qu'à un chef qui a, en son temps, cassé la figure à un général et qui prétend imposer ses propres objectifs politiques à l'armée si elle prend le pouvoir. Même ainsi, on ne peut écarter la possibilité d'un conflit, et l'armée utilisera alors les phalangistes comme force auxiliaire ou pour des actions concrètes peu gratifiantes. Les phalangistes ne sont pas gens à faire la fine bouche. En définitive, nous ignorons ce qui peut se passer. En dehors de toutes les considérations logiques, nous ne devons pas oublier que José Antonio est un grand dadais et un irresponsable, et que ses partisans sont des fanatiques capables de faire tout ce qu'il leur dira sans se poser de questions. La majorité sont des gosses, exaltés et romantiques. À cet âge, on n'a pas peur de la mort, car on ne sait pas encore ce que c'est. Et le Chef les a chauffés à blanc avec la drogue de l'héroïsme et du sacrifice.

Le lieutenant-colonel eut un geste courtois.

– C'est bien, Coscolluela. N'ennuyons pas davantage notre invité. Il en sait assez avec ce que vous venez de dire, et il a d'autres engagements à honorer. Vous devrez excuser notre excès de zèle, monsieur Vitelas.

Anthony répondit par un murmure imprécis. Après un bref silence, le lieutenant-colonel reprit la parole.

– Au fond, dit-il de son ton toujours égal, je pense comme vous. Moi non plus, la politique ne m'intéresse pas. Je n'appartiens à aucun parti, aucun syndicat, aucune loge, et je n'ai de sympathie ni de respect pour aucun homme politique. Mais je suis un fonctionnaire au service de l'État ; ma tâche est de maintenir l'ordre public, et, pour maintenir l'ordre public, je dois anticiper les événements. Je ne peux pas attendre ici les bras croisés, parce que si du grabuge se déclare, comme ça peut très bien arriver à n'importe quel moment, alors, monsieur Vitelas, ni la police, ni la garde civile, ni l'armée elle-même ne pourront éviter une hécatombe. Moi si, je le peux. Mais, pour ça, je dois savoir. Quoi, qui, comment et quand. Et agir sans délai et sans faire dans la dentelle. Découvrir les séditieux et les arrêter avant, pas après. Et de même pour leurs complices. Et pour ceux qui les couvrent. Connaître José Antonio Primo de Rivera n'est pas un délit. Mais c'en est un de mentir à la police. Je suis convaincu que vous ne feriez pas une chose pareille. Je voudrais seulement vous demander une chose. Ou plutôt deux. La première est de me tenir informé de tout ce qui, à votre avis, pourrait m'intéresser. Vous êtes assez intelligent pour comprendre le sens de mes paroles. La seconde est d'être localisable tout le temps que vous resterez en Espagne. Ne changez pas d'adresse et, si vous le faites, avisez-nous. Le capitaine Coscolluela vous rendra visite de temps en temps, et au cas où vous souhaiteriez prendre contact avec nous, vous savez quoi faire : nous sommes ouverts vingt-quatre heures sur vingt-quatre.

14

En sortant de la Direction générale de la Sécurité, Anthony Whitelands fut surpris de se retrouver dans un lieu connu, animé, et foisonnant de Madrilènes qui couraient en tous sens, aiguillonnés par le froid. Le ciel couvert avait pris un reflet métallique, et dans l'atmosphère calme qui précède les phénomènes naturels intenses, les bruits habituels de l'agitation urbaine semblaient lointains. De tout cela, Anthony, encore sous le coup de l'entretien qu'il venait d'avoir, se rendait à peine compte. Il savait qu'il était face à un dilemme moral, mais il était si troublé qu'il se sentait incapable d'en discerner la nature. Pendant qu'il se frayait un passage dans la foule, il se demandait pour quelle raison il avait été arrêté d'une façon aussi capricieuse. Sans nul doute, ils étaient au courant de ses mouvements et de ses relations à Madrid, mais c'était impossible de déduire de la conversation jusqu'à quel point. Ils ne savaient probablement pas grand-chose, sinon ils n'auraient pas usé de toutes ces circonlocutions. Peut-être n'avaient-ils rien de concret et voulaient-ils seulement le sonder. Ou lui faire peur. Ou le prévenir, mais de quoi ? Du danger que représentait tout rapport avec José Antonio Primo de Rivera. Si c'était le cas, ils connaissaient ses rencontres sporadiques dans la maison du duc. Qui pouvait les avoir informés ? Quant à José Antonio, il s'était toujours méfié de ce mystérieux individu, même si le contact direct lui avait fait très bonne impression. L'important, de toute manière, n'était pas le jugement que l'on pouvait porter sur lui, mais le rôle qu'il jouait dans l'affaire. José Antonio connaissait-il les plans du duc ? Était-il de connivence avec lui ?

Son intérêt apparent pour Paquita était-il réel, ou dissimulait-il seulement des intérêts d'une autre nature ? Et, en dernier ressort, que venait faire dans cet imbroglio un Anglais expert en peinture espagnole ? Questions sans réponses qui, néanmoins, modifiaient sa perception de la réalité : il ne pouvait pas continuer à se comporter comme s'il ne savait rien ; avant de faire le pas suivant, il devait élucider certains points, savoir avec exactitude où il mettait les pieds. Le bon sens indiquait clairement la ligne la plus raisonnable à suivre : tout laisser tomber et rentrer en Angleterre sans tarder. Mais, sur le plan professionnel, cela supposait perdre une occasion unique, qui ne se présenterait pas deux fois. Pour le moment, rien ne permettait de supposer l'existence d'une relation directe entre les explications et les insinuations de la police et la vente d'un tableau, dont la possible illégalité, si illégalité il y avait, serait de type administratif, sans connotations politiques ou autres. D'ailleurs, l'illégalité ne concernait en rien une personne dont l'intervention se limitait à certifier l'authenticité d'une œuvre d'art. Ce qui pouvait se passer ensuite n'était pas son affaire et plus on enquêterait, plus la nature de sa participation dans quelque chose qui ne le concernait en rien serait mise en évidence. Comment pouvait-il savoir qu'on allait commettre un délit ? Il était un étranger dans un pays où régnait le chaos et, de plus, il était protégé par le secret professionnel. Le mieux était de ne pas pousser plus loin ses investigations.

D'ailleurs, d'autres urgences plus prosaïques réclamaient son attention : il lui fallait se rendre en toute hâte au rendez-vous avec le duc et justifier son retard pour que celui-ci ne soit pas interprété comme une désertion au moment précis où il avait atteint un point aussi décisif, mais avant il devait se raser, se laver et se changer. Pour comble, les premiers flocons de neige commençaient à tomber et laissaient des petites taches noires en se posant sur l'asphalte.

Il pressa le pas pour gagner l'hôtel. Il essuya soigneusement ses chaussures sur le paillasson pour ne pas encourir les reproches du réceptionniste qui, en repérant sa présence, avait adopté l'expression sévère de quelqu'un qui vient d'assister à l'arrestation d'un client de l'établissement par un agent de l'autorité. Il demanda la clef d'un air détaché et voulut savoir si un visiteur s'était manifesté pendant sa brève absence.

– Pardi ! répondit sèchement le réceptionniste. À vous seul, vous me donnez plus de travail que tous les clients réunis.

Peu après son départ, un homme avait téléphoné pour savoir si le monsieur anglais était là ou s'il était sorti. Quand le réceptionniste lui avait répondu qu'il était sorti, l'homme avait demandé quand, et s'il avait dit où il allait. Le réceptionniste avait rétorqué qu'il l'ignorait : il ne voulait pas compromettre un client et encore moins avoir des histoires. En tout cas, l'homme avait paru contrarié ou alarmé ou les deux à la fois. Il n'avait pas voulu laisser son nom ou le numéro de téléphone où l'on pouvait l'appeler, comme le lui avait proposé le réceptionniste. Une demi-heure après à peine, une jeune personne très jolie avait apporté une lettre. En disant cela, le réceptionniste fronça les sourcils : il n'appréciait pas qu'une jeune personne vienne à l'hôtel déposer des billets doux pour un client et encore moins être mêlé à leur correspondance. Anthony ne trouva aucune explication satisfaisante et garda le silence. Sans défroncer les sourcils, le réceptionniste lui remit la lettre.

Une fois dans sa chambre, Anthony ouvrit l'enveloppe et lut sur une feuille détachée d'un bloc ce message succinct : « Où êtes-vous passé ? Pour l'amour du Ciel, appelez le 36126. »

Comme il n'y avait pas de téléphone dans la chambre, il retourna à la réception et demanda à se servir du téléphone général de l'hôtel. Le réceptionniste indiqua l'appareil posé sur le comptoir. Anthony aurait préféré quelque chose de moins ostensible, mais il accepta pour ne pas éveiller les soupçons et composa le numéro. Paquita répondit tout de suite. L'Anglais prononça son nom et elle dit à voix basse, comme si elle craignait d'être entendue :

– D'où m'appelez-vous ?

– Je suis à la réception de mon hôtel.

– Nous étions très inquiets de votre retard. Il s'est passé quelque chose ?

– Oui, monsieur. Je vous mettrai au courant lors de notre prochain rendez-vous, dit Anthony en imitant le ton naturel d'un commerçant dans l'exercice de sa profession.

Il y eut un long silence, puis elle reprit :

– Ne venez pas à la maison. Vous connaissez le Christ de Medinaceli ?

– Oui, une sculpture sévillane du XVIIe siècle.

– Je parle de l'église.

– Je sais où elle est.

– Alors allez-y sans perdre un instant et asseyez-vous sur un des derniers bancs à droite. Je vous rejoins aussi vite que je peux.

– Donnez-moi une demi-heure pour faire ma toilette et me changer. J'ai l'air d'un clochard.

– Tant mieux, comme ça vous n'attirerez pas l'attention. Et ne perdez pas votre temps en enfantillages, dit la jeune femme qui avait récupéré son habituelle désinvolture.

Affectant de ne pas remarquer l'expression sournoise du réceptionniste, il raccrocha, remercia, remonta dans sa chambre, mit son pardessus et son chapeau, prit son parapluie, redescendit, laissa la clef sur le comptoir et sortit.

Par la rue Huertas, il arriva très vite au lieu du rendez-vous. La neige avait continué de tomber et commençait à tenir au sol là où elle n'était pas piétinée par les passants. Devant la façade prétentieuse et dénuée d'harmonie, il s'arrêta un instant pour récupérer son souffle et sa sérénité. Son cœur battait fort sous l'effet de la précipitation, du risque et de la rencontre imminente avec l'énigmatique marquise de Cornellá. Du trottoir d'en face, il contempla la longue queue des fidèles qui, sans se laisser décourager par l'inclémence du temps, venaient prier et demander une grâce quelconque. Tous les âges et toutes les classes sociales se mêlaient dans ce lamentable troupeau. Anthony rendit justice à la prudence de Paquita qui lui avait donné rendez-vous dans un endroit où rien ni personne n'attirait l'attention. Il traversa la rue et, d'instinct, alla se placer au bout de la queue pour attendre patiemment son tour, mais il comprit vite ce que son comportement de bon citoyen avait d'inadéquat et opta pour se glisser par une porte latérale, en se disant que son aspect d'étranger excuserait cette petite transgression. Pour ce faire, il dut traverser le porche où s'entassaient des aveugles, des estropiés et une fleuriste emmitouflée dans une couverture noire pour se protéger du froid et de la neige. Les gémissements et les supplications des quémandeurs formaient un chœur dissonant et affligé. L'Anglais franchit ces obstacles sans incident et, soulagé, pénétra à l'intérieur. Les murs aux couleurs criardes reflétaient la lumière vacillante des milliers de cierges qui brûlaient. L'air, saturé d'odeurs de sueur, de fumée, d'encens et de cire fondue, vibrait de la rumeur ininterrompue des prières. Il n'eut pas de peine à trouver à s'asseoir sur un des bancs du fond, car la plupart des fidèles voulaient s'approcher le plus près possible de l'autel afin de déposer des ex-voto ou de murmurer leurs prières à l'effigie vénérée. L'affluence traduisait bien l'inquiétude qui régnait dans la ville.

Du fait de son intérêt pour l'art espagnol de l'époque, Anthony avait eu plusieurs fois l'occasion d'examiner la statue, et elle avait toujours produit chez lui un dégoût proche de la répugnance. Sans nier les mérites artistiques de la sculpture, l'attitude du personnage, ses vêtements superbes et surtout sa coiffure en cheveux naturels lui donnaient des airs de don Juan vantard. C'était peut-être cela, avait-il pensé alors, qui inspirait confiance au peuple : la divinité incarnée en mauvais garçon des faubourgs. Quand il était étudiant à Cambridge, il avait entendu un expert en la matière expliquer que le catholicisme de la Contre-Réforme avait été une rébellion du christianisme méridional des sens contre le christianisme cérébral que défendaient les hommes du Nord. En Espagne s'était imposé un christianisme de belles vierges aux yeux noirs et aux lèvres rouges ouvertes dans une expression où le pathétique se mêlait au charnel. Le Christ des croyants était le Christ des Évangiles : un homme méditerranéen qui mange, boit, converse avec les amis et fréquente les femmes, et qui meurt dans des souffrances physiques ; un homme dont les idées vont du bien au mal, du plaisir à la douleur et de la vie à la mort, sans une ombre de doute métaphysique ni raisonnements alambiqués. C'était une religion de couleurs et d'odeurs, d'habits somptueux, de fêtes patronales, d'alcools, de fleurs et de chansons. À l'époque, Anthony, incroyant par caractère et par conviction, positiviste par son éducation et se méfiant de tout signe de mysticisme ou de superstition, avait trouvé l'explication satisfaisante mais pas vraiment convaincante.

Absorbé dans ces réflexions, le doux frôlement d'une main gantée sur son avant-bras le fit sursauter : un instant, il pensa que la police revenait l'arrêter. Ce n'était pas la police, mais une femme en deuil, le visage couvert d'une épaisse voilette en dentelle. Dans l'autre main, elle tenait un chapelet en jais. Avant d'entendre sa voix, Anthony sut que c'était Paquita.

– Vous m'avez fait sacrément peur, chuchota-t-il. Accoutrée ainsi, personne ne pourrait vous reconnaître.

– C'est bien le but, répondit Paquita, un soupçon d'ironie dans la voix, et vous avez les nerfs à fleur de peau.

– On les aurait à moins, répliqua l'Anglais.

– Agenouillez-vous, et nous pourrons rapprocher nos têtes.

Courbés sur leur prie-Dieu, le front presque posé sur son appui, ils ressemblaient à deux saintes âmes égrenant avec onction de fervents Ave Maria. Tout en étant sensible au contact du corps de la jeune marquise, Anthony lui rapporta sa récente expérience à la Direction générale de la Sécurité. Paquita écoutait en silence, acquiesçant discrètement de la tête.

– J'ai menti à la police sans véritable motif, dit l'Anglais au terme de son récit. Sur une simple impulsion, j'ai enfreint la loi. Dites-moi que je n'ai pas agi à tort.

– Non, vous avez bien fait, répondit-elle après une pause, et je vous en remercie. Maintenant, ajouta-t-elle avec une lenteur délibérée, comme si elle avait de la peine à trouver les mots appropriés, maintenant je vais vous demander une grande faveur.

– Dites-moi de quoi il s'agit, et si c'est en mon pouvoir...

– Ça l'est. Mais cela exige de votre part un énorme sacrifice, dit-elle. L'objet que nous vous avons montré hier…

– Le Vélasquez ?

– Oui, ce tableau. Vous êtes convaincu de son authenticité ?

– Oh, bien entendu, je dois procéder à un examen plus approfondi… mais je mettrais ma main au feu…

– Et si je vous disais qu'il est faux ? l'interrompit la jeune femme.

L'Anglais étouffa difficilement un cri.

– Comment ! Faux ? s'exclama-t-il en contenant sa voix et son sursaut. Vous en êtes vraiment certaine ?

Sans rien perdre de son ton dramatique, le soupçon d'ironie affleura de nouveau dans la réponse de la jeune femme.

– Non. Je crois qu'il est authentique. C'est justement la faveur que je vous demande : que vous affirmiez catégoriquement que c'est un faux.

Anthony en resta sans voix. Elle reprit toute sa gravité et dit :

– Je comprends votre stupéfaction et votre résistance. Je vous l'ai dit, il s'agit d'un énorme sacrifice. Je n'ai pas perdu la raison et des motifs très puissants justifient ma demande. Comme c'est naturel, vous voudrez connaître ces motifs et je vous les exposerai moi-même en temps opportun. Mais je ne peux pas encore. Vous devrez agir en vous fiant à ma seule parole. Évidemment, je ne peux pas vous forcer, pas plus à ça qu'à autre chose. Je ne peux que vous présenter cette requête et vous jurer, en présence de Dieu Tout-Puissant et dans sa demeure, que ma reconnaissance n'aura pas de limites, comme n'en aura pas ma volonté de répondre à votre générosité. Gravez cela dans votre esprit, Anthony Whitelands, il n'est rien que je ne sois prête à faire pour vous dédommager de votre sacrifice. Hier, dans le jardin, je vous ai dit que ma vie était entre vos mains. Aujourd'hui je le réaffirme avec une foi renouvelée. Ne dites rien et écoutez-moi bien. Voici ce que vous devez faire : allez cette après-midi à la maison et dites à mon père que vous n'avez pas pu venir au rendez-vous de ce matin pour une raison quelconque. Ne lui racontez surtout pas ce que vous venez de me rapporter. Ne mentionnez pas la Direction générale de la Sécurité et encore moins José Antonio. Bornez-vous à dire que le Vélasquez est faux et donc qu'il ne vaut rien. Soyez convaincant : mon père est confiant mais pas idiot. Il ne doute pas de vous, ni comme personne ni comme expert, et il vous croira si vous agissez avec aplomb. Et maintenant, excusez-moi, je dois partir. Personne de ma famille ne sait que je suis venue, et je ne veux pas qu'on remarque mon absence. Vous, restez quelques minutes. Il y a beaucoup de gens ici, quelqu'un pourrait vous reconnaître et l'on ne doit pas nous voir ensemble. Si, cette après-midi, nous nous retrouvons à la maison, ce qui sera sûrement le cas, comportez-vous comme si nous ne nous étions pas vus depuis hier. Et souvenez-vous : je suis entre vos mains.

Elle se signa, baisa la croix de son chapelet, le rangea dans son sac, se leva et sortit d'un pas languissant, laissant Anthony abîmé dans un océan de confusion.

15

Anéanti, avec une expression d'angoisse semblable à celle du Christ qui présidait le sanctuaire, Anthony Whitelands gagna la rue en titubant et en se heurtant au flot incessant des fidèles. Dehors, la neige tombait plus dru et, dès qu'il eut quitté le porche, elle l'enveloppa d'un tourbillon de gros flocons dont l'abondance et la blancheur semblaient plonger le reste du monde dans une obscurité impénétrable. Ce phénomène lui parut correspondre à l'état de son esprit, où se livrait une violente bataille. Dès que sa volonté se soumettait à la déconcertante demande de Paquita, elle se rebellait derechef contre cette cruelle exigence. Certes, l'intrépidité avec laquelle cette dernière s'était offerte tacitement mais sans réserve avivait sa concupiscence, mais il trouvait le prix excessif. Devait-il renoncer à la reconnaissance mondiale juste au moment où elle était à portée de main ? Et pour comble, sans qu'elle lui donne la moindre explication, en misant uniquement sur sa faiblesse ! Impossible !

Le froid et la neige lui éclaircirent suffisamment les idées pour qu'il comprenne qu'il ne pouvait continuer ainsi sous la tourmente en parlant tout seul comme un dément. Encore hors de lui, il entra dans une taverne voisine, s'assit sur un tabouret et commanda un verre de vin pour se réchauffer. Le patron lui demanda s'il voulait manger quelque chose.

– Ma belle-mère fait de ces tripes… comment vous expliquer ? De vous à moi, on ne peut pas dire grand-chose de bon de cette sorcière, mais question cuisine… C'est divin ! Ses tripes vous ressusciteraient un mort, et vous, excusez-moi, on croirait que vous venez d'en voir un.

– Vous n'êtes pas si loin de la vérité, dit Anthony, ravi de la conversation du patron qui venait à point le distraire de son désarroi. Voyons donc ces tripes. Et mettez-moi aussi une assiette de jambon, des calamars à la romaine et un autre verre de vin.

Le déjeuner terminé, il se sentit mieux. Il n'avait pris aucune décision, mais le doute avait cessé de le torturer. La tourmente diminuait, le vent s'était calmé et les rues étaient couvertes d'une neige qui crissait sous les pas vacillants de l'Anglais. Il retourna à son hôtel dans un silence total, monta dans sa chambre, se laissa choir sur son lit et sombra dans un profond sommeil.

Contre tout pronostic, il dormit longtemps, sans cauchemars ni sursauts. Quand il se réveilla, la nuit était venue. Derrière la fenêtre, le ciel reflétait la couleur nacrée de la neige. Il s'approcha et vit les toits couverts d'une couche blanche. Dans la rue, les véhicules à moteur et à cheval avaient ouvert des sillons noirâtres, et des rigoles se formaient au bord des trottoirs. Anthony fit sa toilette, se rasa, mit des vêtements propres, sortit dans la rue et prit le chemin de la demeure du duc de la Igualada sans avoir réfléchi à une excuse ni résolu le terrible dilemme, disposé à suivre ce que lui dicterait son instinct et à laisser ses décisions et ses actes à la merci de ses impulsions.

Il fit le trajet jusqu'à la Castellana en évitant les rues trop fréquentées où les traces de neige rendaient difficile la circulation des voitures et des piétons. Ces précautions n'empêchèrent pas qu'il parvienne à destination avec ses chaussures transformées en éponges et le bas de son pantalon trempé et en piteux état.

Le majordome le fit entrer, prit son manteau et son chapeau, et alla annoncer son arrivée au maître de maison. Resté seul dans le vaste vestibule, face à la copie de *La Mort d'Actéon*, Anthony sentit s'évaporer son audace euphorique. Il tentait d'imaginer une explication vraisemblable pour excuser sa défection du matin et il n'en trouvait aucune. Finalement, il décida de prétexter une indisposition, en profitant de ce que son aspect, après les ravages causés par la nuit précédente et les événements agités de la journée, était là pour le confirmer. Même ainsi, il était extrêmement mal à l'aise de mentir. Dans son aventure extraconjugale avec Catherine, il s'était vu obligé d'employer couramment ce genre de procédés malhonnêtes, et cette contrainte avait fini par empoisonner leur relation et à la rendre détestable. En y mettant un point final, Anthony croyait avoir laissé derrière lui cette pénible mais nécessaire transgression ; or il ne s'était pas écoulé une semaine qu'il se voyait de nouveau forcé d'ourdir un mensonge oiseux qui ne pouvait avoir pour lui que des conséquences négatives. Là-dessus, le majordome revint pour lui donner un moment de répit.

– Son Excellence a une visite et le reste de la famille est sorti. Si vous voulez attendre, vous pouvez passer dans le petit salon.

Anthony se retrouva seul dans le salon où il avait déjà pris le café avec la famille et où Paquita l'avait enchanté avec ses chansons. Pour l'heure, le piano était fermé et il n'y avait aucune partition sur le pupitre. Mal à l'aise, il tourna dans la pièce comme un homme emprisonné. L'eau avait transpercé ses chaussures et il éprouvait une désagréable sensation aux pieds et aux chevilles. Six heures sonnèrent à la pendule rococo. Lorsque la même pendule sonna le premier quart sans que personne se soit manifesté, la nervosité d'Anthony se transforma en inquiétude. Quelque chose d'important devait se passer pour que le duc le fasse attendre ainsi, après la véhémence dont il avait fait preuve la veille quand il lui demandait son avis sur le tableau. Lorsque l'Anglais, à juste titre, avait refusé de se prononcer immédiatement sur une question aussi délicate et proposé de revenir le lendemain matin pour procéder plus calmement à l'étude d'une œuvre dont la première impression reçue avait altéré son discernement, le duc avait compris ses raisons et accepté le report, mais il n'avait pas caché son impatience de conclure l'opération sans tarder. Qu'était-il arrivé entre-temps, qui ait provoqué un changement si radical ? Quelle qu'en soit la raison, il ne pouvait rester enfermé toute la soirée.

Avec précaution, il ouvrit la porte du salon et s'avança dans le vestibule. Comme il n'y avait personne, il s'introduisit dans le couloir qui menait au bureau du duc. Devant la porte, il entendit des voix. Par chance, pensa-t-il, les Espagnols parlent toujours très fort. Il reconnut les voix du duc et de son fils Guillermo, mais pas celle du troisième interlocuteur, et il ne put comprendre ce qu'ils disaient. Étant donné qu'il ne pouvait rien découvrir, et craignant d'être surpris, il retourna au salon, décidé à réclamer son manteau et à s'en aller. Sur le seuil, il fut arrêté par une voix féminine.

– Anthony ! Personne ne m'a dit que tu étais là. Qu'est-ce que tu fabriques ?

C'était Lili, la fille cadette des ducs. L'Anglais s'éclaircit la gorge.

– Rien. J'attendais ton père, et comme il ne vient pas, je partais à la recherche d'un domestique.

– Ne mens pas. Il y a des traces de pas dans toute la maison. Tu es allé fouiner.

Ils étaient tous deux entrés dans le salon et Lili ferma la porte, s'assit sagement sur une chaise, arrangea les plis de sa jupe et dit :

– Je suis désolée que mon père t'ait posé un lapin. Quelque chose de grave a dû le retenir pour qu'il se comporte d'une façon aussi impolie. En passant devant la porte de son bureau, j'ai entendu une dispute. Je n'ose pas poser de questions, mais je peux te tenir compagnie.

– Ce sera un plaisir, répondit ironiquement l'Anglais, que ne réjouissait guère la perspective d'un tête-à-tête avec cette gamine turbulente qui, de toute évidence, avait hérité du don familial de déconcerter ses interlocuteurs.

– Je vois bien que non, dit-elle. Mais ça m'est égal. Je te tiendrai compagnie parce que je t'aime bien, Tony. Est-ce qu'on t'appelle Tony dans ton pays ?

– Non : Anthony.

– J'ai un cousin à Barcelone qu'on appelle Toni. Tony te va bien : ça te rend plus sympathique. Non qu'Anthony ne le soit pas, ne prends pas ça mal, dit joyeusement Lili.

Puis, sans transition, elle redevint sérieuse :

– Ce matin, je suis allé à ton hôtel te porter une lettre. Le monsieur de la réception est un grossier personnage.

– Sur ce point, nous sommes d'accord. Et je te remercie de l'avoir fait.

La fillette observa une pause et, fixant le sol, elle dit avec un filet de voix :

– Il y a quelque chose entre toi et ma sœur ?

– Non ! Tu as de drôles d'idées ! Tu sais que je suis en relations professionnelles avec ta famille. La lettre était pour ça et pour rien d'autre.

Lili releva les yeux et planta dans ceux de l'Anglais un regard chagriné.

– Ne me prends pas pour une idiote, Tony. Ma sœur m'a remis elle-même la lettre et j'ai bien compris à son visage et à ses paroles qu'elle ne me chargeait pas d'une correspondance commerciale.

Anthony se rendit compte qu'il n'avait pas devant lui une petite fille, mais une femme en puissance, intelligente, sensible et d'une beauté confondante. Il rougit malgré lui et dit :

– Ne te fâche pas. Je ne t'ai jamais prise pour une idiote. Bien au contraire. Voici ce qui se passe : l'affaire qui me lie en ce moment à ta famille n'est pas simple. Elle a des aspects matériels et d'autres qui dépassent le côté strictement commercial. Tu comprendras que je ne peux pas te révéler des détails que ton propre père ne t'a pas donnés. Mais je peux t'assurer qu'il n'y a rien entre ta sœur et moi. Et d'ailleurs, qu'est-ce que ça peut te faire ?

Au lieu de répondre, Lili s'approcha lentement du piano, releva le couvercle et tapa avec un doigt deux notes aiguës. Sans quitter le clavier du regard, elle répondit :

– Très bientôt, je vais recevoir, moi aussi, un titre nobiliaire. Et je pourrai disposer de la part qui me revient de l'héritage de ma grand-mère. À ce moment-là, je serai déjà une vraie femme et Paquita sera une vieille.

Elle referma le couvercle et éclata de rire en voyant la tête de l'Anglais.

– Mais t'en fais pas : je ne suis encore qu'une sale gosse.

L'entrée du majordome le libéra de cette situation inconfortable.

– Son Excellence m'a dit de vous remettre ceci, annonça-t-il en tendant une feuille pliée.

Anthony la déplia et lut : « Des raisons impérieuses m'empêchent de vous voir aujourd'hui comme nous en avions convenu et comme je l'aurais souhaité. Je me mettrai incessamment en contact avec vous. Pardonnez-moi de vous faire faux bond et recevez mes cordiales salutations. » La signature était un gribouillis au paraphe fleuri. Anthony replia la missive, la mit dans sa poche et demanda son manteau et son chapeau.

– Tu t'en vas, Tony ? demanda Lili.

– Oui. Ta compagnie est très agréable, mais, à ce que je vois, je suis de trop dans cette maison.

La fille ouvrit la bouche pour dire quelque chose, mais elle la referma tout de suite et quitta le salon précipitamment par la porte qui donnait sur la salle à manger. Dans le vestibule, Anthony mit le manteau et le chapeau que lui présentait le majordome, prit congé de celui-ci avec une sèche inclination de la tête et sortit dans la rue. La porte se referma dans son dos avec une rapidité qui lui parut excessive. Un vent glacé avait balayé les nuages et, dans le ciel, brillaient des étoiles diaphanes. La neige qui avait commencé à geler rendait les pavés glissants. Anthony remonta le col de son pardessus et marcha à petits pas en cherchant des yeux un taxi. Arrivé au coin de la ruelle, il s'arrêta net, foudroyé par une idée épouvantable. En essayant de trouver une explication à la conduite surprenante du duc, l'idée lui était venue que celui-ci avait pu appeler un autre expert en consultation. Peut-être Anthony avait-il déçu son attente, même s'il ne parvenait pas à voir en quoi il s'était mal comporté, que ce soit sur le terrain professionnel ou dans les relations personnelles. Évidemment, il ne pouvait écarter l'impondérable : le duc, à cheval sur ses principes, avait pu apprendre sa rencontre avec Paquita à l'église, un inoffensif épisode dont on ne pouvait lui imputer l'initiative, mais qui, à en juger par la question de Lili, se prêtait à des interprétations équivoques. Lili elle-même, qui ne faisait pas mystère de son sentiment pour Anthony, pouvait les avoir dénoncés afin de provoquer la colère de son père et mettre fin à une idylle qui n'existait que dans son imagination. L'idée était insensée et présupposait de la part de la fillette une méchanceté que rien, jusqu'à maintenant, ne permettait de lui attribuer. Mais on sait que les enfants sont naturellement égoïstes et que leur inexpérience ne leur permet pas toujours de calculer les conséquences de leurs actes. Quand même, y compris dans cette hypothèse, c'était absurde de penser que le duc aurait eu le temps de remplacer les services d'Anthony par ceux d'un autre expert aussi compétent que lui. En faisant cela, il aurait commis un geste précipité et imprudent : l'opération devait être réalisée dans le plus grand secret et un érudit déçu est un animal dangereux.

Anthony comprenait que sa méfiance était infondée, puérile et, par-dessus le marché, nocive pour la santé : s'il restait encore longtemps exposé aux intempéries, il risquait de contracter une grave maladie. Mais aucun de ces raisonnements ne dissipait ses craintes. Je ne bougerai pas d'ici, se dit-il, avant d'avoir découvert ce qui se passe dans cette maison.

Par chance, il n'eut pas longtemps à attendre. Au bout de quelques minutes, la grande porte de l'hôtel particulier s'ouvrit et dans le rectangle lumineux se découpèrent les silhouettes de deux hommes qui se séparaient avec effusion. À contre-jour et avec le faible éclairage des réverbères, il lui fut impossible de les identifier, encore qu'il fût évident que l'un d'eux était le maître de maison. L'autre partit. Caché dans la ruelle, Anthony le laissa passer et, une fois à distance prudente, lui emboîta le pas.

L'un derrière l'autre, ils allaient lentement, du fait des difficultés du terrain. Ils avaient parcouru une vingtaine de mètres quand deux hommes surgirent de derrière les arbres du Paseo et interceptèrent Anthony. L'un des individus lui expédia sans crier gare un direct à la mâchoire. Le col du manteau amortit le coup, mais le choc et la surprise le firent vaciller, il perdit l'équilibre et tomba à la renverse sur la glace. Du sol, il vit le second individu sortir un pistolet, ôter le cran de sécurité et le viser. Décidément, pour l'Anglais, les choses allaient de mal en pis.

16

Edwin Garrigaw, alias Violette, parcourt son domaine à grandes enjambées, le visage soucieux. Sur la fin de l'après-midi, il a reçu un appel de la plus haute importance et il s'agit maintenant de rétablir le calme dans son esprit par la contemplation de tant de beauté. L'heure de la fermeture est proche et il n'y a plus de visiteurs dans les salles de la National Gallery, d'ailleurs très peu fréquentée à cette époque de l'année. En l'absence de public, le chauffage de l'édifice s'avère insuffisant, et le froid règne dans les vastes espaces. Les pas décidés du vieux conservateur résonnent sous les hautes voûtes. La communication s'est terminée de façon lapidaire : que tout soit prêt le moment venu. Il n'a pas été utile de préciser de quel moment il s'agissait. Edwin Garrigaw a désiré et craint ce moment depuis des années. Aujourd'hui, il semble être arrivé ou sur le point d'arriver, et il espère que l'attente sera courte. À son âge, n'importe quel changement suppose une agitation excessive. Plongé dans ses pensées, sa distraction l'a conduit de façon machinale dans la collection de peinture espagnole dont il est le maître incontesté : personne, dans l'auguste institution, ne met son autorité en doute. Au-delà de ses portes, naturellement, les critiques ne manquent pas. Les jeunes croient avoir découvert la lune et remettent tout en question. Dans l'ensemble, rien de grave : des tempêtes dans le bocal du petit monde universitaire. De ce côté, le vieux conservateur est tranquille : en dépit de son âge, ni son poste ni sa réputation ne sont en danger.

Il s'arrête devant un tableau. La légende dit : *Portrait de Philippe IV en brun et argent* ; pour les initiés, *Silver Philip*. Il montre un homme jeune, aux traits nobles mais manquant de grâce, le visage encadré de longues boucles dorées, le regard concentré et préoccupé de quelqu'un qui se force à exprimer la grandeur quand ce qu'il ressent est de la peur. Le destin a déposé une lourde charge sur des épaules faibles et inexpérimentées. Philippe IV porte un pourpoint et des culottes de couleur marron avec d'abondantes broderies en argent. De là le nom et le surnom sous lesquels on désigne l'œuvre. Une main gantée repose, d'un geste plein d'assurance, sur le pommeau de l'épée ; l'autre tient une feuille pliée où figure le nom de l'artiste : Diego de Silva. Vélasquez était arrivé à Madrid en 1622 dans le sillage de son compatriote le comte et duc d'Olivares, un an après l'accession de Philippe IV au trône. Le peintre avait alors vingt-quatre ans, six de plus que le roi, et possédait déjà une technique picturale appréciable, mais encore marquée de quelques relents provinciaux. En voyant les œuvres de celui qui postulait au rang de peintre de cour, Philippe IV, malhabile dans les affaires de l'État mais pas dans celles de l'art, s'était rendu compte qu'il avait devant lui un génie et, sans faire cas de l'opposition des experts, avait décidé de confier son image et celle de sa famille à ce jeune homme indolent et audacieux, d'un insultant modernisme. Le faisant ainsi entrer dans l'Histoire par la grande porte. Peut-être n'y avait-il eu entre les deux hommes qu'une relation uniquement régie par l'étiquette du palais. Mais dans le monde tortueux des intrigues courtisanes, le soutien du roi n'avait jamais fait défaut à son peintre favori. Ils avaient partagé des décennies de solitude, de destins croisés. Les dieux avaient accordé à Philippe IV tout le pouvoir imaginable, mais seul l'art l'intéressait. Vélasquez avait reçu le don d'être un des plus grands peintres de tous les temps, mais il ne convoitait qu'un peu de pouvoir. Finalement, l'un et l'autre avaient vu leurs désirs réalisés. Philippe IV avait laissé à sa mort un pays ruiné, un Empire en décomposition, un héritier maladif que tout prédestinait à mettre un point final à la dynastie des Habsbourg, mais il avait légué à l'Espagne la plus extraordinaire pinacothèque du monde. Vélasquez avait subordonné son art à son ambition de jouer un rôle à la Cour sans autres atouts que son talent. Il avait peint peu et à contrecœur, pour obéir et faire plaisir au roi, sans autre but que de mériter son ascension sociale. Au terme de sa vie, il avait obtenu le titre nobiliaire tant convoité.

Dans la même salle, sur le même mur, à quelques mètres du magnifique tableau, est accroché un autre portrait de Philippe IV, également de Vélasquez. Trente ans les séparent. Le premier mesure deux mètres de haut sur un peu plus d'un de large et représente le monarque en pied ; le second mesure cinquante centimètres de côté et ne montre que la tête sur fond noir, le pourpoint à peine ébauché. Naturellement, les traits sont les mêmes sur les deux tableaux, mais, sur le second, le teint est pâle et terne, on remarque un certain affaissement des joues et du menton, ainsi que des poches sous des yeux tristes au regard éteint.

Vélasquez, qui peignait seulement sur commande et ne se sentait pas le moindre goût pour le travail, n'a fait que très peu d'autoportraits. Dans sa jeunesse, peut-être comme témoin incrédule de l'éphémère reddition de Breda. Plus tard, sur la fin de sa carrière, en représentant son propre personnage dans *Les Ménines*. Sur cette dernière œuvre brille déjà la croix de l'ordre de Saint-Jacques qui affirme sa qualité de gentilhomme, mais son image est aussi celle d'un homme fatigué qui a vu se réaliser son rêve après une vie d'efforts et de renoncements, et qui se demande si cela en valait la peine. Aujourd'hui, Edwin Garrigaw se pose la même question. Le moment est peut-être arrivé, mais quand il se regarde dans la glace – et il le fait tous les jours avec une fréquence obsessionnelle –, il ne voit pas le visage du jeune homme qui avait conçu ce rêve et entrepris cette patiente attente. Il avait alors la peau ferme et semée de taches de rousseur, les yeux brillants, les cheveux en bataille, les traits entre enfantins et féminins. Un professeur émérite lui envoyait anonymement des sonnets en latin et des bouquets de violettes, allusion à son nom. Cambridge a été le théâtre de ses succès universitaires et d'aventures amoureuses dont le caractère aventureux se réduisait à une suite d'infidélités. Dans ces jeux, il a gaspillé sa jeunesse ; dans les polémiques professionnelles, sa maturité. Maintenant, chez lui aussi, les joues se sont affaissées, la peau s'est ridée, les cheveux sont devenus gris sur les tempes, et aucun traitement ne peut arrêter un opiniâtre et dramatique début de calvitie. Ces derniers temps, il s'est souvent demandé s'il ne devrait pas se chercher une relation stable pour éviter une vieillesse de solitude et de palliatifs tarifés, mais la question est de pure rhétorique. De toute évidence, il devra quitter d'ici peu son poste pour le céder à quelqu'un de plus jeune, mais l'idée ne le perturbe pas : en soi, son travail ne peut plus rien lui apporter. Si ce n'est ajouter à son impressionnante bibliographie quelques observations supplémentaires, probablement pompeuses, qui seront aussitôt contestées, voire ridiculisées, par la jeune génération. Cela non plus ne lui importe guère : avant, il craignait le discrédit ; maintenant, c'est la décrépitude qui l'effraie. De toute manière, il ne veut pas se trouver de nouveau embarqué dans une bataille âpre et prolongée, sauf pour quelque chose d'exceptionnel, et il doute qu'au point où il en est quelque chose d'exceptionnel ou simplement de curieux puisse encore se présenter. La beauté à laquelle il a consacré sa vie l'a trahi en ne vieillissant pas avec lui. Après trois cents ans, *Silver Philip* est toujours aussi jeune que la première fois qu'il l'a vu et le restera quand lui-même ne sera plus. Quelles traces laissera-t-il de son passage dans ces salles somptueuses et vides ? Si au moins son travail recevait quelque marque de reconnaissance, pourquoi pas un titre nobiliaire : sir Edwin, ce n'est en rien contraire à ses idées. Ou même, à la rigueur, sir Violette…

La sonnerie annonçant la fermeture du musée retentit. Le vieux conservateur retourne à son bureau, demande à la secrétaire si quelqu'un l'a appelé en son absence. Elle répond que non et il met son manteau, saisit son parapluie, sa serviette et son chapeau melon, prend congé du personnel et sort en balançant les hanches. Habitué au trajet, les couloirs lugubres et l'escalier à demi éclairé ne l'impressionnent pas. Dehors, il trouve la ville sous la neige.

Cela non plus ne l'impressionne pas, ni ne le gêne. Sur le chemin de la station de métro, il croit voir une personne de sa connaissance et s'arrête. La neige l'empêche de l'identifier avec exactitude, mais elle lui évite d'être reconnu par l'autre. Le vieux conservateur fait un détour. Pour rien au monde, il ne souhaite rencontrer ce personnage qu'il déteste. Il le perd vite de vue et reprend la bonne direction, plus lentement, perdu dans ses interrogations. À coup sûr l'individu se dirigeait vers le musée, certainement pour demander à le voir. Par chance, il est sorti plus tôt qu'à l'ordinaire, et échappera à l'entretien. Il s'en réjouit, mais que diable peut lui vouloir Pedro Teacher et pourquoi celui-ci se manifeste précisément le jour où il vient de recevoir cette communication téléphonique ?

À la même heure, très loin de là, son ancien élève, collègue et adversaire dans beaucoup de controverses, gît sur le pavé du Paseo de la Castellana où l'a expédié un coup de poing, face au sinistre canon d'un pistolet. La situation est tellement absurde qu'il est plus indigné qu'apeuré.

– Je suis anglais ! crie-t-il d'une voix de fausset.

Avant que ses agresseurs n'aient réagi à cette information, on entend un ordre mi-martial, mi-amusé :

– Laissez-le tranquille. Il n'est pas dangereux.

Les agresseurs restent immobiles, puis reculent respectueusement ; l'homme qu'il a suivi s'approche et lui tend une main vigoureuse pour l'aider à reprendre la position verticale. À la lumière du réverbère, Anthony Whitelands reconnaît la stature athlétique, le port seigneurial, les traits virils et le sourire franc. Il se relève et, d'un geste gauche, secoue les pans de son manteau pour en détacher les morceaux de glace et la boue collés dessus. Ce faisant, il remarque que ses poignets tremblent ostensiblement.

– J'exige une explication, bafouille-t-il pour cacher sa faiblesse et recouvrer une partie de sa dignité perdue.

– Et vous l'aurez, monsieur Whitelands, répond son adversaire avec un zeste d'ironie.

Puis il le regarde fixement et ajoute d'un ton plus aimable :

– Je ne sais si vous me reconnaissez. Nous nous sommes rencontrés voici deux jours chez notre ami commun.

– Oui, naturellement, ma mémoire n'est pas à ce point défaillante, l'interrompt l'Anglais. Le marquis de Estella.

– José Antonio pour les amis. Malheureusement aussi pour les ennemis. Et telle est la cause de ce malencontreux incident. J'ai été la cible de plusieurs attentats et me vois dans l'obligation d'avoir une escorte. Je vous prie d'excuser la précipitation de ces compagnons. Le souci de me protéger les porte à pécher par excès de zèle. La triste réalité ne laisse pas de place à la courtoisie. Nous avons subi beaucoup de pertes et la violence ne fait que croître. Vous êtes-vous fait mal ?

– Non. Tout va bien. Et j'accepte les excuses. Maintenant, si vous permettez…

– Pas question, réplique José Antonio avec une impétueuse cordialité. Je vous dois une réparation, et je ne trouve pas de meilleure idée que de vous inviter à dîner. Je vous ai vu manger, et je sais que vous ne dédaignez pas une bonne table. En même temps, ça nous donnera l'occasion de faire plus ample connaissance. Je suis sûr que nous partageons certains intérêts.

– Avec plaisir, répond Anthony, en partie parce qu'il ne juge pas raisonnable de contrarier des hommes armés et expéditifs, et en partie parce que la signification de la dernière phrase l'intrigue.

– Dans ce cas, tout est dit. Mais avant, je dois passer par notre centre d'opérations pour voir s'il y a du nouveau et donner quelques instructions. Ce n'est pas loin et il est tôt. Si ça ne vous gêne pas de m'accompagner, vous aurez l'occasion de rencontrer des personnes courageuses et de voir un peu comment fonctionne notre parti, s'il nous est encore permis de l'appeler ainsi. Venez, mon cher Whitelands, ma voiture est au coin de la rue.

17

Avec l'arrogance et la désinvolture d'un homme qui a fait du danger l'axe de sa vie, José Antonio Primo de Rivera appuyait à fond sur l'accélérateur de sa petite mais puissante Chevrolet de couleur jaune, sans tenir compte des plaques de glace sur la chaussée. Quittant le Paseo de la Castellana, ils empruntèrent la rue Zurbarán jusqu'à la rue Nicasio Gallego, où la voiture s'arrêta devant le numéro 21. Les fidèles gardes du corps descendirent les premiers, pistolet au poing, pour vérifier que le terrain était libre de tout ennemi, puis José Antonio et Anthony Whitelands les suivirent. Deux hommes, portant pelisse en mouton retourné et béret, montaient la garde devant la porte : ils les laissèrent entrer après avoir reçu le mot de passe, salué le bras tendu et crié « *Arriba España !* ».

Le Centre, comme on appelait le quartier général de la Phalange espagnole et des JONS, occupait une maison indépendante et spacieuse. Peu de temps auparavant, il était encore installé dans un appartement de la côte de Santo Domingo, mais, au grand soulagement des voisins, le propriétaire avait congédié ses locataires parce qu'ils ne payaient pas leur loyer : les fonds du mouvement étaient au plus bas. Finalement, ils avaient trouvé un asile, grâce à un coup de chance et au laborieux concours des intermédiaires et des sous-locataires. Même ainsi, leur situation restait précaire. Rien ne serait possible tant que ceux qui détenaient le pouvoir emploieraient les grands moyens pour étouffer leur voix, avait dit José Antonio pendant le trajet. L'Anglais écoutait ces explications sans faire de commentaires, plus préoccupé par la perspective d'un accident de la circulation que par la conspiration qui se tramait contre le conducteur déchaîné du véhicule et ses affidés. Ils dérapèrent à plusieurs reprises, et seules l'adresse et la chance leur évitèrent de s'écraser contre un réverbère. Flegmatique, mais peu enclin à courir des risques inutiles, Anthony craignait d'avoir confié son intégrité physique aux mains d'un fou.

En dépit de l'heure et du mauvais temps, le Centre était bondé de gens qui menaient grand bruit. La plupart des personnes présentes étaient des jeunes gens encore imberbes. Certains portaient une chemise en toile de coton bleue avec un insigne rouge. Le même insigne, un joug croisé d'un faisceau de flèches, figurait au centre d'un drapeau à bandes verticales rouges et noires qui couvrait un pan de mur. Si affairés qu'ils fussent, tous, en voyant entrer José Antonio, posaient ce qu'ils avaient dans les mains et se mettaient au garde-à-vous, claquaient les talons et tendaient le bras. Cette attitude de respect et de dévotion pour la personne du Chef impressionna l'Anglais ; bien que réfractaire aux effusions, il ne pouvait rester indifférent à cette atmosphère chargée d'une énergie fanatique. Il observa son accompagnateur du coin de l'œil et vit que celui-ci s'était métamorphosé en franchissant le seuil du Centre. L'aristocrate souriant, courtois et un peu timide qu'il avait connu dans la maison des ducs s'était transformé en un homme à l'allure résolue, aux gestes tranchants et à la voix vibrante. Se tenant très droit, les yeux brillants et les joues enflammées, José Antonio distribuait des consignes avec l'autorité d'un homme qui ne conçoit qu'une obéissance aveugle. En le contemplant, Anthony se souvenait des images de Mussolini qu'il avait vues aux actualités cinématographiques et se demandait quelle était la part de l'imitation et celle de l'artifice dans ce comportement ; il se demandait également si Paquita l'avait vu ainsi transfiguré ou si elle ne connaissait que le versant réservé à la vie de tous les jours. Peut-être, pensa-t-il, est-ce moi qu'il veut impressionner, et non elle. S'il craint en moi un rival, c'est la meilleure manière de me dissuader.

Mais ces considérations ne le distrayaient pas de sa propre

situation. Il avait commis une imprudence en se rendant seul dans ce lieu où semblait régner une soif de violence primaire et irresponsable à laquelle, de surcroît, pouvait s'ajouter une violence du même ordre venue de l'extérieur. Prudemment, il restait à côté de José Antonio, dont la protection représentait son unique sauvegarde, pendant qu'il cherchait à comprendre s'il était entouré d'idéalistes, de fous ou de criminels.

Un homme robuste, taille moyenne et front bombé, se dirigea vers eux et voulut s'adresser à José Antonio pour lui dire quelque chose d'important, mais en s'apercevant de la présence d'un étranger, il se ravisa et fronça les sourcils.

– Il m'accompagne, dit José Antonio en remarquant la réticence de son camarade. Il est anglais.

– Allons bon, dit l'autre malicieusement en lui serrant la main. Mosley nous envoie des renforts.

– Monsieur Whitelands n'entretient aucune relation avec la politique, précisa José Antonio. En réalité, c'est un grand expert de la peinture espagnole. Que voulais-tu me dire, Raimundo ?

– Tout à l'heure, Sancho a téléphoné de Séville. Rien d'urgent, je t'expliquerai.

José Antonio se tourna vers Anthony :

– Sancho Dávila est le chef de la Phalange à Séville. C'est toujours important de maintenir le contact avec les centres, et plus que jamais en ce moment. Ce camarade est Raimundo Fernández Cuesta, avocat, ami et compagnon de la première heure. Le camarade Raimundo Fernández Cuesta est membre fondateur de la Phalange espagnole et présentement son secrétaire général. Celui que vous voyez là-bas et qui me ressemble, mais avec une moustache, est mon frère Miguel. Et ce que vous voyez autour de vous constitue le cœur de nos forces vives. Le Syndicat universitaire, le Département Presse et Propagande, et les milices ont leur siège ici.

– C'est très intéressant, dit Anthony, et je vous remercie de la confiance que vous me manifestez en m'introduisant en ce lieu.

– La confiance ne joue aucun rôle là-dedans, dit José Antonio, car chance ou malchance, je ne sais, la notoriété nous dispense de garder le secret, tant sur l'identité de nos camarades que sur nos activités. Et même, bien entendu, sur nos intentions. La police a des fiches sur nous tous et dispose sans aucun doute de mouchards infiltrés dans nos rangs. Ce serait naïf d'imaginer le contraire. Si vous me permettez, je vais expédier quelques affaires et ensuite nous irons dîner. Je suis prêt à mourir pour la patrie, mais pas de faim.

Plusieurs membres de la Phalange s'étaient approchés pour conférer avec le Chef. José Antonio les présentait, et l'Anglais tentait en vain de retenir le nom de chacun. Ils avaient beau s'exprimer par phrases laconiques, en imitant la précision tranchante du langage militaire, leur diction, leur vocabulaire et leurs manières révélaient une origine sociale et un niveau d'éducation élevés. Ceux qui occupaient des postes de responsabilité frisaient, comme José Antonio, la trentaine ; les autres étaient plus jeunes, probablement des étudiants. Pour cette raison, la nervosité première de l'Anglais fit place à une sensation de détente plus rassurante, due aux marques de sympathie que tout le monde lui prodiguait. Peut-être le considéraient-ils proche de leur idéologie, et comme c'était le Chef en personne qui l'avait invité en toute connaissance de cause, il ne se sentait pas obligé de les contredire. Si on lui posait une question à propos de la British Union of Fascists, il se limitait à dire qu'il n'avait pas eu l'occasion de rencontrer personnellement Oswald Mosley et à marmonner quelques banalités que sa condition d'étranger rendait convaincantes.

Au bout d'un moment, José Antonio, sans rien perdre de son ton cordial et énergique, mais en donnant des marques manifestes d'impatience, coupa court à la kyrielle des consultations, les exhorta tous à ne pas relâcher leurs efforts et à ne pas perdre leur foi dans le but commun, dont la réalisation était imminente et, prenant Anthony par le bras, lui souffla :

– Filons sans tarder, sinon nous ne sortirons jamais d'ici.

Élevant la voix, il demanda à son frère s'il voulait dîner avec eux. Miguel Primo de Rivera s'excusa en alléguant des affaires en cours. Anthony pensa que peut-être, consciemment ou non, il évitait d'être vu en compagnie de son aîné, de crainte que la personnalité irrésistible de ce dernier, plus grand, plus beau et plus brillant, n'éclipse la sienne. C'était naturel que Miguel éprouve de l'admiration pour José Antonio, et aussi qu'il ne veuille pas donner motif à des comparaisons qui, forcément, ne pouvaient être qu'à son désavantage.

L'invitation s'adressait à Miguel, mais comme l'attitude de José Antonio permettait de l'interpréter plus largement, Raimundo Fernández Cuesta et un autre individu, maigre et renfermé, à qui ses lunettes aux verres épais et ronds ôtaient tout air belliqueux, se joignirent à eux. Rafael Sánchez Mazas était un intellectuel avant d'être un homme d'action, ce qui ne l'avait pas empêché, expliqua José Antonio à l'Anglais pendant qu'ils sortaient, d'être membre fondateur de la Phalange espagnole, et il faisait partie du Comité directeur. C'était à lui que l'on devait le cri de ralliement que tous reprenaient maintenant en chœur : « *Arriba España !* » Anthony sympathisa tout de suite avec lui.

Tous les quatre s'entassèrent avec les deux gardes du corps dans la Chevrolet jaune de José Antonio pour se rendre dans un restaurant basque du nom d'Amaya, situé sur la Carrera de San Jerónimo. En les voyant entrer, le patron les salua le bras tendu.

– Ne fais pas attention, plaisanta José Antonio en passant avec naturel au tutoiement. Si c'était Largo Caballero qui entrait, il le recevrait en levant le poing. Ici on mange bien, et c'est la seule chose qui compte.

On leur servit un dîner copieux et succulent, sans lésiner sur le vin. José Antonio mangeait avec délectation et, rapidement, tous s'animèrent, y compris Anthony, soulagé de se retrouver en territoire neutre. Il ne se sentait plus obligé de dissimuler ses opinions. D'ailleurs, José Antonio ne cessait de lui donner des marques d'affection et, du coup, les autres le traitaient, sinon avec cordialité, du moins avec déférence. Une fois passé le hors-d'œuvre, une piperade, le Chef dit :

– J'espère, Anthony, que de retour à Londres tu raconteras ce que tu as vu et entendu avec objectivité et exactitude. Je sais que beaucoup de méchants bruits courent à notre sujet, et beaucoup de jugements plus tendancieux que justes. Dans la plupart des cas, ceux qui donnent de faux témoignages n'agissent pas de mauvaise foi. Le gouvernement espagnol n'épargne pas ses efforts pour nous faire taire. Aussi les gens ne connaissent-ils que sa version et pas la nôtre. Nos publications sont censurées et saisies, et si nous demandons l'autorisation d'organiser un meeting, il nous la refuse systématiquement. Ensuite, comme les convictions démocratiques dont il se targue s'opposent à ce que nous soyons privés d'un droit garanti par la Constitution, il finit par nous la donner, à la dernière minute, pour que nous n'ayons pas le temps de préparer la séance ni de l'annoncer convenablement. Même ainsi, les gens viennent en masse, le meeting est un succès et, le lendemain, la presse publie un bref article qui exprime l'opinion hostile du journal en citant quatre phrases déformées de nos discours. S'il y a de la bagarre, comme c'est fréquent, elle donne le compte des dommages subis par les autres, sans parler des nôtres, et rejette immanquablement sur nous la faute de ce qui s'est passé, comme si nous étions les seuls provocateurs ou comme si nous incitions à une violence dont nous sommes les principales victimes.

– Et ces derniers temps, intervint Sánchez Mazas d'un air attristé, avec le parti devenu illégal, nous ne pouvons même plus prétendre à ça.

Anthony réfléchit un instant, puis dit :

– Oui, mais si l'hostilité est à ce point unanime, il doit bien y avoir une raison.

Ces paroles furent suivies d'un instant de stupeur. Les yeux de Sánchez Mazas s'agrandirent derrière ses lunettes et Raimundo Fernández Cuesta fit mine de porter la main à son pistolet. Heureusement, José Antonio sauva la situation en partant d'un grand éclat de rire.

– Ah, le fameux *fair play* des Anglais ! s'exclama-t-il en tapant sur l'épaule d'Anthony.

Puis, recouvrant son sérieux, il ajouta :

– Mais ce n'est pas ça, cher ami. Ils nous combattent parce qu'ils nous craignent. Et ils nous craignent parce que la raison et l'Histoire sont avec nous. Nous sommes l'avenir, et contre l'avenir les armes du passé ne servent à rien.

– Parfaitement, dit Sánchez Mazas, circonspect mais convaincu. Si maintenant, aujourd'hui, ici, réprimés et bâillonnés, nous ne cessons de croître, et si notre action se fait chaque jour plus forte, qu'arriverait-il s'ils nous laissaient les mains libres ?

– Nous balaierions tous les partis en un clin d'œil, conclut Fernández Cuesta.

– Mais si vous voulez éliminer les partis, s'enhardit Anthony, il est logique que ceux-ci se défendent.

– L'argument est mal posé, répliqua Sánchez Mazas. Nous voulons éliminer les partis, pas les personnes. Supprimer tout ce qu'il y a de faux et d'obscurantiste dans le système parlementaire et offrir aux citoyens la possibilité de s'inscrire dans un grand projet commun.

– Ils en ont déjà un, dit Anthony.

– Non, dit José Antonio. Ce qui existe aujourd'hui en Espagne n'est pas un projet, mais une mécanique sans âme et sans foi. L'État libéral ne croit à rien, pas même à lui-même. Les socialistes sont des délinquants, les radicaux des coquins, la CEDA[1] est opportuniste. Avec de tels éléments, l'Assemblée, dont la mission est de légiférer, s'embourbe dans les plus viles intrigues et les plus honteuses combines. Aujourd'hui, les Cortès espagnoles ne sont qu'une vulgaire comédie, c'est tout. Dans ce climat, un républicain ne peut être autre chose que le jouet des masses surexcitées par les organisations ouvrières violentes. Notre époque est sans pitié.

À mesure qu'il parlait, José Antonio avait élevé la voix, tandis que dans la salle s'instaurait un silence respectueux. De la porte,

1. La Confédération autonome des droites espagnoles, dirigée par Gil Robles.

les gardes du corps scrutaient les clients immobiles à leurs tables. José Antonio se rendit compte de l'effet produit par sa tirade et sourit, satisfait. Anthony était impressionné par la conviction et la flamme de l'orateur. Il n'éprouvait pas le moindre intérêt pour la politique. Aux dernières élections anglaises, il avait voté pour les travaillistes sur les instances de Catherine, et aux précédentes pour les conservateurs parce qu'il voulait faire plaisir à son beau-père ; dans les deux cas, il ignorait tout des candidats et des programmes de leurs partis respectifs. Élevé dans les principes du libéralisme, il considérait que le système est bon tant qu'il ne fait pas la preuve de son inefficacité, et il ne se sentait aucune affinité avec d'autres systèmes politiques. Dans ses années de Cambridge, il avait instinctivement repoussé les idées marxistes tellement en vogue chez les étudiants. Il voyait Mussolini comme un charlatan, même s'il lui reconnaissait le mérite d'avoir discipliné le peuple italien. Par contre, Hitler lui inspirait de l'aversion, non tant pour son idéologie, qu'il jugeait plus grandiloquente que consistante, qu'à cause de la menace que ses rodomontades représentaient pour l'Europe : bien que trop jeune pour être mobilisé entre 1914 et 1918, il avait vu de ses propres yeux les conséquences de la Grande Guerre et voyait maintenant les nations qui avaient participé à cette boucherie courir de façon insensée vers une répétition de la même folie. Au fond, Anthony voulait seulement se consacrer à son travail, sans autres complications que celles que lui valaient les turbulences de sa vie privée. Et pourtant, il n'avait pu échapper au magnétisme de José Antonio ; et si celui-ci était capable de provoquer semblable réaction chez un étranger réfractaire, et devant une assiette d'estouffade, que ne serait-il pas capable de provoquer chez des masses prédisposées à l'entendre et dans une atmosphère propre à l'exaltation et à l'embrasement ?

Avant qu'il ait pu répondre à cette question, ce fut José Antonio lui-même qui dissipa la tension en levant son verre et en disant sur un ton jovial :

– Buvons à l'avenir, mais occupons-nous du présent. Ce serait un crime de laisser refroidir des plats délicieux et un crime encore plus grand d'ennuyer un étranger avec nos problèmes internes. Mangeons, buvons et trouvons des sujets plus plaisants.

Rafael Sánchez Mazas fit écho à cette proposition en demandant à l'Anglais si ses connaissances de la peinture espagnole du Siècle d'Or s'étendaient aussi à la littérature de l'époque. Anthony, heureux de revenir sur un terrain moins inconnu et moins glissant, répondit que si l'objet principal de ses études et de son intérêt était bien l'œuvre de Vélasquez, il pourrait difficilement parler de celle-ci sans connaître d'autres manifestations de l'extraordinaire culture espagnole de cette glorieuse période. Vélasquez était très précisément le contemporain de Calderón et de Baltasar Gracián, et l'on avait des preuves abondantes des relations qu'il entretenait avec la littérature ; il avait peint le portrait de Góngora, et bien que l'on ne puisse lui attribuer celui de Quevedo comme certains l'avaient soutenu, le seul fait de cette attribution erronée permettait de penser que la chose était possible. Dans le Madrid de son temps, les pas de Vélasquez avaient sûrement croisé ceux de Cervantès, de Lope de Vega et de Tirso de Molina, et l'ambiance intellectuelle était imprégnée de la poésie de sainte Thérèse d'Avila, de Fray Luis de León et de saint Jean de la Croix. Et pour démontrer sa compétence en la matière, il récita :

Sur le versant du mont,
planté de ma main je possède un verger,
qui avec le printemps
de belles fleurs couvert
porte déjà la promesse du fruit vrai.

Il ne le fit pas très bien, mais sa bonne volonté, son amour inégalable de tout ce qui était espagnol et plus particulièrement son accent pittoresque lui valurent les applaudissements de ses compagnons de table, auxquels se joignirent ceux des autres clients et de plusieurs serveurs. De sorte que le dîner s'acheva dans les rires et une atmosphère de joyeuse camaraderie.

L'air de la nuit eut un effet tonique et vivifiant sur le groupe animé. Anthony annonça qu'il rentrait à l'hôtel. José Antonio ne voulut rien savoir de cette saine intention et l'Anglais, incapable d'affronter l'énergie du Chef, dut se serrer de nouveau avec les autres dans la voiture.

Ils reprirent le même chemin et, passant par la rue Cedaceros, remontèrent la rue d'Alcalá ; après la place de Cibeles, ils laissèrent la voiture et gagnèrent un local situé dans les caves du café Lyon d'Or. Dans ce local exigu, bruyant, chargé de fumée et aux murs décorés de marines, qui portait le nom de « La Baleine Joyeuse », José Antonio et ses affidés fréquentaient un cercle littéraire. Les nouveaux venus distribuèrent des saluts, présentèrent brièvement l'étranger qui les accompagnait et, sans autre préambule, se joignirent aux débats. Dans ce tohu-bohu, José Antonio semblait être chez lui et Anthony, habitué aux soirées madrilènes, ne tarda pas à trouver le lieu discret et convivial. La plupart des personnes présentes, poètes, romanciers ou auteurs dramatiques, étaient aussi des phalangistes convaincus, mais dans cette ambiance détendue nul ne prenait garde au rang hiérarchique quand il s'agissait d'exprimer des opinions ou de réfuter celles d'un contradicteur. Agréablement surpris, Anthony remarqua que, dans le feu de la discussion, José Antonio se montrait plus souple que ses compagnons sur le terrain de l'idéologie. Ces jours-là triomphait sur scène *Notre Natacha*, une pièce de théâtre d'Alejandro Casona, dont la propagande soviétique explicite était, de l'avis des personnes présentes à la Baleine Joyeuse, la raison principale, sinon la seule, de l'affluence du public et des éloges de la critique. José Antonio dit ne pas avoir vu l'œuvre en question, mais il loua *La Sirène enlisée*, une pièce précédente du même auteur. Au bout d'un moment, de nouveau contre l'opinion générale, il manifesta un enthousiasme sans réserve pour le film *Les Temps modernes* de Charlie Chaplin, malgré son message ouvertement socialiste.

Ainsi, entre whiskys et disputes enflammées, plusieurs heures passèrent rapidement. En sortant, suivant la coutume espagnole, les participants stationnèrent un bon moment au milieu de la chaussée pour échanger des embrassades et de longs discours en criant à tue-tête, comme s'ils devaient rester longtemps sans se revoir ou se dire adieu pour toujours. Une femme en haillons et incroyablement menue s'approcha pour leur vendre des billets de loterie. Sánchez Mazas lui acheta un dixième. En partant, la vendeuse sourit à l'acheteur.

– S'il est gagnant, ça sera pour la cause.

– Ne défie pas le sort, Rafael, dit José Antonio en secouant la tête.

Finalement, ils se séparèrent.

Passablement éméché, Anthony prit le chemin de son hôtel. Il avait déjà fait un bout de chemin dans la rue d'Alcalá déserte, quand il entendit derrière lui un bruit de pas précipités. Son alarme se dissipa en partie quand il constata que l'homme qui le suivait était Raimundo Fernández Cuesta. Anthony se sentait intimidé en présence de cet homme qui s'était montré taciturne durant toute la soirée et arborait maintenant une expression encore plus grave.

– Nous suivons le même chemin ? demanda-t-il.

– Non, répliqua l'autre, la respiration entrecoupée par la course. J'ai laissé les camarades en plan et je t'ai rejoint pour échanger quelques mots avec toi.

– Dis-moi.

Avant de parler, le secrétaire général du parti regarda dans toutes les directions. Puis, voyant qu'ils étaient seuls, il dit lentement :

– Je connais José Antonio depuis sa naissance. Je le connais aussi bien que moi-même. Il n'y a jamais eu et il n'y aura jamais un homme tel que lui.

Comme, après avoir prononcé ces paroles lapidaires, il gardait un silence prolongé, Anthony pensa que le contenu de la conversation s'arrêtait peut-être là, et il était sur le point de formuler une réponse inoffensive quand l'autre ajouta sur un ton confidentiel :

– Il est évident qu'il ressent pour toi une affection sincère et fraternelle, dont, au début, je n'arrivais pas à deviner la raison. Finalement, j'ai compris que, José Antonio et toi, vous partagez quelque chose qui a pour lui une immense valeur, quelque chose de sublime et de vital. En d'autres circonstances, vous seriez rivaux. Mais les circonstances sont loin d'être normales et son âme noble ignore l'animosité et l'égoïsme.

Il se tut de nouveau et, au bout d'un moment, ajouta d'une voix enrouée :

– Moi, je ne peux que respecter ses sentiments et t'adresser un avertissement : ne déçois pas l'amitié dont il t'honore. C'est tout : bonne nuit et *Arriba España !*

Il tourna brusquement les talons et s'éloigna d'un bon pas. Anthony resta à méditer la portée de cet étrange message et la vague menace qu'il contenait implicitement. Il était un très mauvais psychologue, mais il avait consacré sa vie aux grands maîtres du portrait et pouvait déduire quelque chose de l'expression et de la physionomie des gens : Raimundo Fernández Cuesta ne semblait pas agir sur le mode impulsif qui caractérisait les phalangistes, mais mû par une idéologie froide et calculatrice. Anthony comprit que si, un jour, les phalangistes passaient à l'action, non seulement ils se comporteraient de façon imprévisible, mais que certains, en outre, seraient implacables.

18

Il fut réveillé en sursaut par une explosion lointaine, comme celle que produit le tir d'un canon de gros calibre. Quelque chose de terrible vient de commencer, pensa-t-il. Puis, comme rien ne suivait cette première détonation, Anthony décida qu'il s'agissait peut-être d'un mauvais rêve. Pour le chasser, il se leva, alla à la fenêtre et ouvrit les volets. C'était encore la nuit, mais le ciel avait une couleur pourpre trop uniforme pour qu'on l'attribue à l'aube. Sur la place, aucun véhicule, aucun passant ne circulait. Si Madrid brûlait, on entendrait des cris, se dit-il, et non ce silence de mort. Mais c'est vrai que ce calme ressemble à celui qui, dit-on, règne dans l'œil d'un cyclone.

Il regagna son lit, fatigué et déprimé ; le découragement ne lui permit pas de retrouver le sommeil. Il avait laissé les volets ouverts et vit le jour pointer dans l'encadrement de la fenêtre. Alors il se leva, se drapa dans une épaisse robe de chambre et alla de nouveau regarder. La place était toujours déserte et, des rues du voisinage, ne parvenaient pas le grondement des camions, ni le ferraillement des charrettes sur les pavés, ni les klaxons des automobiles, ni aucun des bruits habituels.

Tapie derrière les façades, la capitale se tait et attend.

Avec les premières lueurs du jour s'éteignent les lampes qui ont brillé toute la nuit à la Direction générale de la Sécurité, où don Alonso Mallol se tient prêt à recevoir d'une minute à l'autre le ministre de l'Intérieur qui se concerte depuis des heures avec le président du Conseil des ministres.

Avec le retournement électoral du 16 février dernier, monsieur

Mallol a pris la tête de la Direction générale de la Sécurité dans un mauvais moment. Les conflits se multiplient, les instructions émanant du gouvernement sont hésitantes et contradictoires, et il ne sait même pas s'il peut faire confiance à ses propres subordonnés, hérités du gouvernement précédent, lequel les a hérités de son prédécesseur, et ainsi de suite *ad libitum*. Aux postes clefs, il a placé des hommes qu'il ne connaît qu'à demi en se fiant à son instinct, sans écouter les conseils ni lire les rapports probablement tendancieux ; il sait qu'à Madrid tout rapport est composé pour un quart de vérité et pour trois quarts de fausses rumeurs. Quant au reste du personnel, il compte davantage sur l'inertie des fonctionnaires que sur leur loyauté.

À huit heures précises, un planton lui annonce l'arrivée du lieutenant-colonel Gumersindo Marranón. Le directeur général le fait entrer immédiatement, et le lieutenant-colonel se présente accompagné du capitaine Coscolluela, toujours clopinant. Les salutations cérémonieuses se prolongent : puis les nouveaux venus font leur rapport en termes concis et monocordes, comme si l'absence d'enthousiasme était la garantie de l'objectivité. Don Alonso écoute attentivement : ce n'est pas pour rien que le lieutenant-colonel est un de ses hommes de confiance.

Le récit a été monotone mais pas rassurant : à Madrid et dans le reste de l'Espagne plusieurs églises ont été incendiées. À l'heure où les faits se sont produits, il n'y avait aucun fidèle sur place, et les dommages matériels sont minimes. Dans certains cas, les émeutiers se sont bornés à brûler des papiers et des chiffons sous le porche de l'enceinte sacrée et à faire plus de fumée qu'autre chose. Des actions symboliques, sans que l'on puisse écarter l'hypothèse qu'ils aient été commis par la droite à des fins de provocation. S'il en est ainsi, les auteurs ont atteint leur but, car un pompier de Madrid est mort en essayant d'étouffer un des incendies, et une manifestation de protestation se prépare où les phalangistes ne manqueront pas d'être présents. Comme si cela ne suffisait pas, la Phalange espagnole a convoqué une réunion au cinéma Europa pour samedi prochain à sept heures du soir. Un mois plus tôt, dans le cadre de la campagne électorale, un meeting s'est déjà tenu au même endroit, et le public a été nombreux. Ce jour-là, l'affaire n'a pas donné lieu à des incidents graves. Mais, à l'époque, chaque parti était surtout préoccupé de sa propre campagne. Aujourd'hui, les choses sont différentes. Don Alonso s'enquiert du motif du meeting. Le lieutenant-colonel hausse les épaules. Il ne sait pas ; il présume que c'est pour justifier la déculottée des élections où la Phalange n'a pas obtenu un seul siège, et pour arrêter les bases de la politique future. La Phalange ne semble pas disposée à disparaître et, si elle veut continuer à être présente dans la vie politique espagnole, elle doit inventer quelque chose. Quoi qu'il en soit, le meeting promet d'être un foyer de sédition.

Le lieutenant-colonel observe une pause, interrogeant du regard son chef, qui répond par un geste d'assentiment muet : autoriser la manifestation et le meeting est aussi dangereux que les interdire ; le moindre incident peut mettre le feu aux poudres. Mieux vaut laisser la décision entre les mains du ministre de l'Intérieur, lequel consultera probablement le président du Conseil des ministres. Cette délégation successive des responsabilités n'est pas une marque de pusillanimité ni de déférence, mais relève du simple bon sens : dans toute l'Espagne, le président du Conseil est la seule personne qui croit encore à une issue pacifique de la situation actuelle.

Cet optimisme relatif ne se fonde pas sur rien. Don Manuel Azaña a une longue expérience gouvernementale et, comme on dit, il en a vu de toutes les couleurs. En 1931, juste après la proclamation de la République, il a été ministre de la Guerre ; peu après, il a été élu président du Conseil des ministres. En 1933, il est passé à l'opposition, et maintenant il préside de nouveau le Conseil, dans un moment où le panorama n'est pas sombre mais désespéré. Pas pour lui, cependant : intellectuel avant d'être homme politique, il a toujours été porté aux sommets du pouvoir par les rapides et imprévisibles courants de l'Histoire et non par ses propres efforts, raison pour laquelle il ne connaît pas et ne veut pas connaître les détours tortueux de la *Realpolitik*, ce que ne manquent pas de lui reprocher ses partisans tout autant que ses adversaires. C'est peut-être aussi pour cette raison qu'il compte sur une opposition loyale, et non prête à tout pour arracher le pouvoir à ceux qui le détiennent en ce moment, sans se soucier des conséquences, et qu'il croit encore possible de régler par la négociation et le dialogue les problèmes brûlants de l'Espagne : l'agitation des travailleurs, la réforme agraire, les affrontements armés, la question catalane.

Très peu nombreux sont ceux qui partagent cette vision. À la différence de ce qui se passait dans les premiers temps de la République, les organisations ouvrières ont tourné le dos aux politiques, et seules leurs hésitations et leurs divisions internes les retiennent de descendre dans la rue pour prendre le pouvoir par la force. Les motifs ne manquent pas : le gouvernement des droites qui a précédé l'actuel gouvernement a fait ce qu'il a pu pour supprimer les avantages acquis par le monde ouvrier et il a réprimé l'agitation avec une brutalité peu commune. Aujourd'hui, le Front populaire tente de reprendre la situation en main mais se heurte à des obstacles formidables : l'opposition, menée par Gil Robles et Calvo Sotelo, torpille au Parlement le programme social du nouveau gouvernement, tandis que les puissantes fortunes espagnoles manœuvrent dans les Bourses européennes pour provoquer la dévaluation de la peseta, l'augmentation du chômage et le naufrage de l'économie. L'Église et la presse, majoritairement aux mains de la droite, agitent l'opinion et sèment la panique, et les intellectuels les plus influents (Ortega y Gasset, Unamuno, Baroja, Azorín) renient la République et demandent un changement radical. En prévision d'un coup d'État militaire ou fasciste, qu'ils jugent imminent, les syndicats font des collectes pour acheter des armes et les milices ouvrières montent la garde jour et nuit pour intervenir au premier signe d'alarme.

Don Manuel Azaña connaît tous ces facteurs, mais il est en désaccord à propos de leur importance. Selon lui, les ouvriers ne se décideront pas à descendre dans la rue : les socialistes et les anarchistes n'uniront pas leurs forces, et les communistes ont reçu du Komintern l'ordre impératif de rester vigilants et d'attendre ; le moment n'est pas propice pour la révolution, tenter d'imposer la dictature du prolétariat serait une erreur de calcul. En vertu du même raisonnement, il ne croit pas possible un coup d'État de la droite. Les monarchistes sont allés demander à Gil Robles de se proclamer dictateur et Gil Robles a refusé.

Certes, il reste l'armée. Mais Azaña la connaît bien : il n'a pas été en vain ministre de la Guerre. Il sait que les militaires, sous leur apparence terrible, sont inconsistants, versatiles et malléables : d'un côté ils critiquent et menacent, de l'autre ils pleurnichent pour obtenir un avancement, une affectation, une décoration ; ils sont toujours à l'affût des prébendes et se jalousent entre eux : chacun est convaincu de s'être fait doubler par un autre qui n'a pas ses mérites ; finalement, ils se laissent flatter comme des enfants. Habitués par une hiérarchie de fer à n'exécuter que ce qu'un autre a décidé, ils ne parviennent pas à s'entendre pour une action conjointe. Toutes les armes (artillerie, infanterie, génie) sont à couteaux tirés, et il suffit que la marine fasse une chose pour que l'aviation fasse le contraire. Tout de suite après la récente victoire du Front populaire, le général Franco est venu voir le président du Conseil des ministres et l'a sommé de mettre fin au désordre avec l'aide, si besoin était, de l'armée. Franco est un général jeune ; il possède une intelligence pratique et un courage incontesté : en Afrique, il est monté en grade à la vitesse d'un météore et s'est gagné une réputation méritée parmi les officiers supérieurs. Ses qualités personnelles et son ascendant pourraient faire de lui une des têtes de la rébellion, si les autres généraux ne se méfiaient pas de son caractère mielleux et de sa prudence congénitale. On peut douter que la menace voilée adressée par Franco au président du Conseil ait eu le soutien de toute l'armée, mais le Premier ministre Portela Valladares a été tellement affolé par cette visite qu'il a démissionné précipitamment. C'est le vide généré par cette démission qui a porté de nouveau don Manuel Azaña à la présidence du Conseil.

Un planton demande la permission d'entrer dans le bureau du directeur général ; il porte un plateau où sont posés un pot de chocolat fumant et une petite corbeille contenant des pâtisseries. Un autre planton apporte des tasses, des assiettes, des couverts, des serviettes et une carafe d'eau fraîche, et met la table pour la collation. Au moment où ils finissent leur petit-déjeuner, don Amós Salvador, ministre de l'Intérieur, fait irruption dans le bureau, accompagné du sous-secrétaire d'État à l'Intérieur, don Carlos Esplá. Rires et salutations. Mallol et Esplá, qui sont francs-maçons, échangent quelques signes rapides. Pendant ce temps, le bureau s'est rempli de secrétaires, fonctionnaires, inspecteurs, auxquels s'ajoute un gouverneur civil de passage à Madrid. Sur les tables s'empilent les serviettes, et le portemanteau oscille sous le poids des pardessus. On roule des cigarettes, on allume des pipes et quelques cigarillos, la fumée voile l'air épais de la pièce.

Comme on pouvait s'y attendre, le président du Conseil autorise la manifestation en hommage au pompier mort, mais pas le meeting de la Phalange au cinéma Europa. On prendra les mesures appropriées, et arrive que pourra. Si les phalangistes font acte de présence et sèment le désordre, on pourra profiter de l'occasion pour déclarer le parti illégal et envoyer les principaux dirigeants en prison. Et, s'il le faut, instaurer le couvre-feu. Avec son emphase habituelle et la coopération sporadique du capitaine Coscolluela son adjoint, le lieutenant-colonel Marranón rend compte des derniers faits et gestes de Primo de Rivera et de sa bande, tant dans la capitale qu'en province. Puis on passe à d'autres affaires.

Selon des rapports dignes de foi, le secrétaire de l'Internationale communiste, Georgi Dimitrov, est toujours décidé à défendre mordicus la République. De ce côté, au moins, il n'y a pas de danger. Naturellement, les militaires continuent de conspirer ; beaucoup d'entre eux sont en contact étroit avec la Phalange ou la Communion traditionaliste que dirige Manuel Fal Conde. Par mesure préventive, les généraux les plus turbulents ont été mutés dans des places périphériques, loin des centres stratégiques.

La censure de l'information sera maintenue, tant sur les actes de violence, incendies d'églises inclus, que sur les grèves sectorielles dans tout le pays. Le gouverneur civil évoque l'éventualité d'utiliser l'armée pour protéger les services essentiels et les approvisionnements affectés par les grèves. En principe ce n'est pas une bonne solution, mais il faudrait examiner la question localité par localité. Pour le moment, la Catalogne est calme ; en revanche, l'Andalousie s'agite beaucoup.

Des questions de moindre importance, mais vitales pour la bonne marche de l'administration, occupent encore une heure de la journée chargée des fonctionnaires. Puis, les yeux rougis par la veille et la fumée, ils partent l'un après l'autre pour regagner leurs services respectifs. Lorsque le directeur général de la Sécurité, le lieutenant-colonel Marranón et le capitaine Coscolluela se trouvent de nouveau seuls, monsieur Mallol réprime un bâillement, s'étire et murmure d'un ton fatigué :

– Et quelles nouvelles avons-nous de l'Anglais ?

Le lieutenant-colonel qui se levait déjà se rassied, lance un coup d'œil à son adjoint et répond d'une voix morne :

– Rien de définitif pour l'instant. Il donne l'impression d'être un idiot, mais il ne doit pas l'être. Quand nous l'avons interrogé, il a menti délibérément.

En quelques mots, il rapporte la conversation de la veille avec Anthony Whitelands, fait une pause pour que le chef puisse en assimiler le contenu et ajoute :

– Tard hier soir, j'ai reçu un appel téléphonique de nos informateurs à Londres avec qui j'avais précédemment pris langue. Tous les indices confirment que l'homme est bien ce qu'il prétend être : un expert en tableaux. Il a publié des articles et il est respecté dans son milieu. Bien qu'il ait fait ses études à Cambridge, il n'est ni pédéraste ni communiste. Il n'a pas non plus eu de contacts avec des groupes fascistes ni d'autres tendances. Apolitique jusqu'à ce jour. Sans fortune personnelle. Depuis plusieurs années, il plante des cornes à un fonctionnaire du Foreign Office. Il dispose d'une modeste rente. Les revenus qu'il tire de son travail lui rapportent des clopinettes.

– Ça pourrait expliquer sa venue en Espagne, note le directeur général. L'argent compte.

– C'est une possibilité, en effet, approuve le lieutenant-colonel. On l'a vu fréquenter la maison du duc de la Igualada.

Monsieur Mallol laisse échapper un grognement et murmure :

– Est-ce que cette vieille ganache tramerait quelque chose ?

– Ça ne m'étonnerait pas. Primo de Rivera fait de fréquentes visites dans la maison du duc.

– Ce doit être pour la fille.

– Non. De ce côté, il en est au point mort. C'est vrai qu'avec les femmes on ne peut jamais jurer de rien… La seule chose sûre, c'est que l'Anglais est allé cette nuit faire la fête avec Primo de Rivera et sa bande à la Baleine Joyeuse.

Don Alonso Mallol fait un geste décidé : il est fatigué et veut en finir avec cette affaire.

– Ne me le perdez pas de vue, dit-il en manière d'adieu.

Par la fenêtre entre un soleil pâle et de la rue monte la rumeur atténuée de l'agitation urbaine. À la même heure, étranger aux supputations dont il est l'objet, Anthony Whitelands prend un café au lait avec des churros dans un bar de la place Santa Ana, tout en feuilletant avec inquiétude la presse du jour. Il est gagné par l'incertitude générale mais, en bon Anglais, il ne comprend pas le silence des médias sur les événements qui tiennent le pays en haleine. Il n'ignore pas la censure sévère imposée par le gouvernement, car les journaux eux-mêmes signalent en gros titres à la une les mauvais procédés dont ils sont victimes, mais il ne comprend pas l'utilité d'une mesure qui discrédite le gouvernement et produit l'effet opposé à celui recherché. Faute d'une information convenable, se propagent une infinité de rumeurs que l'imagination populaire transforme et exagère démesurément. Tout le monde assure tenir de bonne source des nouvelles sensationnelles, connaître des secrets de la plus grande gravité, et s'empresse de les répandre aux quatre vents. Les canaux par lesquels circule ce genre d'informations sont variés et compliqués à l'extrême, car la sociabilité des Espagnols n'a pas de limites. Dans les tavernes et les cafés, dans les bureaux et les magasins, dans les transports publics et les cours d'immeubles, le peuple raconte, commente et discute avec des connaissances et des inconnus, sans jamais se démonter et en parlant très fort, le présent et l'avenir de l'incertaine réalité espagnole. La même chose se passe dans les hautes sphères, mais vient encore s'y ajouter un facteur de confusion supplémentaire, parce que l'appartenance politique de chacun coexiste avec le cercle familial et professionnel, le club sportif et le centre culturel ou de loisirs auquel il appartient. Les gens peuvent être farouchement de droite ou de gauche mais partager la même passion des corridas et du football et échanger des nouvelles et des précisions sur tel ou tel sujet, sur telle ou telle personne ou sur tel ou tel scandale ; et il en va de même à l'Ateneo, ou à la sortie de la messe, ou dans la loge maçonnique. C'est ainsi que l'Espagnol en général et le Madrilène en particulier obtiennent des informations tantôt véridiques et tantôt fausses, sans que rien leur permette de distinguer les unes des autres.

De tout cela, Anthony Whitelands a bien une vague idée, mais si sa connaissance de l'Espagne est profonde pour certains aspects, elle est superficielle pour d'autres, et il se perd facilement dans le labyrinthe des faits, conjectures et fantasmes dans lequel il se trouve immergé. De plus, ses propres préoccupations l'absorbent.

L'éditorial d'*ABC* tonne contre l'inaction du gouvernement devant les actes de vandalisme dans les églises et les couvents. Combien de tragédies personnelles et combien de destructions du patrimoine artistique devrons-nous déplorer avant que monsieur Azaña daigne prendre des mesures énergiques contre ceux qui violent la loi ? Nous faudra-t-il attendre que la populace étende sa haine à d'autres secteurs de la société et brûle les maisons des particuliers avec leurs occupants dedans ?

Cette éventualité lui coupe le souffle. À l'allure où vont les événements, il n'écarte pas l'éventualité d'un attentat contre la demeure du duc, et si cela se produisait, qu'arriverait-il au tableau qui, à cette minute même, est dans la cave où il attend que monsieur Whitelands rende son verdict ?

19

Sans repasser par son hôtel ni prévenir de sa visite, Anthony Whitelands marcha d'un pas vif vers la demeure de la Castellana et sonna à la porte. Quand le majordome lui ouvrit, il ne s'excusa pas de sa présence inopinée et ne fit aucun effort pour masquer sa nervosité.

– Je dois voir monsieur le duc de toute urgence, dit-il.

À son air égaré, le majordome opposa une ironie impavide.

– Son Excellence vous recevrait sûrement si elle était chez elle, mais comme ce n'est pas le cas, je ne vois pas comment faire. Son Excellence est sortie tôt ce matin sans préciser quand elle pensait revenir. Par contre, madame la duchesse est là, mais elle ne reçoit pas avant douze heures passées. Si vous voulez, je peux prévenir le jeune monsieur Guillermo.

L'esprit refroidi par la déception, Anthony adopta une attitude distante.

– Je ne souhaite pas parler à monsieur Guillermo, répondit-il sèchement, laissant entendre qu'il ne traitait pas avec des gamins. Et mademoiselle Paquita ?

Le majordome esquissa le léger sourire de quelqu'un qui, tout en étant de rang inférieur, se sait le maître de la situation.

– Je vais voir, dit-il en s'effaçant pour laisser entrer l'Anglais avec une expression obséquieuse qui préparait le terrain à un renvoi poli.

Une fois de plus, Anthony resta seul dans le vaste vestibule, face à la copie de *La Mort d'Actéon*. Cette scène violente et confuse qui représentait un fait lointain et irréversible lui inspirait un sentiment d'admiration et de rejet mêlés. Le Titien avait peint ce tableau pour répondre à une commande de la couronne d'Espagne, mais, pour des raisons ignorées d'Anthony, il n'était jamais arrivé jusqu'aux mains de son destinataire légitime. Peut-être Philippe IV, connaissant l'histoire, ne l'avait-il pas jugée appropriée. Malgré le caractère fougueux que l'on prête facilement aux Espagnols, la colère et la vengeance n'ont pas leur place dans la peinture espagnole. Vélasquez n'aurait jamais peint une scène comme celle-là. Ses tableaux présentaient des faits quotidiens, chargés d'une vague mélancolie, d'une sereine et tranquille acceptation de l'échec inéluctable des illusions de ce monde. Que la copie du Titien soit allée atterrir dans le vestibule, un lieu aussi passant de l'austère maison des ducs, ne laissait pas de l'étonner, même si le prestige de la signature et le passage des ans pouvaient justifier ce choix. Il en connaissait de pires : il avait vu d'horribles égorgements trôner dans des salons où l'on servait des petits-fours, où l'on dansait et bavardait, simplement parce que la peinture en question avait été acquise à un prix faramineux ou héritée d'un aïeul illustre et n'était devenu qu'un signe de plus de l'opulence et de la haute origine du propriétaire. Anthony réprouvait cette perversion de l'art. Pour lui, le contenu du tableau était essentiel, et non seulement l'intention de l'artiste en la réalisant restait vivante des siècles plus tard, mais cet esprit, quand il s'agissait d'une authentique œuvre d'art, l'emportait sur toute autre considération d'ordre technique, historique ou financière.

Absorbé dans ces réflexions, il s'était approché tout près du tableau et passait les doigts sur la peinture. Puis il recula de quelques pas et, du centre du vestibule, contempla l'imposante scène avec un demi-sourire. Ah, s'exclama-t-il intérieurement, toujours cette vieille histoire du chasseur chassé !

– Qu'est-ce que vous marmonnez entre vos dents, monsieur Whitelands ? prononça derrière lui la voix de Paquita.

Anthony se retourna sans hâte ni confusion.

– Excusez-moi, je ne vous ai pas entendue entrer. Je contemplais ce tableau.

– Ce n’est qu’une copie.

– Je sais, mais qu’importe. La reproduction est bonne et le copiste a su capter l’essentiel de l’original et, mieux encore, en conserver le mystère. Je me demande où il l’a copiée et comment elle est arrivée ici. Peut-être le savez-vous.

– Ça non, en désignant un point imaginaire derrière elle, comme pour évoquer un long chemin vers le passé. Je suppose qu’elle provient de la collection familiale. Julián m’a dit que vous vouliez me voir.

– C’est vrai, dit l’Anglais, soudain embarrassé. En l’absence de votre père, vous êtes la personne la plus indiquée. Voyez-vous, j’ai lu dans la presse… vous savez, les incendies… Cette demeure ne réunit pas les conditions… Les troubles augmentent.

– Oui, je vois où vous voulez en venir : cette maison pourrait être l’objet d’un assaut de la populace, et dans cette perspective vous vous inquiétez du sort du tableau, et pas du nôtre.

– Mademoiselle Paquita, répondit Anthony d’un ton peiné, l’heure n’est pas aux jeux de salon. Vous savez fort bien ce qui m’inquiète. Je dirai même plus : ce qui me tourmente. Et je trouve indigne de vous de retourner le couteau dans la plaie. Je parlais en termes pratiques : en cas d’incendie, les personnes peuvent se mettent facilement à l’abri, alors qu’une toile se consumera irrémédiablement en quelques secondes. Je suis convaincu que vous connaissez la valeur du tableau et que vous comprenez et partagez mon souci.

Paquita posa la main sur son bras, le regarda sérieusement dans les yeux, et la retira aussitôt.

– Pardonnez-moi, Anthony, je n’aurais pas dû me moquer de vous. Je vous l’ai déjà dit, nous avons tous les nerfs à vif, et cela nous rend inconséquents. En ce qui concerne ce maudit tableau, ça me serait égal de le voir réduit en cendres. Je vous l’ai dit l’autre jour et je vous le répète aujourd’hui : authentique ou faux, laissez le tableau en paix. Et cessez aussi de vous torturer pour lui : il est en lieu sûr. Vous pouvez dormir tranquille.

– Pourrais-je le revoir ?

– Vous êtes plus têtu qu'une mule. Très bien, je vous accompagnerai dans la cave. Je vais chercher les clefs et me mettre quelque chose sur le dos : dans la cave, il fait un froid mortel. Attendez-moi ici et ne dites rien à personne. Les domestiques ne savent pas ce qu'il y a là-dessous et ne doivent pas le savoir.

Le sérieux de ses paroles ne coïncidait pas avec une humeur qui semblait plus amusée que préoccupée. Elle quitta le vestibule avec la légèreté d'une adolescente et Anthony se dit : Comme elle est jeune et belle ! Elle ne devrait pas être embarquée dans cet imbroglio. Mais elle l'est, et moi aussi.

Paquita revint tout de suite. S'assurant qu'ils n'étaient pas suivis, ils parcoururent un couloir au fond duquel, sous l'escalier qui montait à l'étage, se trouvait une porte basse. Paquita choisit une grosse clef noire et dit en l'introduisant dans la serrure :

– Cette clef me rappelle toujours le conte de Barbe Bleue. Il est connu en Angleterre ?

– Bien sûr, sauf que là-bas nous l'appelons Bluebeard, répondit-il tout en évaluant du regard l'épaisseur de la porte.

Dans l'encadrement de la porte s'amorçait un escalier qui descendait au sous-sol. Paquita tourna un interrupteur. Une fois entrés et la porte refermée derrière eux, la pénombre les enveloppa. La seule lumière venait d'une ampoule nue qui pendait du plafond de la cave dont les soupiraux étaient aveuglés. Le courant d'air froid qui montait charriait une odeur de poussière et de naphtaline. Anthony remit le manteau qu'il portait sur le bras. Pendant qu'ils descendaient lentement les marches étroites, Paquita dit :

– Le sous-sol fait partie intégrante de la maison. Il n'a pas été conçu pour servir de remise, mais pour loger les domestiques. C'est ce qui explique qu'il soit protégé de l'humidité et des inondations. On n'y trouve pas non plus de rats ni d'insectes nuisibles. Sinon, nous ne nous en servirions pas comme garde-meubles. Même ainsi, le tableau a toujours été conservé ailleurs. Ça ne fait pas longtemps qu'on l'a transféré ici.

Ils étaient arrivés dans le vaste espace bondé de meubles. Le tableau, protégé par la couverture, était toujours à la même place.

– Qui l'a transporté ? s'enquit Anthony. Il doit peser très lourd.

– Je ne sais pas. Des employés de mon père, je suppose, en prenant toutes les précautions et sans voir ce qu'ils portaient : le tableau était emballé. Une fois dans la cave, mon père et moi nous l'avons déballé et placé sous la couverture. Nous sommes les seuls, lui et moi, à l'avoir vu ; et maintenant, vous.

– Aidez-moi à ôter la couverture, dit-il. Pour rien au monde je ne voudrais endommager la toile.

À eux deux, ils mirent le tableau à découvert. Anthony ne fit aucun commentaire et ne montra aucune émotion. Il regardait seulement l'œuvre, concentré, sourcils arqués, yeux à demi fermés, lèvres serrées. Dans la quiétude sépulcrale de la cave, on entendait sa respiration profonde et régulière. Paquita le contemplait sans pouvoir se soustraire au magnétisme qui se dégage d'une personne quand celle-ci, oubliant ce qui l'entoure, applique toute son énergie à un objet qu'elle connaît, admire et respecte. Un bon moment s'écoula ainsi. Finalement, l'Anglais parut s'éveiller d'un rêve, sourit et dit avec naturel :

– L'état de conservation est bon. Ni la toile ni la peinture n'ont subi de dommages irréparables. Rien qu'une restauration prudente ne puisse arranger. C'est une œuvre magnifique, véritablement magnifique.

– Vous pensez toujours qu'elle est authentique ?

– Oui. Comment une œuvre de cette importance est-elle parvenue dans votre famille ? Ça, au moins, vous devez le savoir.

– Pas tout à fait. Comme je vous l'ai dit le premier jour, je ne porte pas un intérêt particulier à la peinture. Il doit être venu par héritage de quelque branche indirecte de la famille. Comme n'importe quelle maison de vieille souche, nous sommes apparentés à toute l'aristocratie espagnole. Notre arbre généalogique est un labyrinthe. Ça explique une bonne partie de notre patrimoine et la plupart de nos défauts.

– Quels sont les vôtres ?

– Les habituels : égoïsme, indolence, arrogance et absence de sens commun.

– Mon Dieu… Qui d'autre connaît l'existence de cette œuvre ?

– Personne. Aussi étrange que ça paraisse, le tableau est resté remisé depuis plusieurs générations. Sûrement à cause du sujet. Et pour compléter ce que je viens de dire, dans ma famille nous sommes plutôt du genre timorés et grenouilles de bénitier.

– Mais il a bien dû être inventorié, dit Anthony.

– Les premières transmissions ont sûrement fait l'objet d'actes notariés. Ensuite, les héritages successifs ont dû rester privés, sans intervention officielle, pour des raisons évidentes. Si les documents existent, ils sont dans des archives, remisés dans le débarras d'une quelconque maison. Dieu sait laquelle. En y mettant le temps, on pourrait les retrouver ; je ne doute pas qu'on y parviendra un jour ou l'autre. Pour l'heure, malheureusement, nous ne pouvons compter que sur vos conjectures. Vous n'avez pas froid ?

– Si. Mais j'ai besoin de temps. Vous pouvez me laisser seul.

– Pas question. Pourquoi ne me dites-vous pas le fond de votre pensée ?

– Je le ferai avec plaisir quand nous serons sortis d'ici. Je vous remercie infiniment de m'avoir permis de vous voir et de m'avoir consacré un peu de votre temps.

– Ne me remerciez pas, répliqua la jeune femme. Moi aussi, je vais vous demander une faveur.

– Comptez sur moi, si je peux la réaliser, dit Anthony. Et libérez-moi d'un doute : est-ce qu'un de vos ancêtres a occupé une charge importante en Italie ?

– J'ai entendu dire quelquefois qu'un aïeul du côté de mon père était cardinal. Est-ce que ça peut vous servir ?

– Oui, je crois. Recouvrons le tableau.

Ils remirent la couverture dessus. Au moment où ils allaient sortir, l'ampoule du plafond se mit à vaciller puis s'éteignit en les laissant dans l'obscurité la plus totale.

– La barbe ! dit Paquita d'une voix calme. L'ampoule a dû claquer. Ou c'est encore une de ces maudites grèves. Des heures peuvent passer avant que la lumière revienne ; si nous ne sortons pas d'ici, nous allons attraper une pneumonie. Ne bougez pas, vous pourriez vous faire mal. Donnez-moi la main, et nous allons essayer de rejoindre la porte du jardin. Je connais mieux la cave que vous.

L'Anglais n'eut aucune difficulté à trouver la main de la jeune femme. Elle était glacée et il la serra avec force.

– Vous n'avez pas peur dans le noir ? demanda-t-il.

– Comme tout le monde, dit-elle d'un ton ferme. Moins, quand je suis accompagnée.

Traînant les pieds, ils progressèrent avec une extrême lenteur. Dans l'obscurité, le froid était plus intense et le temps semblait s'être arrêté.

– À tâtons, tout paraît plus loin, dit Paquita.

– Marchez prudemment, ne vous trompez pas, sinon nous finirons dans une armoire.

– C'est bien là qu'on devrait vous mettre, pour votre sottise, dit-elle.

Ils ne tardèrent pas à atteindre la porte qui donnait sur le jardin. Paquita l'ouvrit après avoir lâché la main de l'Anglais et farfouillé un moment dans le trousseau de clefs. Habitués à l'obscurité, la soudaine lumière du soleil les éblouit. Paquita s'enveloppa dans son châle, passa la tête dans l'embrasure et s'assura qu'il n'y avait personne en vue. Anthony se souvenait que, dans ce même lieu, elle l'avait étreint deux jours plus tôt. Impulsivement, il la prit dans ses bras. Paquita n'offrit pas de résistance mais détourna le visage et murmura :

– Il ne faudrait pas que ça devienne une habitude.

Ils s'écartèrent et traversèrent furtivement le jardin. Devant la porte de fer, Paquita dit :

– Juste derrière, rue Serrano, il y a un café, le Michigan. Attendez-moi là-bas. Je vous rejoins dans un instant.

20

– Jusqu'au XXe siècle, commença Anthony tout de go comme quelqu'un qui a préparé son cours, le nu est un genre inexistant dans la peinture espagnole. *La Maja nue* de Goya est une exception, et une autre, antérieure et encore plus remarquable, est la *Vénus* de Vélasquez lui-même. La raison de cette absence est évidente : en Espagne, les commandes venaient de l'Église et, dans une moindre proportion, de la maison royale, donc il s'agissait d'imagerie religieuse, de portraits, de certaines scènes de genre. En Italie et en Hollande, c'est différent. Là-bas, les nobles et les riches commandaient des peintures pour orner leurs salons, et comme ils étaient moins à cheval sur la morale, ils voyaient d'un bon œil des sujets mythologiques avec une profusion de nus féminins. Les peintres espagnols de l'époque connaissaient la technique du nu, mais, dans l'Espagne de la Contre-Réforme, ils ne l'appliquaient qu'à l'anatomie masculine : scènes de martyres, innombrables crucifixions et descentes de croix. En ce sens, comme en bien d'autres, Vélasquez a eu une situation privilégiée : en sa qualité d'homme de cour, il a reçu des commandes privées et a pu exercer son art dans tous les genres, y compris le genre mythologique : *Le Triomphe de Bacchus*, *La Forge de Vulcain* et bien d'autres. Parmi eux, *Vénus à son miroir*, aujourd'hui à la National Gallery de Londres, qui est le premier nu de la peinture espagnole et pendant longtemps le seul.

Il y avait peu de monde dans le café Michigan : personne au bar et seulement une demi-douzaine de tables occupées. Les derniers retardataires avaient terminé leur petit-déjeuner et ce n'était pas encore l'heure pour l'agitation de l'apéritif. Deux clients solitaires lisaient sans se presser, l'un *ABC* et l'autre *El Sol* ; un troisième écrivait, un sourire aux lèvres ; un officier d'artillerie fumait, le regard perdu au plafond. Près de la fenêtre, deux dames d'âge mûr parlaient en même temps et sans relâche ; sur la table, à côté des tasses de café au lait et du sucrier en métal argenté, elles avaient posé leurs missels et leurs mantilles noires soigneusement pliées. Anthony admirait la variété des établissements que Madrid offrait à ses habitants. Même les célèbres cafés de Vienne, où il avait passé tant d'heures entre deux visites au Kunsthistorisches Museum, ne pouvaient être comparés à ceux de Madrid. Les cafés de Vienne produisaient une ennuyeuse sensation de théâtralité et de décadence ; à Madrid, en revanche, il n'y avait rien d'anachronique dans ces lieux pleins de vie. Les murs des cafés de Madrid, à la différence de ceux de Vienne, n'étaient pas couverts de miroirs, parce que les Madrilènes n'en avaient pas besoin : les clients se dévisageaient directement les uns les autres, sans dissimuler leur curiosité. Mais ce sans-gêne n'avait rien de méchant, car, dans les cafés de Madrid, on oublie avec la même légèreté que l'on se dévisage. Tout faisait partie du tranquille défilé des choses de la vie dans cette ville joyeuse, généreuse et superficielle. Néanmoins, l'euphorie dans laquelle le mettaient l'ambiance, la compagnie de Paquita et la possibilité de parler avec elle de son sujet favori ne lui faisait pas oublier qu'il détenait entre ses mains une affaire de la plus haute importance pour beaucoup de gens, à commencer par lui-même, dont la carrière professionnelle était sur le point de prendre un tour inespéré si ses impressions se confirmaient et s'il ne commettait pas une erreur irréparable.

– Dans la décennie 1640-1650, Vélasquez était au faîte de sa renommée, poursuivit-il en tentant de garder un ton neutre. Et, en marge de ses obligations de peintre de la Cour, il recevait et acceptait des commandes de personnalités importantes de la noblesse et du clergé. Un de ses clients a été don Gaspar Gómez de Haro, fils du marquis del Carpio, qui avait succédé au comte et duc d'Olivares dans le rôle de favori de Philippe IV. Je ne sais si vous êtes au courant de ces événements historiques. Si ce n'est pas le cas, ce n'est pas grave. Toujours est-il que don Gaspar était un homme très puissant et un collectionneur d'art passionné, et qu'il a commandé à Vélasquez une peinture sur un thème de la mythologie : une Vénus nue dans la manière du Titien. Malgré le caractère inhabituel de la commande, Vélasquez l'a exécutée avec un plaisir évident, à en juger par le résultat. Le tableau fini, don Gaspar l'a conservé prudemment dans son palais, et personne ne l'a vu jusqu'à ce que tous les personnages de cette histoire soient morts et enterrés depuis belle lurette.

Il observa une pause avant de poursuivre son récit avec précision mais aussi avec délicatesse : il ne voulait surtout pas froisser la sensibilité de sa belle auditrice par des détails scabreux.

– Don Gaspar Gómez de Haro, reprit-il en baissant la voix et les yeux, n'était pas seulement un fin connaisseur en art, mais aussi un homme aux mœurs licencieuses. Sa personnalité était plus proche de don Juan Tenorio que de saint Jean de la Croix, pour employer un euphémisme. C'est peut-être cette faiblesse qui l'a conduit à commander à Vélasquez une peinture incompatible avec la morale de son temps. Quoi qu'il en soit, la question est la suivante : qui est la femme du tableau ? Vélasquez a-t-il utilisé un modèle quelconque, éventuellement une prostituée, pour représenter Vénus, ou le modèle a-t-il été, comme d'aucuns le disent, une des maîtresses de don Gaspar dont celui-ci voulait immortaliser les formes sur la toile ? Et si, comme l'ont aussi suggéré certains, la femme du portrait n'était autre que la propre épouse de don Gaspar ? Les tenants de cette thèse en veulent pour preuve que les traits de la Vénus du tableau, reflétés dans le miroir que tient Cupidon, ont été volontairement brouillés par le peintre pour éviter toute identification, chose qui eût été inutile s'agissant d'une simple fille de joie.

– Et vous, quelle est votre théorie ? questionna la jeune femme.

– Je préfère ne pas me prononcer. L'idée qu'une dame illustre et mariée pose nue paraît étrange, et plus encore dans l'Espagne de l'Inquisition, mais pas impossible. On trouve toujours des exceptions à la règle. L'épouse de don Gaspar, doña Antonia de la Cerda, était apparentée à doña Ana de Mendoza y de la Cerda, princesse d'Eboli, qui passe pour avoir été la maîtresse de Philippe II. Toutes deux étaient des femmes d'une grande beauté, elles avaient un caractère bien affirmé et un tempérament audacieux. Cela étant, je ne trouve pas logique qu'un mari compulsivement infidèle désire avoir le portrait de sa femme nue, même peint par Vélasquez. Il eût été plus simple de la représenter vêtue. En fait, nous ne saurons jamais la vérité avec une certitude absolue : l'histoire de l'art est pleine de surprises.

– Je n'en ai pas le moindre doute, dit Paquita.

– Je perçois un soupçon d'ironie dans votre voix, répliqua l'Anglais. Il est probable que je vous ennuie avec mes divagations. Mais je vous dirai que vous vous trompez. Les théories et les débats des experts peuvent être soporifiques ; mes articles le sont certainement, mais l'Art ne l'est pas, parce que les tableaux signifient toujours des choses, comme les poèmes ou la musique : des choses importantes. Je sais bien que, pour beaucoup, un tableau ancien n'est qu'un objet de valeur ou une pièce de collection ou un prétexte pour étaler son érudition et obtenir de l'avancement dans le monde universitaire, et je ne nie pas que ces facteurs existent et qu'ils doivent être pris également en considération. Mais une œuvre d'art est, par-dessus tout, l'expression de quelque chose d'à la fois sublime et de profondément enraciné dans nos croyances et nos sentiments. Je préfère la barbarie d'un inquisiteur prêt à brûler un tableau parce qu'il le juge blasphématoire à l'indifférence de quelqu'un qui ne se préoccupe que de la datation, des antécédents ou de la cote sur le marché de ce même tableau. Pour nous, un peintre, un client et un modèle du XVIIe siècle ne sont que de simples données encyclopédiques. Mais, en leur temps, ils ont été des personnes comme vous et moi, et ils se sont voués corps et âme à un tableau pour des raisons et des sentiments très profonds, parfois en affrontant des risques et en dépensant des fortunes. Et ils n'ont jamais pensé que tout ça finirait dans la salle d'un musée ou dans le coin d'une réserve.

– Allons, dit-elle, je dois encore une fois vous demander pardon. Il est dit que ma relation avec vous sera une succession d'offenses et d'excuses.

– Elle cessera de l'être quand vous arrêterez de me prendre pour une pauvre cloche, si je ne me trompe pas d'expression. Mais ce n'est pas vous, c'est moi qui dois m'excuser. Je m'exalte toujours quand j'aborde ce sujet.

– Tant mieux, ça vous rend un peu plus sympathique. Continuez avec vos hypothèses.

– On discute de la date à laquelle Vélasquez a peint *Vénus à son miroir.* Tout indique que c'est à la fin de la décennie de 1640, car en 1648 il est allé en Italie et n'en est pas revenu avant 1651, or à cette époque le tableau était déjà dans le palais de don Gaspar. Il a pu être peint en Italie, où abondaient les tableaux de nus susceptibles d'avoir inspiré Vélasquez, mais je ne le crois pas. À Madrid, il y avait une infinité de nus de grands maîtres comme le Titien ou Rubens, y compris dans les collections royales, et, même s'ils n'étaient pas exposés au public, Vélasquez en sa qualité de conservateur du patrimoine artistique de la Couronne était familiarisé avec eux. Je suis convaincu que la *Vénus* a été peinte à Madrid, avant le voyage en Italie, probablement au début de 1648 et dans la plus stricte intimité.

Comme si cette phrase avait actionné un ressort, l'officier d'artillerie se leva brusquement. Le garçon courut au portemanteau et l'aida à passer son pardessus. L'officier lui donna une pièce et se dirigea vers la porte. En frôlant leur table, il jeta un regard en dessous à l'Anglais puis s'attarda plus longuement sur Paquita qui avait baissé les yeux. Sans s'arrêter, l'officier esquissa une révérence et sortit. Anthony crut déceler un certain malaise chez sa compagne, mais estima plus prudent de ne pas lui demander d'explications.

– En novembre 1648, continua-t-il, Vélasquez fait un second voyage en Italie, sur ordre de Philippe IV, dans le but d'acquérir des œuvres d'art pour agrandir les collections royales. Cette fois, cependant, le voyage dure plus longtemps que prévu : deux ans et huit mois. Le roi s'impatiente et réclame son peintre favori, mais Vélasquez se fait désirer. Pendant ce long séjour en Italie, il travaille peu : à Rome, il exécute les portraits du pape Innocent X et de hauts personnages de la curie vaticane, et, pour se distraire pendant qu'il se remet des fièvres, il peint deux petits paysages mélancoliques de la Villa Médicis. Il passe le reste du temps à se promener en Italie, se liant avec des artistes, des collectionneurs, des diplomates et des mécènes, achetant des tableaux et des sculptures, et veillant à ce que les objets arrivent bien à destination. Sa femme et ses deux filles sont restées à Madrid. Quand, enfin, il rentre en Espagne, Vélasquez est un homme fatigué et sans ardeur au travail. Pendant les dix années qui séparent son retour d'Italie de sa mort, le 6 août 1660, il peint seulement des portraits de la famille royale, dont *Les Ménines.*

– Dites donc, ce n'est pas si mal, dit Paquita qui semblait avoir oublié l'incident de l'officier d'artillerie.

– Oui, bien sûr, c'est un tableau extraordinaire, et qui démontre que Vélasquez était en possession de toutes ses facultés, en pleine puissance créatrice. Et s'il en est ainsi, pourquoi avoir si peu travaillé ?

– Vous croyez que Vénus lui a porté la poisse ?

– Je crois qu'après avoir peint ce tableau, ou pendant qu'il le peignait, Vélasquez a traversé une terrible crise personnelle, dont il n'a jamais réussi à se remettre, et que la vraie cause de cette crise réside dans le tableau. Ça fait des années que je discute ce point avec un expert anglais, un vieux professeur de Cambridge, actuellement conservateur à la National Gallery. Il soutient... une thèse contraire à la mienne. Il n'aime pas les femmes, et c'est peut-être la raison... Enfin, laissons ça de côté. Ce qui importe pour l'heure, ce sont les problèmes personnels de Vélasquez, pas les miens.

– Peut-être qu'ils se rejoignent, dit Paquita, et si vous voulez, vous pouvez me les conter. Il est plus facile de parler de ses propres soucis que d'attendre que Vélasquez vienne les peindre.

– Non, non, certainement pas. Nous ne pouvons pas nous écarter de notre sujet. Écoutez, je vais vous dire comment je vois les choses : en 1648, don Gaspar Gómez de Haro demande à Vélasquez de peindre nue une femme qui représente Vénus. La sienne ou une autre, peu importe pour le moment. Vélasquez accepte la commande et la peint, mais il exécute deux versions et non une seule : la première montrant Vénus devant le miroir, avec les traits laissés soigneusement dans le flou, de manière que personne ne puisse l'identifier, et la seconde, également nue, avec les traits clairement définis, et sans recourir au subterfuge de la mythologie. De toute évidence, cette seconde peinture est pour lui. Elle n'est jamais apparue dans l'inventaire des biens de don Gaspar Gómez de Haro. En peignant le second tableau, Vélasquez se mettait gravement en danger. Si son existence s'était ébruitée, le scandale aurait été énorme, l'Inquisition aurait pu s'en mêler et, dans le meilleur des cas, Vélasquez aurait perdu la faveur du roi. Depuis qu'il était arrivé à Madrid et qu'il avait supplanté les anciens peintres de cour avec son style novateur, il ne manquait pas d'ennemis qui manigançaient sa perte. Et puis il y a don Gaspar Gómez de Haro lui-même : qu'il s'agisse du portrait de son épouse légitime ou de celui de sa maîtresse, si la relation du peintre avec le modèle a dépassé les limites du champ artistique pour entrer sur le terrain amoureux ou quelque chose de plus grave comme le laisse supposer le tableau, que ce soit le portrait de sa femme légitime ou de sa maîtresse, une vengeance sanglante s'impose : nous sommes dans l'Espagne de Calderón, celle où l'on ne transige pas sur l'honneur, et don Gaspar est puissant. Seule une passion irrésistible a pu conduire un homme d'un naturel paisible, presque apathique, comme Vélasquez à commettre pareille folie.

Dans son excitation, il avait élevé la voix, et il fit une pause pour recouvrer son calme. Paquita l'observait, les sourcils froncés et un voile de tristesse dans le regard. Sans y prendre garde, Anthony passa la main sur son visage et poursuivit :

– Cela, Vélasquez le savait, et comme il était intelligent et comprenait que sa passion était impossible, il décida de prendre le large. Il n'eut pas de mal à convaincre Philippe IV de l'envoyer en mission et partit pour l'Italie, sur ordre du roi, emportant avec lui le second portrait.

– Un pauvre substitut, dit Paquita.

– C'était mieux que rien. J'ajoute que pour Vélasquez la réalité et la peinture se confondaient souvent, mais cela nous mènerait trop loin. Toujours est-il qu'en repartant, sa passion apaisée après une longue absence, il a laissé le tableau en Italie, probablement à Rome. Le temps passant, quelqu'un l'a acquis, l'a apporté en Espagne et maintenant il est là, à quelques mètres de ce café, et il attend…

– Qu'Anthony Whitelands le fasse connaître au monde entier, l'interrompit Paquita.

Cette fois, le ton de la jeune femme réussit à mettre l'Anglais sur ses gardes.

– Naturellement, dit-il, il faut encore préciser certains détails. Vous êtes fâchée ?

– Oui, mais pas contre vous. Tous les hommes qui croisent mon chemin sont des visionnaires, et je suis fatiguée. Mais laissons cela. L'important, ce n'est pas moi, c'est Vélasquez.

Sa voix se brisa et, d'un mouvement rapide de la tête, comme si quelque chose avait attiré son attention, elle détourna le visage. Déconcerté par ce changement subit, Anthony ne sut comment réagir. Au bout de quelques secondes, elle se tourna de nouveau vers son interlocuteur et, les yeux humides mais la voix sereine, elle dit :

– Hier, devant le Saint Christ de Medinaceli, je vous ai demandé de ne pas authentifier ce tableau. J'ai cru alors que ce que je vous offrais en échange avait quelque valeur. Aujourd'hui je vois que, pour vous, je vaux moins que le tableau ou ce que le tableau signifie. Rien ne vous écartera de la voie que vous vous êtes tracée et je ne vous le reproche pas. Ça ne m'humilie pas d'être battue par une femme qui est morte voilà trois siècles et dont nous ne connaissons que le visage et une bonne partie de l'anatomie, mais, comprenez-moi, je trouve ça étrange.

– Il m'est difficile de vous comprendre si vous ne m'expliquez pas la raison de votre conduite, dit l'Anglais.

– Prêtez-moi votre mouchoir.

Anthony lui donna le mouchoir, elle fit le geste d'essuyer des larmes imperceptibles et le lui rendit.

– Il y a un moment, dit-il en voyant qu'elle n'avait pas l'intention d'ajouter quelque chose à ce qu'elle avait déjà dit, vous-même me suggériez de vous confier mes soucis. Je le ferai brièvement. Depuis quelques années, ma vie semble s'être arrêtée. Je suis en pleine stagnation, sur le plan professionnel comme sur le plan personnel, et la situation ne semble pas devoir évoluer. J'ai vu trop de cas semblables pour me faire des illusions : études brillantes, grandes perspectives, quelques années de succès ; et puis plus rien : marasme, répétition et médiocrité. Je reproduis le même schéma : la jeunesse est derrière moi et je marche de travers comme les crabes. Or tout à coup, de façon inespérée, voici que se présente une occasion unique, dans ma vie et dans le monde de l'art en général. L'aventure comporte un risque, frôle l'illégalité, et, comme si ça ne suffisait pas, de puissants facteurs émotionnels viennent s'y mêler. Mais si malgré tout les choses tournent bien, si pour une fois enfin cette histoire tourne bien, j'obtiendrai davantage que de satisfaire ma ridicule vanité universitaire. J'obtiendrai une vraie réputation. Et de l'argent, oui, de l'argent pour acheter mon indépendance et ma dignité. Je pourrai enfin cesser de mendier… Vous savez ce que cela signifie, mademoiselle Paquita ?

– Toutes les femmes le savent, monsieur Whitelands, répliqua-t-elle. Mais soyez sans crainte : je n'insisterai pas, je suis trop fière. Évidemment, je comprends vos raisons, comme vous comprendriez les miennes si je vous les exposais. Mais je ne peux pas. Pas encore. Pourtant, je vous livrerai une piste. Le reste, ce sera à vous de le dire, et nous verrons si vous êtes assez perspicace pour décrypter le présent comme vous savez le faire pour les mystères du XVIIe siècle.

Pendant qu'ils discutaient, les consommateurs qui étaient là à leur arrivée étaient partis et le café commençait à se remplir d'une nouvelle et bruyante clientèle. Anthony appela le garçon, paya, et ils sortirent. Le vent s'était calmé et le soleil, haut dans le ciel dégagé, répandait une tiédeur annonciatrice du printemps. Les premiers bourgeons pointaient aux branches des arbres. Ils marchèrent sans mot dire jusqu'à la porte latérale du jardin de l'hôtel particulier, et là, ils s'arrêtèrent pendant qu'elle cherchait les clefs.

– Tout à l'heure, dit Paquita, la porte déjà entrouverte, j'ai dit que je vous demanderais une faveur. Vous n'avez pas oublié ?

– Non. Dites-moi.

– Ce soir, à sept heures, José Antonio Primo de Rivera donne un meeting au cinéma Europa. Je veux y aller, et je veux que vous m'accompagniez. Retrouvez-moi à six heures au coin des rues Serrano et Hermosilla. Là, nous prendrons un taxi. Je peux compter sur vous ?

– Ce sera un plaisir.

– Ça, on verra. Mais je suis sûr que, pour vous, l'expérience sera instructive. À six heures. Soyez ponctuel comme un Anglais.

21

Tous les maux que les revers de l'Histoire, la faiblesse du gouvernement de la nation et les discordes des hommes avaient accumulés sur l'Espagne de 1936 se trouvaient momentanément suspendus à l'heure de l'apéritif en vertu d'un accord unanime des parties impliquées. Les cafés élégants du quartier de Salamanca débordaient de leur clientèle de snobs, tout comme les gargotes graillonneuses du quartier de Lavapiés débordaient de poissards et de gommeux, lorsque Anthony Whitelands rentra à son hôtel, plongé dans des réflexions de nature très diverse. Pour la première fois depuis son arrivée à Madrid il était content de la marche des événements. La conversation qu'il venait d'avoir avec Paquita au Michigan s'était déroulée de façon favorable pour l'Anglais – ou c'était du moins ce qu'il pensait. La jeune femme s'était départie de son ton acerbe, et aussi de l'hermétisme des rencontres précédentes ; lui, de son côté, avait réussi à exposer son point de vue sans outrecuidance ni timidité, et, en fin de compte, sans commettre d'impairs dont il aurait maintenant à se repentir et sans se rendre ridicule comme les autres fois. L'avenir de leurs relations continuait d'être imprévisible, mais, au moins, il prenait un tour normal. L'occasion qu'elle lui offrait ce soir même était une preuve de ce changement d'attitude : un témoignage de confiance et peut-être une invitation à déplacer la relation sur un autre terrain, une permission d'entrer directement en compétition avec un rival dont il eût été naïf de ne pas reconnaître la supériorité, mais qui ne semblait pas impossible à battre avec de l'habileté et de la patience. Mais tout cela, au fond, passait au second plan dans l'esprit d'Anthony, face à l'importance de l'enjeu que représentait le tableau de Vélasquez. Cette affaire l'excitait si fort que seules la retenue naturelle de son caractère et une stricte éducation l'empêchaient de se comporter en pleine rue comme un hurluberlu. Il allait cependant à grandes enjambées en gesticulant et en lâchant, sans s'en apercevoir, des exclamations, des phrases ou des mots décousus qui attiraient l'attention des passants. Il était pressé d'arriver à l'hôtel, où il comptait coucher par écrit le torrent d'idées qui se bousculaient dans sa tête, en partie pour les ordonner, en partie pour ramener le calme dans son esprit débordé. Guidé par cette intention et quoique taraudé par la faim, il refusait d'écouter le chant des sirènes provenant des restaurants et des cantines devant lesquels il passait en accélérant l'allure.

Cent mètres à peine le séparaient encore du but, quand il entendit derrière lui une voix qui l'appelait ; il se retourna et se trouva nez à nez avec Higinio Zamora Zamorano.

– Quoi ! s'exclama-t-il. Encore vous ! Vous ne pensez pas que ça fait trop de coïncidences ?

Higinio Zamora éclata de rire et dit :

– Vous avez raison. Le hasard ferait vraiment trop bien les choses. En fait, je viens de votre hôtel où je suis allé vous chercher et le monsieur de la réception m'a dit que vous n'étiez pas là.

– Je vois. Et peut-on savoir pourquoi vous veniez me chercher ?

– On peut, on peut. Surtout quand c'est ma pomme qui est venue vous voir. Mais c'est impossible de vous dire ça debout et en une minute : faudrait faire ça devant un bon plat et une bouteille de Valdepeñas.

– Je regrette, dit Anthony. Aujourd'hui, je ne peux me permettre de prendre le temps de manger.

– Oh, monsieur, je me suis mal exprimé. Je vous invite.

– La question n'est pas là. J'ai du travail et je dois rentrer tout de suite à l'hôtel.

Higinio Zamora sourit des yeux mais son visage était sombre.

– Eh bien, si vous avez vraiment du travail, n'allez pas à l'hôtel. Il y a dans l'entrée un péquin qui a une vraie gueule de flic et quand je vous ai demandé, il m'a toisé de la tête aux pieds. D'où j'en ai conclu qu'il vous attendait. Ça se peut ?

– Ça se peut.

– Dans ce cas, laissez-le poireauter, et allons manger. Je vous vois saliver rien que d'y penser. Et ne craignez aucune indiscrétion. Je ne vous demanderai pas pourquoi on vous surveille.

Anthony ne perdit pas de temps à réfléchir. Si celui qui l'attendait à l'hôtel était le capitaine Coscolluela ou un autre envoyé du lieutenant-colonel Marranón, mieux valait ne pas donner signe de vie : il avait trop de choses à cacher. Et s'il était conduit de nouveau dans les bureaux de la Direction générale de la Sécurité, il pouvait dire adieu à son rendez-vous avec Paquita et au projet d'assister avec elle au meeting de José Antonio Primo de Rivera.

– C'est bon, allons-y, mais nous partagerons l'addition.

– C'est pas la coutume en Espagne, dit l'autre, mais bon, on accepte.

Ils s'éloignèrent de l'hôtel et, après un bout de chemin, Higinio Zamora entra dans une cantine, suivi de l'Anglais. Il y avait du monde, mais un silence monacal y régnait, troublé seulement par le bruit des assiettes. Sur une indication du serveur, ils montèrent à l'entresol et s'installèrent à une table libre. Très vite la table fut couverte de plats remplis de chou, pois chiches, lard, chorizos, pommes de terre et boudin. Une très grosse femme, portant un tablier d'une propreté douteuse, leur servit de la soupe dans des écuelles en terre cuite et un garçon leur apporta du vin. Higinio Zamora se servit de tout et, sans plus attendre, se mit à manger de bon appétit. Anthony, se voyant délaissé par son interlocuteur, fit de même. Les plats étaient bons, et le vin, sans l'être autant, les accompagnait bien, de sorte que, le repas avançant, les deux hommes eurent vite les joues rouges et les yeux brillants de satisfaction. Higinio Zamora choisit ce moment pour reposer ses couverts dans son assiette, s'essuyer les lèvres avec un soin qui révélait une certaine éducation et commencer ainsi :

– Avant tout, permettez-moi de vous réitérer, même si je le fais pour la première fois, que ni moi ni ma personne nous n'avons d'intérêt particulier dans ce que je vais vous dire maintenant.

Anthony manifesta son assentiment par un geste vague, et l'autre poursuivit :

– Je vous parlerai en toute confiance. Vous, pour le peu que je vous connais, vous pouvez être un lord ou le roi d'Angleterre, mais vous êtes plus seul et plus abandonné qu'une barque en pleine mer. Ne vous vexez pas, je vous parle en ami.

– Je ne me vexe pas, mais je ne comprends pas où vous voulez en venir. Ce que je suis ne regarde que moi.

– Dans votre pays, peut-être. Ici, tout le monde partage tout. Les joies comme les peines.

– Et si quelqu'un veut seulement qu'on le laisse en paix et que personne ne se mêle de ses affaires ?

– Alors ça va mal pour lui. Écoutez, je vais vous décrire les choses telles qu'elles sont : ce pays n'est pas un pays pauvre, quoi qu'on en dise. C'est un pays de pauvres, je ne sais pas si vous pigez la différence. Dans un pays pauvre, chacun se débrouille comme il peut avec ce qu'il a. Ici, non. Ici, ce que chacun possède compte, mais ce que le voisin possède ou ne possède pas compte encore davantage. Mais ce n'est pas de ça que je voulais causer. Ce dont je voulais causer, c'était de votre situation personnelle, pas de votre argent. Et c'est là que le bât blesse. Avec votre allure de mannequin démodé et votre air d'avoir avalé un parapluie, vous pouvez tromper le monde, mais pas Higinio Zamora Zamorano. Je vous ai vu tel que vous êtes. Je veux dire avec la Toñina. N'ayez pas peur, je ne parle pas de chantage, je vous ai dit que je n'ai aucun intérêt là-dedans. Et puis vous n'avez rien fait de mal, au contraire. Ce dont je veux causer, c'est de cette pauvre famille : la Juste, la Toñina et ce pauvre bébé sans père, l'enfant du péché. Vous avez entendu ce qu'a dit la Juste : seules au monde. Maintenant, la fille est serviable, propre, discrète comme pas une, et elle est tout sauf bête. Si rien ne vient y remédier, un avenir amer l'attend. Vous, en revanche, votre avenir est assuré, mais, pour l'heure, vous faites peine à voir. Le hasard a voulu que vos chemins se croisent. Vous voyez où je veux en venir ?

Anthony, qui jusque-là avait écouté distraitement et sans cesser de manger, posa ses couverts, regarda fixement son compagnon et dit :

– Est-ce que vous êtes en train de me vendre la fille, monsieur Zamora ?

L'autre but une gorgée de vin, remit le verre sur la table et leva les yeux au ciel avec l'expression résignée de quelqu'un qui essaye d'expliquer une chose simple à un enfant un peu nigaud.

– Ah, s'exclama-t-il, acheter et vendre ! Comme s'il n'y avait rien d'autre au monde qu'acheter et vendre ! Vous autres, vous voyez tout avec une mentalité de commerçants. Tout à l'heure on a discuté pour savoir comment on paierait l'addition, et maintenant, ça. Non, monsieur, la Toñina n'est pas à vendre. Ce n'est pas son genre. Si son père avait vécu, elle n'en serait pas là. Elle aurait étudié, elle serait une demoiselle, elle aurait même pu aller à l'université. Mais le pauvre homme, pour une bonne cause, a eu une mauvaise fin, et la société les a rejetées toutes les deux. Elles ont dû en voir de toutes les couleurs pour ne pas mourir de faim. Est-ce que ça fait pour autant de la pauvre malheureuse une marchandise de seconde main ?

– Je n'ai rien dit de pareil. C'est vous qui le dites.

– Et vous, vous ne comprenez rien, répliqua Higinio Zamora doucement, presque affectueusement. C'est ça le problème. Pas le nôtre, pas le vôtre et le mien, mais celui de l'Espagne et du monde entier : que vous autres, vous ne comprenez pas le prolétariat. Vous le voyez inculte, incapable de parler correctement, hargneux, déguenillé, et vous pensez : Dieu me garde ! Si les prolétaires demandent quelque chose, s'ils réclament un droit ou une augmentation de salaire, vous prenez peur. Vous vous dites : ces gens-là vont me prendre jusqu'à ma chemise. Et il y a quelque chose de vrai là-dedans. Mais le prolétariat ne veut pas seulement de l'argent. Il veut la justice et le respect. Et tant que vous ne comprendrez pas ça, il n'y aura ni concorde ni progrès social, et la violence ne fera qu'augmenter. Vous avez vu ce qui se passe, à Madrid et dans le reste du pays : les ouvriers brûlent des églises. Et je ne les approuve pas, mais dites-moi : qui donc les a construites ?

Il marqua une pause pour boire un autre verre de vin et continua sur le même ton didactique :

– Si l'ouvrier se soulève, au lieu de se demander ce qu'il veut, on lui envoie la police ; quand ça ne suffit pas, la garde civile, et si nécessaire la légion. Avec de tels arguments, pas besoin d'avoir raison. Rappelez-vous les Asturies. Mais le problème, avec le prolétariat, c'est qu'avec lui on n'en a jamais fini. Regardez autour de vous, écoutez la voix du peuple : il croit que le fruit est mûr et il sait qu'il n'aura pas d'autre occasion, c'est pour ça que la révolution éclatera. Lorsque la République est venue, tout le monde a dit : il était temps, terminée l'injustice. Ça fait des années de ça, et tout reste pareil : les riches sont toujours riches, les pauvres sont toujours pauvres, et si tu rouspètes c'est la trique et ferme ta gueule. Ou bien le prolétariat s'empare de la richesse et du pouvoir par la force, ou bien il n'y a pas de changement possible. Voyez ce qui s'est passé en Russie. Est-ce que c'est le paradis terrestre ? Ça, je peux pas le dire, mais, au moins, en Russie, on ne se moque plus des gens.

Il se tut de nouveau, promena son regard aux alentours, au cas où son discours aurait produit des réactions, et voyant que les clients des tables voisines continuaient de manger, imperturbables, il attaqua ce qui restait dans son assiette avec la férocité qu'il n'avait pas employée dans sa harangue. L'Anglais profita du répit pour intervenir :

– Et la révolution bolchevique n'éclatera pas si je paye un appartement à la Toñina ?

– Très drôle ! répliqua Higinio Zamora, quelque peu affligé par la réticence de l'Anglais, mais décidé à ne pas perdre sa bonne humeur. Je vois que vous ne m'avez pas compris. Pas seulement quand je parle de la situation, mais quand je parle du reste. Voyez-vous, monsieur, personne n'arrêtera le cours de l'Histoire, c'est vrai : contre ça, ni vous ni moi ne pouvons rien. Mais ce que nous pouvons, c'est résoudre le problème de cette pauvre fille. Je serai sincère : c'est la seule chose qui me préoccupe, et je ne sais pas quoi faire. Le chagrin me tue. J'ai promis de prendre soin de cette famille et je ne suis arrivé à rien. La Juste, bon, elle a déjà sa vie derrière elle. Mais cette fille, pour l'amour de Dieu, elle n'a connu qu'ignominies et privations.

Sa voix trembla et ses yeux se remplirent de larmes. À cause de sa ressemblance avec le *Ménippe* de Vélasquez, Anthony lui avait attribué arbitrairement les caractéristiques intellectuelles du philosophe mythique de l'Antiquité, et maintenant, devant ce subit débordement de sentimentalisme, il se sentait plus gêné qu'un moment plus tôt, quand l'autre l'accusait de favoriser la victoire des bolcheviques.

– Reprenez-vous, dit-il tout bas, quelqu'un peut vous entendre.

– Ça m'est égal. On ne met personne en prison parce qu'il pleure. Et pardonnez mes épanchements, mais quand je pense à la pauvre malheureuse… La vie qu'elle mène, y a pas de mots pour la décrire. Et l'avenir qui l'attend, mieux vaut pas en parler.

– Eh bien, si la révolution éclate, peut-être que sa situation s'arrangera.

– Tu parles ! J'ai dit que la révolution éclaterait, pas qu'elle serait victorieuse. Au contraire : tel que se présente le panorama, au premier signe de révolte ils sortiront les canons dans la rue. Et si ce sont eux qui gagnent, alors tout sera pire qu'aujourd'hui. C'est ça qui me fait le plus peur.

Anthony consulta sa montre à la dérobée. Ils avaient terminé le repas et il devait se presser s'il voulait passer par l'hôtel avant d'aller au rendez-vous.

– Je me rends compte de votre frustration, dit-il d'un ton conciliant, mais la solution que vous cherchez n'est pas en mon pouvoir. Je suis étranger, je suis de passage, je retournerai chez moi dans quelques jours.

Higinio Zamora cessa de se lamenter et regarda l'Anglais avec un intérêt redoublé.

– Bah, dit-il avec animation, nous nous occuperons des détails en temps voulu. Je veux dire que votre départ n'est pas un obstacle, au contraire. La sortir du pays serait formidable. En Angleterre, elle serait comme un poisson dans l'eau. Elle a l'étoffe d'une demoiselle ; et puis elle est travailleuse, honnête et très reconnaissante. Elle n'oublie jamais un service rendu. Je sais bien, ajouta-t-il gravement, comme si cet aspect de la question le préoccupait plus que le trouble de son interlocuteur, que ce plan est contraire aux principes marxistes. Un prolétaire ne doit pas chercher le salut individuel, mais celui de sa classe. Pourtant, je suis convaincu que si Marx avait connu la petite, il aurait fait une exception. Et pour le bébé, je vous dis pas. Rendez-vous compte : élevé en Angleterre, et avec le courage inné des Espagnols, il pourrait être officier de l'armée britannique en Inde.

C'était un dialogue de sourds. Anthony avait été éduqué dans le respect scrupuleux de tout individu, sans tenir compte de son origine ni de sa position dans la société, mais cette même éducation reposait sur une conception rigide de la hiérarchie sociale ; aussi les prétentions de son interlocuteur lui paraissaient-elles non seulement absurdes, mais intolérables. Aux oreilles d'Anthony, le discours d'Higinio Zamora était du délire. Cependant, comme le personnage conservait son habituelle pondération et que ses plans n'impliquaient pas d'intérêt personnel mais au contraire une générosité insensée, il choisit de ne pas trop prêter attention à ses propos. Peut-être, pensa-t-il, le pauvre homme avait-il besoin de se délester d'un poids trop lourd. L'important, pour le moment, était de mettre fin à leur entretien, et cela ne pouvait se faire qu'en adoptant une attitude de sympathie et de vague acquiescement.

– Soyez sûr que je réfléchirai à une manière appropriée de réaliser votre désir sans porter préjudice à ma propre situation, dit-il, mais maintenant je dois partir sans délai. Et je reviens sur ce dont nous avons convenu au début : je vous invite.

Cette dernière manœuvre, destinée à disposer favorablement Higinio Zamora, se révéla tout à fait contreproductive. Celui-ci refusa et s'obstina à vouloir payer, surtout après avoir eu l'audace de demander un service aussi important et obtenu une réponse aussi positive. Se rendant compte qu'il risquait de nouvelles complications, Anthony accepta l'invitation et, sans attendre que l'autre l'ait rendue effective, se leva, lui serra la main et sortit précipitamment. Une fois dans la rue, il se dirigea vers l'hôtel aussi vite que le lui permettait une digestion laborieuse. Arrivé à prudente distance du but, il s'arrêta et poursuivit sa marche avec circonspection, au cas où l'individu décrit par Zamora au début de leur rencontre serait toujours en train de monter la garde. Finalement, comme il n'apercevait aucune présence suspecte aux abords immédiats de l'hôtel, il fit les derniers mètres presque en courant, demanda la clef au réceptionniste et s'enferma dans sa chambre.

Il y régnait une atmosphère propice au travail : le poêle répandait une agréable chaleur et la fenêtre laissait passer les rayons obliques d'un soleil pâle et bas. Anthony sortit son cahier et son stylo, s'assit devant la table et se disposa à rédiger les notes qu'il avait dû remettre à plus tard du fait de la rencontre et du gueuleton, mais, tout de suite, il croisa les bras sur la table, posa sa tête dessus et s'endormit. Sans être conscient qu'il dormait, il rêva que, de la rue, s'élevaient les voix d'un chœur nombreux qui chantait *L'Internationale*. La fenêtre encadrait un ciel rouge dans lequel montaient d'épaisses colonnes de fumée noire. À l'évidence, la révolution avait éclaté et en conséquence sa vie était sérieusement en danger. Avec l'implacable logique des rêves, il se vit entraîné par le tourbillon des événements. Je n'ai pas d'échappatoire, pensait-il, ils vont me forcer à m'habiller de loques, à me laisser pousser la barbe et à crier : « Tout le pouvoir aux Soviets ! » Cette perspective lui produisait une angoisse physique : il transpirait copieusement et son estomac le brûlait, il voulait s'enfuir, mais les muscles refusaient d'accomplir les ordres donnés par le cerveau. Il se réveilla en pleine confusion, avec la terreur d'avoir dépassé l'heure du rendez-vous. Un coup d'œil à sa montre le tranquillisa. Il rangea le cahier et le stylo, se passa de l'eau sur la figure et les cheveux pour remettre un peu d'ordre dans son apparence, mit son pardessus et son chapeau, et sortit à toute allure de la chambre et de l'hôtel. L'employé municipal allumait déjà les réverbères.

Pendant qu'il courait vers le lieu du rendez-vous, il se remémorait les détails de son cauchemar et se disait que les vaticinations d'Higinio Zamora durant le repas l'avaient impressionné plus qu'il ne l'avait cru sur l'instant, distrait comme il l'était par la proposition démentielle. Peut-être suis-je en train de marcher au bord de l'abîme, pensa-t-il.

22

Les funestes présages pesaient encore sur l'esprit d'Anthony Whitelands quand il arriva, haletant, au lieu convenu. Rue Hermosilla, Paquita l'attendait debout près d'un taxi. Non tant pour se protéger du froid que pour ne pas être reconnue, elle avait relevé le col de son manteau et portait une élégante casquette lilas enfoncée jusqu'aux sourcils. En voyant l'Anglais, elle sortit une main de son manchon de vison, l'agita et, sans l'attendre, monta dans le taxi. Il la suivit et claqua la portière. La voiture démarra et ils roulèrent un moment dans un silence de conspirateurs qui s'apprêtent à commettre un délit.

Dans la lumière tamisée et mélancolique de la fin d'après-midi hivernale, ils passèrent par la place des Cuatro Caminos pour enfiler la rue Bravo Murillo. À mesure qu'ils approchaient de leur destination, ils rencontraient des groupes de piétons toujours plus nombreux qui se rendaient au lieu du meeting, occupant les trottoirs et envahissant la chaussée. Le taxi avançait de plus en plus lentement et devait souvent piler, l'aspect des marcheurs déconseillant l'usage de l'avertisseur. Finalement, le chauffeur dit qu'il ne se sentait pas le courage d'aller plus loin. Il ne faisait pas partie de ces gens-là, ajouta-t-il pour toute explication. Anthony paya et ils continuèrent à pied. Comme la foule devenait considérable, Paquita s'accrochait avec force au bras de l'Anglais.

– Est-ce que nous ne serions pas en train de nous mettre dans une souricière ? demanda Anthony.

– Ne soyez pas poltron, dit Paquita. C'est trop tard pour les regrets. Vous avez peur ?

– J'ai peur pour vous.

– Je sais me défendre seule.

– Cette réponse ne veut rien dire : c'est un lieu commun, répliqua Anthony, offensé d'avoir été traité de lâche. D'ailleurs je suis à l'abri de toute éventualité : je suis sujet britannique.

Paquita rit tout bas.

– La manifestation a été interdite par la police, dit-elle. Nous enfreignons la loi.

– Je dirai que j'ai été trompé.

– Vous en seriez capable ? dit-elle, mi-sérieuse, mi-taquine.

En dépit de son ton désinvolte, Anthony n'en menait pas large. Il jetait à la dérobée des regards à gauche et à droite, cherchant la police, mais, même avec sa haute taille, il ne parvenait pas à voir le moindre uniforme. Peut-être que la présence de la garde d'assaut a produit l'effet inverse de celui recherché, pensa-t-il, ou peut-être qu'ils attendent que nous soyons tous à l'intérieur pour nous taper dessus. Très bien, mais si la police n'est pas là et si d'autres groupes nous attaquent, alors qui rétablira l'ordre ? Après avoir bien réfléchi, il conclut qu'il devait y avoir un contingent dissimulé à proximité et prêt à intervenir au premier signe de violence. Cette éventualité le rassurait et l'alarmait à parts égales.

Le cinéma occupait tout un immeuble de trois étages. Les grands panneaux publicitaires de la façade avaient été recouverts de toiles noires où figuraient les noms des phalangistes morts dans des combats de rue ou dans des embuscades. Anthony lut avec appréhension la longue liste funèbre et perdit le peu d'humour qui lui restait. Les portes du cinéma étaient grandes ouvertes et la foule formait de longues files pour entrer, sous la stricte surveillance de jeunes gens en chemise bleue qui tentaient de repérer de possibles agents provocateurs mêlés aux participants. Tout se passait avec beaucoup d'ordre et de sérieux. Anthony et Paquita firent la queue, et ils accédèrent au hall d'entrée. Là, les gens se répartissaient pour franchir les portes menant au parterre ou monter l'escalier conduisant aux étages. Ils hésitaient, poussés dans plusieurs directions, quand un gros homme brun, cheveux gominés et fine moustache, s'approcha d'eux. Il portait sur sa chemise de drap bleu le joug et les flèches brodés en rouge, et à la ceinture un pistolet, deux attributs qui lui conféraient une indiscutable supériorité hiérarchique. Malgré tout, son attitude autoritaire ne parvenait pas à masquer une nervosité contagieuse. Sans même regarder l'Anglais, il s'adressa à Paquita, l'air préoccupé.

– Personne ne nous a prévenus de ta venue, dit-il.

– Je sais. Je suis ici incognito, répliqua-t-elle. J'accompagne un observateur international.

L'important personnage examina Anthony avec méfiance. Remis de sa surprise devant le traquenard de Paquita, Anthony adopta une attitude impassible, presque hautaine. L'autre détourna le regard et dit :

– Venez avec moi. Je vais vous conduire à une loge.

– Non, dit précipitamment Paquita. Il ne doit pas savoir que je suis là. Nous nous mettrons où nous pourrons. Surtout ne lui dis rien.

– D'accord. Comme tu voudras. Il reste des fauteuils libres sur les côtés du parterre. Mais ne perdez pas de temps, car la salle sera bientôt comble.

Ils trouvèrent deux fauteuils voisins à l'extrémité d'une rangée, pas trop loin de la sortie de secours. Cela rassura Anthony qui cherchait avec anxiété une issue pour partir sans tarder quand l'agitation commencerait et sans perdre sa dignité aux yeux de sa compagne. En ce sens, la situation empirait à vue d'œil : l'affluence du public débordait les capacités de la salle ; les loges et les avant-scènes étaient pleines à craquer, il y avait des gens debout dans les allées et tous les espaces libres.

Au centre de la scène était disposée une longue table couverte d'une nappe noire. Les fauteuils d'orchestre qui lui faisaient face étaient occupés par des rangées de chemises bleues avec des drapeaux de la Phalange. À mesure que l'heure avançait, l'atmosphère était de plus en plus surchauffée. Finalement, avec vingt minutes de retard sur l'horaire annoncé, une clameur accueillit l'arrivée sur la scène de trois orateurs. Anthony reconnut Raimundo Fernández Cuesta et Rafael Sánchez Mozas, mais pas le troisième, un homme de grande taille, athlétique et chauve ; Paquita lui dit qu'il s'agissait de Julio Ruiz de Alda, l'aviateur légendaire qui, dix ans plus tôt, avait traversé l'Atlantique en hydravion et l'un des fondateurs de la Phalange. Entre-temps, les orateurs s'étaient assis derrière la table et attendaient que le silence se rétablisse. Au bout d'un moment, Fernández Cuesta se leva, empoigna le micro et dit : Silence ! Les cris cessèrent immédiatement et ce même Fernández Cuesta parla.

– Comme vous le savez tous, commença-t-il, le motif de cette réunion est de faire le bilan de ce qui s'est passé aux dernières élections. Le Front populaire a gagné : un pas de plus pour jeter l'Espagne dans les bras du marxisme. De toute manière, ajouta-t-il en levant une main impérieuse pour faire taire les protestations du public, si, au lieu de la coalition de la gauche c'était la coalition de la droite qui avait gagné, le résultat final aurait été le même, car les élections ne sont qu'un lamentable simulacre destiné à légitimer la permanence au pouvoir d'un ramassis de fainéants corrompus et de traîtres à la patrie.

– Cet homme va tous nous faire arrêter, chuchota Anthony à l'oreille de Paquita.

– Ne soyez pas si nerveux, répondit-elle, ce n'est que le début.

– Voilà pourquoi, poursuivit l'orateur, la Phalange n'a pas participé aux élections avec l'un ou l'autre bloc. Elle y a participé seule, en sachant qu'elle perdrait, parce que peu lui importe de perdre à un jeu auquel elle n'a jamais cru. Nous nous sommes présentés aux élections pour faire de la propagande, et rien d'autre.

Il marqua une pause dramatique et ajouta en baissant la voix :

– Mais cet effort, lui aussi, est resté infructueux, car ceux qui nous comprennent nous haïssent et ceux qui devraient nous aimer ne nous comprennent pas. Parce que nous ne sommes ni de gauche ni de droite. De la gauche, nous avons l'élan transformateur, et de la droite le sentiment national, mais nous n'avons ni la haine de l'une ni l'égoïsme de l'autre.

Ces paradoxes firent que la majorité des auditeurs et l'orateur lui-même perdirent quelque peu le fil du discours, qui se prolongea sur le même ton enflammé, quoiqu'un peu faiblard dans son contenu. Le public ne voulait rien perdre de son exaltation, mais les manifestations d'enthousiasme étaient de moins en moins spontanées. Fernández Cuesta continua de pérorer un moment avec beaucoup de véhémence dans la voix et dans les gestes, et conclut en criant : « *Arriba España !* » Le public répondit à ce cri par une fervente ovation.

Puis ce fut à Rafael Sánchez Mazas de prendre la parole. À la différence de l'orateur précédent, sa voix était faible et il parlait sur le ton morne d'un prédicateur qui ne croit pas lui-même à l'efficacité de ses sermons. Pourtant ses idées étaient plus riches. Anthony se dit qu'il ne cherchait pas à enflammer l'assistance mais à la convaincre, ce qui lui valut sa sympathie, même si le propos lui paraissait inutile, vu que tous, sauf lui, étaient déjà fermement convaincus de l'idéologie qu'on leur prodiguait.

– Quand la Phalange a annoncé qu'elle se présenterait seule aux élections, dit Sánchez Mazas, il y en a eu pour dire que nous étions quatre chats pelés sans un sou ni même un arbre pour nous pendre. Personne n'a dit, ah, ça non, que nous manquions aussi d'endroits où tomber morts, car les phalangistes meurent partout. Que nous soyons pauvres, par contre, c'est bien vrai. La pauvreté est la force de la Phalange, et parce qu'elle est pauvre la Phalange comprend et défend les droits du pauvre, du petit paysan, du marin, du soldat, du curé de village. Nous voulons être les défenseurs du peuple, pas les prétoriens des spéculateurs de la haute finance et des grandes entreprises. Les socialistes disent qu'ils augmenteront les salaires et qu'ainsi on vivra mieux. Peut-être que oui, peut-être que non. En tout cas, ce qui est sûr, c'est que l'Espagne ne les intéresse pas. Face à ces intérêts mesquins, la Phalange, elle, propose quelque chose de différent : une unité de destin et de grandes idées rédemptrices. Une Justice sans influences, la justice tout court : voilà ce que nous voulons pour parvenir à la renaissance de l'Espagne !

Sánchez Mazas fut lui aussi applaudi à la fin de son discours, mais l'ardeur initiale n'y était plus. À l'évidence, ils avaient entendu le même message tout au long de la campagne électorale.

Julio Ruiz de Alda intervint ensuite : l'austère dynamisme et la noble intrépidité du militaire navarrais réussirent à arracher des applaudissements et des cris. Il était impensable, dit-il, que l'Espagne sorte de l'atonie dans laquelle elle était plongée par des moyens démocratiques. Pour cette raison, la Phalange était disposée à conquérir le pouvoir par tous les moyens, légaux ou illégaux. C'est seulement ainsi, assura-t-il avec fermeté, que d'ici quelques années, deux, trois, quatre, pas plus, les nouvelles générations donneront à l'Espagne le national-syndicalisme qui fera de notre Patrie une grande nation.

De nouveau résonnèrent vivats et ovations. Anthony regarda sa montre : il était plus de huit heures, et le meeting devait toucher à sa fin. Comme tout le monde, il s'était chaudement vêtu pour se protéger du froid de la rue et dans la salle bondée la chaleur devenait asphyxiante. Anthony était un peu déçu, mais intimement satisfait : il n'avait encore jamais assisté à une manifestation fasciste et il voyait maintenant que, mis à part les excès de langage, les arguments développés n'étaient pas aussi délirants qu'il l'avait entendu dire jusque-là. Si tout continue ainsi, pensait-il, nous nous en tirerons sans dommages. Un mouvement dans le public lui fit croire que les assistants se disposaient à sortir de la salle en bon ordre. Mais à ce moment, Raimundo Fernández prit de nouveau le micro et lança d'une voix de stentor :

– Attention ! Le Chef national !

Un séisme sembla secouer les fondations du cinéma Europa quand José Antonio Primo de Rivera apparut sur la scène. Tout le public se leva et salua, le bras tendu. Entraîné par l'élan commun, Anthony, lui aussi, se mit debout, mais il s'abstint de lever le bras. Du rang de derrière, une voix rude l'interpella :

– Alors quoi ? Vous ne saluez pas ?

– Je n'y suis pas autorisé, répondit Anthony en se retournant et en exagérant son accent anglais.

Cette explication suffit apparemment à son interlocuteur. Anthony tourna la tête pour regarder Paquita, mais déjà tous les bras s'étaient baissés et le public se rasseyait dans un silence chargé d'expectative, aussi ne put-il vérifier si elle s'était aussi démarquée du sentiment général. Entre-temps José Antonio était arrivé à la table et distribuait étreintes et tapes dans le dos aux orateurs. Puis il se plaça au centre et, sans s'asseoir ni autre préambule, il projeta son corps en avant et dit :

– Ceux qui ont pris la parole avant moi vous ont déjà dit, s'il en était besoin, le motif qui nous réunit. Ce n'est pas compliqué. Le Front populaire a gagné les élections. L'Espagne est morte, vive la Russie !

Un rugissement accueillit cette déclaration lapidaire. En un instant le public était de nouveau en effervescence. Bien que découragé par le tour inattendu pris par les événements, Anthony ne laissait pas de constater froidement les extraordinaires circonstances où l'avaient conduit les caprices du destin. La semaine précédente, les informations dont il disposait sur l'Espagne actuelle étaient celles que la presse britannique daignait livrer au compte-gouttes à ses lecteurs ; de la Phalange, de José Antonio Primo de Rivera, il n'avait même pas entendu parler. Aujourd'hui, en revanche, non seulement il connaissait le parti, son idéologie, ses dirigeants suprêmes ; non seulement il avait fait la connaissance du Chef national et s'était même lié d'amitié avec lui, ce qui lui avait valu d'attirer sur sa personne l'attention de la Direction générale de la Sécurité, mais, de fait, il se trouvait en compétition avec José Antonio pour obtenir les faveurs d'une jeune et fascinante aristocrate madrilène qui, en ce moment même, assise près de lui, bombait le torse et buvait, haletante, les paroles de l'homme singulier, véhément et de toute évidence déséquilibré, qui proclamait publiquement la nécessité et le devoir de faire un coup d'État. Sans oublier qu'en contrepoint des moments passionnants qu'il était en train de vivre, Anthony, qui jouissait une semaine plus tôt d'une agréable existence à Londres, en était maintenant à jouer sa vie dans un meeting fasciste.

– Est-ce que quelqu'un croyait de bonne foi, poursuivit José Antonio quand le silence fut rétabli, que l'on réglerait les problèmes de notre société en appelant tous les deux ans les citoyens à déposer des bouts de papier dans les urnes ? Cessons de faire comme si nous ne voyions rien ! Le 14 avril 1931, avec la victoire de la République sur la Monarchie, ce n'est pas une forme de gouvernement qui a fait naufrage, mais la base sociale, économique et politique sur laquelle reposait cette forme de gouvernement. Et cela, Azaña et sa clique le savaient parfaitement. Leur projet ne consistait pas à remplacer la monarchie libérale par une république bourgeoise, mais à remplacer l'État détruit par un autre. Quel est le nouvel État qui nous attend ? Le choix est entre un État socialiste qui imposera une révolution jusqu'à maintenant victorieuse, et un État totalitaire qui rétablira la paix en faisant siens les intérêts de tous…

Peut-être, pensait Anthony pendant que les applaudissements et les vivats adressés à José Antonio, à la Phalange et au général Primo de Rivera interrompaient l'allocution de façon réitérée, peut-être aimerait-il changer de place avec moi : laisser l'estrade pour s'asseoir à côté de Paquita en écoutant les insanités d'un fou enivré de rhétorique. Que prétend ce type ? Est-ce qu'il croit vraiment à ce qu'il dit, ou fait-il tout ça pour l'impressionner ? Et elle ? Que pense-t-elle ? Et pourquoi m'a-t-elle fait venir ? Pour me montrer la meilleure facette de José Antonio, ou la pire ? Et que lui importe mon jugement ?

– Ne nous laissons pas duper et ne remettons pas les choses à plus tard ! poursuivit José Antonio avec une ardeur croissante. Nous n'avons qu'un seul devoir, aller à la guerre civile avec toutes ses conséquences. Il n'existe pas de moyen terme : l'Espagne doit être rouge ou bleue ! Et soyez sûrs que, dans cette alternative, c'est notre élan qui finira par triompher. Alors nous les verrons se bousculer pour mettre des chemises bleues. Mais les premières, celles des heures difficiles, celles-là auront l'odeur de la poudre et les déchirures du plomb… mais il leur poussera aux épaules des ailes impériales !

Il ne put en dire davantage ; la salle entière se leva de nouveau et entonna à tue-tête le chant *Cara al sol*.

– Partons, dit Paquita en prenant Anthony par le bras.

– Maintenant ?

– C'est le moment ou jamais. Ils sont tous debout, et personne ne nous remarquera dans le tumulte.

Paquita était dans le vrai : sous la forêt de bras tendus, ils sortirent par une porte latérale, arrivèrent dans le hall, enfilèrent leurs manteaux et gagnèrent la rue sans que personne ne leur barre le chemin. La nuit était tombée et la rue était inhabituellement vide, comme si la circulation avait été interrompue. Un vent froid faisait voltiger les tracts qui accompagnent toujours les meetings. L'Anglais voyait dans toutes les ombres des ennemis embusqués.

– Ce calme ne me dit rien qui vaille, dit-il, cherchons un taxi et filons d'ici le plus vite possible.

De l'immeuble qu'ils venaient de quitter arrivaient, amortis, les derniers couplets de l'hymne, suivis de cris martiaux. En prenant la rue Bravo Murillo, ils virent venir en sens contraire une masse compacte composée d'ouvriers aux mines farouches et aux attitudes hostiles. Paquita se cramponna au bras de son compagnon et posa la tête sur son épaule. Il comprit la manœuvre et ils poursuivirent leur chemin comme deux tourtereaux surpris. La marée humaine les enveloppa et, sans quasiment les toucher, les laissa derrière elle. Quand ils se virent hors de danger, ils s'écartèrent l'un de l'autre et pressèrent le pas. Sur la place des Cuatro Caminos, un détachement de la garde d'assaut détournait la circulation. Comme il n'y avait aucun taxi en vue, ils s'engouffrèrent dans la station de Tetuán et se rendirent en métro jusqu'à Ríos Rosas ; là, ils sortirent et prirent un taxi. Anthony donna l'adresse de l'hôtel particulier du Paseo de la Castellana. Paquita se laissa aller sur la banquette, soupira et dit :

– Bien, vous l'avez vu. Donnez-moi sincèrement votre opinion.

– Sincèrement ? Elle est que votre ami est fou à lier, répondit l'Anglais.

Paquita sourit tristement et s'absorba un instant dans ses pensées, avant de répondre d'une voix faible :

– Ce n'est pas moi qui dirai le contraire. Et, malgré cela, des sentiments plus forts que la raison m'unissent indissolublement à lui. Pour le meilleur ou pour le pire, mon sort et le sien sont liés. Ne prenez pas mes paroles au pied de la lettre : cette déclaration n'a pas d'effets pratiques et n'en aura pas. La fatalité a voulu que nos destinées suivent des chemins parallèles sans jamais se rencontrer. Entrer dans les détails serait pénible pour moi et ennuyeux pour vous. Pour le reste, je me rends parfaitement compte que l'idéologie de José Antonio est inconsistante, que le parti n'a pas de programme ni de base sociale, et que sa fameuse éloquence consiste à déverser un flot de paroles sans rien dire de concret. Quant aux autres, Ruiz de Alda est seulement un symbole, Raimundo Fernández Cuesta un notaire sans capacité politique, et Rafael Sánchez Mazas un intellectuel, pas un homme d'action. Aucun n'a l'autorité ni le sens de la stratégie indispensables pour diriger un mouvement révolutionnaire. José Antonio possède ces qualités, mais il répugne à les exercer. Il abandonnerait si ce n'était déjà trop tard : beaucoup trop de sang a déjà été versé pour que l'on puisse revenir en arrière. Et continuer d'avancer est une folie. Si le hasard des circonstances faisait que la Phalange parvienne à prendre le pouvoir auquel elle aspire, le sort de José Antonio resterait le même : dans le meilleur des cas, ils l'utiliseraient ; dans le pire, ses propres alliés le liquideraient.

Anthony, comprenant que s'il disait quelque chose elle se tairait, mais que s'il se taisait elle ne pourrait plus réfréner le flot des confidences, choisit de garder le silence et Paquita enchaîna presque immédiatement :

– Vous vous demandez pourquoi je vous raconte tout cela, pourquoi je vous ai fait assister au meeting, pourquoi je me confie. D'abord, je le fais parce que le moment viendra bientôt de prendre une décision définitive, et je veux que vous disposiez des éléments de jugement nécessaires. Ensuite, parce que je vous estime et vous respecte, et même si je n'hésite pas, comme vous avez pu le constater, à vous utiliser, j'aimerais que vous ne me preniez pas pour une vulgaire intrigante. À deux reprises, je vous ai dit que j'étais prête à vous remercier pour le service que vous pouvez me rendre, et je ne reviens jamais sur la parole donnée.

Le taxi freina devant la porte de l'hôtel particulier et Anthony se réjouit de ne pas avoir à répondre sur-le-champ à cette proposition imprécise. Il fit un geste vague et elle sortit brusquement la main de son manchon pour la lui tendre.

– Bonne nuit, Anthony, murmura-t-elle, et merci pour tout.

– Je vous en prie, répondit l'Anglais qui ajouta, sérieux : Un instant, j'ai cru que vous alliez sortir un revolver de votre manchon.

– Je ne porte aucune arme, dit Paquita avec un sourire, et je ne crois pas en avoir besoin avec vous. Ne me faites pas changer d'avis.

Elle lui serra la main, ouvrit la portière et descendit du taxi. Avant qu'Anthony ait pu faire de même pour lui dire adieu sur le trottoir, elle avait déjà passé la grille et disparu dans la pénombre du jardin. Anthony comprit qu'il n'avait plus rien à faire là, donna au taxi l'adresse de son hôtel et employa le reste du trajet à méditer les paroles de Paquita. Son expérience personnelle, jusqu'à ce moment, l'avait porté à considérer le fascisme espagnol comme un mouvement solide et sans fissures. Maintenant, cette image était mise à bas par les arguments de quelqu'un dont il ne pouvait mettre la sincérité en doute. Malgré l'arrogance et la mégalomanie de ses porte-parole, la Phalange était un groupe restreint et marginal, dont la cohésion était assurée par la faconde de son fondateur et par les dangers permanents qui menaçaient ses membres et qui les empêchaient de juger froidement de la situation. Et bien que tout cela ne le concerne pas directement, cette conclusion plongea l'Anglais dans un profond abattement.

23

– Excusez-moi de vous déranger à une heure pareille, don Alonso, mais je ne voulais pas attendre pour vous signaler que l'individu en question a été finalement trouvé et appréhendé, et qu'il est conduit en ce moment dans nos locaux.

À l'autre bout du fil, don Alonso Mallol, directeur général de la Sécurité, accueille avec un soupir la communication du lieutenant-colonel Marranón : la nouvelle le réjouit, mais elle va sûrement l'empêcher de dîner tranquillement chez lui, comme il avait prévu de le faire. Il répond :

– Je serai là dans vingt minutes.

Le lieutenant-colonel Marranón raccroche le combiné et roule tristement une cigarette. Lui non plus, l'idée de se faire monter du bistrot un sandwich au maquereau ne le réjouit pas. Le responsable de toutes ces contrariétés devra payer pour leur mauvaise humeur à tous deux, pense le lieutenant-colonel en allumant sa cigarette et en mettant de l'ordre sur son bureau pour impressionner favorablement son supérieur. Puis il fait venir la secrétaire et la met au courant de la situation. La sténographe lève au ciel des bras bien en chair pour manifester sa résignation. Elle ne paraît pas fâchée. Pourtant, cela fait des années que son mari, atteint d'un mal chronique, ne peut pas travailler et que l'entretien du foyer et les soins à donner à un invalide reposent sur ses seules épaules. Faire des heures supplémentaires bouleverse son emploi du temps : elle doit appeler une voisine pour s'occuper du dîner et du malade jusqu'à son retour. Mais la grosse dame ne se plaint jamais et reste toujours aussi placide. Il n'en est pas de même pour le capitaine Coscolluela, dont le caractère empire de jour en jour, pense avec ennui le lieutenant-colonel. Le capitaine est un homme d'action ; il était habitué au combat et à la vie militaire ; désormais, par la faute de sa blessure, il doit exercer sa patience durant de longues heures d'attente et gaspiller son énergie à remplir des tas de paperasses.

Don Alonso Mallol fait son entrée dans le bureau plus tôt que prévu, affublé d'un élégant manteau bleu marine à col de velours noir et coiffé d'un chapeau melon. Au moment où il a reçu le coup de téléphone, il assistait à une conférence à l'Ateneo, et il a préféré faire à pied la distance qui le séparait de la Direction générale pour s'épargner les embouteillages dans le centre-ville. Dans l'après-midi, les étudiants catholiques ont manifesté à la Puerta del Sol contre la suppression de l'enseignement religieux, et quelques groupes sont restés sur place et continuent de tout paralyser, commente-t-il en accrochant le pardessus et le chapeau au portemanteau, aidé par le lieutenant-colonel.

– Et je me dis : s'ils sont déjà catholiques, pourquoi ont-ils besoin qu'on leur enseigne leur religion ?

– Leur but n'est pas d'étudier mais de mettre la pagaille, acquiesce le lieutenant-colonel.

Monsieur Mallol et son subordonné s'assoient. Le premier sort une cigarette d'un étui, en offre une à son subordonné mais pas à Pilar, introduit la sienne dans un long fume-cigarette, l'allume et donne du feu au lieutenant-colonel. Tous deux fument en silence.

– Et où diantre notre homme était-il allé se fourrer ? demande finalement monsieur Mallol.

– Vous n'allez pas me croire, don Alonso. Au cinéma Europa, pour écouter Primo et sa bande de fascistes ! Lors de son arrestation, il a nié les faits, mais un de nos agents l'a vu entrer dans le lieu du délit en compagnie de la fille du duc de la Igualada.

– Grand Dieu ! Cette tête folle les embobine tous ? Qu'est-ce qu'elle peut bien leur offrir ?

– Ce qu'offrent toutes les femmes, don Alonso : de fausses espérances.

Monsieur Mallol acquiesce avec un demi-sourire, puis demande si le meeting n'avait pas été interdit. Oui, en effet, son autorisation a été refusée, mais ils ont agi comme si de rien n'était. Le propriétaire de la salle prétend avoir cédé sous la contrainte. Au dernier moment, monsieur le sous-secrétaire à l'Intérieur a choisi de ne pas faire intervenir la force publique pour éviter de plus grands dégâts. Au bout du compte, le remède s'est révélé pire que le mal : à la sortie, il y a eu quelques heurts avec les jeunesses socialistes. On dénombre plusieurs blessés et un mort par balle ; un phalangiste de dix-huit ans, originaire de Ciempozuelos, employé dans une droguerie de la même localité.

Des coups énergiques à la porte interrompent le rapport. Le capitaine Coscolluela fait son apparition, accompagné d'Anthony entre deux gardes en uniforme. En les voyant, Pilar apprête son bloc de sténo et vérifie si son crayon est bien taillé : à partir de maintenant, tout ce qui se dira ici peut avoir un caractère officiel. L'Anglais semble apeuré mais garde quelques traces d'arrogance impériale. Avant qu'il ait pu prononcer un mot, don Alonso Mallol écrase sa cigarette dans le cendrier débordant de mégots, secoue le fume-cigarette, le met dans la poche de sa veste et se lève.

– Monsieur Whitelands ? dit-il en lui tendant la main, que celui-ci serre mécaniquement. Je crois que nous n'avons pas encore eu l'occasion de nous présenter. Alonso Mallol, directeur général de la Sécurité. Désolé de faire votre connaissance dans ces circonstances.

– Puis-je demander… ? balbutie l'Anglais.

– N'aggravez pas votre situation, Vitelas, intervient sèchement le lieutenant-colonel. Les questions, c'est nous qui les posons. Maintenant, si vous voulez connaître le motif de votre arrestation, je peux vous en fournir plusieurs.

– Je veux seulement appeler l'ambassade de Grande-Bretagne, dit Anthony.

– À cette heure, vous ne trouverez personne, monsieur Whitelands, dit Mallol. Vous en aurez le temps plus tard. Avant, parlons. Ayez la bonté de vous asseoir.

Sous le regard attentif des gardes, Anthony accroche son pardessus au portemanteau, à côté de celui de monsieur Mallol, et s'assied sur le même petit fauteuil en osier tressé que la fois précédente. La sténographe traîne sa chaise pour se rapprocher de ceux qui interviendront dans la conversation, et le capitaine Coscolluela se laisse choir sur son siège de façon peu cérémonieuse, réprimant un gémissement : sa jambe mutilée se ressent de sa longue attente à l'hôtel. Anthony se rend compte que l'atmosphère de la pièce n'est pas vraiment amicale. Sur un signe du lieutenant-colonel Marranón, les gardes d'assaut saluent dans un grand bruit de cuir et de métal, font demi-tour et sortent. On entend le martèlement de leurs talons s'éloigner dans le couloir. Puis s'installe un affreux silence que le directeur général rompt d'une voix neutre, non exempte de raideur.

– Monsieur Whitelands, étant donné que vous avez assisté aujourd'hui au meeting de la Phalange du cinéma Europa, vous avez pu constater par vous-même que nous avons à nous occuper de choses beaucoup plus importantes que de vous surveiller. Si tous ceux qui sont présents ici perdent un temps précieux à cause de vous, il doit y avoir une autre raison. Est-ce que je m'explique clairement ? Donc, dans ces conditions, j'irai droit au but. Vous avez entendu les propos qui ont été proférés dans ce cinéma, et pas une seule fois mais de façon réitérée. Vous avez vu la réaction des assistants. Vous êtes au courant de l'existence du mouvement fasciste en Europe et vous connaissez ses intentions : sédition, prise du pouvoir par la violence, guerre civile si nécessaire et, pour finir, instauration d'un régime totalitaire. Ces gens-là ne cachent pas leurs intentions et ne parlent pas pour ne rien dire : il y a déjà l'Italie, l'Allemagne, et d'autres pays sont décidés à suivre leur exemple. Cela dit, et quelle que soit sa gravité, cette affaire concerne le gouvernement espagnol, pas vous, et en un certain sens pas moi non plus. Le fascisme est un problème politique et mon problème est celui de l'ordre public. Vous fumez ?

De la tête, Anthony fait signe que non. Le directeur général offre son étui à la ronde, répète la cérémonie du fume-cigarette, aspire la fumée et reprend :

– José Antonio Primo de Rivera est un idiot, dit-il, mais il ne le sait pas, et c'est là tout le problème. Fils de dictateur, il a été élevé comme un prince, entouré de flatteries. Ensuite, quand les mêmes qui avaient porté son père au sommet l'ont balancé de son piédestal, il n'a pas su le digérer. C'est pour cela qu'il s'est lancé dans la politique. Joli garçon, brillant orateur, il vit entouré d'une cour de jeunes gandins aussi idiots que lui, qui applaudissent à tous ses caprices. Dans des circonstances normales, il aurait été un avocat en vogue, il aurait fait un bon mariage et ses extravagances lui seraient passées.

Il marque une pause, soupire et poursuit :

– Mais il est tombé amoureux de cette fille, la chose a mal tourné, et c'est ce qui a fini par lui chambouler la cervelle. Et comme si ça ne suffisait pas, la situation politique et sociale est propice à encourager sa folie. Le résultat est là. Cette après-midi même, à la fin du meeting au cinéma Europa, des heurts se sont produits dans la rue avec les conséquences habituelles : un phalangiste mort, un gosse de dix-huit ans. José Antonio leur bourre le crâne de chimères, les envoie à la mort et reste lui-même bien au chaud. Vous avez vu de vos propres yeux la liste des phalangistes morts, vous serez peut-être intéressé de connaître, outre leur nom, l'âge de ces martyrs : la plupart étaient des gamins qui ne comprenaient même pas les idées pour lesquelles ils sacrifiaient leur avenir. Primo de Rivera trouve ça poétique. Moi je trouve ça sinistre.

Anthony a écouté avec intérêt, mais son attention a été détournée par la mention des amours déçues de José Antonio avec Paquita : car il ressort des insinuations du directeur général que c'est elle le personnage central de toute l'histoire. Qu'est-ce qui a pu mal tourner dans leur relation ? Le sujet le travaille, mais ce n'est pas le moment de se perdre en conjectures : il se trouve lui-même dans une situation compromettante et il a besoin de mobiliser toutes les ressources de son esprit pour s'en sortir en en révélant le moins possible.

La pièce s'est remplie de fumée. La toux oblige Pilar à interrompre sa tâche. Le lieutenant-colonel se lève et ouvre la fenêtre. De l'obscure cour intérieure arrive un courant d'air froid accompagné du cliquètement désolé d'une machine à écrire. Au bout d'une minute, le lieutenant-colonel considère que l'atmosphère a été suffisamment renouvelée et referme. Monsieur Mallol continue son explication.

– Non content d'être un irresponsable et un idiot, Primo de Rivera est un panier percé, et ça se voit tout de suite. Il est allé voir Mussolini et Hitler pour leur demander leur bénédiction et leur aide ; les deux l'ont accueilli à bras ouverts, mais ils l'ont tout de suite jugé et s'en sont débarrassés avec de bonnes paroles. Mussolini lui alloue une mensualité qui couvre à peine les frais de l'organisation. Hitler, pas un centime. Il a offert ses services à l'extrême droite et à l'extrême gauche avec les mêmes résultats. Les socialistes l'ont reçu à coups de fusil ; les anarchistes l'ont écouté comme on écoute un fou et, quand ils en ont eu assez, ils lui ont claqué la porte au nez. Gil Robles, lui aussi, l'a envoyé paître, et même si beaucoup de militaires se sentent attirés par le fascisme, jamais, même en rêve, l'idée ne leur viendrait de compter sur la Phalange au cas où ils décideraient de faire un coup d'État ; ils n'ont pas besoin de l'aide minable d'un groupe de gamins inexpérimentés, et ils ne sont pas disposés à ce qu'un crétin leur dise ce qu'ils doivent faire. Et, par-dessus le marché, ils se souviennent que José Antonio a été chassé de l'armée pour s'être battu à coups de poing avec le général Queipo de Llano. Ce n'est pas ainsi qu'on se ménage les sympathies du haut commandement. De son côté, José Antonio méprise les généraux : il croit qu'à l'époque ils n'ont pas défendu son père par lâcheté ou qu'ils l'ont purement et simplement trahi. La haute bourgeoisie le considère comme un des siens et le regarde avec tendresse, mais, à l'heure de la vérité, elle ne se compromet pas et se garde bien d'ouvrir les cordons de sa bourse. Il ne faut pas oublier qu'il a promis d'en finir avec les privilèges de classe et de nationaliser la Banque. Les choses étant ce qu'elles sont, la Phalange n'a pas d'autre choix que de descendre dans la rue en faisant cavalier seul, à la conquête du pouvoir et dans l'espoir que l'armée viendra à sa rescousse. Naturellement, si elle s'y risquait, elle ferait chou blanc. Si les militaires font un coup d'État, ce sera quand ils le décideront et pas sur un coup de tête des phalangistes, et les phalangistes, de leur côté, n'ont pas d'effectifs : ni armes, ni argent pour en acheter.

Le directeur général de la Sécurité garde le silence pour que son interlocuteur assimile ces informations et en tire lui-même les conclusions, avant de passer du général au particulier.

– Les phalangistes ont toujours cherché désespérément à se procurer des armes, et leurs efforts se sont intensifiés depuis les dernières élections. En plus de ce que leur verse Mussolini, une partie de l'argent leur est fournie par quelques richards dénués de jugeote. Naturellement, les armes doivent être achetées à l'étranger et payées en devises. Beaucoup ont de l'argent sur des comptes à l'extérieur, mais ils le gardent jalousement. Au cas où quelque chose arriverait, ça leur permettrait de s'en tirer à bon compte. D'autres, très peu nombreux, sont prêts à faire n'importe quel sacrifice pour la cause. Parmi ceux-ci, le plus illustre est votre ami, le duc de la Igualada.

La révélation laisse Anthony stupéfait, moins pour ce qu'elle lui apprend de l'idéologie du duc que parce que celle-ci lui a été dissimulée de façon délibérée. L'effet produit ne passe pas inaperçu des autres : le directeur général et le lieutenant-colonel échangent des regards d'intelligence. Pendant que monsieur Mallol allume une nouvelle cigarette en y mettant toute la solennité nécessaire, le lieutenant-colonel le remplace dans la poursuite des explications...

– En son temps, le duc de la Igualada a été un partisan acharné de la dictature de Primo de Rivera dont il était l'ami intime et, à la chute de celui-ci, il a reporté son amitié sur le fils du dictateur. Il a toujours protégé et aidé José Antonio, financièrement, et aussi en usant de son influence ; dans les années d'ostracisme, il l'a accueilli comme un membre de sa famille. Puis les choses se sont compliquées.

– Mais ceci est une autre histoire, l'interrompt monsieur Mallol. L'important, aujourd'hui, c'est le reste.

Selon tous les indices, le duc de la Igualada s'apprête à faire sortir d'Espagne une forte somme d'argent destinée à acheter des armes. Son fils aîné voyage depuis un mois en France et en Italie. Motif du voyage, de soi-disant études d'art ; le véritable objectif est de prendre contact avec des groupes fascistes pour organiser l'achat et l'envoi des armes dès que l'argent sera arrivé. Le duc ne possède pas de comptes dans des banques européennes et, d'après des rapports dignes de foi, il n'a pas réalisé de ventes ni mobilisé de capitaux en Espagne. Pourtant cela ne fait aucun doute qu'il trame quelque chose.

– Et, à cet instant précis, vous apparaissez, vous, l'homme le plus innocent du monde, dit ironiquement le lieutenant-colonel. Vous rendez visite au duc, vous sortez bambocher avec José Antonio et vous faites la cour à la fille, mais vous ignorez tout de ce que nous sommes en train de vous raconter.

– Nous savons, dit le directeur général, qu'un marchand londonien du nom de Pedro Teacher a pris contact avec vous. Est-il venu vous voir de la part du duc de la Igualada ?

– Qui vous a informés à propos de Pedro Teacher ? demande Anthony. Il s'agit d'affaires privées, qui concernent mon métier.

Cette fois, c'est le capitaine Coscolluela qui répond, du coin où il est assis.

– Ça fait des années que Pedro Teacher sert de trait d'union entre des groupes fascistes espagnols et anglais. Vous ne le saviez pas ?

– Comment pouvais-je le savoir ? Il ne m'a rien dit. Pedro Teacher est un homme connu en Grande-Bretagne dans le petit monde de l'art, et je ne me mêle pas de politique. Je n'avais aucune raison de soupçonner que derrière sa visite se cachait une intrigue internationale.

– Donc, vous ne niez pas avoir rencontré Pedro Teacher à Londres il y a sept jours ? demande le lieutenant-colonel, tandis que Pilar tend l'oreille et se redresse pour ne pas perdre une syllabe de la réponse.

– Vous le savez aussi bien que moi. Ne gaspillons pas davantage notre temps, messieurs. Pedro Teacher est venu me voir au nom d'une famille espagnole pour me proposer d'estimer la collection de tableaux de ladite famille. Ni Pedro Teacher, ni ultérieurement les intéressés ne m'ont dissimulé l'objet éventuel de l'estimation : devant l'instabilité régnant en Espagne, ils envisageaient une possible liquidation d'une partie de leurs biens dans la perspective de s'installer à l'étranger. Cette intention, évidemment, n'était pas, et n'est toujours pas de mon ressort. Moi, on m'a demandé une estimation ; estimer des tableaux fait partie de ma profession.

– Vous reconnaissez avoir accepté ce travail, dit le lieutenant-colonel.

– Oui, bien sûr. Je suis spécialiste de la peinture espagnole et j'ai été séduit par la possibilité d'enrichir mes connaissances avec une collection que je supposais intéressante. De plus, je n'avais pas d'autres engagements de même nature en Angleterre et j'ai accueilli avec plaisir ce prétexte pour revenir à Madrid.

– Ça, c'était il y a sept jours, comme vous l'avez dit vous-même. Est-ce que ce n'est pas beaucoup de temps pour faire une estimation ?

– Pas du tout. Un tableau ne peut être estimé à la légère. Il faut tenir compte de nombreux facteurs, certains artistiques, d'autres d'ordre matériel. Chimiques, par exemple. Ou exigeant un recours à des documents. Et puis chaque tableau porte avec lui une petite histoire, et tout contribue à déterminer son authenticité et, en définitive, sa valeur. Il ne s'agit pas seulement de dire si un tableau est authentique ou faux. Indépendamment des falsifications frauduleuses, il y a des altérations dues à des restaurations peu soigneuses, des attributions erronées, des copies exécutées par le peintre lui-même, des toiles d'atelier, etc., etc. La collection du duc est abondante et les œuvres appartiennent à différentes époques. À dire vrai, pour réaliser une évaluation rigoureuse et exhaustive, il faudrait des mois, peut-être une année entière. J'espère la faire en moins de temps, mais pas en un clin d'œil.

Cet exposé pondéré est accueilli avec des marques de déférence et immédiatement mise de côté par ses interrogateurs, trop habiles pour se laisser entraîner sur un terrain étranger à leurs compétences et à l'affaire qu'ils ont à traiter.

– À combien, grosso modo, estimez-vous la collection de peinture du duc ? demande le directeur général.

– C'est impossible à déterminer, répond l'Anglais. Il est bien évident que sa valeur économique dépend de beaucoup d'impondérables. De toute manière, ne vous méprenez pas : l'estimation financière n'entre pas dans mes attributions, et d'ailleurs, dans le cas présent, on ne m'a rien demandé de tel. Comme expert, je me borne à authentifier l'auteur d'une œuvre ou, si elle est anonyme, à l'attribuer à un peintre ou à une école, à une époque ou à un lieu d'origine. Cela, naturellement, a des conséquences économiques, mais seulement a posteriori.

– Avez-vous conseillé au duc la vente d'une œuvre ? En Europe. Vous êtes en contact avec des marchands de tableaux anglais et aussi dans d'autres pays.

– Je vous l'ai dit, je ne suis pas moi-même marchand de tableaux. Dans le cours de nos conversations, je ne nie pas que l'éventualité d'une vente a été évoquée. Quand il en a été question, je ne me suis prononcé ni pour ni contre l'opération. Le duc confirmera ce que je viens de dire.

– Monsieur Whitelands, insiste le directeur général, est-ce que vous ne nous cachez pas quelque chose que nous devrions savoir, compte tenu de ce que nous venons de vous expliquer ? Êtes-vous en possession d'indices permettant de supposer que le duc se propose d'effectuer une vente importante à l'étranger ? La question ne peut être plus claire. Je vous prie de répondre avec la même clarté. Par oui ou par non.

Anthony n'a pas attendu la question pour prendre sa décision et répond sans hésiter :

– Non.

Cette manifestation catégorique est suivie d'un silence tranquille. Aucune marque de perplexité ni d'impatience, comme s'ils s'attendaient à cette réponse, et pas à une autre. Don Alonso Mallol se lève, fait quelques pas dans l'espace restreint, puis s'adresse à la grosse dame.

– Vous pouvez rentrer chez vous, Pilar, et merci pour votre disponibilité.

– Toujours à votre service, don Alonso, répond-elle, tandis qu'elle ferme son cahier, le met dans son sac, sort du sac un plumier et y range son crayon. Demain matin, je vous donnerai le document.

– Ne vous pressez pas. Ce n'est pas urgent, dit doucement monsieur Mallol.

Avec une légère révérence, Pilar salue tout le monde, y compris Anthony, et sort. Don Alonso Mallol se tourne vers l'Anglais.

– Je vous remercie, vous aussi, de votre collaboration, monsieur Whitelands.

Il lui serre la main, tout en s'adressant au colonel Marranón.

– Gumersindo, je vous laisse vous occuper de l'affaire.

– Soyez sans crainte, don Alonso.

Voyant que tout le monde se lève, Anthony fait de même et se dirige vers le portemanteau.

– Je peux partir, maintenant ? demande-t-il avant d'endosser son pardessus.

– Non. Vous êtes arrêté pour assistance à une manifestation publique non autorisée. Vous serez conduit dans les cellules de la Direction et l'on décidera en temps voulu si vous devez être remis aux autorités judiciaires ou si, en votre qualité d'étranger, vous devez être expulsé. Le capitaine Coscolluela va vous accompagner. Je ne crois pas que des agents soient nécessaires. Nous nous occuperons demain de la fiche anthropométrique. À cette heure-ci, il ne doit plus rester personne pour prendre les photos.

– Comment ? Vous me mettez en prison ? s'exclame Anthony. Mais je n'ai même pas dîné !

– Nous non plus, monsieur Vitelas, lui répond le lieutenant-colonel.

24

À son réveil, il distingua une lumière ténue dans l'étroit soupirail de la cellule et estima qu'il devait être six heures du matin. Comme il lui avait été impossible au cours de la nuit de voir le cadran de sa montre, il ne put calculer combien de temps il avait dormi. Probablement très peu. Depuis le moment de son incarcération, et après avoir entendu le sinistre bruit métallique des portes se refermant derrière le capitaine Coscolluela, Anthony Whitelands était passé par une étape de confusion, une autre de panique, et, finalement par une longue étape de réflexion. De toute évidence, sa situation n'était guère enviable : la loi était du côté de ceux qui l'avaient arrêté et son absence de collaboration ne les prédisposait sûrement pas à renoncer aux avantages que leur donnait la légalité. Vu sous cet angle, l'avenir immédiat était sombre. Mais ce qui le tourmentait le plus, c'était qu'il ne savait pas s'il avait adopté l'attitude appropriée, tant du point de vue pratique que du point de vue éthique.

Après avoir beaucoup pesé le pour et le contre de sa décision de mentir ouvertement, il finit par se dire qu'il avait bien agi, ou tout au moins qu'il n'avait pas mal agi. D'abord, l'affaire dans laquelle il se trouvait impliqué ne le concernait que de façon indirecte : il n'avait aucun motif de favoriser l'un ou l'autre camp dans le jeu compliqué des forces qui s'affrontaient en Espagne ; ce n'était pas son pays, et ses seules connaissances étaient celles que voulaient bien lui communiquer les deux parties sous une forme fragmentaire et bien évidemment tendancieuse. Par principe, il était du côté de ceux qui représentaient le maintien de la légitimité politique et de l'ordre établi, mais les arguments brandis par les phalangistes ne lui semblaient pas dénués de fondement. Il ne goûtait guère la rudesse des fonctionnaires gouvernementaux qui avaient le soutien de l'État ; en revanche, ce qui se dégageait des phalangistes, avec leur légèreté et leur fougue juvénile, c'était le romantisme des perdants. Pour ne pas parler, naturellement, de Paquita : lui pardonnerait-elle d'avoir trahi José Antonio et sa propre famille, et d'avoir fait passer son intérêt avant la loyauté ?

Et finalement, s'il disait la vérité, qu'arriverait-il au tableau ? Le gouvernement trouverait probablement quelque subterfuge légal pour s'en emparer et l'accrocher dans le musée du Prado. Un événement qui aurait un retentissement mondial, mais dont Anthony se verrait exclu. De toutes les sombres perspectives, celle-là était la pire.

Mais tous ces raisonnements ne menaient à rien. En niant l'évidence devant le directeur général de la Sécurité, il avait seulement cherché à gagner du temps pour réfléchir, et maintenant la réflexion, loin de lui apporter une possible solution, confirmait ses craintes. Ils ne le laisseraient pas sortir s'il ne leur fournissait pas une révélation substantielle en échange de sa liberté. Mais que pouvait-il leur révéler ? Un mensonge serait découvert tout de suite et ne ferait qu'empirer les choses : les gens qu'il avait en face de lui n'étaient pas des enfants de chœur. D'un autre côté, dire la vérité ne lui servirait pas non plus à grand-chose. Il n'était pas en condition de négocier. Entraver les plans du duc, quels qu'ils soient, lui serait d'un maigre bénéfice : au mieux, une discrète expulsion du pays au lieu d'un procès pénal et d'un long séjour en prison. La perspective d'être envoyé dans un établissement pénitentiaire espagnol l'emplissait d'une terreur justifiée : même s'il survivait à cette épreuve, sa vie personnelle et professionnelle en serait irrémédiablement détruite.

La faim, la fatigue due à une longue journée bourrée d'incidents, le froid régnant dans la cellule, le silence lugubre, l'obscurité qui l'enveloppait et les assauts impitoyables des puces et des punaises, rien de tout cela n'était fait pour lui remonter le moral. Le lieu empestait, et il ne disposait que d'un bloc de ciment pour s'allonger. Quand il avait fini par s'endormir, vaincu par l'épuisement, il avait eu, par contraste, un rêve agréable : il était à Londres, en train de se promener dans St Jame's Park au bras d'une jolie femme qui était tantôt Paquita et tantôt Catherine, sa maîtresse dépitée. C'était une belle matinée de printemps, et le parc était plein de gens. En les croisant, tous les promeneurs, des hommes et des femmes à l'allure distinguée, les saluaient avec des démonstrations de sympathie inhabituelles chez les Anglais. Certains s'arrêtaient même pour lui taper dans le dos ou lui donner amicalement des coups de coude complices. Dans ces familiarités, Anthony percevait un désir général de lui manifester publiquement affection et approbation : la bonne société londonienne bénissait ses relations sentimentales irrégulières et montrait sans réserve son accord. À son réveil, le souvenir de cette paisible promenade avait redoublé son chagrin : une illusion perverse lui avait présenté comme réel quelque chose qui n'existerait jamais.

Avec la naissance du jour, les sous-sols de la Direction générale de la Sécurité s'emplirent peu à peu de voix, de pas et de bruits de portes. Mais personne ne s'occupait de lui, comme si les responsables de son incarcération avaient oublié son existence. Cette situation l'accabla plus que toutes les menaces possibles. La faim et la soif avaient atteint un degré insupportable. À dix heures du matin, ses forces l'abandonnèrent définitivement et il décida de capituler. Une ouverture carrée, protégée par deux solides grillages, était ménagée dans la partie supérieure de la porte en bois massif de la cellule. Anthony se plaça devant cette ouverture et cria pour attirer l'attention des gardiens. Comme personne ne répondait à son appel, il renonça. Au bout d'un moment, il fit une nouvelle tentative. À la troisième, quelqu'un lui demanda d'une voix rude ce qu'il avait.

– S'il vous plaît, prévenez le lieutenant-colonel Marranón ou le capitaine Coscolluela que l'Anglais qu'ils ont arrêté est disposé à parler. Ils comprendront. Pour l'amour de Dieu, faites vite.

– Bien. Attendez là, dit le gardien comme si le détenu avait le choix.

Plus d'une heure s'écoula, durant laquelle Anthony finit par sombrer dans le plus noir désespoir. Peu lui importait désormais l'opinion de Paquita ou des autres, quels qu'ils soient ; l'expulsion ou n'importe quelle humiliation lui semblait préférable à l'incertitude. Finalement, la serrure de la porte grinça, celle-ci s'ouvrit et l'imposante silhouette d'un garde d'assaut, mousqueton en bandoulière, se découpa sur le seuil.

– Venez.

Marchant avec difficulté derrière le garde, Anthony refit le chemin labyrinthique de la veille. Arrivés devant la porte d'un bureau, le garde et le prisonnier s'arrêtèrent ; le premier ouvrit et s'effaça. L'Anglais avait la tête qui tournait à cause des souffrances subies et de la honte de la mauvaise action qu'il s'apprêtait à commettre. Il entra sans oser lever les yeux du sol et resta ainsi jusqu'à ce qu'une voix connue le sorte de son attitude butée.

– Au nom du Ciel, Whitelands ! Est-ce qu'on peut savoir dans quel pétrin vous vous êtes fourré ?

– Parker ! Harry Parker ! s'exclama Anthony. Dieu soit loué ! Comment m'avez-vous trouvé ?

– Sans aucune difficulté, répondit le jeune diplomate. Ce matin, je suis allé vous chercher à l'hôtel et le réceptionniste m'a dit qu'on vous avait amené ici. Par tous les diables, Whitelands, j'ai dû créer un véritable incident international pour qu'on vous laisse sortir. Qu'avez-vous fait, cette fois ? Vous êtes devenu l'ennemi public numéro un.

– C'est une longue histoire.

– Alors ne me la racontez pas. Nous devons faire vite. On nous attend.

– Moi ? Qui ? Où ?

– Où cela pourrait-il être ? Aux arènes ? À l'ambassade, mon vieux, à l'ambassade. Nous prendrons un taxi.

– Mais je ne peux pas aller à l'ambassade comme ça, Parker.

Regardez dans quel état je suis : j'ai passé la nuit dans une cellule, je suis couvert de puces.

– Mais au moins vous êtes à jeun. C'est toujours ça : la dernière fois que je vous ai vu, vous teniez une cuite carabinée. Venez, il n'y a pas de temps à perdre, ajouta-t-il en coupant court aux protestations de l'autre. Ou vous me suivez à l'ambassade comme vous êtes, ou je vous laisse ici. Il y a un certain capitaine Cocolala qui tient beaucoup à vous. Un homme sérieux. Boiteux. Allure militaire. À vous de décider.

– C'est bon, dit Anthony, pris de tremblements à la seule mention du capitaine Coscolluela. Mais à condition que nous nous arrêtions dans un café : j'ai besoin de boire de l'eau et de manger quelque chose.

Dans la rue, le jeune diplomate, sans tenir compte des supplications de son compatriote, appelait déjà un taxi en faisant de grands signes. Il s'en arrêta un le long du trottoir et Harry Parker y fit monter Anthony sans égards superflus.

– Pas une minute à perdre, répéta-t-il. À l'ambassade, il y aura quelque chose à manger : un thé, un porridge, ça vous ira ?

Anthony se sentait défaillir, mais après la nuit passée dans la cellule et les pensées tragiques qui l'avaient visité, la sensation de se retrouver sain et sauf compensait n'importe quelle contrariété.

– Parker, j'ai… pas encore… je ne vous ai pas encore remercié, parvint-il à dire pendant qu'il s'écroulait sur la banquette du taxi et s'endormait immédiatement.

Des secousses le tirèrent de son sommeil.

– Réveillez-vous, Whitelands. Nous sommes à l'ambassade. Vous êtes sûr que vous n'avez pas bu ?

Ils descendirent du taxi, pénétrèrent dans l'ambassade, gravirent l'escalier de marbre et entrèrent dans une pièce après avoir frappé à la porte. À sa surprise et à sa consternation, Anthony se retrouva dans un élégant salon aux proportions régulières avec de lourds rideaux et des murs tapissés de vert, présidé par un énorme tableau représentant Sa Majesté Édouard VIII. Sur un canapé, près de la cheminée, étaient assis deux messieurs d'âge mûr, vêtus comme il sied à des diplomates de carrière. Un autre personnage, en tenue de ville, faisait de rapides allers et retours sur l'épais tapis en fumant la pipe d'un air concentré. Personne n'esquissa un geste pour accueillir les arrivants. Sans cesser de fumer, l'homme à la pipe adressa un bref regard de dégoût à la silhouette dépenaillée d'Anthony, fronça les sourcils et reprit son va-et-vient. Anthony essayait d'adopter une attitude digne et réprimait une furieuse envie de se gratter pour résister aux piqûres des parasites qu'il avait dû apporter avec lui. Oubliant la collation promise, Harry fit les présentations dans l'indifférence générale. Un des diplomates était David Ross, premier secrétaire de l'ambassade, lequel transmit aux autres les regrets de l'ambassadeur de ne pouvoir être présent, étant retenu par d'autres affaires. L'autre diplomate était Peter Atkins, attaché culturel, que le premier secrétaire David Ross avait convoqué, vu la nature de la réunion. Le personnage à la pipe était lord Bumblebee. Lord Bumblebee, expliqua Harry Parker à Anthony en baissant la voix, travaillait pour l'Intelligence Service et était arrivé le matin même de Londres en avion. Il avait, semblait-il, rencontré du mauvais temps en survolant la Manche. Comme il n'avait pas été présenté, Anthony en déduisit que toutes ces personnes connaissaient son identité et sûrement ses aventures. Sinon, rien n'aurait justifié sa présence dans ce salon. Une fois passée une période de gêne protocolaire, le premier secrétaire pria Anthony de s'asseoir.

– Un porto ?

– Non merci.

– Un whisky, peut-être ?

– Non plus. Je suis à jeun.

– Oh.

Un moment s'écoula encore. Harry Parker, qui restait debout à côté du fauteuil occupé par Anthony, déclara qu'il convenait, si les autres estimaient la chose opportune, de mettre monsieur Whitelands au courant des faits. Le premier secrétaire, après avoir considéré cette suggestion, poussa un soupir d'ennui devant la nécessité d'exposer ce qu'ils savaient déjà.

– Il y a quelques jours, monsieur Whitelands, vous avez téléphoné à notre conseiller, monsieur Parker, et vous avez convenu d'un rendez-vous à l'hôtel Ritz de Madrid. Une fois avec lui, vous avez donné à monsieur Parker une lettre qu'il devait remettre à une personne précise si certains événements venaient à se produire. En cette occasion, monsieur Parker a détecté des indices qui semblaient montrer que vous vous trouviez sous les effets de l'alcool ou d'un autre produit de nature toxique, et il a attribué votre conduite à une aliénation temporaire. Nonobstant, le lendemain, il m'a fait part de votre rencontre et nous avons tous deux ouvert la lettre.

En entendant cela, Anthony sursauta et se tourna vers le jeune diplomate qui contemplait la scène en souriant tranquillement.

– Parker ! Comment avez-vous pu me faire une chose pareille ? Je vous ai recommandé la plus grande confidentialité et vous m'avez juré… !

– Je ne vous ai rien juré, Whitelands. Et ne vous faites pas de souci pour la confidentialité. Nous avons gardé le secret autant qu'il était possible, je vous l'assure, répondit l'interpellé. Comprenez-le, je ne pouvais agir autrement. Je suis diplomate et vous savez bien que tout ce qui peut affecter les intérêts de la Couronne…

– Monsieur Parker, l'interrompit le premier secrétaire, ne vous doit aucune explication, monsieur Whitelands. Il a fait la seule chose qui convenait, voilà tout : rendre compte à ses supérieurs de la conduite d'un sujet britannique en Espagne, face au soupçon que ladite conduite pouvait influer sur les relations internationales des deux pays. Et, s'il faut vous mettre les points sur les i, je vous rappelle que nous venons de vous sortir, non sans difficulté, de la Direction générale de la Sécurité où vous étiez détenu.

Il s'éclaircit la gorge et poursuivit :

– L'impression que j'ai retirée du contenu de la lettre n'a pas été favorable : je veux dire que je suis porté à ne pas croire un mot de son contenu. Néanmoins, les choses, en Espagne, étant ce qu'elles sont, j'ai jugé préférable de prendre le maximum de précautions. Bref, je me suis mis en contact avec le Foreign Office.

Maintenant, monsieur Peter Atkins, attaché culturel, va vous informer du reste.

L'attaché culturel prit la parole avec aussi peu d'enthousiasme que son prédécesseur et rapporta que, pendant que le premier secrétaire signalait au Foreign Office l'existence d'une possible transaction frauduleuse et de ses possibles conséquences diplomatiques, lui, en qualité d'attaché culturel, s'était mis en contact avec le destinataire de la lettre, un certain Edwin Garrigaw, conservateur à la National Gallery, une personne irréprochable, une autorité reconnue dans son domaine, et lui avait lu le contenu de la lettre. Monsieur Edwin Garrigaw, après s'en être fait répéter le texte, avait affirmé que le tableau mentionné par monsieur Whitelands dans la lettre ne pouvait être qu'un faux. Sans mettre en doute les connaissances et la probité de monsieur Whitelands, monsieur Edwin Garrigaw était convaincu que le jugement de monsieur Whitelands avait été altéré par des circonstances impossibles à déterminer sans avoir une connaissance plus détaillée de ses agissements. Au vu de quoi…

Arrivé à ce point, Anthony ne put contenir une colère paradoxalement exacerbée par l'épuisement et l'inanition.

– C'est intolérable ! s'écria-t-il en se levant de son siège et en tendant un doigt accusateur vers toutes les personnes présentes. Vous vous êtes comportés d'une manière incompatible avec votre charge et votre condition de gentlemen. Non seulement vous avez trahi la confiance que je vous faisais, mais vous avez mis dans les mains d'un rival quelque chose qui m'appartient, en me causant un préjudice matériel et moral incommensurable ! Edwin Garrigaw… Vous parlez d'une autorité ! Cet homme est un ignorant bouffi de vanité. À Cambridge, on l'appelait Violette ! Et je vais vous dire quelque chose qui vous fera rougir : il y a dix ans, il a eu l'audace de tenir tête à Adolfo Venturi et à Roberto Longhi à propos de l'attribution d'un tableau prétendument du Caravage, vous vous rendez compte ? Venturi et Longhi ! Inutile de préciser qu'ils l'ont proprement écrabouillé. Mais apparemment ce type est incorrigible. J'ai vu le tableau, messieurs, de mes propres yeux ! J'ai…

La fureur s'éteignit aussi vite qu'elle était venue, et Anthony s'effondra de nouveau dans son fauteuil, cacha son visage dans ses mains et éclata en sanglots bruyants et spasmodiques. Les diplomates restèrent interdits, se regardant entre eux sans savoir comment se tirer de cet incident embarrassant, jusqu'à ce que lord Bumblebee cesse brusquement de déambuler pour faire face à Anthony et dise d'une voix calme et ferme :

– Monsieur Whitelands, laissez ces pénibles expansions émotionnelles pour un autre moment. Elles sont hors de propos ici, comme le sont vos accusations. Ces messieurs ont fait leur devoir de diplomates et d'Anglais. Vous, au contraire, vous avez fait passer vos intérêts personnels avant ceux de votre pays. Moi aussi j'ai lu la fameuse lettre et voici ma conclusion : si ce que vous y racontez est faux, vous êtes un escroc ou un dément ; si c'est vrai, vous êtes complice d'un délit international. Aussi, cessez de vous comporter comme un idiot et écoutez attentivement ce que je vais vous dire. À cause de vous, j'ai fait un voyage très désagréable. Ne me le rendez pas encore plus désagréable.

Quand Anthony eut contrôlé le tourbillon de son désespoir, lord Bumblebee approcha une chaise du fauteuil où celui-ci était assis, s'installa à califourchon dessus et, prenant sa pipe par le fourneau, en pointa le tuyau vers le nez d'Anthony tout en rivant sur lui un regard inquisiteur.

– Est-ce que le nom de Kolia vous dit quelque chose ? L'avez-vous entendu prononcer ces derniers jours ?

– Non, répondit Anthony, ni ces derniers jours ni jamais. Qui est-ce ?

– Nous l'ignorons, dit lord Bumblebee en élevant la voix pour être entendu des autres. Messieurs, c'est là le hic. Kolia est le nom de code d'un agent soviétique qui opère en Espagne, nous n'en savons pas plus. Il peut être espagnol ou étranger, homme ou femme, n'importe quoi. Nous n'avons aucun renseignement sur son identité ni sur ses activités. Notre informateur a seulement pu nous faire parvenir un message chiffré selon lequel l'ambassadeur de l'Union soviétique en Espagne a été appelé de toute urgence en consultation par le Komintern et a effectué un voyage éclair à Moscou. Au Kremlin et à la Loubianka, le quartier général du NKVD. Suite à cette visite, le NKVD a donné des ordres précis à Kolia…

Lord Bumblebee se tut et observa un silence lourd de menaces. Au bout d'un moment, comme le silence se prolongeait indéfiniment, le premier secrétaire se risqua à dire :

– Et alors ?

– Alors, rien, répliqua lord Bumblebee sur un ton tranchant, comme si la question était inconvenante.

Au mur, une horloge sonna une heure. Tous les présents, sauf Anthony, vérifièrent le bon fonctionnement de leurs montres respectives. Cela fait, lord Bumblebee se frotta les mains.

– C'est bientôt l'heure du lunch, qu'en pensez-vous ?

– Quand il vous plaira, lord Bumblebee.

Devant le nouveau tour que prenait le conclave, Anthony se demandait s'il n'était pas préférable de se faire oublier ou s'il devait clarifier la situation. Finalement, il opta pour attirer l'attention sur sa personne par un discret toussotement. Lord Bumblebee hocha la tête et s'exclama :

– Sacredieu, Whitelands, je vous avais presque oublié. Enfin, puisque le temps presse, je vais vous dire comment vous devez procéder. Récapitulons : vous devez intervenir dans la vente d'un faux tableau… Ne m'interrompez pas, sacredieu. D'un tableau faussement attribué à un dénommé Vélasquez.

– Pardonnez-moi, lord Bumblebee, mais…

– Bouclez-la, Whitelands, je me fiche de votre opinion comme de ma première chemise : je travaille pour l'Intelligence Service, pas pour Sotheby's. Je veux dire que le gouvernement de Sa Majesté, ajouta-t-il en désignant l'auguste portrait avec sa pipe, porte à l'opération un intérêt qui n'a rien d'artistique. Est-ce clair ? Je poursuis : à ce qu'il semble, le produit de la vente sera investi dans l'achat d'armes destinées à des groupes fascistes opérant en Espagne. Cela, les services de renseignement espagnols, à supposer qu'il existe quelque chose qui mérite ce nom, le savent également. Maintenant, messieurs, écoutez-moi bien. Ce que je vais vous dire doit rester entre ces quatre murs. Au nom de Sa Majesté, Whitelands, je vous ordonne de poursuivre l'affaire de la vente, en donnant le tableau pour authentique, qu'il le soit ou pas, afin que ledit tableau atteigne la cote la plus haute possible. Me suis-je exprimé assez clairement ? Officiellement, nous n'avons pas connaissance de tous ces micmacs. Si les autorités espagnoles découvrent l'opération et la considèrent délictueuse, comme elle l'est réellement, ce sera vous qui en paierez les conséquences. Nous n'interviendrons pas en votre faveur, nous nierons toute connaissance des faits, y compris avoir été en contact avec vous. Nous ne pouvons agir autrement : l'Angleterre ne s'immisce pas dans les affaires intérieures de l'Espagne. Par ailleurs, l'Angleterre n'entretient pas de relations d'amitié et de coopération avec des gouvernements ni avec des groupes d'idéologie fasciste, mais elle n'a pas non plus d'attitude agressive à leur égard. Bien faire et laisser faire, telle est la devise de notre politique extérieure.

Il tira furieusement sur sa pipe, secoua le foyer sur un cendrier pour en détacher un emplâtre de tabac et de salive, rangea la pipe dans sa poche et ajouta :

– Cela dit, tous les indices laissent présager une révolution bolchevique imminente en Espagne, et, même si ça reste toujours une affaire interne, l'Angleterre ne peut l'accepter. Un pays communiste à quelques milles de nos côtes et avec le pouvoir de contrôler le détroit de Gibraltar est inconcevable, si l'on veut préserver l'équilibre des forces sur le Continent et dans le bassin méditerranéen. Jusqu'à ce jour, nous avons maintenu une entente avec les fascistes et rien ne laisse prévoir un changement d'attitude de la part d'Hitler. Mussolini est un fantoche et il est occupé par sa ridicule guerre d'Abyssinie. Le véritable ennemi est l'Union soviétique. Que ça nous plaise ou non, en Espagne nous devons soutenir les fascistes face aux marxistes. Je crois avoir dit l'essentiel. Des questions ?

Comme l'affaire ne dépendait pas d'eux mais d'ordres supérieurs, les diplomates exprimèrent leur accord unanime avec les propos de lord Bumblebee et assurèrent que tout était clair pour eux. Anthony non plus ne dit rien. Pour lui, l'alternative était également claire : ou obéir à lord Bumblebee, ou perdre la protection de l'ambassade et tomber immédiatement entre les mains du lieutenant-colonel Marranón. Comme, par ailleurs, il était convaincu de l'authenticité du Vélasquez, tout ce qui favoriserait la révélation de l'œuvre associée à son nom lui convenait, quel que soit l'objectif final de la vente. Au fond, les événements avaient pris une tournure qui lui était favorable : comme, à partir de ce moment, il agissait conformément aux volontés explicites du gouvernement britannique, il pouvait compter sur le soutien de ce dernier, même voilé et indirect, à sa personne et à ses plans.

– Quelle est ma position actuelle par rapport à la police espagnole ? demanda-t-il.

– Ça, c'est à eux que vous devez poser la question, répondit le premier secrétaire. Nous en avons fait suffisamment en obtenant votre liberté. À mon avis, ils vous laisseront tranquille. Ils vous ont arrêté pour vous tirer les vers du nez, mais vous garder derrière les barreaux ne leur sert à rien. Ils préfèrent vous voir libre et les conduire jusqu'à ce qu'ils cherchent. Tenez-en compte. Pour le tableau, ils ne savent rien : là, vous avez l'avantage.

Tandis qu'il disait cela, le premier secrétaire s'apprêtait à sortir avec les autres participants à la réunion. Tous étaient pressés d'aller manger, mais aucun autant qu'Anthony. Celui-ci se leva et, voyant que personne ne semblait disposé à lui dire au revoir, se dirigea vers la porte. Harry Parker l'accompagna pour s'assurer qu'il quittait l'ambassade discrètement. Sur le seuil, cependant, un doute vint assaillir Anthony ; il s'arrêta et se tourna vers lord Bumblebee.

– Excusez-moi, lord Bumblebee, il y a quelque chose que je ne vois toujours pas clairement. Quel rôle joue Kolia dans cette affaire ?

– Kolia ? Je vous ai dit tout à l'heure que nous l'ignorons. Mais nous sommes sûrs d'une chose : Kolia est votre pendant sur l'autre bord. Si nous avons connaissance de la vente du tableau et si les autorités espagnoles soupçonnent quelque chose, il est évident que les Russes sont également au courant. Naturellement, ils n'ont aucun intérêt à ce que les fascistes reçoivent une aide en argent ou en armes, et ils feront l'impossible pour l'empêcher. C'est dans ce but qu'ils ont mobilisé Kolia.

– Je comprends, dit Anthony. Et par quel moyen Kolia peut-il faire obstacle à l'opération ?

– Quelle question stupide, Whitelands ! s'exclama lord Bumblebee. Par la méthode habituelle : en vous éliminant.

25

Une exubérante portion de chorizo avec des lentilles, la moitié d'une miche de pain, une carafe de vin rouge ne parvinrent pas à dissiper l'abattement produit dans son esprit par le sinistre augure de lord Bumblebee. Pendant qu'il assouvissait la faim accumulée depuis la veille, Anthony Whitelands ne pouvait chasser de son imagination la sensation d'être poursuivi par un assassin sans visage. N'importe qui, n'importe où et n'importe quand, pouvait lui planter un poignard, lui tirer dessus à bout portant, l'étrangler avec sa cravate, verser du poison dans son assiette ou dans son verre. Tandis qu'il mangeait et buvait avec appréhension, Anthony se demandait pour la énième fois s'il ne vaudrait pas mieux prendre le premier train et rentrer en Angleterre. Seule le retenait la triste conviction qu'il était embarqué dans une intrigue de dimensions internationales et que, pour cette raison, en aucun lieu de la planète il ne serait à l'abri des conspirateurs si ceux-ci décidaient de mettre fin à ses jours par mesure de représailles, ou pour s'assurer de son silence, ou par simple antipathie. La seule manière de sortir vivant de cet imbroglio, se disait-il, était de conclure le plus vite possible l'opération qui l'avait amené à Madrid. Lorsque son existence cesserait de constituer un obstacle pour les plans de ses ennemis, alors, seulement, ceux-ci le laisseraient en paix.

Avec cette vague consolation, il finit son repas et prit le chemin du retour. Il marchait rapidement dans les rues pleines de monde en regardant à droite et à gauche, et, à intervalles plus ou moins rapprochés, il faisait brusquement demi-tour pour détecter à temps une agression traîtresse. Il était lui-même conscient du ridicule de son comportement, vu qu'il ignorait les traits de son agresseur potentiel. Par un caprice de son imagination exaltée, il avait décidé que l'assassin ressemblait à George Raft, et il scrutait tous les passants en essayant d'identifier le visage de l'acteur et la mise recherchée de ses célèbres personnages. Cette divagation le distrayait de sa peur et l'encourageait à ne pas renoncer au prurit qui le démangeait d'arriver à l'hôtel pour se laver, se raser et changer de vêtements : quitte à mourir tragiquement, au moins mourir dans une tenue convenable.

En passant devant la vitrine bien garnie d'une épicerie, il s'arrêta, entra et acheta divers aliments. Il ne voulait pas descendre dans la rue après la tombée de la nuit et faisait des provisions pour s'enfermer dans sa chambre et résister au siège. Il acheta du pain dans une boulangerie et du vin dans une taverne. Ainsi équipé, il parvint à la porte de l'hôtel sans contretemps.

Comme à son habitude, le réceptionniste lui adressa un regard chargé de reproches, justifié par son aspect lamentable. Mais, pour l'heure, l'Anglais n'avait cure de l'opinion d'autrui. Il salua le réceptionniste avec froideur et lui tendit la main pour prendre la clef de la chambre. L'homme la lui donna tout en désignant du regard quelque chose derrière Anthony. Celui-ci se retourna en réprimant un cri. Mais ce qu'il vit n'offrait aucun motif d'alarme.

Une fille en haillons dormait sur une chaise du hall. Anthony demanda au réceptionniste ce qu'il avait à voir avec cette fille.

– Vous devez le savoir, dit le réceptionniste. Elle est venue hier en vous demandant, et elle n'a pas bougé d'ici. J'étais sur le point d'appeler la police, et puis je me suis dit que vous aviez déjà assez d'ennuis comme ça pour que je jette encore de l'huile sur le feu.

Anthony s'accroupit devant la fille pour voir son visage et quelle ne fut pas sa surprise en reconnaissant la Toñina. Celle-ci, comme si elle avait perçu cette réaction dans son sommeil, ouvrit les yeux et planta un regard plein de gratitude sur l'Anglais qui se redressa comme s'il avait vu une tarentule.

– Qu'est-ce que tu fais là ?

La Toñina se frotta les yeux et sourit.

– Higinio Zamora est venu me chercher, il m'a dit d'aller dans cet hôtel et que tu savais de quoi il s'agissait. Il m'a dit que si tu n'y étais pas, je devais t'attendre jusqu'à ce que tu reviennes. Je suis ici depuis hier. Je finissais par penser que tu étais déjà retourné dans ton pays.

– Higinio Zamora t'a dit de venir ici ? demanda Anthony. Et pourquoi ça ?

– Il m'a dit que tu m'emmènerais avec toi en Angleterre.

En prononçant ces mots, elle désigna quelque chose sous la chaise. Consterné, Anthony vit un baluchon enveloppé dans un foulard à carreaux.

– Écoute, Toñina, dit-il en tentant de conserver son calme et de s'exprimer en termes simples et clairs, je ne sais pas ce que t'a raconté Higinio Zamora, mais quoi qu'il t'ait dit, ça manque de tout fondement. C'est vrai qu'hier, à midi, il a insisté pour que nous déjeunions ensemble. Il était très agité, il a dit au cours du repas beaucoup de choses sans queue ni tête, et j'ai préféré ne pas le contredire pour ne pas aggraver son état. Ensuite d'autres événements beaucoup plus importants m'ont fait oublier cette conversation. D'ailleurs, il n'était pas nécessaire de dissiper un malentendu possible. Si Higinio Zamora a tiré des conclusions erronées de ma discrétion, c'est son problème, pas le mien. Tu me comprends, non ?

La Toñina exprima son assentiment. Rassuré, Anthony se dirigea vers l'escalier qui menait aux chambres. Arrivé aux premières marches, il se retourna pour voir si la Toñina avait quitté l'hôtel et la trouva collée à ses talons, son baluchon à la main. Soit elle n'avait pas écouté ses explications, soit elle ne les avait pas comprises ; ou alors elle les avait comprises et elle était bien décidée à faire la sourde oreille. Anthony vit qu'il devait agir énergiquement et sans équivoque : la seule solution était d'attraper la fille par le cou, de la jeter à la rue avec un bon coup de pied sur son maigre postérieur. C'était l'unique langage qui convenait avec les personnes à l'esprit simple et de basse extraction. Le réceptionniste réprouverait peut-être ce recours à la violence dans le hall de l'hôtel, mais il comprendrait sûrement la situation et se solidariserait avec Anthony. Animé par cette idée, il posa une main sur l'épaule de la Toñina et la regarda fixement.

– Tu n'as pas mangé depuis hier, n'est-ce pas ? questionna-t-il.

Et, devant son acquiescement muet, il ajouta :

– Dans ce sac, il y a des provisions. Monte dans la chambre et je te donnerai à manger. Ensuite, nous verrons.

Sur ces mots, il s'adressa au réceptionniste qui suivait la scène avec curiosité.

– Je suis dans ma chambre et je ne veux être dérangé sous aucun prétexte.

Le réceptionniste haussa les sourcils et fit mine de prendre des mesures pour préserver la respectabilité de l'établissement. À cette vue, la Toñina gravit trois marches pour se mettre à la hauteur de l'Anglais et lui chuchota à l'oreille :

– File-lui un pourboire.

Anthony sortit précipitamment un douro et alla le poser sur le comptoir. Le réceptionniste le mit dans sa poche sans prononcer un mot et laissa errer son regard sur les moulures du plafond pendant qu'Anthony et la Toñina grimpaient l'escalier à toute vitesse.

Dans la chambre, Anthony donna le sac de provisions à la Toñina, lui recommanda de laisser quelque chose pour le dîner, s'étala tout habillé sur le lit et s'endormit immédiatement. Quand il se réveilla, la chambre était dans la pénombre ; la nuit était venue et seule filtrait par la fenêtre la pâle clarté de l'éclairage public. La Toñina dormait pelotonnée près de lui. Avant de se coucher, elle lui avait ôté ses habits et ses chaussures, et avait rabattu sur lui le drap et la couverture. Anthony se retourna et glissa de nouveau dans un sommeil paisible.

Des coups insistants frappés à la porte l'arrachèrent à cette paix. Il demanda qui était là et une voix masculine lui répondit.

– Un ami. Ouvre-moi.

– Qui me garantit vos bonnes intentions ? dit Anthony.

– Moi-même, répondit la voix. Je suis Guillermo, Guillermo del Valle, le fils du duc de la Igualada. Nous nous sommes rencontrés chez mon père et je t'ai vu l'autre nuit avec José Antonio à la Baleine Joyeuse.

Cet échange avait également réveillé la Toñina. Consciente de sa condition et probablement habituée à des péripéties du même genre, elle sauta du lit, cacha dessous ses maigres affaires, ramassa ses vêtements épars sur le sol et s'enferma dans l'armoire. Anthony s'habilla et ouvrit la porte.

Guillermo del Valle s'engouffra dans la chambre. Comme en d'autres occasions, sa tenue alliait l'élégance et le laisser-aller. Il serra la main d'Anthony avec un sourire franc et sympathique.

– Excuse-moi de te recevoir dans ce fourbi, dit l'Anglais. Je n'attendais pas de visite. À dire vrai, j'avais donné la consigne à la réception de ne laisser monter personne, sous aucun prétexte.

– Ah oui, dit le nouveau venu en passant du sourire à un rire juvénile, le type de l'entrée ne me laissait pas entrer. Je lui ai montré mon pistolet et je l'ai convaincu. Je ne suis pas une brute, s'empressa-t-il d'ajouter en voyant la pâleur soudaine de son interlocuteur. Dans des circonstances normales, je ne t'aurais pas importuné. Mais je dois te parler d'urgence.

Anthony ferma la porte, indiqua la seule chaise et s'assit sur le lit après avoir tendu dessus la courtepointe pour en dissimuler l'usage récent.

– Ne t'inquiète pas, dit Guillermo del Valle. Je ne te volerai que quelques minutes. Nous sommes seuls ? Je vois que oui. Je te demandais ça pour savoir si nous pouvions parler avec la certitude de ne pas être écoutés. Comme je te l'ai dit, l'affaire est d'une extrême gravité.

Anthony n'estima pas opportun de révéler la présence dans l'armoire d'une prostituée adolescente et invita son interlocuteur à exposer la raison de sa visite. Guillermo del Valle resta d'abord silencieux, comme si, au dernier moment, il doutait du bien-fondé de sa décision. Avec une hésitation que mettaient en évidence une timidité naturelle et le manque d'assurance propre à son âge, il commença par s'excuser du ton acerbe de leurs rencontres antérieures. Il était toujours tendu quand il se trouvait chez ses parents, qui s'obstinaient à le traiter comme s'il était encore un enfant. La pression familiale l'obligeait à faire des études de droit, alors qu'il n'en avait ni le goût ni la vocation ; par tempérament, il était poète, pas à la manière des romantiques ou des chantres de la nature, mais de l'école de Marinetti. La poésie et l'action politique occupaient toutes ses pensées. C'était peut-être pour cela qu'il n'avait pas de liaison féminine. À l'université, il s'était affilié au Syndicat espagnol universitaire, d'abord attiré par les idéaux phalangistes et plus tard par la personnalité magnétique du Chef. Actuellement et pendant ses heures de liberté, il travaillait au Centre, aidant aux tâches d'organisation et de propagande. Cette activité bureaucratique, s'empressa-t-il d'ajouter, n'excluait pas l'intervention directe dans des actions publiques, souvent violentes.

– Quant à ce qui m'amène, poursuivit Guillermo del Valle, je vais essayer de te l'exposer du mieux que je peux. Mes idées sont encore un peu confuses. Mais si tu m'écoutes jusqu'à la fin, tu comprendras la cause de mon inquiétude et aussi pourquoi je t'ai choisi pour te la confier.

Il observa de nouveau un moment de silence et se passa la main sur la figure sans cesser de lancer des regards vers les minces cloisons de la chambre.

– J'irai directement au cœur de la question. Quelque chose de bizarre se passe au sein de la Phalange. Je soupçonne la présence d'un traître parmi nous. Je ne parle pas d'un homme infiltré par la police. Ça, nous pensons bien qu'il y en a : nous vaudrions vraiment peu de chose si le ministère de l'Intérieur ne se souciait pas de nous surveiller de près. Nous sommes nombreux et c'est impossible de garantir la loyauté de chacun des nôtres. Comme je viens de te le dire, ça n'a guère d'importance et je ne serais pas venu te voir pour une bagatelle pareille. Je veux parler d'un autre genre de trahison.

Une fois révélée la nature du problème, Guillermo del Valle se rasséréna et son soliloque prit un ton plus amical, presque confidentiel. Bien que très jeune et sans expérience, il jouissait d'une position exceptionnelle pour connaître à fond les arcanes du parti où il militait, dans la mesure où il voyait simultanément un José Antonio dans le rôle du chef énergique, sûr de lui, de ses idées et de sa stratégie, et, dans l'intimité du cercle familial, en compagnie de Paquita, le José Antonio humain, avec ses indécisions, ses contradictions, ses moments de fatigue et de découragement, des faiblesses qu'il ne pouvait montrer ailleurs, pas même devant ses amis les plus intimes. Cela lui avait permis de se rendre compte de la terrible solitude du Chef.

En l'écoutant, Anthony reconnaissait dans ce garçon riche, gâté, aux traits enfantins et aux manières désinvoltes la perspicacité et l'intelligence tourmentée qu'il avait pu détecter chez ses sœurs. Cette constatation mit l'Anglais sur ses gardes : ces derniers jours, il s'était senti plusieurs fois comme un jouet entre les mains des deux jeunes filles et n'était pas disposé à répéter l'expérience avec ce gamin.

– Je comprends ce que tu me racontes, dit-il, mais qu'est-ce que la trahison vient faire dans tout ça ?

Le jeune phalangiste se leva de sa chaise et fit quelques pas agités dans la chambre en prenant soin de ne pas trop s'approcher de la fenêtre.

– Tu ne saisis pas ? s'exclama-t-il. Quelqu'un essaye d'éliminer José Antonio pour s'emparer des commandes de la révolution ou peut-être pour l'étouffer dans le berceau.

– C'est seulement une supposition, Guillermo. As-tu quelque chose pour la conforter ?

– Précisément, dit Guillermo del Valle, très excité. Si j'avais une preuve, le moindre fait, j'irais droit au Chef et lui parlerais sans détour. Mais si j'arrive les mains vides, avec de simples suppositions, comment le prendra-t-il ? Il piquera une colère et me fera donner une dose d'huile de ricin. Pourtant, je sais que mon intuition ne me trompe pas. Il se passe quelque chose de grave, quelque chose qui peut avoir des conséquences terribles pour le mouvement et pour l'Espagne.

Anthony ménagea un intervalle avant de répondre, afin de bien souligner la différence de points de vue.

– C'est le problème endémique des Espagnols, dit-il enfin en écartant les bras comme s'il voulait embrasser la totalité des habitants du pays. Vous avez des intuitions, mais vous manquez de méthodologie. Même Vélasquez souffrait de cette faiblesse. Comment imaginer qu'avec toute sa formation technique et malgré plusieurs années passées en Italie, il ne soit jamais parvenu à maîtriser les lois élémentaires de la perspective ? Toi-même, tu me l'as dit tout à l'heure, tu as une formation juridique, mais au lieu de procéder en juriste, attentif aux faits prouvés et à la véracité des témoignages, tu penses et agis en poète. Il est à la mode aujourd'hui de dire que la poésie est une forme de connaissance, mais je ne suis pas d'accord, au moins pour les questions de cette nature. Au contraire, je crois que nous devons faire passer la logique avant toute chose si nous ne voulons pas nous précipiter dans le chaos. Nous devons cohabiter dans un monde d'intérêts contradictoires, et cette cohabitation se fonde sur l'accomplissement collectif de normes explicites qui sont les mêmes pour tous.

Il observa une pause et ajouta, avec un sourire tranquille, pour compenser le ton didactique de ses paroles :

– Avec de telles idées, je crains de ne jamais pouvoir adhérer à votre mouvement.

– Je ne t'en demande pas tant, répondit Guillermo del Valle. Je suis seulement venu pour obtenir de toi un service bien précis. Tu me poseras la question : pourquoi justement toi ? C'est très simple : parce que tu es étranger, arrivé depuis peu et de passage, et cela t'exonère de tout lien avec le motif de mon inquiétude. Tu n'as pas de connexions avec la Phalange ni avec d'autres mouvements politiques. En même temps, je considère que tu es bon, intelligent, honnête et, ce qui ne gâte rien, j'ai cru percevoir entre toi et José Antonio un courant de sympathie et cette indéfinissable harmonie qui cimente l'amitié entre des personnes d'idées et de tempéraments différents et même opposés.

– Bien, allons au fait. Que veux-tu que je fasse ?

– Parle-lui. Sans me mentionner, naturellement. Alerte-le. Le Chef est très perspicace et il comprendra tout de suite la gravité de la question.

– Ou il me fera donner de l'huile de ricin, dit l'Anglais. Tes intuitions concernant mes relations avec José Antonio sont aussi arbitraires que celles concernant tout le reste. La situation politique est extrêmement compliquée ; ça n'a rien d'étonnant que règnent l'inquiétude et le doute entre ceux qui doivent décider de l'avenir de l'Espagne. Si, au milieu de toute cette confusion, un étranger se mêle de semer la crainte et le soupçon, José Antonio ne m'écoutera pas ou me prendra pour un fou. Ou pour un agent provocateur. Cela dit, ajouta-t-il en voyant la déception se dessiner sur le visage puéril de son interlocuteur, j'essaierai quand même de lui parler si une occasion propice se présente. Mais je ne peux rien te promettre.

Cette déclaration imprécise suffit pour que les traits de l'impulsif phalangiste s'éclairent de nouveau ; il bondit de sa chaise et serra avec force la main de l'Anglais.

– Je savais que je pouvais compter sur toi ! s'écria-t-il. Merci ! Au nom de la Phalange espagnole et au nom du mien, merci, camarade, et que Dieu te garde !

Anthony tenta de réfréner ces effusions. Comme il n'avait aucunement l'intention de faire ce qu'il avait promis et qu'il espérait pouvoir quitter le pays aussi vite que possible, la gratitude sincère du jeune homme pesait sur sa conscience. Guillermo del Valle comprit qu'il convenait de mettre fin à l'entretien et dit, recouvrant la sobriété martiale adoptée par les phalangistes mais soumise durant leur rencontre à son tempérament poétique :

– Je ne te dérangerai pas davantage. Juste une dernière prière : ne dis rien à mes parents de ce que je t'ai raconté. Adieu.

Dès qu'il fut parti, Anthony se précipita vers l'armoire. Suffoquée par le manque d'oxygène, la Toñina gisait inanimée entre les vêtements. Il la prit dans ses bras, l'allongea sur le lit, ouvrit la fenêtre toute grande et la gifla violemment jusqu'à ce qu'un souffle imperceptible lui indique que la pauvre créature appartenait toujours au monde des vivants. Soulagé par cette constatation, il étendit une couverture sur elle pour la protéger du froid de la nuit, enfila son manteau et attendit sur la chaise occupée un moment plus tôt par le fougueux phalangiste qui avait essayé de l'impliquer dans une intrigue de plus, réelle ou imaginaire mais également vitale pour l'avenir de la nation. Anthony était venu à Madrid pour estimer un tableau et, sans savoir comment, il était devenu le point de collision de toutes les forces de l'histoire de l'Espagne. L'Anglais méditait sur cette position peu enviable, quand la Toñina ouvrit les yeux, regarda autour d'elle en tentant de se rappeler où elle était et comment elle avait atterri là. Finalement, elle esquissa un sourire d'excuse et murmura :

– Pardonne-moi. Je me suis endormie sans m'en apercevoir. Quelle heure est-il ?

– Neuf heures et demie.

– Si tard que ça… Et si ça se trouve, tu n'as même pas mangé.

Elle voulut se lever, mais Anthony la retint sur le lit, en l'incitant à se reposer. Puis il ferma la fenêtre, approcha la chaise de la table et engloutit le reste des provisions et une bonne partie du vin achetés dans l'après-midi. Quand il eut fini, la Toñina s'était rendormie. Il ouvrit le cahier et se disposa à rédiger les notes qui restaient en suspens, mais il ne parvint pas à écrire un mot. La fatigue produite par les événements des derniers jours s'abattit sur lui, il rangea le stylo, referma le cahier, se déshabilla, éteignit la lumière et se mit au lit en déplaçant doucement le corps qui l'occupait. Demain, je me débarrasserai d'elle, pensa-t-il. Mais, pour le moment, la chaude compagnie de cette créature endormie près de lui procurait une sensation de protection aussi fausse que réconfortante.

26

La lumière intense qui filtrait à travers les volets avertit un Anthony Whitelands encore somnolent que l'heure était déjà avancée. Sa montre marquait neuf heures et demie, et près de lui la Toñina dormait avec l'abandon d'une enfant. Tout en essayant d'ordonner mentalement les événements de la veille et de faire un bilan de la situation, Anthony se leva, fit sa toilette, s'habilla et sortit de la chambre en silence. À la réception, il demanda la permission de se servir du téléphone et composa le numéro du duc de la Igualada. Le majordome répondit et l'informa que Son Excellence ne pouvait venir à l'appareil. Il s'agissait d'une affaire urgente, insista l'Anglais, quand pourrait-il parler au duc ? Ah, le majordome n'était pas en mesure de répondre à la question ; Son Excellence n'avait pas informé les domestiques de ses affaires. Tout ce que pouvait suggérer le majordome était que Monsieur continue d'appeler à courts intervalles. Peut-être aurait-il plus de chance.

Contrarié, Anthony remonta dans sa chambre et trouva la Toñina habillée et sur le point de partir. Ella avait fait le lit avec beaucoup d'application et mis un peu d'ordre. Les volets étaient ouverts et le soleil entrait à flots.

– Je vais m'absenter quelques heures, si ça ne te gêne pas, dit la fille. Je dois m'occuper de mon enfant. Mais je peux revenir plus tôt si tu veux.

Anthony répondit sèchement qu'elle pouvait faire ce que bon lui semblait du moment qu'elle lui fichait la paix, et la Toñina s'en fut tête basse et en toute hâte. Resté seul, Anthony se mit à tourner en rond comme un animal en cage. Deux fois il s'assit devant son cahier de notes, et deux fois il se releva sans avoir écrit un mot. Une nouvelle tentative de joindre le duc se heurta à un refus laconique du majordome. Anthony se creusait la cervelle en essayant de comprendre la cause de ce brusque changement d'attitude du duc. Peut-être savait-il que la police connaissait ses projets et préférait-il attendre un moment plus propice pour les réaliser, mais, dans ce cas, pourquoi ne pas le lui dire, au lieu de le tenir à l'écart ? S'il nourrissait une quelconque méfiance à propos de sa loyauté, l'Anglais devait la dissiper le plus vite possible.

Avec de telles idées en tête, rester enfermé lui fut insupportable. Après une nuit de sommeil réparateur et avec le soleil haut dans un ciel bleu et transparent, les peurs de la veille lui paraissaient puériles. Sans mettre en doute les paroles de lord Bumblebee, cela lui semblait invraisemblable qu'un agent des services secrets soviétiques s'occupe de quelqu'un d'aussi insignifiant que lui du point de vue politique. Et même si leurs chemins se croisaient, rien ne pouvait arriver en plein jour et en plein milieu d'une rue fréquentée du centre-ville. Les provisions achetées la veille étaient épuisées. Comme si les problèmes qu'il devait affronter ne suffisaient pas, il avait maintenant une bouche de plus à nourrir.

En foulant le trottoir, il se félicita d'avoir pris cette décision et eut la sensation d'avoir laissé ses inquiétudes dans les sombres recoins du hall de l'hôtel. Ce fut seulement en débouchant sur la place Santa Ana qu'il perçut le changement atmosphérique intervenu au cours des dernières heures. Dans ce quartier de Madrid dépourvu d'arbres et de végétation l'arrivée du printemps se manifestait dans l'air et dans les couleurs comme un changement d'humeur. Rien de mal ne pouvait lui arriver sous ce ciel resplendissant qui protégeait la ville et ceux qui y circulaient.

Après s'être restauré avec un café et un petit pain au lait, et réconforté par l'effervescence printanière, il reprit sa déambulation et, une fois de plus, presque sans l'avoir prémédité, il se retrouva devant le musée du Prado. S'il devait quitter rapidement

Madrid, il ne voulait pas le faire sans dire adieu à ses chers tableaux. Tandis qu'il gravissait le haut escalier, une idée déchirante vint l'assaillir : c'était peut-être la dernière occasion qu'il avait de contempler des œuvres d'art dont la compagnie lui avait fait vivre des moments d'extase. Si la folie qui fermentait dans tous les secteurs de la société espagnole dégénérait dans le conflit armé que tous prédisaient, qui pouvait assurer que les innombrables trésors artistiques répartis à travers le pays ne succomberaient pas à la tornade ?

Accablé par cette sombre pensée, il parcourait les salles du musée sans remarquer qu'un individu engoncé dans un macfarlane et coiffé d'un petit chapeau tyrolien le suivait à distance, se dissimulant dans un recoin ou derrière une colonne dès que l'objet de sa filature s'arrêtait devant une des peintures exposées. Précaution justifiée, car à cette heure il n'y avait pas d'autre visiteur dans tout le musée, mais aussi précaution inutile, car Anthony ne prêtait attention à rien, pas même aux œuvres sur lesquelles il posait son regard. Ce fut seulement au moment où il aperçut le premier tableau de Vélasquez qu'il laissa de côté ses réflexions et se concentra sur les tableaux. Cette fois, deux personnages singuliers l'attirèrent avec une force irrésistible.

Diego de Acedo, surnommé El Primo, et Francisco Lezcano auraient bénéficié en ce monde d'un rang égal ou inférieur à celui des chiens si Vélasquez ne les avait pas fait accéder à l'immortalité par la grande porte. Acedo et Lezcano étaient deux nains qui figuraient sur la longue liste des bouffons de la cour de Philippe IV. Les tableaux qui les représentent sont grands : un mètre de haut sur quatre-vingt-cinq centimètres de large, la même taille que les portraits des infantes Marguerite et Marie-Thérèse. Et le regard du peintre sur ses modèles, infantes ou nains, est également le même : humain, sans flatterie ni compassion. Vélasquez n'est pas Dieu, et il ne se sent pas appelé à juger un monde accompli auquel il ne puisse plus rien changer ; sa mission se borne à le reproduire tel qu'il est, et c'est à cela qu'il s'applique.

De toute évidence, Lezcano souffre d'imbécillité ; Acedo probablement aussi. Malgré les limitations de leur esprit, ou peut-être justement pour mettre celles-ci en évidence, les deux bouffons sont occupés à faire des choses qui requièrent un minimum d'intelligence et d'apprentissage, deux qualités dont ils sont privés : El Primo tient un livre ouvert, presque aussi volumineux que lui ; Lezcano prend un jeu de cartes comme s'il s'apprêtait à les distribuer. La page ouverte du livre d'Acedo semble porter un texte et même des illustrations, mais ce n'est qu'un des procédés habituels de Vélasquez : vus de près, texte et illustrations sont seulement une tache informe. Idem pour le jeu de cartes. Les bouffons occupent la plus grande partie de la toile : sur la droite de chaque composition, on voit se profiler la Sierra de Guadarrama ; la montagne dans le lointain et l'absence d'autres détails situent les nains dans la campagne ; la lumière, à une heure tardive ; l'ensemble suggère la solitude. La majesté des cimes au fond et, au premier plan, le paradigme de la petitesse et de l'abandon.

Anthony est tellement captivé par ces personnages que, sans qu'il s'en rende compte, il remue les lèvres comme s'il conversait avec eux. En cet instant, Acedo et Lezcano lui semblent les seuls êtres capables de comprendre et de partager sa tristesse devant l'imminence d'une catastrophe qui détruira tout ce qu'elle rencontrera sur son passage, à commencer par ce qui est beau et noble, et qui sera sans pitié pour les faibles. Ce pays n'est pas le mien, murmure l'Anglais en regardant tantôt l'un, tantôt l'autre, et ce serait absurde de lier mon sort à celui de gens qui ne se soucient nullement de moi, qui ne connaissent même pas mon existence. On ne peut taxer de fuite ce qui n'est qu'une sage retraite.

Les nains ne répondent pas. Ils regardent devant eux, mais pas le spectateur ; ils regardent autre chose, sûrement Vélasquez lui-même qui est en train de les peindre, ou alors l'infini. Cette indifférence ne surprend pas Anthony, il s'y attendait. Pour lui, les nains représentent le peuple de Madrid, compagnons muets dans une course à l'abîme.

Lorsqu'il fait demi-tour et se dirige vers la sortie, encore immergé dans le monde parallèle de la peinture, il voit un homme engoncé dans un macfarlane et coiffé d'un petit chapeau tyrolien venir à lui d'un pas décidé. D'un coup, il redescend sur terre : c'est sûrement le machiavélique Kolia qui va se jeter sur lui avec des intentions criminelles. Comme dans un cauchemar, la terreur lui paralyse les jambes, il veut crier et aucun son ne sort de sa gorge ; l'instinct de conservation lui fait lever absurdement les bras pour se protéger et repousser l'agression. Devant cette réaction, l'homme s'arrête, apeuré, soulève poliment son chapeau et s'exclame dans un anglais parfait :

– Pour l'amour du Ciel, Whitelands ! Êtes-vous devenu fou ?

Dans l'esprit d'Anthony, la panique fit place à la stupéfaction.

– Garrigaw ? Edwin Garrigaw ?

– Je ne savais où vous trouver et je ne voulais pas recourir aux moyens officiels, aussi suis-je venu au musée, convaincu de vous y rencontrer tôt ou tard. Et que diable, me suis-je dit, dans le pire des cas une visite au Prado compensera les désagréments du voyage.

La surprise passée, Anthony fut pris d'une rage sourde.

– N'espérez pas un accueil chaleureux, gronda-t-il.

Le vieux conservateur haussa les épaules.

– S'agissant de vous, je n'espère rien. Néanmoins vous devriez m'être reconnaissant.

Et, désignant les bouffons, il ajouta :

– Ne pourrions-nous parler hors de la présence de ces malheureux ? Je loge à deux pas d'ici, au Palace. Nous y serons tranquilles et ce sera plus confortable.

Anthony hésitait. Si cela n'avait tenu qu'à lui, il aurait envoyé paître cet importun vaniteux, mais le bon sens le dissuadait de s'attirer l'hostilité d'une autorité mondiale dans son domaine, capable de lui procurer de grands bénéfices et aussi de lui causer beaucoup de problèmes. Après une brève réflexion, il fit contre mauvaise fortune bon cœur et marcha vers la sortie, suivi du vieux conservateur. Ils traversèrent le Paseo del Prado sans desserrer les dents. Dans la somptueuse rotonde de l'hôtel, ils cherchèrent un coin isolé, se laissèrent choir dans leurs fauteuils respectifs et prolongèrent un silence tendu jusqu'à ce que le vieux conservateur dise à mi-voix :

– *By Jove*, Whitelands, défaites-vous une bonne fois de votre maudite méfiance. Est-ce que vous croyez vraiment que je veux vous voler le mérite de la découverte ? Réfléchissez, je suis conservateur à la National Gallery, je suis une personnalité jouissant d'un renom universel, si vous me permettez ce manque de modestie, et me voilà près de la retraite. Est-ce que je compromettrais la réputation de toute une vie pour une aventure au résultat incertain et, si vous me permettez aussi, d'une légalité douteuse ? Et au cas où je déciderais de commettre pareille sottise, est-ce que je viendrais tout exprès vous voir pour vous mettre au courant de mes intentions ?

Anthony attendit quelques instants avant de répondre. À l'autre bout du salon, les accords sirupeux d'une harpe couvraient le murmure des conversations.

– Ne soyez pas hypocrite, Garrigaw, dit-il enfin d'un ton froid et calme. Vous prétendez me faire croire que vous avez quitté votre bureau de Trafalgar Square et votre thé au Savoy pour vous fourrer dans ce guêpier à seule fin de discuter avec moi d'un tableau que vous n'avez même pas vu ? Ne me faites pas rire. Vous êtes venu prendre une part du gâteau, si ce n'est pas le gâteau entier, et vous avez recours à moi parce que je suis la seule personne qui peut vous conduire à l'endroit où le Vélasquez est caché. Par chance, j'ai eu la prudence de ne pas vous le dire dans la lettre. Sinon...

Un serveur s'approcha pour leur demander s'ils désiraient prendre quelque chose. Edwin Garrigaw commanda un café et Anthony ne voulut rien. Quand le serveur fut parti, le vieux conservateur adopta un air blessé.

– Vous avez toujours été un type détestable, Whitelands, dit-il sans animosité, comme quelqu'un qui décrit le caractère d'un meuble. C'était déjà le cas quand vous étiez étudiant, et ce trait s'est accentué avec l'âge. Et avec l'absence de succès professionnel, soit dit sans vous blesser. Comprenez bien ceci : je ne veux avoir aucune relation avec ce tableau. Il est faux, Whitelands, faux. Je ne dis pas qu'il s'agit d'une falsification ou d'une fraude délibérée : peut-être les propriétaires actuels le tiennent-ils pour authentique, peut-être sont-ils de bonne foi. Mais le tableau n'est pas un Vélasquez. Je n'ai pas quitté mon train-train quotidien pour venir vous voler quoi que ce soit, Whitelands. Voilà quelques jours, un membre de notre ambassade à Madrid m'a téléphoné pour me faire part de l'affaire et m'a lu une lettre écrite de votre main. Je me suis tout de suite mis en route avec un seul objectif : éviter que vous ne commettiez une folie irréparable. Parce que, malgré vos défauts personnels et votre ingénuité, je vous considère comme un professionnel d'une certaine valeur et je ne veux pas voir votre carrière ruinée et vous-même devenir la risée du monde universitaire. Que vous me croyiez ou non, je vous dis la vérité. J'aime notre profession, Whitelands, je lui ai consacré toute ma vie ; l'art a été et demeure ma joie et ma raison d'être. Et même si je n'ai jamais fui la polémique, j'aime aussi mes compagnons de métier. Vous êtes tous ma famille, ma...

L'émotion que lui produisaient ses propres paroles lui serra la gorge et l'empêcha de poursuivre. Pour masquer sa confusion, il sortit un mouchoir écarlate de la poche supérieure de sa veste et s'en tapota le front, le menton et les joues. Puis il observa avec intérêt les effets de cette opération sur le carré de tissu.

– Le climat de Madrid craquelle le maquillage, remarqua-t-il en repliant le mouchoir avant de le remettre à sa place. Trop sec. Il craquelle aussi la peinture. J'espère que vous avez tenu compte de cette donnée.

Le serveur revint avec un plateau sur lequel étaient posés une tasse de moka, un petit pot de lait, un sucrier, une petite cuillère, une serviette en fil et un verre d'eau de Seltz. Garrigaw eut un sourire satisfait et Anthony, se repentant de sa tempérance, profita de la présence du serveur pour commander un whisky soda. Puis, tandis que le vieux conservateur sirotait délicatement son café, il dit :

– Vous ne l'avez pas vu. Je veux dire, le tableau. Vous n'avez pas vu le tableau, et moi si.

Le vieux conservateur s'essuya les commissures des lèvres avec des minauderies de vieille demoiselle avant de répondre.

– Je n'en ai pas besoin. Je suis un vieux renard et j'ai connu des cas semblables. Le diable est posté à la croisée des chemins et offre des merveilles aux voyageurs prêts à lui vendre leur âme. Au bout du compte, tout se termine par une triste mystification. Mystifier les gens est dans la nature du diable. J'ai éprouvé les mêmes tentations ; moi aussi, j'ai vu Méphistophélès déployer sous mes yeux sa rutilante pacotille. Fumée et cendre, Whitelands, fumée et cendre.

– Mais vous n'avez pas vu le tableau, insista Anthony sans y mettre la même conviction.

– C'est justement pour ça que je sais qu'il est faux, et pour ça que je suis ici. Si je l'avais vu, peut-être aurais-je été foudroyé par l'éclat aveuglant de la fausseté, comme vous. Il n'est rien de plus facile au monde que de voir ce que l'on désire voir. S'il n'en était pas ainsi, les hommes ne se marieraient pas avec les femmes et l'Humanité se serait éteinte depuis des millénaires. Darwin l'avait bien vu. Ah ! Whitelands, Whitelands, combien d'exemples pourrions-nous citer, combien de nos collègues, les plus solides et les plus incorruptibles, ont attiré sur eux le discrédit par la faute d'un désir irrésistible ? Combien d'attributions trop hâtives ! Combien de datations erronées ! Combien d'interprétations symboliques, combien de révélations cachées dans un détail du paysage, dans un pli du manteau de la Vierge ! La soif démesurée de découvrir et d'interpréter ce qui, par définition, est mystère et ambiguïté !

Il se pencha en avant et donna des petites tapes sur le genou d'Anthony, dans un geste à la fois moqueur et paternel.

– Ouvrez les yeux, Whitelands ! Dans l'appréciation d'une œuvre d'art, la réalité entre pour cinquante pour cent ; les autres cinquante pour cent relèvent de nos goûts, de nos préjugés, de notre éducation et, surtout, des circonstances. Et si nous sommes en présence de l'œuvre et qu'intervient la mémoire, le poids de la réalité n'est plus que de dix pour cent. La mémoire est mauvaise, elle idéalise, elle est négligente, les souvenirs mélangent les faits. Pour l'amateur, ces variations sont sans importance ; il se peut même que le subjectivisme forme une part essentielle des arts plastiques. Mais nous, Whitelands, nous sommes des professionnels et nous devons lutter contre les pièges de l'émotion. Notre fonction ne consiste pas à faire des découvertes sensationnelles, ni même à interpréter ou à estimer. Notre fonction se limite à analyser les toiles, les pigments, les châssis, les craquelures, les actes de vente et d'achat, finalement tout ce qui peut servir à fixer la réalité et à éviter le chaos.

Il se laissa retomber dans son fauteuil, joignit les doigts et poursuivit :

– Tout à l'heure, au Prado, je vous ai observé. J'étais loin, la lumière était ténue et mes yeux ne sont plus ce qu'ils ont été, et pourtant, même dans ces conditions, je suis persuadé de vous avoir vu dialoguer avec Diego de Acedo et Francisco Lezcano. Ce n'est pas moi qui vous le reprocherai. J'ai bien des fois ouvert mon cœur à des images peintes, avec plus de sincérité et d'émotion que ne peuvent en attendre de moi les hommes et les anges ; j'ai pleuré devant certains tableaux, et ce n'était pas sous le coup d'une émotion esthétique, c'était comme un épanchement de l'âme, une confession, une psychothérapie, que sais-je… Il n'y a rien de mal à ça, tant que nous savons que ce sont des expansions passagères. Ensuite, à l'heure de la vérité, l'émotion doit être mise sous clef, il faut ne faire confiance qu'aux faits, aux preuves de première main, aux comparaisons… Dans quelles conditions avez-vous vu ce tableau, Whitelands ? Seul ou accompagné ? Plusieurs heures durant ou seulement quelques minutes ? Quelle documentation avez-vous consultée ? Et qu'avez-vous à me dire des rayons X ? Personne ne peut prendre le risque de théoriser, dans les temps modernes, sans avoir eu recours aux rayons X. L'avez-vous fait ? Ne dites rien, Whitelands, je connais la réponse à ces questions. Et vous insistez encore pour me contredire ?

Le whisky était arrivé et Anthony y fit deux emprunts généreux. Réconforté par cette ingestion, il dit :

– Je ne vous contredis pas, Garrigaw. C'est vous qui êtes venu de Londres pour me soumettre à une espèce de lobotomie académique déguisée en rigueur et en méthode. Quant à vos questions, je vous dirai ceci : bien ou mal, je peux y répondre, mais pas vous, parce que vous n'avez pas vu le tableau et que vous agissez à l'aveuglette. Par votre bouche, ce n'est pas la prudence ni l'expérience qui parle, et encore moins la solidarité professionnelle. Ce qui parle par votre bouche, c'est uniquement la peur que j'obtienne une victoire qui fasse sombrer dans le ridicule votre longue carrière d'arrivisme, de charlatanisme et de crocs-en-jambe. C'est pour ça que vous êtes venu jusqu'ici, Garrigaw, pour faire obstacle à mon travail et, si vous n'y parvenez pas, pour vous associer à la découverte et me voler une part de quelque chose qui n'appartient qu'à moi.

Le vieux conservateur pinça les lèvres, haussa les sourcils d'un air amusé et émit un doux sifflement.

– Vous avez vidé votre sac, Whitelands ?

– Oui.

– Dieu soit loué. Maintenant, décrivez-moi le tableau.

– Pourquoi devrais-je le faire ?

– Parce que je suis la seule personne capable de comprendre que vous mourez d'envie de parler de votre damnée peinture. En ce moment, vous avez plus besoin de moi que moi de vous. Jusqu'à maintenant, c'est votre nervosité qui a eu le dessus. C'est naturel. Moi aussi, à votre place, je grimperais au plafond.

Le flegme du vieux conservateur ramena le pugilat crispé à l'ancienne relation de maître à disciple.

– Un mètre trente de haut sur quatre-vingts centimètres de large. Fond ocre foncé, sans paysage ni autre élément additionnel. Au centre, un nu féminin, légèrement incliné vers la gauche. La main droite tient une étoffe bleue à la hauteur du bas-ventre. La position rappelle un peu la *Danaé* du Titien que Vélasquez a pu voir à Florence, lors de son premier voyage en Italie. Les traits de la femme sont clairement définis et ne correspondent à aucun des modèles utilisés par Vélasquez. La palette est la même que celle dont il s'est servi pour la *Vénus de Rokeby* et il s'agit sûrement de la même femme.

– La maîtresse de don Gaspar Gómez de Haro ?

– Ou sa femme.

– Vous plaisantez, Whitelands ?

– On a toujours dit que la Vénus du tableau pourrait être la femme de Gómez de Haro, doña Antonia de la Cerda, et que c'est pour cela que Vélasquez a brouillé les traits du visage reflété dans le miroir.

– Je vous en prie ! Cette théorie est le fruit d'imaginations enfiévrées ! Aucun noble, et encore moins un noble espagnol, n'aurait permis à son épouse légitime de poser nue ni commandé un tel tableau. Il n'y a pas de précédents...

– Aucune conduite humaine ne nécessite des précédents pour être possible. Il n'y avait pas non plus de précédents, s'agissant d'un peintre comme Vélasquez.

– Je vois où vous voulez en venir : le peintre amoureux du modèle, un tableau clandestin, des amours impossibles, des vengeances, bref tout un roman. Vous êtes donc disposé à tomber si bas pour acquérir un peu de notoriété ? Nous sommes entre collègues, Whitelands, ce n'est pas à moi que vous vendrez cette camelote.

– Ma théorie n'a rien d'insensé, répliqua Anthony qui, pour un moment, avait décidé de ne pas tenir compte des insultes et de profiter des connaissances de son interlocuteur. La société espagnole du Siècle d'Or était beaucoup plus libérale que la société anglaise ; rien à voir avec la sombre image que nous a léguée la légende noire. L'Espagne était plus près de l'Italie que n'importe quel autre pays. Les comédies de Lope de Vega ou de Tirso de Molina, le *Don Quichotte* lui-même nous montrent des coutumes fort peu strictes, et jusqu'à l'honneur barbare à la Calderón est une reconnaissance implicite de la fragilité, de la témérité et de la fougue des femmes. Si nous en croyons la littérature de l'époque, en Espagne les femmes étaient cultivées et résolues ; l'idée de prendre le risque de se promener déguisées en hommes ne les effrayait pas. À mon avis, les choses se passent de la manière suivante : un noble libertin, marié à une femme intelligente et très peu conventionnelle, commande un tableau sur un thème mythologique, mais surtout ce qu'il veut, c'est un nu féminin sensuel et désinhibé. Le tableau ne devant jamais sortir des appartements privés de don Gaspar, son épouse ne voit aucun inconvénient à se prêter au jeu. Nous ne devons pas écarter l'hypothèse qu'elle peut être la complice du libertinage de son mari et non une victime vertueuse et résignée. Après tout, il s'agit de Vélasquez : être peinte par lui ne flatte pas seulement sa vanité mais lui garantit une place de premier plan dans l'histoire de l'Art. Si la *Vénus de Rokeby* est réellement doña Antonia de la Cerda, vous devrez convenir qu'il s'agit d'une femme d'une beauté exceptionnelle et pas précisément confite en dévotion. Ne perdons pas le fil. Entre doña Antonia de la Cerda et le peintre surgit une puissante attirance mutuelle. En secret, Vélasquez peint un second nu, cette fois sans masquer le visage du modèle. C'est le seul moyen de posséder pour toujours la femme qu'il aime, de prolonger une relation condamnée à la fugacité. Pour éviter des complications, il part en Italie et emporte le tableau avec lui. S'il le laissait à Madrid, quelqu'un pourrait le découvrir. Deux ans ont passé, le roi réclame son peintre et Vélasquez rentre en Espagne. Le tableau demeure en Italie. Plus tard, un cardinal espagnol l'acquiert et le rapatrie. Le tableau reste caché au milieu d'un abondant patrimoine familial, passe de génération en génération et réapparaît aujourd'hui. Que peut-il y avoir d'invraisemblable dans cette histoire ?

– D'invraisemblable, rien ; de réel, très peu. Tout est le fruit de votre imagination. Les choses peuvent s'être passées ainsi ou de manière diamétralement opposée ; le tableau peut avoir été peint par un autre artiste, peut-être Martínez del Mazo.

Anthony hocha la tête négativement : il avait déjà envisagé cette possibilité. Juan Bautista Martínez del Mazo, né à Cueca en

1606, était le meilleur disciple et le bras droit de Vélasquez, dont il avait épousé la fille, Francisca, en 1633. À la mort de Vélasquez, il avait été nommé peintre de la chambre du roi. Les œuvres de Martínez del Mazo ont souvent été attribuées à Vélasquez. Anthony lui-même avait écrit un article analysant les différences entre les deux peintres.

Le vieux conservateur haussa les épaules.

– Je ne suis pas disposé à en entendre davantage. Ni à discuter plus avant : tel que je vous vois, inutile de tenter de vous convaincre. Laissons l'affaire en suspens. Je suis venu pour vous, mais écouter vos élucubrations n'est pas la seule chose que je peux faire à Madrid. Je resterai quelques jours, je consulterai des archives, je rendrai visite à des amis et des collègues, il est possible que j'aille à Tolède ou à l'Escurial et que j'essaye de voir une course de taureaux : j'adore les banderilleros. Si vous avez besoin de moi, laissez un message à la réception. Je sais que ce sera le cas.

27

En sortant du Palace, Anthony Whitelands distingua des bourgeons verts aux branches des arbres encore dépourvus de feuilles. Cette délicate proclamation du printemps produisit en lui une absurde irritation : tous les prétextes lui étaient bons pour extérioriser le désarroi dans lequel l'avait plongé la conversation avec Edwin Garrigaw, moins à cause des insultes reçues qu'à cause de l'indéniable brèche que les arguments du vieux conservateur avaient ouverte dans ses convictions. Pourtant, au point où il en était, il ne pouvait se permettre de faiblir et encore moins d'envisager la possibilité d'une renonciation. Si par peur de commettre une erreur spectaculaire il abandonnait son entreprise, que pouvait-il espérer ? Le retour à l'insatisfaction dans le cadre étriqué de l'horizon académique, avec ses travaux fastidieux et ses rivalités sordides. Il lui fallait autant de courage pour continuer que pour reculer. Pour ne pas parler de la crainte que le rusé Garrigaw n'assume lui-même le risque qu'il lui conseillait d'éviter et finisse par lui voler son triomphe. Car il ne fallait pas s'y tromper, dans des circonstances normales, c'était Edwin Garrigaw, et pas Anthony Whitelands, qui aurait été la personne idoine pour juger de l'authenticité et de la valeur d'un tableau d'une telle importance. Seules la situation chaotique de la politique espagnole et, surtout, la vieille inimitié entre le délicat et acrimonieux Garrigaw et le tortueux Pedro Teacher avaient abouti au choix d'un expert de second rang. C'était sûrement pour cette raison que Garrigaw, dès qu'il avait eu connaissance de l'usurpation, était venu à Madrid, dans l'intention de se servir de son prestige et de son astuce pour recouvrer le rôle qu'il avait perdu. Mais il ne s'en tirerait pas à si bon compte, se jura intérieurement Anthony.

C'est avec ce ferme propos et un sac gonflé de provisions achetées dans la même épicerie que la veille, qu'il entra dans le hall de l'hôtel et demanda la clef de sa chambre.

– Je l'ai donnée à Mademoiselle, dit le réceptionniste. Elle vous attend là-haut.

Anthony ne fit pas attention au ton respectueux du réceptionniste et à l'emploi du mot *Mademoiselle* pour désigner la Toñina qu'il supposa de retour une fois remplies ses obligations maternelles, et décidée à ne pas s'éloigner de lui une minute de plus que le strict nécessaire. Mais quand il frappa à la porte en tenant son paquet dans un équilibre précaire, la personne qui lui ouvrit fut Paquita del Valle, marquise de Cornellá.

– Bonjour, monsieur Whitelands, dit-elle, amusée en constatant l'effet produit par sa présence. Excusez mon audace. Je voulais vous parler et j'ai préféré ne pas attendre en bas, exposée à la curiosité des gens. Le réceptionniste a eu la gentillesse de me donner la clef. Si je vous dérange, vous n'avez qu'un mot à dire et je m'en vais.

– Pas du tout, voyons, balbutia l'Anglais tout en déposant le sac de provisions sur la table et en accrochant son pardessus et son chapeau au portemanteau. La vérité est que je ne m'attendais pas… Le réceptionniste m'a dit quelque chose, mais je n'ai pas pensé à vous, naturellement…

La jeune femme se tenait devant la fenêtre. Dans la lumière limpide de la mi-journée printanière, son profil se découpait nettement et les ondulations de sa chevelure lançaient des éclairs.

– À qui pensiez-vous, alors ?

– Oh, à personne. C'est seulement que… ces derniers temps j'ai reçu des visites inattendues et trop fréquentes. Vous savez : la police, des fonctionnaires de l'ambassade… Tous ces gens me font tourner en bourrique, si c'est bien la bonne expression…

Tandis qu'il parcourait du regard le paysage désolé de cette pauvre pièce, Anthony se souvenait du somptueux salon de l'hôtel

Palace et imaginait avec une précision douloureuse l'espace, l'élégance et le confort de ses chambres ; une fois de plus, il avait conscience de l'infériorité des conditions dans lesquelles il devait affronter les moments décisifs de sa vie.

– Mais ne restez pas debout, ajouta-t-il dans un effort pour conférer quelque dignité à la rencontre. Asseyez-vous. Je ne dispose que d'une seule chaise. Comme vous voyez, cette chambre ne réunit pas les conditions…

– Elles sont suffisantes pour ce que je suis venue vous dire, le coupa-t-elle sans quitter sa position près de la fenêtre.

– Ah.

– Vous n'êtes pas curieux de savoir pourquoi je suis venue ?

– Si, si, bien entendu… C'est… pardonnez-moi, c'est la surprise. Comme vous voyez, j'ai acheté de quoi manger… De la sorte, je peux travailler sans interruption…

La jeune marquise eut un geste d'impatience.

– Anthony, tu n'as pas à me donner des explications concernant tes habitudes, dit-elle à mi-voix en passant hardiment au tutoiement. Et ne détourne pas la conversation. Je suis venue parce que, il y a quelques jours, je t'ai demandé une faveur et je t'ai offert quelque chose en échange. Je suis ici pour m'acquitter de ma part du marché.

– Oh… mais je n'ai rien fait.

– L'ordre des facteurs ne change rien au produit, dit Paquita avec l'inconséquence de quelqu'un n'est pas disposée à voir la logique se mettre en travers de sa détermination. Je remplis ma part, et tu auras à faire de même. Le marché te semble donc si mauvais ?

– Oh, non, dit l'Anglais, effrayé, c'est que… sincèrement, je ne l'ai jamais pris au sérieux.

– Pourquoi ? Tu ne prends pas les femmes au sérieux, ou est-ce moi que tu ne prends pas au sérieux ?

– Ni l'un ni l'autre… mais s'agissant d'une personne comme toi, une aristocrate…

– Laisse de côté ces sottises ! dit la jeune marquise de Cornellá.

L'aristocratie est le symbole de la tradition et du conservatisme, mais les aristocrates se comportent à leur guise. Les bourgeois ont de l'argent ; nous, nous avons des privilèges.

Anthony pensa que l'obtus Garrigaw devrait entendre cette affirmation simple et directe, applicable point par point à doña Antonia de la Cerda. Mais ni de cela, ni de tout ce qui se passerait à dater de cet instant, il ne pourrait jamais rien raconter.

– Et… ? commença-t-il.

– Et lui ? dit-elle avec un sourire ironique que le contre-jour cacha à l'Anglais. Il ne le saura jamais si tu ne le lui dis pas. Je me fie à ton esprit chevaleresque, et puis une clause essentielle de notre accord est que ton séjour en Espagne ne se prolonge pas une minute de plus que nécessaire. Et ne perdons pas davantage de temps. J'ai dit encore une fois que j'allais à la messe, et quelqu'un finira par avoir des soupçons sur mes accès répétés de religiosité.

L'humour froid de Paquita n'était pas l'ingrédient le plus approprié pour réveiller l'ardeur de l'Anglais, auquel, par ailleurs, n'échappaient pas le côté absurde de la situation ni les conséquences néfastes pour tous que ne manquerait pas d'avoir une telle aventure. Mais ces réflexions ne pouvaient rien contre la présence physique de Paquita dans l'espace confiné de la chambre dont l'atmosphère semblait s'être chargée d'électricité. Vélasquez avait dû éprouver la même sensation face à la femme de don Gaspar Gómez de Haro, mettant ainsi gravement en péril sa position dans la société, sa carrière artistique et sa vie, pensa Anthony tandis qu'abandonnant toute sagesse il se précipitait dans les bras de l'adorable jeune femme.

Une demi-heure plus tard, elle ramassa son sac par terre, en sortit un étui et un briquet, et alluma une cigarette.

– Je ne t'avais jamais vue fumer, dit Anthony.

– Je ne fume que dans des occasions particulières. Ça te gêne ?

Il y avait dans sa voix une légère hésitation, où Anthony crut lire une ombre de tendresse. Quand il fit mine de la reprendre dans ses bras, elle le repoussa doucement.

– Je termine ma cigarette et je m'en vais, murmura-t-elle, le regard perdu dans les taches du plafond. Je te l'ai dit, je ne peux pas rester longtemps absente. Et puis il y a la police : s'ils te surveillent, ils m'auront vue entrer, ils me verront sortir, et ils en tireront les conclusions. C'est vrai qu'au point où nous en sommes, ça n'a plus beaucoup d'importance.

Anthony comprit le sens de cette dernière phrase et le ton de tristesse sur lequel elle avait été prononcée : du fait de sa relation avec José Antonio Primo de Rivera, toutes les précautions pour échapper à la surveillance de la police étaient sûrement inutiles. Qu'en cet instant les pensées de la jeune marquise s'envolent vers un autre homme lui fit mal mais ne l'étonna pas.

– Nous nous reverrons ? demanda-t-il, sans espoir.

– C'est possible, répondit Paquita en détachant chaque mot. Nous nous verrons, oui ; et peut-être que nous nous retrouverons encore.

La cigarette aux lèvres, elle se leva et commença à s'habiller. À cet instant précis, on frappa à la porte. Le sang d'Anthony ne fit qu'un tour. La liste des personnages susceptibles de l'attendre dans le couloir était longue et redoutable : le terrifiant Kolia, José Antonio lui-même, le capitaine Coscolluela ou Guillermo del Valle. Avec une nonchalance feinte, il demanda qui était là, et la voix de la Toñina lui répondit. Anthony respira, soulagé : sa présence était plus gênante que dangereuse et il pensait pouvoir résoudre habilement la situation.

– C'est la femme de ménage, dit-il à voix basse en s'adressant à Paquita.

Et à voix haute :

– Je suis occupé, revenez plus tard !

– Je peux pas attendre, Antonio ! répondit de l'autre côté de la porte la voix angoissée de la fille. J'ai amené le bébé et je dois lui changer ses couches.

Confus, l'Anglais se tourna instinctivement vers Paquita qui avait fini de s'habiller et s'était assise sur la chaise pour enfiler ses bas. La jeune marquise haussa les épaules et continua à mettre tranquillement ses bas et ses chaussures. Quand elle eut terminé, elle se leva, fit demi-tour et alla regarder par la fenêtre. Anthony avait enroulé un drap autour de sa taille et se dirigeait vers la porte. La main sur la poignée, il s'arrêta, hésita quelques secondes et dit :

– Attends.

Il traversa la pièce exiguë, vint se placer à côté de Paquita et chuchota :

– C'est une histoire longue et stupide, sans la moindre importance...

Sans le regarder, elle jeta sa cigarette par terre, l'écrasa sous la semelle de sa chaussure et, comme si elle se parlait à elle-même, elle murmura :

– Mon Dieu, qu'ai-je fait ? Qu'ai-je fait ?

Anthony posa la main sur la bretelle de sa robe. Elle la repoussa brutalement.

– Ne me touchez pas, monsieur Whitelands ! s'écria-t-elle en gagnant la porte.

Dehors, le bébé s'était mis à brailler. La jeune marquise ouvrit la porte et contempla un instant la Toñina qui berçait son enfant et lui chantonnait une comptine. Puis elle franchit le seuil et partit d'un pas hautain. La Toñina, remise de sa surprise, retint l'Anglais qui sortait à la poursuite de Paquita :

– Mais Antonio, t'es à poil !

L'interpellé lança le drap sur le sol du couloir et rentra dans la chambre en marmonnant des jurons dans sa langue. Le bébé continuait à braire. La Toñina ramassa le drap, entra et ferma la porte derrière elle pour éviter le scandale. L'Anglais qui s'habillait en hâte interrompit l'opération pour foudroyer la Toñina du regard et s'exclamer :

– Soyez maudits, toi et cette répugnante créature !

– Pardonne-moi, Antonio, pardonne-moi ! Le monsieur d'en bas ne m'a pas prévenue...

En même temps qu'elle s'excusait, elle protégeait le bébé au cas où les imprécations de l'Anglais seraient suivies d'une bonne raclée. Cette réaction désarma Anthony. Il mit sa veste et ses chaussures, sortit à toute vitesse et descendit l'escalier pour se retrouver, haletant, dans l'entrée. Ni là ni dans la rue il ne vit Paquita. Il revint à l'intérieur et interrogea le réceptionniste. Faisant semblant d'ignorer la scène de vaudeville qu'il avait lui-même favorisée, celui-ci répondit que la demoiselle était sortie dans la rue et avait arrêté un taxi. Sans retourner chercher son manteau et son chapeau, les chaussures encore délacées, Anthony arrêta un autre taxi, y monta et donna l'adresse de l'hôtel particulier du Paseo de la Castellana.

Non loin de là, et pendant que se déroulaient ces épisodes dramatiques, plus responsable de leur origine que le sournois réceptionniste mais plus ignorant que lui du tour pris par les événements, Higinio Zamora Zamorano se dirigeait vers la demeure de la Juste pour s'informer des résultats de son initiative. La brave femme ne pouvait lui en donner aucun et, même s'ils avaient été au courant de cet enchaînement fatal de contretemps, ni lui ni elle n'auraient considéré pour autant que la bonne fin de l'opération fût remise en cause. Avec une vision de la vie et des choses qui leur faisait placer sur le même plan les consignes politiques et les airs d'opérette, Higinio et la Juste savaient qu'on ne pouvait pas espérer grand-chose de la tentative de caser la fille, mais que ce pas grand-chose était beaucoup en comparaison de rien. Deux trajectoires, deux vies estropiées depuis le départ par une implacable conjonction d'erreurs personnelles et d'obstacles disposés par la société, leur avaient appris à laisser les grands principes et les nobles sentiments au monde du cinéma et du roman-feuilleton. Étant parvenus à survivre de façon quasi miraculeuse jusqu'à l'âge mûr, ils mettaient toute leur confiance dans les compromis fortuits engendrés par les petites fautes et les incontrôlables faiblesses de la nature humaine.

– Ne crains rien pour la fille, la Juste, avait dit Higinio Zamora quand il lui avait rapporté sa conversation avec Anthony Whitelands. L'Anglais est un brave homme, et s'il commence par la maltraiter et la battre, il ne s'en occupera que mieux ensuite.

La Juste avait adhéré sans réserve à ce point de vue, portée par sa confiance en la sagesse d'Higinio Zamora Zamorano, lequel, en ce moment, montait fièrement l'escalier ténébreux et frappait allègrement à la porte d'une main, en tenant dans l'autre un bouquet de violettes acheté dans la rue. La Juste ouvrit tout de suite, et cette rapidité, ainsi que son attitude, plus que son visage invisible dans l'obscurité du palier, le mirent instinctivement sur ses gardes.

– Tu as de la visite, Higinio, dit la matrone en baissant la tête et en cachant les mains dans les plis de sa camisole de calicot déchirée.

Higinio entra et regarda avec méfiance le personnage qui, se tenant à l'écart des émanations insalubres du brasero, l'observait fixement depuis l'autre bout du salon.

– Je suis Kolia, dit le visiteur.

Higinio et la Juste échangèrent des regards prudents.

28

À l'autre extrémité de la distance incommensurable qui la sépare du peuple – et plus encore de la sous-espèce du prolétariat urbain, son ennemi naturel –, la vieille aristocratie professe dans son comportement une philosophe d'adaptation, pas plus profonde ni mieux ficelée mais aussi efficace que la grossière déontologie qui régit le comportement de son exact opposé. Aussi marquée que lui par les circonstances de sa naissance, une inéluctable servitude pèse sur la noblesse, qui l'empêche de réfléchir sur sa conduite, sur elle-même et sur le monde, à supposer que les trois choses n'en fassent pas qu'une seule. Mais si elle pouvait réfléchir, elle ne pourrait pour autant modifier ses idées reçues ni son mode de vie. Avec abnégation, elle doit sacrifier ses meilleures qualités sur l'autel de l'irrationalité, de l'immobilisme et de l'incurie, qui l'ont portée et la maintiennent là où elle est, et cultiver avec une discipline de fer des défauts qui confortent sa position, dans la mesure où c'est sa position qui lui permet de les cultiver. Indomptée parce que sans maître, capricieuse parce que privée de choix, l'irresponsabilité qui préside à ses actes la force à vivre dans une constante indécision : ses initiatives ne mènent à rien, ses pensées débouchent irrémédiablement sur la frivolité, et ses passions, exonérées de conséquences, se réduisent à des vices.

Don Álvaro del Valle, duc de la Igualada, marquis d'Oran, Valdivia et de Caravaca, grand d'Espagne, sent peser sur ses épaules le poids de cet héritage écrasant à l'heure d'affronter un dilemme historique. Comme il ne manque ni d'intelligence, ni d'imagination, ni de tempérament et qu'il dispose d'éléments de jugement, il ourdit des plans et manigance des intrigues, mais, en fin de compte, le déterminisme de sa position sociale le renvoie à sa place et l'oblige à adopter face à lui-même et face au monde le comportement de l'ahuri qui a perdu tout lien avec son temps et sa réalité.

C'est avec ce sentiment qu'il regarde par la fenêtre de son cabinet de travail ; et le jardin, comme s'il voulait le consoler de sa peine, exhibe pour lui ses tendres bourgeons. Sans interrompre sa contemplation, le duc murmure :

– Ce que vous me demandez va contre ma conscience.

Cette déclaration est reçue en silence par les trois hommes qui se tiennent derrière lui. Comme s'il savait de longue date l'inutilité de sa mission, l'un d'eux reste coi. L'autre regarde, dans l'expectative, le troisième qui a été jusqu'à maintenant leur porte-parole. Ce dernier dit de la même voix compréhensive qui a été la sienne depuis le début de la rencontre :

– La patrie exige parfois ce genre de sacrifices, Álvaro.

Celui qui parle frise la cinquantaine, grand, allure distinguée, visage commun mais intelligent. Le regard profond et des lunettes à monture métallique lui donnent l'air d'un intellectuel et, d'une certaine manière, c'en est un. Militaire de profession, il a gagné sa vie, quand le gouvernement de la République l'a écarté de l'armée sans réel motif, en collaborant à divers journaux et a écrit un manuel d'échecs qui lui a valu les éloges des connaisseurs et la faveur des amateurs. Puis, réhabilité, il a occupé des postes importants en Espagne et dans le Protectorat. Bien qu'il n'ait pas un passé de putschiste, il ne jouit pas de la confiance du président du gouvernement, qui l'a affecté à Pampelune pour le tenir éloigné de Madrid. Le duc de la Igualada et lui sont de vieux amis, et c'est en vieux amis qu'ils ont vécu leurs désaccords politiques avec véhémence et respect mutuel. C'est lui qui, voici quelques jours, a appelé le duc depuis Pampelune pour lui demander si les rumeurs qui lui étaient parvenues étaient exactes. Surpris, le duc s'est borné à lui donner la version officielle.

– Je suis en train de réaliser la vente de quelques biens pour disposer de liquidités au cas où je devrais mettre ma famille à l'abri.

– Ce n'est pas ce qu'on m'a rapporté, Álvarito.

Après ce bref échange, le duc a pensé que, si un conflit éclatait, il allait se mettre à dos aussi bien les uns que les autres, et, du coup, il a décidé de reporter la vente du tableau, au grand dam d'Anthony Whitelands. Maintenant le général, profitant d'un voyage éclair à Madrid, vient voir, en compagnie des deux autres, le duc affligé par toutes ces tribulations pour lui tirer les vers du nez et le rappeler à l'ordre. Le duc résistait sans livrer bataille. Devant son silence tenace, un autre général reformule la demande en termes militaires :

– Ce qu'on doit faire, on le fait. Un point c'est tout.

Depuis le début, ce général-là s'est tenu sèchement à distance. Il ne cache pas sa nervosité devant ces tergiversations et le ton exaspéré de sa voix laisse percer une vague menace. Pourtant, quand c'est nécessaire, il sait se conduire avec beaucoup de mesure. Comme les autres, il est à Madrid pour assister à un conclave de généraux ; mais lui, son voyage a été plus long, car depuis peu le gouvernement présidé par Azaña l'a affecté aux îles Canaries. Au cours de la rencontre, il n'a presque rien dit et n'est intervenu que pour refroidir les esprits, recommander la prudence, douter de l'opportunité de passer des paroles aux actes. Il est le plus jeune de tous et le moins martial. Petit, bedonnant, avec un début de calvitie, son visage est mou et sa voix fluette. Il ne fume pas, ne boit pas, ne joue pas et ne court pas les filles. Malgré tout, il jouit d'un immense prestige au sein de l'armée et il est vanté en dehors de celle-ci pour ses qualités professionnelles. Azaña a toujours misé sur lui à cause de ses extraordinaires capacités d'organisation et parce qu'il considère que, malgré son profond conservatisme, un sens pointilleux du devoir l'empêchera d'agir contre la République. Et c'est ce qui s'est passé jusqu'à ce jour : à plusieurs reprises, on lui a proposé de se joindre aux projets de soulèvement et, à chaque fois, il a refusé ou tout au moins n'a pas donné son accord explicite. Sa prudence, qui contraste avec son courage et sa détermination au combat, exaspère d'autant plus ses compagnons d'armes qu'ils sont conscients de ne pouvoir se passer de lui. Les uns et les autres s'accordent pour dire qu'il faut compter avec le personnage ; le problème est que nul ne sait si on peut compter sur lui et jusqu'à quel point. Quoi qu'il en soit, tous ont tenté et continuent de tenter de le rallier à leur cause. Même les phalangistes, qui haïssent son style prosaïque et son absence apparente d'idéal, lui ont fait des propositions en passant par des intermédiaires de confiance, avec des résultats décevants : il n'a pas répondu aux phalangistes et a reproché à l'intermédiaire de se mêler de ce qui ne le regardait pas. Il n'écoute pas les propositions et n'en fait pas non plus. Il donne des ordres, exécute ceux qu'on lui donne et dit que le reste n'est pas de son ressort. Au cas où il changerait d'avis, on l'a expédié dans un poste tranquille, loin de la géographie agitée de l'Espagne. Il se montre discipliné et même satisfait, mais il est bien possible que dans son for intérieur il ait déjà jugé ceux qui veulent l'exclure de la vie politique.

Le premier général tente d'adoucir le dialogue.

– Il ne s'agit pas seulement de l'argent, Álvarito, mais du prestige de nos actions auprès de la population, si elles se déclenchent... Tu es une figure de tout premier plan.

En entendant ces marques appuyées de déférence, le troisième général, affalé sur le canapé, émet un claquement de langue amusé. L'allure distinguée, la mise soignée, il est l'opposé de son camarade ventripotent : tempérament sanguin, turbulent, noceur, esprit corrosif. Plus âgé que les deux autres, qu'il ne tient pas en grande estime, lui aussi a fait carrière en Afrique, mais il a été formé à l'ombre de la féroce guerre de Cuba. Il trouve puéril, pour ne pas dire efféminé, de calculer le coût d'une action en termes d'efforts ou de pertes. Pour le distraire et le contenter, le gouvernement précédent l'a nommé inspecteur général des carabiniers, un poste jouissant d'un bon salaire et de peu de travail, ce qui le fait voyager dans toute l'Espagne et lui permet, s'ajoutant à un caractère facile et remuant, d'être l'agent de liaison idéal entre les militaires dispersés.

Aujourd'hui, tous trois se sont réunis en tapinois à Madrid avec d'autres généraux pour prendre une décision et, le cas échéant, coordonner les mouvements et fixer le calendrier. Mais la réunion n'a servi qu'à rendre manifestes leurs divergences. Presque tous sont d'accord sur la nécessité d'une intervention militaire qui mette fin au chaos régnant, empêche la désintégration de l'État espagnol et prenne de court la conjuration rouge orchestrée par Moscou. Mais, à partir de là, les avis diffèrent. Beaucoup sont partisans de ne pas attendre davantage : plus on retardera l'inévitable soulèvement, mieux l'ennemi sera préparé. Une minorité s'y oppose, jugeant l'opération prématurée. Sur tous pèse le souvenir du général Sanjurjo qui s'est soulevé voici quelques années et vit toujours en exil au Portugal.

Un coup d'État n'est pas chose facile. D'abord, on ne peut pas compter sur l'unité interne de l'armée : certains généraux sont des républicains convaincus ; d'autres ne le sont pas, mais leur code d'honneur leur interdit de se soulever contre un gouvernement légitimé par les urnes. Beaucoup d'officiers et de cadres intermédiaires exerçant un commandement sont de gauche ou sympathisent avec des secteurs de la gauche. Enfin, on ne peut pas compter aveuglément sur l'obéissance de la troupe, ni sur la valeur opérationnelle d'un contingent formé de recrues sans expérience du combat. À ce problème, les Africains voient une solution facile : le coup d'État sera fait par la Légion et, si nécessaire, on amènera les *regulares* du Maroc ; les Maures sont fidèles et seront enchantés de livrer une guerre coloniale à l'envers. Néanmoins, ce recours ne résout pas l'aspect le plus grave de la question. Les fréquents pronunciamientos du XIXe siècle ont eu pour théâtre une Espagne agricole, pour ne pas dire féodale, avec une population isolée, ignorante et indifférente à la politique. Aujourd'hui, c'est tout le contraire. Si le coup d'État rencontre une résistance armée et débouche sur une véritable guerre civile, une armée unie et compétente gagnera sans doute des batailles en rase campagne, mais elle ne pourra contrôler les villes et les centres industriels, surtout si, comme cela semble le cas, la garde civile et la garde d'assaut ne se joignent pas au soulèvement.

Pour contrer cette éventualité, il faudrait recourir à des groupes irréguliers d'extrême droite : ils sont nombreux, ont l'expérience des combats de rue et sont désireux d'entrer en action. Mais les inconvénients sautent aux yeux : n'étant pas encadrés par le commandement militaire, les membres de ces groupes obéissent à leurs propres chefs et à personne d'autre. Un des généraux présents a négocié avec les traditionalistes navarrais et il en est sorti échaudé. En échange de leur collaboration, les *requetes* ont de nombreuses exigences, certaines raisonnables, d'autres chimériques, et, de plus, les laborieux accords font aussitôt long feu, du fait des dissidences continues au sein du groupe. Le général est finalement parvenu à la conclusion que, tout en poursuivant des objectifs communs, ces organisations paramilitaires où l'idéologie l'emporte de beaucoup sur la discipline sont le contraire de l'armée. Malgré tout, il est arrivé à un accord de principe avec les *requetes*. La relation avec la Phalange est plus difficile. Aucun des militaires présents ne ressent la moindre sympathie pour le parti et encore moins pour son chef qui a proféré des insultes réitérées à l'encontre de glorieux militaires, accusés de ne pas avoir soutenu en son temps la dictature de Primo de Rivera. Pour José Antonio, l'armée est coupable par action ou par omission de la défaite de son père, et il ne se fait pas prier pour manifester son mépris par ses paroles et par ses actes : des années plus tôt, un des généraux présents a reçu pour cette raison un coup de poing dans un lieu public, devant témoins. L'agresseur a été chassé de l'armée, mais l'agressé garde toujours très vive la brûlure de cet outrage. Sans avoir les mêmes raisons d'aversion personnelle, les deux autres généraux considèrent José Antonio Primo de Rivera comme un freluquet dont les idées ineptes ont permis à un groupe de fils à papa saturés de poésie de dériver jusqu'à devenir une bande de pistoleros incontrôlés. Sans argent ni soutien populaire réel, si l'on décide de faire descendre les phalangistes dans la rue, il faudra leur procurer des armes, ce qui suppose un gaspillage et des risques certains, car rien ne permet de penser qu'une fois remplie leur mission leurs escouades seront disposées à se laisser désarmer. C'est pour cette raison et pour d'autres que les trois généraux se trouvent présentement dans le cabinet de travail de don Álvaro del Valle, duc de la Igualada, et tentent de s'assurer sa participation à coups de belles phrases, de basses flatteries et de menaces voilées.

Le duc se débat entre scrupule et calcul. Après avoir tellement retourné l'affaire dans sa tête, il ne lui manquait plus que d'avoir à faire face à la discorde entre les deux clans.

– Je suis quelqu'un de simple, Emilio, dit-il à son ami d'un ton plaintif, pour gagner du temps : un homme de la campagne. En politique, mes seules motivations sont le respect de la tradition, l'amour de l'Espagne et la préoccupation pour les miens.

– Et cela t'honore, Álvaro, mais les événements exigent davantage. Ils l'exigent de nous tous, et de toi en particulier : tu as un nom et une position. Tes titres nobiliaires figurent depuis des siècles dans le Gotha.

Sensible comme tout un chacun à l'éclat des titres nobiliaires, mais scandalisé de voir un général de brigade lécher les bottes d'un civil, le général affalé lève les yeux au ciel et émet un nouveau claquement de langue. Il ne comprend pas que si son camarade s'humilie ainsi, c'est qu'il a ses raisons ; sur ce terrain également les temps ont changé et, devant la menace larvée des pays fascistes, l'Angleterre et la France suivent les événements d'Espagne avec inquiétude et pourraient intervenir, directement ou indirectement. Une condamnation de la Société des Nations plomberait l'avenir de l'État né du soulèvement. Il est d'une importance vitale d'accentuer le caractère conservateur des putschistes, de se désolidariser de l'attitude expansionniste de l'Allemagne et de l'Italie, de montrer clairement qu'ils ont pour seul but le désir de rétablir l'ordre. Obtenir le soutien des familles les plus respectables et du clergé n'est pas une concession au décorum, c'est une manœuvre stratégique préalable à la bataille.

Mais le coup du joueur d'échecs consommé ne produit pas de résultat. Le duc regarde de nouveau par la fenêtre : le vent agite les branches des arbres et l'horizon se couvre de nuages noirs ;

c'est le temps changeant de mars. Peut-être, pense le général, est-ce son camarade plus brutal qui a raison, à l'heure de la vérité, la diplomatie ne sert à rien ; dans ce cas, il faudra recourir à des moyens radicaux appropriés à la situation et en assumer les conséquences. Et tandis qu'il attend la réponse, il dresse mentalement la liste des gens à fusiller. Le duc demande à Dieu un miracle qui le sorte de l'impasse, ne serait-ce que pour un moment, et sa prière est exaucée sur-le-champ. La double porte du cabinet de travail s'ouvre brusquement et la duchesse entre comme une tornade, se plante en plein milieu de la réunion et se rend compte de son erreur quand il est déjà trop tard pour la corriger. Malgré son trouble, elle est la première à réagir : elle amorce une retraite et murmure des excuses qui étouffent les claquements de talons des généraux. Le duc ne laisse pas passer l'occasion.

– Qu'est-ce qu'il y a, Maruja ? Ça doit être très grave pour que tu fasses irruption comme un courant d'air, sans frapper. Comme tu vois, ajoute-t-il sans attendre l'explication demandée et comme si elle ne l'intéressait pas, nous sommes en réunion. Tu connais Emilio. Ces messieurs… l'accompagnent.

Il est clair qu'il ne souhaite pas donner leurs noms, et le vieil ami de la famille baise la main de la duchesse. Des deux autres, l'un se libère du protocole en s'inclinant sobrement ; le troisième, suffisant, ordinaire et galant, caresse sa moustache et dit d'une voix neutre :

– Nous étions en train de conseiller à monsieur votre époux de laisser les affaires de l'État entre nos mains et de s'occuper de cultiver les fleurs de son jardin pour vous les offrir, madame la duchesse.

Obtuse et dure d'oreille, la duchesse ne saisit pas le double sens de la phrase, mais, devinant l'intrigue et le danger qui va de pair, elle lance à son mari un regard d'avertissement que le duc interprète correctement : fais ce qu'ils te disent et dis-leur de partir. Puis, à voix haute et avec un sourire mondain, elle déclare :

– Pardonne-moi, Álvaro. Et vous aussi, messieurs. Sans mauvaise intention et par bêtise, je vous ai dérangés. Poursuivez et faites comme si vous ne m'aviez pas vue.

Elle sort sans dire adieu ni demander s'ils souhaitent boire quelque chose. De la porte, elle fait un geste de la main accompagné d'une moue coquette pour ôter toute importance à son intrusion. Mais celle-ci a servi de catalyseur. Sur les trois généraux, Emilio Mola et Gonzalo Queipo de Llano sont restés interdits. Seul Francisco Franco, imperturbable, demeure perdu dans ses pensées.

29

Ni aimable ni méprisant, Kolia refusa le verre d'anis que lui offrait la Juste. Cette attitude presque lasse, insolite chez un homme qui passait pour être un cruel agent du NKVD, fit plus peur à Higinio Zamora Zamorano que n'importe quelle démonstration de colère.

– Je me suis borné à exécuter ce qu'on m'a dit de faire, expliqua-t-il sur un ton proche de la supplication. Piquer le portefeuille de l'Anglais et le porter aux Britanniques pour qu'ils soient au courant de sa présence à Madrid. Ensuite, il a continué de fréquenter cette humble demeure. Il en pince pour la fille.

L'agent joua distraitement avec le bouquet de violettes qu'Higinio avait laissé sur la table. Son indifférence coupa court à la description de l'idylle romantique que celui-ci s'apprêtait à lui donner.

– Et les gens de l'ambassade, comment ont-ils réagi ?

– Devant moi, comme si de rien n'était. Le plus naturellement du monde. Lui, ils l'ont rencontré plusieurs fois et ils le surveillent. Lorsqu'il a été arrêté et conduit à la Direction générale de la Sécurité, ils ont fait fissa pour le sortir du trou.

– Ils n'ont pas intérêt à ce qu'il parle trop. Nous non plus. Et on sait ce qu'il est venu faire ?

– Moi, je ne sais rien de rien. Il est venu pour vingt-quatre heures, d'après ce qu'il a dit lui-même, et il est toujours là, apparemment sans intention de décaniller. Si c'est les Anglais ou les flics qui l'en empêchent, ça je peux pas vous dire.

– Il peut y avoir d'autres gens impliqués, murmura l'espion.

C'est sans importance. L'important est de sortir de l'inaction. Jusqu'à maintenant, nous ne pouvons rien faire. Où est-il ?

Higinio sourit, satisfait de pouvoir revenir à son sujet favori.

– Justement, il est à l'hôtel, avec la fille. Il en pince pour elle.

Le regard glacé de l'agent tua de nouveau le récit dans l'œuf. Néanmoins, pour démontrer la pertinence de la manœuvre, Higinio rapporta la visite du jeune phalangiste à l'Anglais. La Toñina qui s'était cachée dans l'armoire de la chambre avait entendu toute la conversation et la lui avait répétée le lendemain dans les moindres détails. Elle avait aussi fait semblant d'être évanouie pour ne pas inquiéter l'Anglais. La fille était très maligne et, si on l'aidait un peu, elle pourrait se faire un avenir dans n'importe quelle partie du monde sauf en Espagne. Encore une fois, Kolia coupa net le discours ; il avait écouté attentivement le récit d'Higinio, puis s'était enfermé dans une réflexion silencieuse. Au bout d'un moment, il se leva et fit quelques pas dans la misérable pièce. Une intense odeur de chou bouilli provenant de la cour intérieure filtrait par les interstices de la fenêtre. Du même air las qu'au début, il fit signe à la Juste de sortir. Elle s'exécuta après avoir enveloppé Higinio d'un regard lourd d'appréhension. Le destinataire de cet avertissement de mauvais augure se remit à trembler.

– L'important, maintenant, dit l'espion quand ils furent seuls, est de le laisser faire ce pour quoi il est venu. D'éliminer les obstacles, d'où qu'ils viennent.

– Mais je croyais...

– Les choses ont changé. Ordres d'en haut. Et quand l'affaire sera terminée, on lui réglera son compte.

– À l'Anglais ? C'est vraiment nécessaire de le zigouiller ? Il a rien fait de mal.

Le cruel espion eut de nouveau un geste d'ennui et se rassit.

– Une fois le travail fini, il ne nous sert plus à rien ; et il en sait trop.

– Il ne dira rien, je vous le garantis : il en pince pour la fille.

Kolia fixa sur lui un regard glacé et pénétrant.

– Et elle ? dit-il. On peut lui faire confiance ?

– La Toñina ? Pour l'amour de Dieu ! La Toñina fera ce qu'on lui dira.

– Ça vaudra mieux pour elle.

Les doigts de l'espion avaient défait le bouquet de violettes, dont les pétales, épars sur la nappe en toile cirée et éclairés par la faible lumière de l'ampoule pendue à un cordon graisseux, apparurent à Higinio comme un simulacre de cimetière.

– Vous n'avez quand même pas pensé…, murmura-t-il en tremblant comme une feuille.

– Je ne pense rien. J'exécute seulement ce qui est nécessaire. Et mets-toi bien ça dans la tête : je ne veux pas d'histoires avec le Comité central. Fais ton devoir et, quand je te le dirai, charge-toi de l'Anglais. Ça ne sera pas difficile : il a confiance en toi. Si tu ne t'en sens pas le courage, dis-le-moi et je chercherai quelqu'un d'autre. Mais ne fais pas de raffut.

Au même moment, loin de là et de soupçonner la sentence sans appel que venait de rendre l'agent de la Loubianka, Anthony Whitelands faisait arrêter le taxi à cent mètres de l'hôtel particulier, décidé à parcourir à pied la dernière partie du trajet, protégé par l'épaisse végétation du Paseo de la Castellana. Aucune précaution ne lui semblait superflue si, comme le lui enseignait l'expérience, il était au centre de plusieurs cercles concentriques qui le surveillaient et se surveillaient entre eux. Il avait déjà été surpris une fois par la garde personnelle de José Antonio, et seule l'intervention rapide et amicale du Chef lui avait évité une fin tragique. Maintenant, de plus, il savait que la Direction générale de la Sécurité resserrait le cercle autour du duc de la Igualada et de tous ceux qui avaient quelque relation avec lui et sa famille. Mais aucune de ces considérations ne freinait sa détermination de parler à Paquita et de dissiper le malentendu.

La prudence s'avéra judicieuse : stationnées devant la porte de l'hôtel particulier, il y avait deux voitures dont les chauffeurs fumaient et bavardaient sur le trottoir. Tant les véhicules que la tête des individus lui firent écarter l'idée qu'ils puissent être des phalangistes ou appartenir aux services de la Sécurité. D'imaginer de nouveaux acteurs dans ce drame confus lui donna le vertige, aussi remit-il la réflexion à plus tard pour reprendre sa progression subreptice. Un détour lui permit d'atteindre la ruelle latérale sans attirer l'attention des chauffeurs. Une fois là, il longea le mur jusqu'à la porte en fer. Il tenta de l'ouvrir et la trouva fermée à clef. La hauteur du mur l'empêchait d'apercevoir le jardin et la maison, mais grâce aux pierres qui saillaient il parvint à se hisser et à passer la tête par-dessus le faîte. Le jardin était désert. À la fenêtre du cabinet de travail, il distingua la silhouette du duc. Pour ne pas être vu, il lâcha tout de suite prise et, dans sa chute, s'érafla la main droite aux aspérités du mur. Il noua son mouchoir autour de sa main pour étancher le sang qui coulait des écorchures et s'enfonça dans la ruelle à la recherche d'un autre point d'observation. Une zone plus ombragée du jardin lui permit d'escalader de nouveau le mur et d'observer l'intérieur, protégé de la curiosité d'autrui par des cyprès. De là, il voyait la façade arrière de la maison, dont la porte ouvrait sur la partie la plus privée du jardin : un escalier descendait jusqu'à un rectangle dallé, où une pergola destinée à donner de l'ombre pendant les mois de chaleur abritait une table en marbre et une demi-douzaine de chaises en fer forgé. La nudité hivernale de la treille et l'abandon du mobilier estival conféraient à l'endroit un air mélancolique.

Soudain, Paquita surgit dans le paysage en sortant précipitamment de la maison par la porte de derrière. La coïncidence de cette apparition avec le but de son incursion fit sursauter l'Anglais, qui s'efforça d'obtenir une meilleure visibilité sans révéler sa présence ni perdre son équilibre précaire. Ni la distance, ni les obstacles, ni son trouble ne l'empêchèrent de se rendre compte de l'extrême agitation que trahissait le comportement de la jeune femme.

La perception d'Anthony n'était pas erronée. Un moment auparavant, la duchesse avait croisé sa fille et ses sentiments maternels avaient éprouvé une violente commotion. Empêchée depuis l'enfance par sa condition sociale et une éducation implacable d'appliquer son intelligence naturelle à tout aspect pratique de l'existence, doña María Elvira Martínez de Alcántara, devenue par son mariage duchesse de la Igualada, avait accepté de bon gré son rôle décoratif de femme au foyer et développé une indéniable habileté dans l'art de détecter les nuances les plus variées de la frivolité et de répondre à chacune avec précision et promptitude. Plus tard, cependant, le tour funeste pris par les événements à la suite de la proclamation de la République avait amené en elle un changement d'attitude radical. Désormais, elle appliquait son ancienne perspicacité à détecter dans les plus petits détails des signes d'un drame en puissance. Quand, un moment plus tôt, trompant son ennui en se promenant dans l'hôtel particulier, elle s'était trouvée nez à nez avec Paquita, qui, à en juger par son accoutrement, venait de rentrer de la ville, la duchesse avait tout de suite perçu le trouble que la jeune femme s'efforçait de cacher sous le comportement distant et légèrement hautain qui caractérisait la relation de la fille avec la mère. Le mélange d'intuition maternelle et de bonnes manières apprises en société lui déconseilla de lui demander directement ce qui lui était arrivé, mais elle retint Paquita sous un prétexte anodin. La jeune femme ne put dissimuler qu'un instant, après quoi elle éclata en sanglots et courut s'enfermer dans sa chambre. Femme envers et contre tout, la duchesse crut deviner la cause de tant de chagrin et, aussi incapable de prendre une initiative que de n'en prendre aucune, elle était, faute d'une autre idée, partie à la recherche de son mari, interrompant ainsi le conciliabule des généraux. Les bruits de voix et de portes avaient alerté Paquita. Désireuse d'éviter un affrontement familial tant qu'elle n'aurait pas rétabli le calme dans son esprit agité, elle avait quitté sa chambre et cherché refuge dans le jardin.

Juché sur le mur, Anthony la vit refermer la porte, regarder autour d'elle pour s'assurer qu'elle était seule et marcher d'un pas lent vers la tonnelle, tête baissée, avec de profonds soupirs et de subits frémissements. De la plus grosse branche d'un orme noueux pendait une balançoire. Elle alla jusqu'à celle-ci et en caressa les cordes avec délicatesse, comme si cette innocente planchette lui remettait en mémoire les naïfs plaisirs d'une enfance irrémédiablement perdue. Anthony mourait d'envie de sauter dans le jardin et de courir consoler l'infortunée jeune femme, et seule l'en empêchait la certitude que la cause réelle de son chagrin devait être ce qui venait se passer un peu plus tôt entre eux dans la chambre d'hôtel. Cette certitude, cependant, le déconcertait : il ne comprenait pas ce brusque passage de l'audace et de l'impudeur initiales au désespoir présent ; un changement que l'irruption intempestive de la Toñina ne suffisait pas, à son avis, à justifier.

Néanmoins, la paralysie produite par cette incompréhension n'était pas destinée à se prolonger. Une impérieuse exclamation derrière lui le fit sursauter si fort qu'il faillit chuter de nouveau.

– Descends de là tout de suite, imbécile !

Plus par peur que par instinct de conservation ou par calcul, Anthony prit appui sur ses bras pour passer par-dessus le mur afin d'échapper à l'homme qui l'apostrophait et tomba la tête la première dans le jardin.

La terre plantée de myrtes, fraîchement arrosée pour la semaison de printemps, amortit le choc. Souillé mais indemne, l'Anglais, marchant à quatre pattes, alla se réfugier derrière une haie. Tout s'était passé si vite que, quand Paquita regarda dans la direction d'où était venu le bruit, elle ne parvint à voir qu'un inconnu dont la tête et les épaules dépassaient du mur. Cette apparition inattendue et le visage congestionné de l'homme lui causèrent une frayeur qu'augmentait encore le fait d'avoir été tirée brutalement de ses tristes réflexions. Elle poussa un cri et, sans répondre à l'appel de l'intrus et à ses supplications de ne pas donner l'alarme, elle courut vers la porte de la maison. Celle-ci était déjà ouverte et le majordome, alerté par le cri de Paquita, sortit dans le jardin, un fusil de chasse à la main. Avec la rapidité et l'agilité d'un chien bien dressé, il dévala l'escalier, regarda autour de lui, découvrit l'intrus, épaula le fusil, et il aurait tiré s'il n'avait été arrêté par une exclamation de Paquita.

Sans cesser de le viser, le majordome ordonna à l'homme de mettre les mains en l'air, ce à quoi celui-ci répondit qu'il ne pouvait le faire sans tomber dans la rue. Il fit cette déclaration de bon sens en regardant côté jardin et tourna aussitôt la tête côté rue, car elle valait aussi pour les chauffeurs qui, en entendant le cri, avaient quitté leur poste près des voitures et accouraient dans la rue, pistolet au poing, en sommant l'intrus de se rendre.

La situation se serait prolongée si, presque au même instant, n'était sorti le duc accompagné des trois généraux. À une interrogation muette de son maître, le majordome répondit en désignant du bout du double canon de son fusil l'intrus sur le mur.

– Saperlipopette ! s'écria le duc en découvrant la silhouette insolite. Qui est ce type dont je ne vois que le tronc et qu'est-ce qu'il fait là-haut ?

– Je ne sais pas, Votre Excellence, répondit le majordome, mais si Votre Excellence m'en donne la permission, je lui explose la tête, et après on verra bien.

– Non, non ! Pas de scandale dans ma maison, Julián ! Et encore moins aujourd'hui ! ajouta-t-il en désignant les trois généraux derrière lui.

Du coup, la situation aurait risqué de s'enliser si, sortant de son apparente indolence, le général Franco n'avait pris l'initiative de s'approcher du mur et de s'adresser à l'intrus de sa voix aiguë et tranchante.

– Hé vous, qui que vous soyez, sautez du mur et descendez immédiatement dans le jardin !

– Je ne peux pas, répondit l'interpellé. Je suis mutilé de guerre, mon général.

– Mon général ? s'exclama Franco. Et en plus vous savez qui je suis ?

– Je préférerais ne pas le savoir, mon général, mais je le sais très bien. J'ai eu l'honneur de combattre sous vos ordres à Larache. J'y ai été blessé, promu, décoré et mis à la retraite du service actif. Je suis actuellement affecté à la Direction générale de la Sécurité. Capitaine Coscolluela, toujours à vos ordres. Et, s'il vous plaît, dites aux types de la rue de ne pas me tirer dessus.

Pour ne pas être en reste, Queipo de Llano lança d'une voix tonitruante :

– Bas les armes, abrutis ! Vous voulez que tout Madrid soit au courant ? Et toi, sur ton mur, où as-tu dit que tu es affecté ?

– À la Direction générale de la Sécurité, mon général, sous les ordres du lieutenant-colonel Marranón, répondit le capitaine Coscolluela.

– Putain de bordel de merde ! Qu'est-ce que je vous avais dit ? Ce salopard d'Azaña nous fait suivre.

– Pas vous, mon général, protesta le capitaine Coscolluela. L'Anglais.

– Un Anglais ? dit Mola. Un Anglais dans la maison de monsieur le duc de la Igualada ? Tu nous prends pour des cons ?

– Je ne me permettrais pas, mon général.

– Bon, dit Queipo de Llano, après tout, l'idée de lui faire avaler son extrait de naissance n'est peut-être pas si mauvaise. Qu'il soit venu pour nous surveiller ou pour autre chose, s'il moucharde, on est dans le pétrin.

Mola réfléchissait, sourcils froncés, en se caressant le menton.

– Vous feriez ça, capitaine ? demanda-t-il.

– Non, mon général. Je dois seulement rendre compte des mouvements de l'Anglais.

– Et qui c'est, cet Anglais de malheur ? s'enquit Franco. Un espion ?

– Non, mon général : c'est un professeur, ou quelque chose comme ça.

Spectateurs de l'interrogatoire, le duc et Paquita, chacun pour des raisons différentes, s'abstenaient de corroborer les affirmations du capitaine. De sa cachette, Anthony suivait les développements de cette farce qu'il avait provoquée et à laquelle tous participaient, sauf lui. Même si la proximité physique de Paquita lui embrumait le cerveau, il comprenait l'impossibilité d'avoir une entrevue seul à seul avec elle pour le moment et la nécessité impérative de quitter l'hôtel particulier avant d'être découvert ou avant que le capitaine Coscolluela n'arrive à convaincre les généraux de la réalité de son existence.

S'il parvenait à contourner le groupe en restant à l'abri de la haie, peut-être pourrait-il profiter de la confusion qui régnait pour traverser la pergola, gravir l'escalier et gagner la porte de la maison que le dernier sorti avait laissée entrebâillée. Une fois à l'intérieur, avec un peu de chance, il pourrait trouver la porte du sous-sol où était remisé le tableau, se cacher là et attendre la nuit. Alors il ressortirait dans le jardin et, en escaladant le mur, il serait sauvé.

Le plan était tordu, mais la première partie se révéla plus facile et plus heureuse que prévu : toutes les personnes présentes concentraient leur attention sur le capitaine Coscolluela et celui-ci, face auquel il devait parcourir un espace à découvert, n'avait d'yeux que pour son ancien chef, qui, en cet instant précis, le gratifiait d'une harangue enflammée.

– Écoutez-moi bien, capitaine ! Quelle que soit la mission administrative dont vous êtes chargé, vous restez toujours un officier. Un officier de l'armée espagnole ! Vous m'avez compris ? Oui ? Alors vous savez à qui vous devez obéir et à qui vous ne devez pas, et cela pas seulement du fait de l'autorité inhérente à notre grade, mais parce qu'un officier de notre glorieuse armée ne doit pas obéir à un ordre contraire à nos intérêts, un ordre indigne ! L'Espagne est en danger, capitaine ! Le mouvement communiste n'attend qu'un signe des Soviets pour déchaîner la révolution et anéantir l'Espagne. Capitaine Coscolluela ! Un officier espagnol ne doit fidélité qu'à l'Espagne, et nous qui sommes présents ici, nous représentons l'Espagne !

– Méfiez-vous des imitations ! ajouta Queipo de Llano sur un ton légèrement moqueur qui mortifia l'auteur de la harangue. Et n'oubliez pas que le premier mur venu peut très bien remplacer le poteau d'exécution.

Tandis que retentissait cette abominable plaisanterie, Anthony atteignit la porte, se glissa à l'intérieur et se trouva dans un vestibule carré d'où partait un couloir.

30

Apeuré, silencieux et pressé, Anthony Whitelands parcourait les couloirs de l'hôtel particulier et constatait avec une angoisse grandissante que plus il s'enfonçait dans la demeure, plus il était désorienté et, en conséquence, plus il s'éloignait d'un hypothétique salut. Le temps dont il disposait filait à toute vitesse : au premier détour venu, il pouvait se trouver nez à nez avec le terrible majordome ou le formidable trio de généraux. Depuis un moment, il se repentait de n'avoir pas suivi l'ordre du capitaine Coscolluela, car il voyait maintenant à quel point celui-ci pouvait bénéficier de tous les avantages de la légalité, quand un bruit de pas lui fit chercher désespérément un refuge. Par chance, les rideaux ne manquaient pas dans la décoration tarabiscotée de la résidence seigneuriale, et un épais velours cramoisi lui offrit un abri ainsi que la possibilité d'entendre, sinon de voir, ce qui se passait dans le couloir.

Son cœur bondit dans sa poitrine en distinguant de profonds sanglots féminins qui ne pouvaient venir que de la gorge de Paquita. Il fut pris d'un désir brûlant d'apparaître soudain devant elle, de la serrer dans ses bras et de lui apporter sa consolation et son amour, mais il le réprima, pas seulement par conviction d'être précisément la cause involontaire d'une si grande affliction, mais parce qu'il entendait d'autres pas, plus fermes, qui se dirigeaient vers le même point depuis une autre partie de la maison. Moins attentifs que l'Anglais à tout ce qui n'était pas leurs propres pensées, les deux personnages furent surpris de se rencontrer.

– Ah, père Rodrigo ! entendit-il s'exclamer Paquita, quelle peur vous m'avez faite ! Je ne m'attendais pas à vous voir apparaître… Mais c'est le Ciel qui vous envoie.

La voix du père Rodrigo répondit avec rudesse :

– Je ne peux pas m'occuper de toi maintenant, ma fille. D'autres affaires plus graves me réclament.

– Il n'en est pas de plus grave que le salut d'une âme, mon père, dit la jeune femme. Je vous en prie, par pitié, entendez-moi en confession.

– Au milieu du couloir ? Ma fille, le sacrement de la pénitence n'est pas un jeu.

Pour le revêche ecclésiastique, la question semblait déjà tranchée, mais Paquita s'entêta, insensible à tout raisonnement.

– Au moins, dites-moi une chose, mon père. N'est-il pas vrai que l'amour peut racheter un acte condamnable ?

– L'amour divin, peut-être ; mais pas l'amour humain.

Derrière le rideau, l'Anglais tendit l'oreille en entendant le sujet de la confession.

– Mais si une personne, une jeune femme, entraînée par un amour irrésistible pour un homme, commettait une faute, ne lui serait-il pas plus aisé de trouver grâce aux yeux du Très-Haut ? N'est-ce pas Dieu, mon père, qui a déposé dans nos cœurs une capacité d'aimer qui nous fait nous oublier nous-mêmes ?

En entendant cette déclaration, Anthony dut s'imposer un grand effort pour ne pas abandonner toute prudence et manifester sa présence à l'instant même. Très différente était la réaction du sévère précepteur.

– Ma fille, tu me fais peur. Quelle folie t'apprêtes-tu à faire ?

– La folie est déjà faite, mon père. J'aime un homme et j'ai des motifs pour penser qu'il répond à mes sentiments. Mais de puissantes raisons empêchent que notre relation suive un cours normal. Il me respecte, et comme c'est un modèle de droiture, il ne consentira jamais à ce qu'il y ait quoi que ce soit entre nous qui attenterait à mon honneur et à ma vertu.

– Dans ce cas, ma fille, où est le péché ? demanda le père Rodrigo.

– Attendez, mon père… je…, balbutiait la jeune femme, suffoquée par la honte de la faute et la peur de la réprobation. Pour éliminer l'obstacle qui l'empêchait de consommer notre amour, en faisant fi de la morale et des conventions, j'ai décidé de perdre ma vertu…

– Abomination des abominations ! Qu'entends-je ?

– Vous me connaissez depuis l'enfance, mon père, poursuivit Paquita d'une voix faible mais inébranlable ; depuis que j'ai l'âge de raison, vous n'avez pas été seulement mon mentor et mon guide ; il existe aussi entre nous des liens d'affection. C'est à eux que je fais appel, mon père, oubliez pour un moment les préceptes et écoutez ma douleur et ma confusion avec les oreilles terrestres d'un ami et d'un conseiller. Je ne vous cacherai rien : voici à peine quelques heures, je me suis livrée à un homme. J'ai choisi délibérément un individu pour qui je ne ressens ni attirance ni respect. Froidement, je l'ai trompé sur mes intentions, et avec une frivolité feinte, je lui ai fait croire…

À cet endroit, le prêtre interrompit le récit par un rugissement.

– Paquita, ce n'est pas d'un confesseur que tu as besoin, mais d'un docteur pour les maboules ! Aurais-tu non seulement oublié la religion, mais aussi ton nom ? En agissant comme tu le dis, tu n'as donc pas pensé, outre la damnation éternelle, à la réputation de ta famille ? Sans parler de cet homme, que tu as incité à pécher. Paquita, tu as œuvré avec dépravation et ni tes paroles, ni ton attitude ne trahissent le moindre remords. Et après cela, tu oses espérer que je te donne l'absolution ?

– Mais, mon père…

– Ne m'appelle pas mon père. Je ne suis pas ton père et tu n'es pas ma fille. Tu as toujours été rebelle et orgueilleuse, et ce sont justement les traits distinctifs de Lucifer. Je ne suis pas surpris de te voir aujourd'hui possédée par le Malin. Écarte-toi de moi et quitte cette demeure. Tu as une petite sœur, et ta simple présence pourrait contaminer son innocence. Pars là où nul ne te connaît, fais pénitence et demande au Seigneur de t'accorder sa grâce et sa miséricorde. Et maintenant, je m'en vais : j'ai des choses plus importantes à faire que d'écouter tes divagations.

Tandis que le prêtre battait en retraite, la voix pitoyable de Paquita le poursuivait :

– Rappelez-vous, mon père, que je vous ai dit cela sous le sceau de la confession.

Cette admonition n'avançait guère l'Anglais, plus abattu que furieux après cette révélation humiliante, et moins encore le couple formé par Higinio Zamora Zamorano et la Juste devant qui, au même moment, comparaissait la Toñina, l'enfant du péché dans les bras et le baluchon à l'épaule.

– Toñina ! dit sa mère, mais qu'est-ce que tu fais là ?

– Et avec toutes tes affaires personnelles ! enchaîna Higinio. Allez, entre, et explique-nous tout de suite ce qui s'est passé, parce que si cette couille molle a eu le culot de te laisser plantée dans le ruisseau, il va apprendre de quel bois se chauffe Higinio Zamora Zamorano.

– T'emballe pas, Higinio, rétorqua tranquillement la Toñina en déposant le baluchon et le bébé sur la table, et toi, maman, ne fais pas cette tête. L'Anglais n'est pas un mauvais homme et si je suis revenue, c'est de mon plein gré. Je veux pas mêler ma pomme à ce jeu-là.

Là-dessus, la Toñina fit le récit des événements de l'hôtel. Quand elle eut terminé, Higinio eut un geste de soulagement.

– Mais c'est rien du tout, idiote ! dit-il sur un ton didactique et sans rien perdre de sa proverbiale bonne humeur. Les Anglais sont comme ça : froids comme des lézards. Et que je t'attrape, et que je te tue, et après, ni vu ni connu. Et les filles du beau monde, c'est quasiment du pareil au même : ça porte des peignes et des mantilles, mais pour la décence, tintin ! Et celle-là, vu que le fasciste l'a envoyée se faire voir, maintenant tout le Club royal de la Puerta de Hierro se la farcit.

La Juste avait pris le bébé dans ses bras et le berçait.

– Même si c'est ça, dit-elle, la fille a le droit de se sentir offensée. Comme dit la chanson, les gens du peuple ont aussi un cœur.

La Toñina fit une grimace.

– C'est pas ce que vous croyez, dit-elle. La petite marquise, elle a taché le drap.

– Qu'est-ce que tu dis ?

– J'ai vu le sang de mes propres yeux.

Higinio imposa le silence : il ne voulait pas être interrompu dans ses réflexions. Il faisait de courtes allées et venues dans la pièce, tête baissée, sourcils froncés et mains croisées dans le dos. De temps en temps il s'arrêtait, déplissait le front, et un vague sourire apparaissait sur ses lèvres serrées ; on l'entendait murmurer d'une voix à peine perceptible : « Voyons, voyons », et tout de suite après : « C'est peut-être ça la solution. » Puis il reprenait sa marche, sous le regard respectueux des deux femmes. Indifférent à ce moment décisif, l'enfant du péché cassait les oreilles du voisinage avec ses braillements, tandis que, dans le couloir de l'hôtel particulier, l'objet passif de ce conciliabule, pliant sous le poids de l'anathème de son directeur spirituel et sans soupçonner que sa confession avait été écoutée par la propre victime de son imposture, se répandait en larmes, apostrophait le Ciel et poursuivait son chemin, l'esprit en émoi, mais toujours impénitente.

Ayant laissé passer un laps de temps prudent, Anthony sortit la tête et, jugeant le terrain dégagé, reprit son inutile progression. À peine eut-il parcouru quelques mètres que des pas et des voix l'obligèrent de nouveau à se cacher. Comme il n'y avait à cet endroit aucun rideau à sa portée, il se colla au mur, espérant que l'ombre projetée par un angle du couloir lui permettrait de passer inaperçu.

Le duc de la Igualada et le général Franco furent bientôt si près qu'il lui aurait suffi de tendre le bras pour les toucher. Retenant sa respiration, il entendit le général dire d'une voix métallique :

– Une chose doit être bien claire, Votre Excellence. L'affaire est du ressort de l'armée espagnole. Exclusivement ! Si ce garçon qui est votre protégé et sa bande de maniaques de la gâchette veulent participer à quelque activité que ce soit, ils devront le faire dans une subordination totale aux militaires et ils agiront au moment et de la manière qu'on leur ordonnera, sans opposition ni discussion. Si ce n'est pas le cas, ils devront affronter les conséquences de leur indiscipline. La situation est grave et nous ne pouvons permettre que chacun agisse à sa guise. Faites-le savoir à votre protégé, Votre Excellence, tel que je vous l'ai dit. Je sympathise avec le patriotisme de ces jeunes gens, je ne le nie pas, et je comprends leur impatience, mais l'affaire est exclusivement du ressort de l'armée espagnole et de personne d'autre.

– Je le lui transmettrai mot pour mot, mon général, soyez sans inquiétude, dit le duc, mais le général Mola m'avait laissé entendre… son point de vue sur la question…

– Mola est un grand soldat, un patriote exemplaire et une personne de qualité, dit Franco en baissant la voix, mais il se laisse parfois dominer par les sentiments. Et Queipo de Llano est trop soupe au lait. La situation est grave, et quelqu'un doit avoir la tête claire et garder son sang-froid. La guerre qui approche sera gagnée par celui qui saura faire respecter l'ordre dans ses rangs.

Ils s'étaient déjà éloignés et Anthony se glissait dans la direction opposée, quand il vit venir les deux autres généraux et regagna son coin en toute hâte. De là, il distingua la voix d'ivrogne de Queipo de Llano.

– Emilio, si nous attendons que Franquito se décide, on en a jusqu'à la saint-glinglin. À force de tergiverser, on se fera doubler par les bolcheviques, et alors, dis-moi comment on se sortira de ce bordel. Crois-moi, Emilio : c'est le premier qui part qui gagne.

– Ce n'est pas facile de mettre tout le monde d'accord. Les uns sont indécis, les autres prudents.

– Alors passons-nous de leur accord. Fais descendre les *requetes* dans la rue, Emilio. S'il y a un carnage, les hésitations tomberont. Sur l'essentiel, il n'y a aucun problème. Ce qui fait obstacle, ce sont les petites divergences et les rancunes personnelles. Pour ne pas parler de la trouille de certains. Ou de l'ambition des autres : Sanjurjo veut diriger le soulèvement ; Goded espère la même chose ; et Franquito, qui la boucle, raflera la mise et nous baisera tous si on ne fait pas attention. Si tu ne prends pas le commandement, on ira droit dans le mur, Emilio, c'est moi qui te le dis.

– Je t'entends, Gonzalo, mais il ne faut rien précipiter. Toi, tu règles tout à coups de canon, et ici les choses sont compliquées.

Le général Mola s'arrêta net, et son compagnon qui le tenait par le bras trébucha. Craignant s'être attiré la désapprobation de celui à qui l'on reconnaissait tacitement la plus grande autorité dans le triumvirat des conjurés, Queipo de Llano interrogea Mola du regard. Ce dernier lui imposa le silence en portant l'index à ses lèvres. Puis il tendit le bras et désigna un objet par terre, à peine visible dans la pénombre du couloir.

– Sacrebleu, qu'est-ce que c'est ?

Mola ajusta ses lunettes et se plia en deux.

– On dirait un chiffon ensanglanté.

– Un domestique a dû le laisser tomber.

– Dans une maison aussi bien tenue ? Tu rêves, Gonzalo.

– Alors comment tu l'interprètes ?

– Laisse-moi réfléchir, dit le joueur d'échecs expérimenté.

Anthony constata avec effroi que l'inquiétante découverte n'était autre que son propre mouchoir : il l'avait noué autour de sa main un moment plus tôt, quand il s'était blessé contre le mur et, ensuite, distrait par cette succession d'incidents aussi nombreux que divers, il avait oublié son existence et ne s'était pas rendu compte qu'il était tombé.

Les généraux restaient perplexes.

– Est-ce qu'on nous espionnerait ? dit Queipo de Llano qui porta la main à la poche de sa veste pour y sortir un pistolet.

– Je ne crois pas. Et range ce machin, bon Dieu !

– Finalement, l'histoire que nous a racontée le boiteux n'était peut-être pas si fausse que ça.

– Vérifions. Toi tu retournes d'où on vient et moi je continue. Si quelqu'un rôde dans les parages, on le prendra en tenaille et on le neutralisera. Si tu tombes sur Franco, mets-le au courant.

Même en ayant le cerveau et les membres paralysés par la peur, Anthony comprit qu'en restant là il ne tarderait pas à être découvert, aussi partit-il sur la pointe des pieds derrière Mola. Au bout d'un moment, sans savoir comment, il déboucha dans le vestibule de l'hôtel particulier. La porte d'entrée était là, mais le souvenir des gardes postés dehors lui déconseillait de l'emprunter. Accablé par l'angoisse et le désarroi, le fugitif posa les yeux sur *La Mort d'Actéon*. Cette peinture l'avait toujours inquiété et, dans les circonstances présentes, sa vision le troubla doublement. Une longue période de civilisation chrétienne et une autre de culture bourgeoise avaient relégué la mythologie grecque au domaine de l'imagination poétique : de belles histoires avec un vague sens métaphorique. Maintenant, en revanche, l'image de l'arrogant chasseur condamné à une mort cruelle, déchiqueté par les chiens, pour le seul fait d'avoir joui sans le vouloir du contact fugace avec une déesse accessible mais impitoyable, offrait beaucoup de similitudes avec sa propre expérience. Le Titien avait peint le tableau pour répondre à une commande, mais, une fois achevé, il avait décidé de le garder pour lui : une raison plus puissante que l'intérêt, la probité et l'obéissance l'avait dissuadé de se priver de sa présence constante. Toute sa vie, il l'avait eu sous les yeux. Peut-être, pensait Anthony, le sublime peintre vénitien avait-il fait, lui aussi, une rencontre fatale et reçu une flèche inexorable.

Un bruit venu du couloir le tira de sa rêverie et, conscient que cela ne pouvait qu'aggraver encore sa situation, mais ne sachant pas comment éviter une autre rencontre également fatale, il se lança vers l'escalier et se blottit sur le palier obscur de l'étage supérieur.

31

La nuit tombait de bonne heure, et la pénombre enveloppait peu à peu la maison du duc de la Igualada tandis qu'Anthony Whitelands, recroquevillé dans son coin, entendait les brèves consignes de ses poursuivants, regroupés dans le hall qu'il venait de quitter pour se réfugier à l'étage du dessus.

– Si quelqu'un est vraiment entré, ce dont je doute, annonça le terrible majordome sur un ton catégorique, il ne peut être sorti de la maison sans qu'on l'ait vu. Je propose que nous procédions à une fouille minutieuse, chambre par chambre. Vous chercherez dans les pièces de réception. Les domestiques sont avertis, au cas où il viendrait dans la cuisine, l'office ou la buanderie. Je me charge des chambres à coucher.

Les généraux acceptèrent l'ordre sans broncher, reconnaissant l'autorité provisoire de celui qui connaissait le mieux le terrain.

Se sentant pris au piège, Anthony pesa l'opportunité de se livrer en se mettant sous la protection du duc. Celui-ci n'accepterait aucune forme de violence envers quelqu'un qui, d'une certaine manière, était à son service, et moins encore sous son propre toit, en tout cas tant qu'il n'aurait pas connaissance de ce qui s'était passé entre l'Anglais et sa fille. Mais même ainsi, la protection du duc aurait une portée limitée. Rien ne permettait de garantir la survie du témoin direct d'un complot militaire au plus haut niveau.

Il tira de ce raisonnement la conclusion qu'il devait continuer d'essayer par tous les moyens de s'échapper sans être repéré. Il reculait en toute hâte, surveillant toujours l'escalier par lequel il s'attendait à voir surgir d'un moment à l'autre le majordome et son fusil, quand une main le saisit doucement par le bras et une voix enjouée et surprise dit :

– Tony ! Qu'est-ce que tu fais ici, dans le noir et à quatre pattes ?

– Lili ! chuchota l'Anglais quand il fut remis de sa peur. Ne crie pas. Ils me cherchent pour me tuer.

– Dans la maison ? Qui te cherche ?

– Je t'expliquerai après. Pour le moment, aide-moi, pour l'amour du Ciel.

Avec son intelligence éveillée, Lili comprit la situation et fit entrer Anthony dans la chambre d'où elle était sortie, le suivit et ferma la porte. L'Anglais se trouva dans une pièce spacieuse aux murs blancs, avec un petit balcon par où pénétrait la lumière orangée du crépuscule. Le mobilier austère était composé d'un secrétaire en bois clair, de deux chaises, d'un fauteuil en tapisserie à fleurs et de rayonnages remplis de livres dont les dos indiquaient des lectures éducatives. Sur le secrétaire étaient posés un cahier ouvert, un encrier, un porte-plume, un buvard et d'autres objets d'utilité scolaire.

– C'est ma chambre, expliqua Lili. Je faisais mes devoirs, j'ai entendu du bruit et je suis allée voir. Qu'est-ce qui se passe ?

– Ils fouillent la maison de haut en bas. Ils cherchent un intrus et croient que c'est moi, dit Anthony précipitamment. Tu entends les portes qui claquent ? Dans un rien de temps, ils seront ici.

– Ne t'inquiète pas. Viens.

Une porte latérale conduisait à une petite chambre à coucher, avec un lit en fer peint, une table de nuit, une armoire à vêtements et un prie-Dieu. Sur la table de nuit il y avait un chandelier en cuivre et une boîte d'allumettes, et au mur, au-dessus de la tête de lit, une belle sculpture ancienne, probablement valencienne, représentant la Vierge et l'enfant Jésus. Des coups retentirent à la porte, accompagnés de la grosse voix du majordome.

– Mademoiselle Lili ! Ouvrez !

– Glisse-toi sous le lit, dit Lili. Je vais l'expédier.

Anthony fit ce qu'elle lui disait et, de là où il était, il entendit ce dialogue :

– Qu'est-ce qui se passe, Julián ? Et ce fusil ?

– N'ayez pas peur, Mademoiselle, simple mesure de précaution. Vous n'avez pas vu ou entendu quelque chose d'anormal ?

– Rien. Qu'est-ce que j'aurais pu entendre ? Ça fait des heures que j'étudie à en mourir d'ennui. Le père Rodrigo sera là dans un instant pour me faire réciter ma leçon.

– C'est bien. Fermez la porte à clef et n'ouvrez à personne qui ne soit pas de la maison.

Un instant plus tard, Lili était de retour dans la chambre.

– Tu peux sortir, maintenant. J'ai fermé comme il me l'a dit et tiré les rideaux du balcon. Ici, tu es à l'abri, et quand la situation se sera calmée, tu pourras t'en aller. Nous trouverons bien un moyen. Et le père Rodrigo ne viendra pas : il mène sa guerre.

Anthony sortit de sous le lit et défroissa ses vêtements. Lili s'était assise sur le bord et balançait les jambes. De sa main ouverte, elle fit signe à l'Anglais de s'asseoir près d'elle. Il s'exécuta, et elle le regarda avec intensité.

– L'intrus qu'ils cherchent, c'est toi. Sinon, tu ne te cacherais pas. Qu'est-ce que tu fais dans la maison ? On ne t'attendait pas aujourd'hui.

Et sans se soucier d'une réponse, elle ajouta :

– C'est pour Paquita, hein ? Ne me mens pas comme l'autre fois. Tu as été avec ma sœur. Tu sens son odeur, et tout à l'heure elle sentait la tienne. Je l'ai entendue pleurer. Et maintenant, ce remue-ménage… Oh, Anthony, qu'est-ce qu'elle a que je n'ai pas ? Rends-toi compte : par sa faute, ils veulent te tirer dessus. Moi, au contraire, je te protège. Je ne sais pas de quoi, mais je te protège.

– Et je t'en remercie sincèrement, Lili. Quant au reste, je peux t'expliquer…

– Je ne veux pas d'explications, Tony. C'est toi que je veux.

Elle prit dans ses mains la main droite de l'Anglais et, sans cesser de le regarder fixement dans les yeux, elle poursuivit d'une voix entrecoupée :

– Je ne sais pas si, comme on le dit, il y aura un jour ou l'autre une révolution ; mais s'il y en a une, la première chose qu'ils feront sera de nous tuer tous, comme ça s'est passé en Russie. Je n'ai pas peur, Tony. Mais je ne veux pas mourir sans avoir vécu. Je suis déjà une femme, et qu'est-ce que je connais de la vie ? Un peu d'arithmétique, les affluents de l'Èbre et les rimes de Bécquer. Tu trouves ça juste ?

– Bah, il n'y a pas de raison pour que les choses se passent comme tu le dis...

– Ça, tu n'en sais rien, et moi non plus. Mais si ça arrive... et quelque chose de terrible va arriver, j'en suis sûre, je ne veux pas mourir comme les saintes du missel, la palme du martyre dans une main et en suçant mon pouce. Je ne veux pas être une sainte, Tony, je veux être une personne normale, savoir ce que c'est que d'en être une. Et si c'est un péché, ça m'est égal. Ce n'est pas moi qui l'ai inventé. Qu'y a-t-il de mal à désirer ce que réclament le corps, la raison et l'âme ? Et comment ignorer un désir que je sens en moi à toute heure, si, en plus, le père Rodrigo passe son temps à me parler des tentations de la chair ?

Anthony se débattait entre la crainte et le scrupule. Une ex-épouse, une maîtresse, quelques amourettes et une connaissance approfondie de la peinture de genre lui avaient appris à ne pas minimiser la colère d'une femme contrariée, particulièrement dans une situation comme la sienne.

– Ma chère Lili, je comprends la problématique, dit-il en lui caressant la main avec douceur et retenue, mais je ne suis pas la personne qui convient pour la résoudre.

Avec une facilité enfantine, Lili passait des tréfonds de la luxure à une innocente simplicité.

– Au contraire, Tony, dit-elle sérieusement, personne ne convient mieux que toi : d'abord tu es protestant, et si ce que nous allons faire est un péché, il ne t'affecte pas.

Anthony se leva et alla à la fenêtre. Le comportement moral impudique des deux sœurs le scandalisait. Quelques heures plus tôt, Paquita avait employé un sophisme similaire, et même si, ensuite, elle avait confessé sa faute et manifesté des remords, le recours de l'une comme de l'autre à une argutie morale témoignait de leur intelligence à toutes deux et d'une éducation déraisonnable. Cette pensée l'attrista sans raison apparente.

– Cet argument est absurde, dit-il, écœuré.

Lili redevint sérieuse.

– Absurde, non, Tony ; il est seulement une excuse. Ça fait longtemps que je suis décidée à franchir le pas. Et je ne le fais pas en aveugle : j'ai entendu bien des fois les adultes parler de la question et, dans les fermes de mon père, j'ai vu les animaux… Mais je ne pouvais pas le faire n'importe comment. Et puis tu es apparu. Je ne parle pas de maintenant, je parle du premier jour où tu es venu chez nous. Dès que je t'ai vu, seul dans l'entrée, tout gêné, en train d'étudier cet affreux tableau, je me suis dit : c'est lui, le Ciel me l'envoie. Depuis, j'ai essayé de te faire comprendre mes sentiments et mes intentions ; sans résultat : tu ne comprends rien. Tu es idiot ; je t'aime quand même, mais tu es idiot. Je pensais que c'était perdu. Et ce soir, tout d'un coup, le destin te conduit jusque dans ma chambre à la pointe du fusil. Comment dois-je l'interpréter ?

– Il n'y a rien à interpréter, dit sèchement l'Anglais.

Il écarta légèrement le rideau et scruta le jardin. Peut-être pourrait-il sauter sans trop de risque ; la hauteur n'était pas excessive et la lumière était mourante ; après quoi, en courant, il atteindrait le mur, l'escaladerait et se retrouverait dans la rue ; de là, il filerait jusqu'au Paseo de la Castellana ; à cette heure les passants seraient suffisamment nombreux, et les autres n'oseraient pas le tuer devant des témoins. Ou peut-être que si. Mais s'il restait là, tôt ou tard ils le découvriraient. Et si, en plus, ils le trouvaient avec Lili, les probabilités d'en sortir vivant étaient encore plus réduites.

Tout en remuant ces idées, il ouvrit précautionneusement la fenêtre pour estimer la hauteur. Juste dessous, il entendit la voix revêche du père Rodrigo :

– … et ne vous écartez pas du droit chemin. Dieu me l'a révélé et vous aviez pris une décision, monsieur le duc. Le sentier escarpé…

La voix du duc de la Igualada était un murmure plaintif, à peine intelligible.

– Où nous mènera ce sentier, mon père ? Qu'il soit escarpé et plein d'épines ne signifie pas que c'est le bon.

– Votre Excellence, vous ne devez pas faire confiance aux militaires.

– Ne chercheraient-ils pas, eux aussi, le salut de l'Espagne ?

– Votre Excellence, dans leur langage, l'Espagne dont ils parlent n'a rien à voir avec la nôtre.

Il referma la fenêtre sans bruit, laissa retomber le rideau et se tourna vers Lili qui était toujours assise sur le lit.

– Ce que tu veux est impossible. Mets-toi à ma place.

– Je ne peux pas me mettre à ta place. Ni toi à la mienne : chacun doit décider pour son compte.

– Mais tu es une enfant, Lili.

– À quel âge s'est mariée Marie-Anne d'Autriche avec Philippe IV ? Tu dois le savoir : Vélasquez a fait son portrait.

Anthony ne put dissimuler un sourire.

– À quatorze ans, reconnut-il. Et l'infante Marguerite à quinze.

– Tu vois ? À cet âge, on est déjà une femme.

– Si tu veux dire qu'on est capable de faire une scène et de compliquer la vie des hommes, je te le concède. Mais c'est commencer la maison par le toit.

– Tony, si tu ne me trouves pas séduisante, dis-le-moi, mais ne me traite pas comme si j'étais une petite fille. Je n'en suis pas une, et tu le sais. Sinon, je ne lirais pas dans tes yeux ce que tu es en train de penser. Fais ce que tu voudras. Et n'aie pas peur : quelle que soit ta décision, je ne ferai rien qui puisse te nuire. Parce que je t'aime, Tony.

Il faisait nuit noire quand l'Anglais se décrocha du balcon et tomba dans le jardin. Sans contretemps, il arriva au mur, chercha des saillies dans les pierres et parvint à ne pas se blesser en montant, comme la fois précédente. Avant de sauter dans la rue, il tourna la tête pour regarder vers l'hôtel particulier. Il y régnait une quiétude totale, et toutes les fenêtres étaient éteintes ou avaient les rideaux tirés. À la faible lumière des réverbères, il crut apercevoir la silhouette de Lili au balcon, veillant sur l'heureux dénouement de son évasion.

Dans la ruelle, il se mit à courir de toutes ses forces vers le Paseo de la Castellana et, une fois là, continua sa course au milieu des passants pour ne s'arrêter qu'au moment où le souffle lui manqua. Il arrêta un taxi, monta dedans et donna l'adresse de l'hôtel. Son premier mouvement avait été de se rendre à l'ambassade et d'y demander asile, mais il la supposait fermée et s'était dit que le mieux serait d'aller à l'hôtel et d'appeler Harry Parker au téléphone. Cela ne faisait aucun doute qu'ils viendraient le chercher et se chargeraient de le protéger en échange des précieuses informations qu'il leur fournirait sur les futurs événements en Espagne, obtenues de façon involontaire mais en prenant de graves risques. Rien ne pouvait plus intéresser l'Intelligence Service que des renseignements directs et irréfutables sur l'imminence d'un coup d'État militaire et sur l'identité de ses meneurs.

Conscient de son aspect lamentable, il se dirigea vers le réceptionniste avec un air de défi, réclama le téléphone pour passer un ou deux coups de fil et demanda si, en son absence, il avait reçu une visite ou un appel.

– Une visite ou un appel ? Vous alors ! Depuis que vous êtes inscrit sur mon registre, c'est un vrai défilé de Carnaval !

Les péripéties de la journée avaient eu raison de tout ce que l'Anglais pouvait recéler d'énergie. Se sentant défaillir, il demanda un verre d'eau au réceptionniste. Ce dernier sortit une cruche de sous le comptoir et la lui donna. L'eau fraîche qui avait un goût d'anis le fit revivre.

– Vous ne devriez pas vous surmener comme ça, dit le réceptionniste sur un ton qui conjuguait l'ironie avec un soupçon d'affection.

Après quoi, il s'empressa d'énumérer les allées et venues.

– D'abord, la donzelle est partie avec son moutard et a emporté ses affaires. Si c'étaient les siennes ou les vôtres, ça, c'est pas mon problème. Ensuite est venu le petit monsieur de l'autre jour, le rigolo au pistolet. En voyant que vous n'y étiez pas, il est reparti de mauvaise humeur et sans dire bonjour ni bonsoir. Il reviendra. Et voilà une heure ou un peu plus, il y a eu le monsieur du premier jour.

– Du premier jour ?

– Avec tout ce tintouin, vous avez dû oublier. Le jour de votre arrivée, un monsieur vous a demandé, très élégant, étranger pour être plus précis. Il parlait un espagnol de première. Il a montré beaucoup d'intérêt pour vous, mais il n'est pas revenu. Jusqu'à aujourd'hui. Votre absence l'a beaucoup contrarié et il a laissé un numéro de téléphone en vous priant de l'appeler dès votre retour.

– Et il n'a pas laissé son nom ?

– Non. Il a juste laissé le numéro de téléphone et l'odeur d'un parfum de tantouze qui me rend encore tout chose.

Anthony se souvint de la visite mystérieuse et aussi qu'il l'avait mentionnée à Harry Parker dans une de leurs rencontres. Le diplomate avait dit qu'il en ignorait tout. Peut-être mentait-il. La seule façon d'élucider la chose était d'appeler le numéro laissé par le visiteur anonyme. Il décida de remettre à plus tard la communication avec Harry Parker, au cas où cet autre appel révélerait un nouvel aspect de la question. Quant à Guillermo del Valle, le mieux était de ne rien faire. En ce moment, il ne se souciait guère de ce qui pouvait se passer au sein de la Phalange et ne se sentait aucune envie d'établir de nouveaux contacts avec la famille du duc de la Igualada.

Au numéro que lui avait donné le réceptionniste, la voix qui répondit était voilée, tremblante et impossible à identifier. Quand Anthony Whitelands donna son nom, l'autre passa à l'anglais.

– Je dois vous voir de toute urgence, dit-il. Ce n'est pas prudent de parler au téléphone. Je vous attends dans une heure au Chicote. Ne dites rien à personne. Venez seul.

– Comment vous reconnaîtrai-je ?

– C'est moi qui vous reconnaîtrai. Et vous aussi, vous me reconnaîtrez. Dans une heure. Au Chicote. Je dois raccrocher.

32

Le Chicote n'était pas loin de l'hôtel et comme la rencontre devait avoir lieu dans une heure, Anthony Whitelands put se laver, changer de linge, et il eut encore assez de temps pour dévorer un substantiel sandwich aux calamars dans une brasserie de la place Santa Ana, car il n'avait rien mangé de toute la journée. Puis il prit les rues Príncipe, Sevilla et Peligros, pour arriver à l'endroit convenu avec un retard délibéré de cinq minutes sur l'heure prévue afin d'observer la salle depuis la porte et de repérer l'homme qui lui avait donné rendez-vous. Il en était là, quand, dans son dos, quelqu'un dit en anglais :

– Je suis ici. Vous êtes en retard. Ne vous retournez pas. Entrons.

Le Chicote était devenu un des endroits les plus en vogue du Madrid bohème de la Deuxième République, dont il avait l'âge. Ce soir-là ne faisait pas exception et le grand nombre de clients permit à Anthony d'obéir à l'ordre sans avoir à craindre un guet-apens. Une fois dedans, il se retourna pour voir la tête de celui qui l'accompagnait. Tout de suite, et non sans surprise, il reconnut Pedro Teacher.

– Pourquoi ne m'avez-vous pas dit tout de suite qui vous étiez ? demanda-t-il.

– Ne prononcez pas mon nom ! s'exclama l'onctueux marchand de tableaux. Je suis ici incognito.

– Avec chapeau melon et monocle ? Et à quoi rime tout ce mystère ?

Pedro Teacher le poussait sans répondre à ses questions, et ils traversèrent ainsi la masse des clients pour aller s'installer à une table miraculeusement libre. Le marchand de tableaux accrocha son chapeau melon et son pardessus à un portemanteau, et rangea le monocle dans la pochette de sa veste. Il était très agité et n'arrêtait pas de regarder dans toutes les directions. Quand le garçon se présenta, il commanda deux Martini dry sans consulter Anthony.

– Ici, ils les font très bien, dit-il. Les meilleurs d'Espagne.

– Bon. Et maintenant expliquez-moi la raison de ce cirque. Qu'est-ce que vous faites à Madrid ?

– Je vous cherche désespérément, répondit l'autre. Je m'explique : un peu après votre départ de Londres – dûment recommandé par moi, comme vous le savez –, il s'est produit un fait inattendu, dont le résultat est que l'opération telle que je l'avais prévue a pris un cours différent et, si vous me permettez un adjectif grandiloquent, mortel.

– Mortel pour moi ? demanda Anthony sans s'émouvoir, car les événements qu'il avait vécus jusque-là l'avaient immunisé contre l'effroi.

– Mortel en général, mais, je suis désolé de le dire, doublement pour vous. Vous êtes pris entre deux feux, tant dans le sens métaphorique du terme que dans son sens littéral. Voilà pourquoi, comme je vous le disais, poussé par ma probité naturelle, je suis parti à votre recherche. Je suis arrivé un jour après vous et j'ai trouvé rapidement l'hôtel où vous étiez descendu, grâce aux contacts dont je dispose dans des centres névralgiques, si je puis les appeler ainsi, de l'administration. Madrid n'a pas de secrets pour moi. En ma qualité de fournisseur des plus illustres familles du pays, rares sont les cercles ou les milieux auxquels je n'ai pas accès. Et parmi tous ceux dont les portes s'ouvrent devant moi, la maison de notre ami commun le duc de la Igualada occupe une place privilégiée. Avec sa charmante famille, bien entendu. Si, comme je le suppose, vous avez fréquenté l'hôtel particulier de la Castellana, vous aurez noté le remarquable choix de tableaux, dont une bonne partie a été proposée et vendue par votre serviteur.

Le garçon interrompit le soliloque avec les deux Martini. Quand Anthony tendit la main pour prendre son verre, Pedro Teacher le retint.

– Toutes mes excuses, mon cher Whitelands, mais les deux sont pour moi. Je ne vous interdis pas de commander ce qui vous plaira, mais j'ai besoin d'un cordial pour me remonter le moral, qui est au plus bas. Le risque fait partie de la profession de marchand de tableaux, mais pas ce genre de risques. À votre santé.

Tandis que son interlocuteur vidait en deux lampées le premier Martini et commençait à savourer le second avec des yeux vitreux, Anthony considéra que le moment était venu de mettre fin aux divagations et de découvrir la véritable raison de la filature, du rendez-vous et de la rencontre. Prié de le faire, Pedro Teacher s'essuya les lèvres du dos de la main et continua son récit.

– Je suis donc allé vous chercher à l'hôtel : vous n'y étiez pas. Je suis revenu le lendemain, mais je n'ai pas pu approcher de l'immeuble, celui-ci étant étroitement surveillé. Depuis lors, j'ai consacré tout mon temps à courir après vous. En vain : quand ce n'est pas la police qui vous accapare, c'est le corps diplomatique, ou alors la Phalange. Pour ne pas parler d'une bande de souteneurs et de prostituées en compagnie desquels vous passez vos moments de liberté. Ce qui, bien entendu, ne me regarde pas.

– En ce cas, laissons de côté mes écarts de conduite et allons au fait. Pourquoi me cherchez-vous, monsieur Teacher ?

Ce rappel à l'ordre fit ressurgir la méfiance de l'onctueux marchand de tableaux : il dirigea des regards inquiets de tous les côtés, étancha avec un mouchoir de batiste la transpiration qui perlait sur son front et sa lèvre supérieure, et baissa la voix.

– Je ne peux pas vous le dire.

– Et c'est pour ça que vous m'avez fait venir ?

– Je ne peux rien vous dire ici. On nous écoute.

– Personne ne nous écoute, Teacher. Chacun s'occupe de ses affaires. Et si ça ne vous suffit pas, dans ce pays, même le directeur du British Council ne sait pas l'anglais.

– Ne vous y fiez pas. Madrid grouille d'agents étrangers. Un essaim, Whitelands ! Et c'est bien naturel. D'ici peu, c'est sur ce sol que l'avenir du monde va se décider. La bataille décisive entre le bien et le mal. L'Armageddon.

– Peut-être, rétorqua Anthony en constatant chez son interlocuteur une agitation croissante attribuable aux deux Martini, mais je suis trop fatigué pour perdre mon temps à écouter des sornettes. Si vous ne me dites rien, je rentre à l'hôtel et je me couche. L'Armageddon peut commencer sans moi. Bonsoir.

– Non, non. Ne partez pas, supplia Pedro Teacher d'une voix plaintive. Ce que j'ai à vous dire est d'une importance capitale. C'est pour ça et rien d'autre que j'ai fait ce long voyage. Mais personne ne doit nous entendre.

– Dites-le-moi à l'oreille.

– Pas question. Ils liraient sur mes lèvres : il y a des agents spécialement formés pour ça. Allons dans un autre bar. Non, ce n'est pas une bonne idée : ça serait la même chose. Et en pleine rue, ils pourraient nous suivre et pourquoi pas nous prendre en photo. Je crois avoir trouvé mieux. Venez chez moi. J'ai un appartement simple mais central, où je garde certaines marchandises qui relèvent de ma spécialité et où je reçois mes clients dans la plus grande discrétion. Une bonbonnière, Whitelands, ça vous plaira. Et le lieu est très sûr. Comme j'y dépose des toiles de valeur, il est équipé des moyens de sécurité les plus modernes et les plus efficaces. Je ne peux pas vous donner les coordonnées de vive voix, mais je vais les écrire sur cette serviette en papier. Mémorisez-les et brûlez ensuite la serviette. Non, ne la brûlez pas. Ça attirerait l'attention. Mangez-la. Non, ça aussi, ça donnerait lieu à des commentaires. Enfin, je vous laisse choisir comment la détruire. Je m'en vais tout de suite. On ne doit pas nous voir sortir ensemble. Attendez un quart d'heure et allez à l'adresse écrite sur la serviette. Vous m'avez compris ?

– Très bien. Je ne suis pas ivre. Mais je ne compte aller nulle part. Comment puis-je savoir que vous ne me tendez pas un piège ? Vous avez vous-même mentionné un risque mortel.

– Cette insinuation m'offense, Whitelands ; nous sommes des Anglais, des gentlemen et des collègues.

– Ça n'empêche rien.

– Soyez raisonnable. Cela fait des jours que je vous cherche pour vous prévenir d'un grave danger. Ne repoussez pas la main tendue. C'est peut-être notre dernière chance. Est-ce que le nom de Kolia vous dit quelque chose ? Ah, oui, je le lis dans vos yeux. Je peux vous livrer une information supplémentaire sur le personnage, ainsi que sur la manière de déjouer ses plans. Et je peux aussi vous donner une information capitale à propos de la discutable et discutée attribution d'un certain tableau... Bref, je vous attends dans quinze minutes. Procédez du mieux que vous pourrez.

Il cala son monocle, se leva, prit le pardessus et le chapeau melon, et sortit d'un pas raide. Anthony lut l'adresse. C'était un des premiers numéros de la rue Serrano, non loin de là. Tandis qu'il imaginait le trajet et pesait l'opportunité de s'y rendre, le garçon lui présenta la note des deux Martini. Cette marque de distraction et de sans-gêne le rassura sur les intentions de Pedro Teacher. Jamais quelqu'un de malintentionné n'aurait commis une bourde aussi grossière. Il paya et sortit.

Le froid de l'hiver persistait, mais la température nocturne était plus douce que les jours précédents et la promenade s'avéra tonique, tout en lui permettant de mettre de l'ordre dans ses idées. Les dernières heures avaient été très agitées à tout point de vue, et il était maintenant envahi par une fatigue absolue, physique et mentale, qui ne laissait plus de prise à la volonté. Il avait la conviction d'être arrivé à la limite de ses forces, et tout ce qui se rapportait à son voyage avait cessé de l'intéresser. Même le tableau de Vélasquez lui apparaissait maintenant comme un objet trop lointain et trop compliqué. Sans avoir rien perdu de leur séduction, ni le triomphe professionnel imaginé, ni les effusions sentimentales terminées aussitôt que comblées ne pouvaient rivaliser avec son désir éperdu de retourner à la tranquillité de son travail, de sa maison et de sa vie quotidienne bien rangée. Quelle que soit la révélation annoncée par Pedro Teacher, sa décision était déjà prise. Demain, il rentrerait en Angleterre, sans consulter personne, sans prévenir personne, sans dire adieu à personne.

Après avoir traversé la place de Cibeles, il passa devant le café dont le sous-sol hébergeait la Baleine Joyeuse, le lieu où Primo de Rivera et ses camarades se réunissaient le soir pour boire du whisky et discuter des événements de la vie intellectuelle. Anthony gardait un souvenir chaleureux de la nuit où il avait été invité à participer à leur réunion, même s'il n'avait guère envie de rencontrer de nouveau José Antonio, après la manière perfide et parfaitement insensée dont Paquita l'avait utilisé comme une formalité préalable à son accouplement avec le Chef national. L'Anglais était rouge de rage et de honte à la pensée du triste rôle qu'elle lui avait fait jouer dans ce singulier triangle. Il était arrivé rue Serrano et se souvenait de sa conversation avec Paquita au café Michigan quelques jours plus tôt. Il avait parlé de Vélasquez et elle de ses problèmes personnels. Un lien s'était formé entre eux, désormais rompu à jamais. Se reverraient-ils un jour ? C'était peu probable.

Distrait par ces souvenirs et ces réflexions, il parvint en retard à l'adresse donnée par Pedro Teacher sur la serviette du Chicote. Sa montre indiquait onze heures précises quand il s'arrêta devant un énorme portail à panneaux dans l'un desquels était découpée une porte plus petite, pourvue d'un heurtoir de bronze en forme de tête de lion. Avant de frapper, il poussa la petite porte, qui céda. Il entra après avoir regardé les alentours : personne ne passait dans la rue. Anthony eut l'impression qu'il n'était ni suivi ni observé. Après tous ces jours où il avait été surveillé, cette soudaine solitude lui parut de mauvais augure. Néanmoins, il pénétra dans le vestibule. À la lumière venant de la rue, il distingua un interrupteur, appuya dessus et l'ampoule d'une applique en métal doré s'alluma. Il ferma la porte de la rue et monta par un large escalier, aux épaisses marches de bois que l'usage avait rendues luisantes et qui grinçaient sous ses pas.

La porte du deuxième étage à gauche, là où Pedro Teacher avait dit avoir sa bonbonnière, était également entrouverte. Non sans une certaine appréhension, Anthony franchit le seuil. L'entrée était plongée dans l'obscurité, mais on percevait une vague clarté au fond du couloir. Ni dans l'entrée, ni dans le couloir, il n'y avait de meubles, de tapis ou de rideaux, et aucun tableau n'était accroché aux murs. Marchant sur la pointe des pieds afin de pouvoir surprendre avant d'être surpris, il déboucha dans une pièce spacieuse, éclairée par une veilleuse. La nudité des murs et l'absence de mobilier confirmèrent ses soupçons : personne ne se servait de cet appartement, ni comme logement, ni comme bureau, ni comme salle d'exposition. Cette constatation aurait suffi à lui faire comprendre son erreur, si une autre vision ne lui avait montré la véritable dimension de son imprudence et de sa naïveté.

33

Pour commencer, Pedro Teacher était mort, et bien mort : aucun doute là-dessus. Un moment auparavant, il avait qualifié la situation de mortelle, et maintenant il en faisait, par son propre exemple, la démonstration irréfutable. Le corps gisait sur le dos au milieu de la pièce, dans une flaque de sang, les bras et les jambes ouverts formant un X, comme s'il était tombé à la renverse. Il portait encore son pardessus ; le chapeau melon avait roulé à un mètre de la tête de son ancien propriétaire, et le monocle, fendillé mais entier, gisait près du visage.

Éperonné par l'instinct de conservation, Anthony se retrouva sur le palier sans s'être arrêté à considérer la situation. Des pas résonnaient dans l'escalier. Il regarda et vit monter des hommes armés. Des voisins ouvraient leurs portes, passaient la tête et la rentraient aussitôt pour se barricader : leur demander de l'aide aurait été inutile et, de plus, la fatigue lui brouillait l'entendement. Advienne que pourra, se dit Anthony. Tandis qu'il formulait cette idée confuse, il se vit entouré par quatre individus qui lui intimaient l'ordre de ne pas offrir de résistance. Cette notion fit sourire involontairement l'Anglais.

– Il y a quelqu'un d'autre ? lui demandèrent-ils.

– Un mort à l'intérieur. À qui ai-je l'honneur ?

Sans répondre, ils le firent entrer dans l'appartement et fermèrent la porte. L'un deux braquait son arme sur lui, pendant que les trois autres procédaient à une inspection sommaire, pistolet au poing. Leur reconnaissance terminée, ils téléphonèrent depuis un appareil fixé au mur du couloir. La réponse fut immédiate, comme si, à l'autre bout du fil, quelqu'un avait guetté l'appel. La communication se limita à deux monosyllabes. Après avoir raccroché, celui qui avait appelé dit aux autres :

– Ne touchez à rien. Il sera là dans cinq minutes.

Sans cesser de le surveiller, les quatre hommes se roulèrent des cigarettes et fumèrent. Anthony tentait de deviner dans quelles mains il était tombé. Après un moment qui lui parut une éternité, l'arrivée du lieutenant-colonel Marranón accompagné d'un adjoint mit fin au suspense. Son apparition aurait atténué l'inquiétude du prisonnier si le nouveau venu n'avait marché droit sur lui et ne lui avait asséné un violent coup de poing. Le choc et la surprise firent chuter l'Anglais. Du sol, il adressa à son agresseur un regard plus étonné que réprobateur.

– Salaud ! Enfant de putain ! S'il n'y avait pas cette foutue légalité républicaine, je te collerais une balle vite fait ! s'écria le lieutenant-colonel.

Plus calme, l'adjoint s'accroupit près du cadavre en retroussant les basques de son manteau pour éviter de les tacher de sang. Dans cette position, il annonça ses conclusions provisoires :

– Il est encore chaud. On lui a tiré dans le thorax, à bout portant, avec une arme de gros calibre. Avec ce pardessus et ce complet noirs, il est difficile de préciser avec exactitude le point d'impact, mais il a dû être foudroyant. Les voisins ont sûrement entendu la détonation, mais par les temps qui courent ils feront les sourds.

Ce rapport mesuré rendit son calme au lieutenant-colonel.

– C'est vous qui avez fait ça ? lança-t-il à l'Anglais.

– Non ! Comment pourrais-je ? protesta Anthony. Je suis un expert en art, incapable de tuer personne ; pas même en pensée. Et puis où est l'arme ?

– Est-ce que je sais ? Vous pouvez l'avoir jetée ou cachée. Aucun assassin n'attend la police le pistolet à la main. Vous connaissez la victime ?

– Oui, dit Anthony. En fait, j'étais avec lui il y a moins d'une heure, au Chicote. Il m'avait donné rendez-vous pour me dire quelque chose d'important, mais il avait peur qu'on l'entende.

Pour l'éviter, il m'a fait venir ici. Il était déjà mort quand je suis arrivé.

– Rien ne colle, grogna le lieutenant-colonel. Où sommes-nous ? Ça ressemble à une planque, un local de réunion de terroristes, de malfrats et d'agents étrangers.

– Je ne le savais pas, comment vous pouvez le supposer. Il me l'avait décrit différemment. Je suis venu à pied du Chicote. Si le capitaine Coscolluela m'a suivi, comme il a l'habitude de le faire, il peut vous le confirmer.

– Le capitaine Coscolluela a été tué cette après-midi, dit sèchement le lieutenant-colonel. Et moi je devrais faire la même chose avec vous. Vous appliquer la *ley de fugas* : « abattu en tentant de s'enfuir ». Par votre faute, j'ai perdu mon meilleur collaborateur. Et maintenant ils nous privent de ce type qui aurait pu nous donner un tas d'informations.

– Pedro Teacher ?

– Ou quel que soit son nom. Nous l'avons suivi depuis son arrivée à Madrid, mais ce salopard était plus glissant qu'une anguille. Si vous n'aviez pas laissé sur la table une serviette avec l'adresse, nous ne l'aurions pas retrouvé. C'est vrai que, dans l'état où il est, il ne nous servira plus à grand-chose.

Les esprits s'étant calmés, Anthony lut une profonde fatigue sur le visage ingrat du lieutenant-colonel. Celui-ci, se désintéressant de l'Anglais, parlait à ses subordonnés.

– Deux restent ici, jusqu'à ce que le juge vienne constater le corps. Les autres viennent avec moi. Ce minable nous accompagne à la Direction générale. Là, on lui fera dégoiser tout ce qu'il sait.

Sur le trajet de la Direction générale de la Sécurité, Anthony voulut connaître les circonstances de la mort du capitaine Coscolluela. Le lieutenant-colonel, dont l'animosité envers l'Anglais s'était éteinte une fois satisfaite, les lui communiqua froidement. Le corps sans vie du capitaine avait été trouvé vers six heures dans un terrain vague proche du Retiro. D'après les indices, le capitaine était mort victime d'un échange de coups de feu qui s'était passé dans un autre endroit, et il avait été transporté ensuite dans le terrain vague. Selon le lieutenant-colonel, les auteurs ne faisaient pas de doute : la veille, dans une bagarre de rue, un étudiant de droite affilié à la Phalange avait été tué, et ses camarades, comme c'était pour eux la règle, avaient vengé sa mort de cette façon. L'attentat, par ailleurs, entrait dans le cadre de la campagne de terrorisme menée par la Phalange pour préparer le terrain d'un possible soulèvement militaire.

– Vous avez des preuves de ce que vous avancez ? s'enquit Anthony à la fin du récit. Des témoins oculaires ? La Phalange a reconnu les faits ?

– Pas besoin.

Anthony Whitelands prit une décision.

– Quand nous serons dans votre bureau, je vous dirai où et dans quelles circonstances j'ai vu pour la dernière fois le pauvre capitaine Coscolluela. Et je vous suggère d'appeler le ministre de l'Intérieur. L'histoire en vaut la peine.

Pendant que, dans la voiture, se déroulait ce dialogue, dans l'appartement du numéro 21 de la rue Nicasio Gallego, centre névralgique de la Phalange, la visite du père Rodrigo, vieille connaissance du marquis de Estella, et les nouvelles qu'il apportait avaient motivé la convocation d'urgence de la Junte politique.

– Je les ai entendus aussi nettement que vous m'entendez : pour le moment, ils ne feront rien.

Sombre, mais conciliateur, le secrétaire général du parti, Raimundo Fernández Cuesta, intervint :

– La situation peut changer à tout moment. Vu l'état des choses…

– Et si elle ne change pas ? dit Manuel Hedilla.

José Antonio Primo de Rivera interrompit la polémique en frappant la table du plat de la main. Quand il parla, il le fit sur un ton calme et désenchanté.

– Le camarade Hedilla a raison : rien ne changera. Mola et Goded ont du sang de navet. Et Franco est une poule mouillée.

– Reste Sanjurjo, intervint José María Alfaro. Il a de l'audace et il nous fait confiance.

– Impossible, dit José Antonio. Ni Franco ni Mola ne feront venir Sanjurjo du Portugal pour lui remettre le bâton de commandement. Chacun le veut pour lui-même. C'est une mêlée de chiens. Quand ils se mettront d'accord, ce sera déjà trop tard.

La Junte politique était divisée, et les révélations prévisibles apportées directement de l'hôtel particulier du Paseo de la Castellana par le père Rodrigo creusaient encore les divergences. Les modérés considéraient qu'il était nécessaire, à tout point de vue, de s'unir aux militaires, même si cela supposait de voir assigner à la Phalange un rôle d'auxiliaire dans le mouvement. Les plus impulsifs étaient partisans de prendre l'initiative. Certains, plus réfléchis, voyaient l'inutilité de l'une et l'autre décision : avec l'intervention de l'armée, quel que soit celui qui ferait le premier pas, non seulement le commandement reviendrait aux généraux, mais la Phalange, ses idées, son esprit et son programme se verraient dénaturés à plus ou moins brève échéance. Parmi ces derniers, beaucoup auraient préféré se tenir en marge des événements et attendre une occasion plus propice. Qu'un soulèvement se produise contre le gouvernement de Front populaire et que la Phalange reste les bras croisés était une idée incongrue, presque obscène ; même les partisans de cette stratégie ne se risquaient pas à la présenter ouvertement, sachant que la proposition serait mise sur le compte de la lâcheté et de l'indécision. Une ou deux fois seulement, quelqu'un, indirectement, avait fait allusion à l'hypothèse de la neutralité.

José Antonio Primo de Rivera se débattait dans ses doutes. En tant que Chef national d'un parti autoritaire, il n'avait à consulter personne ni rendre compte à personne de sa décision, mais, au fond, il n'était pas un leader politique, il était un intellectuel, un juriste formé à examiner les faits sous tous les angles. Son fanatisme relevait de la rhétorique. Parce qu'il les connaissait depuis son enfance, il savait mieux que personne que les généraux, avec leur pompeux discours patriotique, n'étaient que le bras armé des propriétaires fonciers, de la bourgeoisie financière et de l'aristocratie. Beaucoup de militaires, y compris au plus haut niveau, admiraient le style juvénile de la Phalange, mais cette admiration ne faisait que traduire la nostalgie de ce qu'ils avaient été ou de ce qu'ils auraient voulu être avant de s'enliser dans le marécage des tableaux d'avancement, dans la boue de la mesquinerie, dans la veulerie des petites rivalités. À quelques exceptions près, les généraux putschistes étaient médiocres, vaniteux et, en définitive, aussi corrompus que le gouvernement qu'ils se proposaient de renverser. Mais quelle était l'issue à ce dilemme ? se demandait-il. L'an passé, il avait élaboré un plan qui aurait fait basculer le rapport de force. Profitant d'un changement de gouvernement mal reçu par tous, José Antonio avait projeté une marche sur Madrid à l'image de celle de Mussolini le 28 octobre 1922. L'entrée dans Rome des *squadre* fascistes en formation serrée, portant chemises noires, enseignes impériaux et drapeaux au vent, l'avait beaucoup impressionné quand, à l'âge de dix-neuf ans, il avait vu un reportage cinématographique. Dans ces circonstances, le peuple avait acclamé son nouveau leader, le roi et l'Église l'avaient reconnu comme tel, et l'armée italienne, jusque-là méprisante, n'avait eu d'autre solution que de se ranger sous ses ordres. Mussolini, comme Hitler, s'était battu lors de la Grande Guerre, mais aucun des deux n'avait fait de carrière militaire. Et pourtant, dans les deux pays totalitaires par excellence, et à la différence de la tradition séculaire des dictatures espagnoles, les civils et la doctrine qu'ils professaient tenaient l'armée sous leurs ordres, et non le contraire. C'est dans cette intention qu'en 1935, quand déjà se profilait la menace du Front populaire, José Antonio avait envisagé une marche sur Madrid en partant de Tolède, avec des milliers de phalangistes et les cadets de l'Alcazar. Tout au long du trajet, une masse innombrable les rejoindrait, et l'on pouvait compter sur l'adhésion de la garde civile. Mais le projet n'avait pu être exécuté : au dernier moment, des militaires l'avaient torpillé. José Antonio Primo de Rivera connaissait leurs noms, et plus spécialement celui de l'homme qui, à l'état-major, avait eu le dernier mot : Franco.

– Je vais vous dire comment nous allons procéder, dit-il finalement. Je vais lancer un ultimatum aux militaires. Ou la rébellion a lieu maintenant, avec la Phalange comme fer de lance, ou la Phalange ira au combat pour son compte et à ses risques. Nous les aurons avertis. Ils seront les seuls responsables du résultat devant Dieu et devant l'Histoire.

Puis il demanda à José María Alfaro de faire venir Serrano Suñer. Quand celui-ci entra dans la salle, il lui dit :

– Ramón, je veux que tu m'organises une rencontre avec ton beau-frère le plus vite possible. Le mieux serait demain.

Tandis que la réunion se dispersait, le père Rodrigo suivait José Antonio comme un petit chien.

– Ne faites pas confiance aux militaires, monsieur le marquis. Ils ne feront pas la guerre de Dieu, mais la leur.

34

À cinquante-six ans, don Manuel Azaña a déjà l'aspect d'un vieil homme. Gros, chauve, blême, laid, avec une expression acrimonieuse, ses yeux derrière des verres épais sont deux fentes, somnolentes ou rusées, selon l'appréciation de l'interlocuteur. Anthony Whitelands l'a vu seulement en photo, ainsi que sur des caricatures de la presse de droite, sous la forme d'un crapaud, d'un têtard ou d'un serpent. Maintenant, il l'a devant lui. Dans le bureau du chef du gouvernement, il a rapporté une fois de plus l'histoire qu'il a d'abord relatée au lieutenant-colonel Marranón à la Direction générale de la Sécurité, puis à don Alonso Mallol et à don Amós Salvador, respectivement directeur général de la Sécurité et ministre de l'Intérieur. Ce dernier a appelé le président malgré l'heure tardive, et Azaña les a reçus immédiatement, a écouté avec attention et, une fois le récit de l'Anglais terminé, est resté à regarder fixement celui-ci.

– Est-il certain que le tableau soit de Vélasquez ?

La question déconcerte Anthony autant que ses accompagnateurs. Azaña ébauche une grimace qui se veut un sourire complice.

– Ne vous offusquez pas. La conspiration et les noms des généraux ne sont pas tombés dans l'oreille d'un sourd, mais, comme vous autres le savez parfaitement, ce n'est pas non plus pour moi une nouveauté. En revanche, cette histoire de tableau ne figurait pas dans le scénario. Moi, monsieur Whitelands, je ne m'y connais guère en art. Mon domaine est la littérature. Si je pouvais échanger ma place contre celle d'un autre, je choisirais Tolstoï ou Marcel Proust. Ça, bien sûr, c'est ce que je dis aujourd'hui. Dans ma jeunesse, j'aurais préféré Rudolf Valentino.

Il a un nouveau sourire, cette fois moins forcé. Quand on l'a appelé, il s'apprêtait à rentrer chez lui. Maintenant, il a décidé que l'entrevue serait longue et il accepte le contretemps avec bonne humeur.

– J'ai fait un long séjour à Paris, dit-il à l'intention de l'Anglais, car les autres sont déjà au courant. Avant la guerre de 1914. Le Conseil de perfectionnement des études supérieures m'avait donné une bourse pour que je suive des cours à la Sorbonne. En réalité, seuls m'intéressaient l'art et la vie intellectuelle de cette grande ville. Et les filles, comme vous pouvez l'imaginer. Je me rendais tous les jours au musée du Louvre et je passais une heure dans une des salles des Antiquités, ou alors je restais planté comme un ahuri devant un tableau. Puis je revenais dans ma chambre et j'essayais de mettre mes impressions par écrit. Pardonnez-moi si je divague, dit-il en incluant les autres d'un geste de la main. Il est tard et ma journée a été longue et épuisante. Vous aussi, vous devez être fatigués. Bien, je termine vite. Je vous disais donc que j'allais tous les jours au Louvre. La peinture italienne me fascinait, et particulièrement l'école vénitienne. Pour cette raison, j'ai assisté un jour à une conférence sur le Titien par un de vos compatriotes, un professeur d'Oxford ou de Cambridge. Un homme d'âge moyen, beau, élégant, aux gestes un peu maniérés, avec des airs de fausse incertitude mais remarquablement documenté et très intelligent, doté d'une culture étonnante, bien différent de nos érudits prétentieux et ignares. Il m'a tellement impressionné que je me rappelle encore son nom : Garrigaw. Il a consacré toute la conférence à un seul tableau : *La Mort d'Actéon*. Celui-ci ne faisait pas partie des œuvres exposées au Louvre, ni dans aucun autre musée. Apparemment il appartenait et appartient sûrement toujours à un heureux particulier. Pour la conférence, nous disposions d'une belle copie, qui a permis au professeur de nous montrer les différents détails de ce curieux épisode mythologique. Comme vous pouvez le supposer, la fable, ainsi que la manière de la représenter, m'a fasciné. Je ne sais si vous l'avez présente à l'esprit. Le jeune Actéon va à la chasse et le hasard fait qu'il surprend Diane nue ; l'inflexible déesse lui décoche une flèche et le transforme en cerf qui est déchiqueté sur-le-champ par la propre meute du chasseur sans que celui-ci puisse rien faire pour l'éviter. Pour peindre le drame, le Titien le situe au milieu de son déroulement : l'essentiel est déjà arrivé ou va arriver. Celui qui ne connaît pas le début et la conclusion de la fable reste sur sa faim. Peut-être qu'à l'époque où le Titien a peint le tableau tout le monde connaissait la mythologie grecque. Je n'en suis pas sûr. Une autre raison a dû amener le peintre à choisir ce moment et pas un autre. Le moment où la faute a déjà été commise et où la flèche est déjà partie. La suite est une question de temps : le dénouement est inévitable. Soyez patients avec mes divagations. Souvent, dans la solitude de ce bureau, à une heure comme celle-ci, vaincu par la fatigue et, pourquoi le nier, par le découragement, je me réfugie dans le souvenir d'autres temps dont je ne sais s'ils étaient plus heureux, mais en tout cas moins compliqués : l'enfance à Alcalá, le collège des Augustins à l'Escurial, Paris avant la guerre… Et dans un de ces moments de désœuvrement m'est revenue récemment en mémoire la conférence sur le tableau du Titien.

Il fait une pause pour allumer une cigarette et promène ses yeux mi-clos sur l'auditoire respectueux. Puis il poursuit sur un ton plus animé :

– Beaucoup pensent que nous sommes justement dans cette situation. La faute irréparable a déjà été commise, la flèche est partie de l'arc ; il ne nous reste plus qu'à attendre d'être déchirés par nos propres chiens. Personnellement, je préfère penser différemment. Je dirai mieux. Je crois que la flèche qui peut nous tuer est précisément le défaitisme général. Jamais l'Espagne n'a connu un aussi large consensus qu'aujourd'hui : la conviction unanime que nous fonçons tête la première vers le désastre. Je me demande si je suis le seul à ne pas être d'accord, et je me réponds à moi-même que non. Les élections du mois passé le démontrent : au cours de la campagne, nous avons eu l'occasion de voir quel était le sentiment général.

Anthony, perdu dans ses propres cogitations, ignore le fait, mais don Manuel Azaña est dans le vrai : dans le cadre de la campagne électorale, il a donné nombre de meetings populaires. Malgré son absence de charme personnel et sa réputation d'intellectuel ; malgré l'érosion produite par des années de querelles politiques au cours desquelles son parti et lui-même ont commis d'énormes erreurs ; diabolisé par la droite et vilipendé par la gauche, le peuple a néanmoins voté pour lui, et les masses ont acclamé Azaña parce qu'elles voient en lui le dernier espoir d'un accord et d'une conciliation. Lors du dernier meeting, qui s'est tenu dans les environs de Madrid, dans un lieu mal desservi, par un froid glacial et malgré le boycott du gouvernement, cinq cent mille personnes sont venues. Parce que ses idées sont simples : consolider la République, ne pas jeter par-dessus bord ce qui a été obtenu jusqu'à maintenant, ne pas aggraver les maux du pays ni les difficultés de la population. Pour y parvenir, il compte sur un large soutien parlementaire et sur l'immense majorité des Espagnols, même si – et cela, il le sait parfaitement – cette majorité qui le porte ne pèse guère face aux pistolets et moins encore face aux canons. Même dans ces conditions, il conserve son espoir en la victoire du bon sens, de l'instinct de conservation de la nation espagnole. Il croit aussi, parce qu'il a vu la naissance et le développement de la République et qu'il la connaît de l'intérieur, que personne, au fond de soi-même, ne voulait en arriver au point où l'on en est aujourd'hui. Pour les socialistes, les dégâts implacables des accords électoraux et de leur gestion politique les ont obligés à radicaliser leur position, pour empêcher les ouvriers de quitter l'UGT pour la CNT[1] où les anarchistes maintiennent la pureté de leurs principes grâce à l'abandon de tout possibilisme et à l'exer-

1. Le syndicat UGT est lié au parti socialiste, la CNT (Confédération nationale du travail) est un syndicat de tendance anarcho-syndicaliste fondé à Barcelone.

cice permanent de l'irresponsabilité. Ainsi, portés par un discours révolutionnaire dans lequel Azaña ne voit que frivolité, les socialistes se sentent obligés de prendre le pouvoir comme l'ont fait les bolcheviques en Russie. Ils refusent carrément toute forme de compromis, arguant, non sans raison, de la répression brutale dont la classe ouvrière a été l'objet, tant de la part de la monarchie que de la part de la république. Mais leur décision, dans les circonstances présentes, est un suicide. Sur ce point, la droite est plus sensée : elle défend les intérêts d'une minorité et, en conséquence, elle n'a pas à satisfaire une masse exaspérée qui exige des résultats concrets et immédiats. La droite peut attendre, parce qu'elle n'est pas affamée, et elle ne recourra à la rébellion armée que si elle ne voit pas d'autre issue. Les groupes extrémistes de la droite, comme les traditionalistes ou les présumés fascistes de la Phalange, sont quatre chats pelés que l'avarice de leurs maîtres tient fermement en laisse. Quant à l'armée, Azaña la tient à l'œil ; ce n'est pas pour rien qu'il a été ministre de la Guerre dans le premier gouvernement de la République. Contre l'opinion largement répandue, Azaña croit que les militaires ne souhaitent pas en finir avec une république qui, au fond, est aussi la leur. Quand ils pouvaient défendre la monarchie pour la restauration de laquelle, aujourd'hui, ils ne se prononcent que du bout des lèvres, ils n'ont pas bougé le petit doigt, et ils ne le feront pas davantage maintenant pour renverser la république. Si on laisse de côté les Africains, qui, eux, lui font réellement peur, les autres sont freinés par l'incompétence, la paresse et la pétaudière de la hiérarchie. L'armée espagnole, aujourd'hui, est une institution obsolète, apathique, désorganisée, sans moyens matériels et sans moral, qui a fait la triste expérience de Cuba et des Philippines en 1898 et qui ensuite, pour sauver sa dignité aux yeux du pays et à ses propres yeux, s'attribue le rôle d'arbitre de la politique espagnole. Cela étant, l'équilibre est précaire et, dans la confusion, les malins prospèrent.

– Et ne pourrait-il pas être de Martínez del Mazo ? demande-t-il.

Anthony Whitelands se réjouit de l'occasion qui lui est donnée d'exposer ses raisons. Se faisant l'interprète de ses compagnons, Amós Salvador, le ministre de l'Intérieur, proteste :

– Ne devrions-nous pas concentrer notre attention sur des sujets plus immédiats et plus graves ?

Le président du Conseil des ministres répond avec amabilité :

– Mon cher Amós, il y a un temps pour tout… ou pour rien. Pour le moment, ce tableau m'intrigue énormément. José Antonio Primo de Rivera est un familier de la maison qui l'abrite, et plusieurs généraux putschistes la fréquentent. L'obscur marchand qui a monté l'opération de sa vente est assassiné dans un appartement vide, propriété d'une société suisse d'import-export, avant d'avoir pu révéler un secret à monsieur Whitelands, qu'il a suivi depuis Londres pour des raisons inconnues. L'ambassade britannique est à ce point intéressée par l'affaire qu'elle la porte à la connaissance de l'Intelligence Service, qui lui envoie un gros poisson. Et aujourd'hui même, un agent de la Sécurité a été assassiné, lequel, comme par hasard, a été vu pour la dernière fois dans la maison du duc de la Igualada pendant qu'on y complotait. Ce peut être un simple concours de circonstances, c'est vrai, mais si ça ne l'est pas, il se dégage de ce tableau une influence maléfique qui bat largement celle de Toutankhamon.

– Dans ce cas, insiste Amós Salvador, ne vaudrait-il pas mieux saisir le taureau par les cornes ? Je prends tout de suite un arrêté et nous confisquons le tableau. Ensuite, nous verrons.

Séduit par le caractère concret de la proposition, le lieutenant-colonel Marranón se lève pour donner les ordres adéquats. Azaña lui fait signe de se rasseoir.

– J'avoue que l'idée m'en est passée par la tête et qu'elle me tente pour diverses raisons, dit-il. Pour commencer, j'ai très envie de voir le tableau. Et si c'est vraiment un Vélasquez, je serais ravi de le sortir de sa cave et de le donner au musée du Prado. Mais nous ne pouvons pas agir en marge de la légalité. Par les temps qui courent, nous devons être particulièrement scrupuleux. Pour ce que nous en savons, don Álvaro del Valle n'a commis aucun délit. Ce n'en est pas un de posséder un tableau de valeur ni de s'entretenir avec des citoyens de n'importe quelle tendance politique. Nous renforcerons la surveillance et s'ils essayent de sortir le tableau du pays ou si nous pouvons leur imputer une quelconque infraction, nous leur mettrons la main au collet. Pour le moment, nous sommes pieds et poings liés.

– Mais ils ont assassiné un de mes hommes, monsieur le président, gémit le lieutenant-colonel.

– Ce malheur nous affecte tous, répond Azaña, et moi doublement, en tant que citoyen et en tant que chef du gouvernement. Chaque mort violente est un pas de plus vers l'abîme. Si nous n'arrêtons pas très vite la roue dans sa course, il ne sera plus possible de revenir en arrière. Mais ce que j'ai dit pour le tableau vaut aussi pour l'assassinat. Nous ouvrirons une enquête pour l'élucider et pour que tout le poids de la loi s'abatte sur les coupables, c'est tout. La tâche ne sera pas facile. Si, comme monsieur Whitelands vient de nous le raconter, le capitaine a reconnu les conjurés, ceux-ci sont les premiers suspects, mais il est évident qu'ils auront effacé toutes les pistes. Le fait que le corps ait été trouvé sur un terrain vague écarte une mort accidentelle dans une bagarre de rue. Mais nous ne pouvons pas non plus agir sur des hypothèses, et moins encore contre des généraux d'active qui, au moment où les faits se sont produits, se trouvaient officiellement à des kilomètres de Madrid. Quoi qu'il en soit, le complot semble être dans sa phase finale. Mais j'insiste sur le fait que nous ne pouvons oublier la mort de ce Pedro Teacher. Tout comme le capitaine Coscolluela, il suivait de près monsieur Whitelands. Il y a probablement là un lien qui nous échappe.

Il se tait, allume une cigarette, consulte sa montre. Il est très tard. Le constater le rend conscient de sa propre fatigue. Les autres aussi sont blêmes, avec des cernes sous les yeux. Il soupire et poursuit.

– Messieurs, comme je viens de le dire, nous sommes au bord de l'abîme. Pour le moment, personne ne se décide à faire le pas décisif. Mais il suffira d'une poussée pour précipiter le pays dans la catastrophe. Et j'ai la conviction que cette poussée, si elle se produit, viendra d'un fait mineur en termes historiques, de quelque chose que les générations futures considéreront comme anecdotique et devront beaucoup grossir afin de comprendre pourquoi un pays s'est jeté dans une lutte fratricide alors qu'il pouvait l'éviter. Par tous les diables, je ne peux pas m'enlever ce tableau de la tête.

Il observe une longue pause et ajoute :

– Pour le moment, je vous l'ai dit, nous ne pouvons rien faire. Cela dit, rien ne nous empêche de demander à monsieur Whitelands, ici présent, de continuer d'enquêter pour son compte. Lui-même nous a fait part de sa détermination de rentrer à Londres le plus tôt possible et, au vu de ce qui s'est passé, une telle détermination me semble très raisonnable. Même en arguant de ma qualité de chef du gouvernement, je ne me risquerais pas à lui suggérer de ne pas partir avant d'avoir eu un dernier entretien avec le duc de la Igualada. Mais s'il le faisait, il pourrait peut-être découvrir un nouvel élément qui nous permettrait de percer tant de mystère.

Sans pouvoir maîtriser sa nervosité croissante, le lieutenant-colonel Marranón l'interrompt sur un ton acerbe.

– Avec tout le respect que je vous dois, je ne trouve pas que ce soit une bonne idée. Cette mission comporte d'énormes risques. Ces gens ne font pas dans le détail et j'ai déjà perdu un collaborateur. Ce n'est pas comme ça que nous ferons face à la menace putschiste, merde !

Anthony se sent légèrement ému en interprétant, peut-être à tort, les paroles du lieutenant-colonel comme l'expression d'une préoccupation pour sa sécurité. Don Alonso Mallol répond :

– Ils n'oseront pas : il est anglais.

– Ces gens-là osent tout. Pedro Teacher lui aussi était anglais. Et l'ambassade ne se mouillera pas pour un particulier trop fouineur. Par contre, elle peut nous chercher des poux dans la tête.

Azaña intervient :

– Toute chose présente des avantages et des inconvénients, mais la discussion est oiseuse. Le dernier mot appartient à monsieur Whitelands.

Monsieur Whitelands, à la stupéfaction de tous, à commencer par la sienne, a déjà pris une décision.

– J'irai dans cette maison, annonce-t-il, que cela vous paraisse opportun ou non. J'ai compris que je ne pouvais pas laisser les choses en l'état. Je parle du tableau. Je suis un expert en art, j'ai une réputation. Cela pèse davantage que la prudence.

Il tait d'autres motifs, parce qu'ils ne regardent pas les personnes présentes.

– Je vous tiendrai informé autant que je le pourrai, poursuit-il. Et ne vous inquiétez pas pour mon ambassade. Je ne lui dirai rien et je ne ferai pas appel à elle. Je sais parfaitement qu'ils ne bougeraient pas le petit doigt pour moi.

La réunion s'achève. Les adieux sont brefs. Tout le monde a sommeil. Une voiture dépose l'Anglais près de la Plaza del Ángel, pour qu'il fasse seul la dernière partie du trajet et que personne ne voie qui l'a raccompagné. Le réceptionniste dort sur sa chaise, la tête posée sur le bras et le bras posé sur le comptoir. Il prend la clef sans le réveiller et monte dans sa chambre. Fatigué comme il l'est, il n'est pas surpris de trouver la Toñina dans le lit, plongée dans un sommeil paisible. Il se déshabille et se couche. La Toñina entrouvre les yeux et supplée par sa gentillesse à l'inexpérience de son jeune âge. Après l'agitation émotionnelle de Paquita et de Lili, la simplicité de ces caresses lui fait l'effet d'un baume.

35

Anthony Whitelands commença la journée en suivant ce qui, nonobstant la brièveté de son séjour à Madrid, s'apparentait déjà pour lui à un rituel : un petit-déjeuner au café, toujours le même, une lecture rapide de la presse quotidienne, une déambulation sans hâte jusqu'à l'hôtel particulier de la Castellana. Le majordome lui ouvrit la porte avec ce naturel renfrogné qui faisait son charme. Sur son visage de gitan on ne lisait ni étonnement ni hostilité, comme si le féroce tueur de la veille n'avait jamais existé que dans l'imagination de l'Anglais.

– Ayez la bonté de passer et d'attendre dans l'entrée pendant que je préviens Son Excellence.

Une fois de plus seul avec *La Mort d'Actéon*, Anthony se demandait comment Vélasquez aurait exécuté cette scène dramatique si c'était lui et non le Titien qui en avait reçu commande. Imprégné du spectaculaire et magnifique cérémonial qui cimentait et soudait la République maritime de Venise, le Titien avait recouru à l'abondante culture classique accumulée depuis la Renaissance pour représenter le châtiment irrationnel et démesuré imposé par la déesse, prisonnière du symbole qu'elle incarnait et de son pouvoir illimité. Diane dominait la scène, comme les forces impitoyables qui s'abattent sur les humains : comme la maladie, comme la guerre, comme les passions malsaines. Vélasquez n'ignorait pas les calamités qui gouvernent le monde, mais il refusait de les concrétiser sur la toile. Il aurait sûrement choisi de représenter un témoin accidentel du triste destin d'Actéon et reflété sur son visage la stupeur, l'épouvante ou l'indifférence face au spectacle terrible auquel il lui avait été donné d'assister et dont il était maintenant le dépositaire sans l'avoir compris et sans savoir comment transmettre au monde sa signification et la leçon à en tirer.

Comme si, pour lui aussi, un destin farceur avait planifié la succession de ses actes, la réflexion d'Anthony fut interrompue par une voix à la fois tremblante et joyeuse.

– Tony ! Tu es revenu ! Dieu soit loué ! Tu n'es plus en danger ?

– Je ne sais pas, Lili. Mais je devais venir, à n'importe quel prix.

– Pour moi ?

– Je ne veux pas te mentir : ce n'est pas toi la raison de ma présence. Et puisque tu es là, je veux en profiter pour clarifier entre nous ce qui s'est passé hier.

Lili s'approcha de l'Anglais et plaqua la main sur sa bouche.

– Ne dis rien. Vous, les protestants, vous vous croyez obligés de dire des choses désagréables. Vous pensez que, quand une chose est amère, blessante ou brutale, elle doit forcément être vraie. Mais les choses ne sont pas comme ça. Les miracles et les contes de fées ne sont pas un mensonge, ils sont une illusion. Peut-être que le Ciel aussi n'est que cela : une illusion. Et même si c'est le cas, il nous aide à vivre. La vérité ne peut pas être une illusion brisée. Je ne te demande aucune explication, je ne te reproche rien, je n'exige rien de toi. Mais l'espoir, lui, tu ne peux pas me l'enlever, Tony. Pas aujourd'hui, pas demain, mais un jour, peut-être, les choses seront différentes. Alors, si je suis toujours vivante et si tu m'appelles, j'irai où tu me diras d'aller et je ferai ce que tu voudras. En attendant ce moment, réel ou imaginaire, je ne te demande que ton affection et ton silence. Et de ne rien raconter à personne. Promis ?

Il n'eut pas le temps de répondre, car don Álvaro del Valle, duc de la Igualada, fit irruption dans l'entrée, accompagné du majordome. Sans que rien dans l'attitude des deux hommes ne trahisse une volonté d'intimidation, Anthony se sentit soudain mal à l'aise. Jusqu'à cet instant, sa décision de se rendre à l'hôtel particulier et d'affronter le duc sur son terrain était restée aussi ferme que lorsqu'il l'avait prise la veille dans le bureau du chef du gouvernement ; mais, le moment étant venu, il n'arrivait plus à s'expliquer à lui-même la cause de sa présence ni la manière de procéder. Le duc non plus n'avait pas l'air sûr de la conduite à adopter. Finalement, ce fut lui qui décida d'aborder le dialogue sans détour.

– Pourquoi êtes-vous venu, monsieur Whitelands ?

La netteté de la question dégagea la voie.

– Monsieur le duc, je suis venu me faire régler ce que vous me devez.

Lili restait dans l'entrée. À l'arrivée de son père et du majordome, elle avait fait mine de sortir, mais elle s'était arrêtée à la porte dans une attitude vigilante, incapable de laisser l'Anglais dans l'embarras. En s'en apercevant, le duc lui adressa un regard rassurant, chargé de compréhension.

– Cela me semble juste, répondit-il. Allons dans mon bureau. Personne ne viendra nous déranger.

Le majordome, faisant celui qui a compris, eut un geste d'assentiment.

Quand Anthony entra dans le cabinet de travail, ses yeux se portèrent d'instinct vers la fenêtre par où il avait vu pour la première fois Paquita dans le jardin, en compagnie d'un mystérieux galant. Dans le même jardin, elle l'avait fugacement embrassé, et c'était encore là qu'il l'avait surprise quelques jours plus tard, quand elle était au fond du désespoir. Maintenant, baigné par le doux soleil matinal, le jardin semblait abandonné. Une bande de moineaux voletait entre le sol et les branches des arbres. Les deux hommes s'assirent comme lors des précédentes visites. Anthony prit tout de suite la parole.

– Quand on m'a proposé de venir, il m'a été offert une rémunération et, ultérieurement, vous-même avez confirmé cet engagement à plusieurs reprises. Depuis le premier moment, j'ai tenté de remplir ma mission et je crois l'avoir fait, dans les limites du possible, avec honnêteté, application et compétence. Percevoir ce qui m'est dû n'est pas seulement juste, c'est une question de dignité. Les professionnels comme moi ont le droit d'être rémunérés, et nous devons défendre ce droit pour le bien de toute la profession. Je réprouve la désinvolture des amateurs : renoncer à la rétribution revient à décliner toute responsabilité. Vous, monsieur le duc, dans votre position, vous pensez et agissez suivant d'autres paramètres, mais je suis sûr que vous comprenez et approuvez mon propos.

– Sans le moindre doute.

– Peut-être, mais j'estimais ce préambule nécessaire pour introduire ce que je vais vous dire maintenant. J'ai été engagé pour estimer des tableaux. Sans le savoir ni le vouloir, je me suis vu transformé en un pion, essentiel ou accessoire, peu importe, d'un complot dont je continue à ne pas comprendre le sens ni la portée. C'est à cela que je me référais quand j'ai parlé de percevoir ma part. Je veux avoir les explications qui me sont dues. Donnez-les-moi et je m'en irai. Et gardez votre argent ; il ne m'intéresse pas.

Le duc observa un long silence, puis dit :

– Je comprends parfaitement votre curiosité, monsieur Whitelands. Et je vous assure que, moi aussi, j'aimerais vous poser quelques questions… encore que je ne sois pas sûr que j'aimerais entendre les réponses. Peut-être, au nom de l'harmonie, devrions-nous décider de rester chacun dans l'ignorance : qu'en pensez-vous ?

Anthony reçut un coup en plein cœur, mais il se dit immédiatement que le duc ne savait rien de concret à propos des événements auxquels il faisait allusion, sinon il ne se serait pas exprimé en termes aussi subtils et avec un tel détachement. Si la duchesse avait été présente, la situation aurait été autrement dangereuse ; d'homme à homme, il restait à l'Anglais une marge de manœuvre.

– Les faits que j'évoquais, dit-il en essayant que sa rougeur ne trahisse pas le mensonge, ne concernent pas ma vie personnelle. Sur ce terrain, il ne s'est rien passé d'inavouable. Permettez-moi, donc, de commencer par le début. Qui est Pedro Teacher et quel rôle joue-t-il dans cette farce ?

En entendant cette question, le duc parut soulagé. Sans doute s'attendait-il à autre chose de plus compromettant, et il n'hésita pas à affirmer sans réticences ce qu'Anthony savait déjà : Pedro Teacher était un marchand par l'intermédiaire duquel le duc, comme d'autres familles de l'aristocratie espagnole, avait acquis des œuvres d'art, et particulièrement des tableaux signés de peintres connus.

– Pedro Teacher a accès à des œuvres intéressantes et les vend à des prix raisonnables. Il dispose d'une clientèle choisie à Londres et aussi à Madrid. Par son intermédiaire, j'ai acheté certaines œuvres, et j'en ai vendu ou échangé d'autres à de bonnes conditions.

Vu la façon dont il s'exprimait, Anthony en déduisit que soit le duc ne savait rien de la mort de l'onctueux marchand de tableaux, soit il était un remarquable simulateur. Il opta pour la première hypothèse et dit :

– Et maintenant Pedro Teacher collabore à la vente du Vélasquez que vous gardez dans votre cave.

– Vous le savez aussi bien que moi. L'opération requérait une personne de confiance. Je veux dire sur le terrain professionnel et aussi sur le terrain personnel et politique. Pedro Teacher ne réunit pas ces qualités. Ses idées politiques sont connues et, comme expert de Vélasquez, il ne jouit pas d'une autorité suffisante. Un jugement de lui n'aurait pas été exempt de soupçons. C'est pour cette raison qu'il a fait appel à vous.

– Pedro Teacher savait-il à quoi était destiné le produit de la vente ?

– Plus ou moins. Pedro Teacher adhère pleinement à notre cause. Je veux dire à la cause de ceux qui veulent en finir avec le chaos généralisé et empêcher la horde marxiste de s'emparer de l'Espagne.

– Je ne comprends pas. Pedro Teacher est bel et bien anglais ; il tient à Londres un commerce florissant. Même s'il a établi des relations commerciales, voire affectives, avec des personnes d'un pays étranger, cela ne suffit pas pour qu'il s'implique dans la politique active de ce pays au point de courir des risques, tant en Espagne qu'en Angleterre.

– Vous le faites vous-même.

– Contre ma volonté.

– Hier, à ce que je crois, vous avez essayé d'escalader le mur de ma maison, et aujourd'hui vous revenez vous fourrer dans la gueule du loup. Ne me dites pas que vous avez fait les deux contre votre volonté. Il arrive souvent que l'homme le plus rationnel et le plus matérialiste soit pris d'une pulsion et que, sans même s'en rendre compte, il jette allègrement par-dessus bord sa sécurité personnelle, ses privilèges, bref tout ce qui constitue la tranquillité de sa vie quotidienne.

– Monsieur le duc, cet homme, ce n'est pas moi. Vous parlez du marquis de Estella.

Le duc ferma les yeux, comme si la réaction provoquée par ce nom l'incitait à se recueillir quelques instants pour mettre de l'ordre dans ses idées et ses émotions. Quand il les rouvrit, il y avait dedans une lueur qui contrastait avec sa mélancolie congénitale.

– Ah, José Antonio ! dit-il en adressant à l'Anglais un regard de complicité. Je suis sûr que, tous les deux, vous avez sympathisé. Cela ne m'étonne pas. Nul n'échappe au magnétisme de José Antonio ; pas même ceux qui voudraient le voir mort. Vous êtes un homme intelligent, honnête, et même si vous vous évertuez à le nier, un idéaliste invétéré. Il s'en est aperçu tout de suite et il me l'a dit. Comme tout chef authentique, il a la capacité de juger les gens au premier coup d'œil, de lire dans les esprits et les cœurs ce que les autres s'efforcent de cacher au monde et se cachent souvent à eux-mêmes. Ah, si je possédais cette qualité ! Mais c'est inutile : je suis aveugle quand il s'agit de deviner les intentions d'autrui.

Il se leva de son fauteuil et fit quelques pas sur le tapis. Toutes ces contradictions et ces interrogations qu'il portait en lui, il avait besoin de les extérioriser devant quelqu'un et ne bénéficiait pas dans son entourage d'un confident susceptible de l'écouter et de le comprendre. En ces temps de convulsions, personne n'était dans les dispositions d'esprit nécessaires pour écouter une idée, un problème personnel qui ne soient pas les siens. Du fait de sa condition d'étranger et de son attitude flegmatique, Anthony devenait le réceptacle tout désigné pour les confessions de beaucoup de personnes et le déversoir des fureurs de quelques autres. Il se rendait compte trop tard de cette caractéristique, qui l'avait conduit à mal interpréter des actions et des réactions le concernant. Maintenant le duc, entraîné par cette mécanique, ne pouvait plus s'arrêter de parler.

– J'ai été, en son temps, un défenseur acharné de la dictature de Primo de Rivera. Je connaissais intimement don Miguel, et je sais qu'il n'a pas assumé les charges du pouvoir par ambition personnelle, mais parce qu'il était conscient d'employer l'unique moyen de sauver la monarchie et tout ce que la monarchie représentait. À l'époque, le complot marxiste avait déjà infecté tous les organes du corps social, devant l'inaction de forces vives en pleine léthargie et avec la bénédiction de ces mêmes intellectuels qui, aujourd'hui, s'arrachent les cheveux et vouent la république aux gémonies. Personne n'a déploré autant que moi la chute de Primo de Rivera, parce que j'ai pu lire clairement dans la lâche complaisance de tous, à commencer par l'armée, l'annonce de ce qui nous attendait. Après la défaite et l'exil de Primo de Rivera, je suis devenu un second père pour José Antonio, non seulement parce qu'il était le fils d'un ami dans le malheur, mais parce que, dans la passion avec laquelle il défendait son père, je pouvais reconnaître ma propre colère. L'audace avec laquelle ce garçon était capable d'affronter verbalement ou à poings nus des forces et des institutions beaucoup plus puissantes que lui compensait le courage que je n'ai jamais eu.

Il se rassit, se passa la main sur la figure, alluma une cigarette. Puis il poursuivit sur un ton fatigué, comme si le fait de s'épancher ainsi lui causait plus de peine que de soulagement.

– Naturellement, ni moi ni personne ne pouvait éviter ce qui s'est produit. Je parle des sentiments entre Paquita et José Antonio. Dans des circonstances normales, rien ne m'aurait fait plus plaisir que de l'avoir pour gendre, mais, les choses étant ce qu'elles sont, je ne pouvais consentir à cette relation. La vie de José Antonio a été marquée dès le début par la violence et tout laisse prévoir qu'elle finira dans la violence. Je ne veux pas voir ma fille devenir une Pasionaria de droite. Je suis d'un naturel doux et accommodant, mais sur ce point, je suis resté ferme. Et eux, luttant contre leur tempérament impulsif, ont respecté ma décision. Je sais combien ils en ont souffert, mais je ne me repens pas. Le cours des événements me renforce dans ma conviction, et il reste toujours l'espoir que les choses changeront en mieux.

– Et tant qu'elles ne changent pas, vous fournissez des armes à José Antonio ou de l'argent pour qu'il s'en procure.

– Je n'ai pas d'autre solution. Sans armes pour se défendre, on l'aurait tué depuis longtemps, et ses camarades avec lui. José Antonio a une mission historique à accomplir ; je ne peux l'écarter de la voie qu'il s'est tracée, mais je ferai tout ce qui est en mon pouvoir pour le protéger.

– Vous savez l'usage que la Phalange fait de ces armes.

– J'en ai une vague idée. Personne ne me le dit et je ne pose pas de questions. Mais au fond, c'est égal : les armes ne servent qu'à une chose. Dans le cas présent, la possibilité de rendre coup pour coup permet de se faire respecter par l'ennemi.

– Ne soyez pas naïf, dit Anthony. Le but de la Phalange n'est pas de survivre. Le but de la Phalange, c'est l'implantation d'un État fasciste en Espagne. José Antonio rejette la monarchie et vise à instaurer un régime syndical semblable au socialisme. Je l'ai entendu défendre ce programme en public et en privé avec beaucoup de brio et d'éloquence.

Le duc haussa les épaules.

– De cela, oui, je suis informé. Mes deux fils sont devenus de fervents phalangistes et me bourrent jour et nuit le crâne de leurs mots d'ordre. Je ne m'en inquiète pas trop. Si, un jour, la Phalange parvient à imposer ses idées, elle ne tardera pas à rentrer au bercail dont elle est sortie. En Italie aussi, les fascistes dévoraient les enfants tout crus, et aujourd'hui Mussolini se promène bras dessus, bras dessous avec le roi et avec le pape. La révolution bolchevique, celle qui vient d'en bas, est irréversible ; celle qui vient d'en haut, au contraire, est pure rhétorique, parce qu'elle ne se nourrit pas davantage de la lutte des classes qu'elle ne la fomente.

Il écrasa sa cigarette dans le cendrier, en alluma une autre et reprit sa déambulation en pérorant comme s'il était seul dans son bureau.

– C'est justement de cela que j'essaye de convaincre les généraux. Ils ont la vue courte, ils se méfient de ce qu'ils ne comprennent pas et ne contrôlent pas, et ils sont obstinés comme des mules. On les a dressés à être comme ça et je ne nie pas que leur efficacité vienne de là, mais, dans les moments décisifs, ces qualités sont un handicap. Ils haïssent José Antonio parce que, sans appartenir à la caste militaire, il a plus d'autorité et de prestige que n'importe quel général, et que ses troupes sont plus disciplinées, plus courageuses, et qu'on peut leur faire davantage confiance qu'à l'armée régulière. Ils passeraient de bon cœur tous les phalangistes par les armes. Ils ne le feront pas, car José Antonio jouit d'un soutien beaucoup plus large qu'il n'y paraît. Les patriotes et les partisans de l'ordre sont avec lui, et seule la violence qui l'entoure les empêche de manifester une adhésion plus explicite. En conséquence, les militaires le tolèrent à contrecœur et tentent de le marginaliser par des moyens indirects. Ils font pression sur nous pour que nous retirions notre soutien aux phalangistes, mettant ainsi fin au mouvement en l'asphyxiant, dans l'attente que, sans armes et sans argent, ils tombent l'un après l'autre.

Il s'adressa à Anthony avec l'expression et les gestes de quelqu'un qui plaide devant un tribunal.

– C'est une grave erreur dont je tente en vain de les tirer. S'ils acceptaient de passer une alliance avec la Phalange, non seulement ils gagneraient un allié formidable à l'heure d'entrer en action, mais ils disposeraient d'une théorie de l'État dont ils manquent pour l'instant. Sans le soutien doctrinal de José Antonio, le coup d'État ne sera qu'un vulgaire putsch, il reviendra au plus obtus et ne sera qu'un feu de paille.

– Vous l'avez dit en ces termes à José Antonio ?

– Non. José Antonio méprise les militaires. Il accuse l'armée, en tant qu'institution, d'avoir trahi son père, mais il n'imagine pas que cette même armée qui a laissé tomber le dictateur soit prête à refaire le coup à son fils. Peut-être pressent-il une manœuvre quelconque destinée à marginaliser la Phalange, mais c'est tout. S'il avait une connaissance exacte de ce que trament réellement les généraux, il commettrait certainement une folie. C'est pour ça que je préfère le maintenir dans l'ignorance.

– Quel genre de folie ?

– Commencer la révolution tout seul. Il tourne et retourne cette idée dans sa tête depuis longtemps. Il croit que si la Phalange prend l'initiative, l'armée, mise au pied du mur, ne pourra que la seconder. Il ne conçoit pas que Mola et Franco soient capables d'assister à un massacre de phalangistes sans sourciller et de l'utiliser ensuite comme prétexte pour rétablir l'ordre par la force. De là mon dilemme, monsieur Whitelands : si j'écoute les généraux et laisse la Phalange sans armes, je commets un crime ; mais si je livre les armes dont les phalangistes ont besoin, j'en commets peut-être un plus grand encore en les envoyant à une mort certaine. Je ne sais que faire.

– Et en attendant que vous vous décidiez, Vélasquez reste dans la cave.

– En ce moment, ça n'a pas la moindre importance.

– Pour moi, si.

Le duc était toujours debout. Anthony se leva à son tour. Les deux hommes croisaient leurs allées et venues dans le vaste cabinet de travail. En passant devant la fenêtre, Anthony crut voir du coin de l'œil une forme bouger dans le jardin. En regardant, il ne vit personne et supposa qu'il avait été abusé par l'ombre passagère d'un nuage ou par une branche agitée par le vent.

– Monsieur le duc, dit-il, sans cesser de faire les cent pas, je vais vous faire une proposition. Si je parviens à dissuader José

Antonio de déclencher l'insurrection et à le convaincre de se soumettre aux conditions de l'armée, m'autoriserez-vous à révéler l'existence du Vélasquez ? Ce n'est pas beaucoup demander : je renonce à tout bénéfice associé à la possible vente du tableau, légale ou illégale, à l'intérieur ou à l'extérieur de l'Espagne. Comme vous l'avez dit tout à l'heure, je suis peut-être un idéaliste, mais mes idéaux ne sont pas d'ordre politique : je n'aspire pas à changer le monde. Du fait de mes études, je possède une connaissance suffisante de l'histoire pour savoir à quoi ont mené toutes les tentatives d'améliorer la société et la nature humaine. Mais je crois à l'Art, ça oui, et pour l'Art je suis prêt à tout donner ; ou presque tout : je ne suis pas un héros.

Le duc avait écouté la proposition de l'Anglais sans cesser de marcher les mains croisées dans le dos et le regard rivé sur le tapis. Soudain, il s'arrêta, regarda fixement son interlocuteur et dit :

– Un instant, j'ai cru que vous alliez inclure ma fille dans le marché.

L'Anglais sourit.

– Franchement, j'y ai pensé. Mais j'éprouve un grand respect pour Paquita et jamais je ne ferais d'elle l'objet d'une transaction. C'est à elle de répondre à mes sentiments, et je ne me fais pas d'illusions à cet égard. Avec le Vélasquez, je me considère suffisamment payé.

Le duc écarta les bras dans un geste d'approbation.

– Vous êtes un gentleman, monsieur Whitelands, s'exclama-t-il avec emphase.

Anthony ne put s'empêcher de rougir en entendant l'éloge d'un père qui ignorait ce qui s'était passé entre lui et ses filles.

– Et comment pensez-vous le convaincre ? ajouta tout de suite le duc. José Antonio n'est pas de ceux qui se rendent facilement.

– Laissez-moi agir, répondit l'Anglais. J'ai un atout dans ma manche.

36

Doña Francisca Eugenia María del Valle y Martínez de Alcántara, marquise de Cornellá, plus connue sous le diminutif familier de Paquita, sentait augmenter son désarroi à mesure que passaient les heures qui l'éloignaient du moment décisif où elle avait abandonné son honneur et sa dignité dans les bras d'un Anglais. Rien de ce qui s'était passé depuis, à vrai dire, n'avait contribué à rétablir dans son âme la quiétude perdue. Cherchant un refuge dans la solitude du jardin, elle s'était retrouvée en plein milieu d'une altercation frénétique entre des généraux en civil et un mutilé de guerre juché sur le mur. La tentative d'obtenir le pardon et l'aide spirituelle du père Rodrigo s'était heurtée à l'intransigeance irrévocable du prêtre. Ce pénible incident avait été suivi d'une fouille éprouvante de la maison à la recherche d'un possible intrus dont Paquita croyait deviner l'identité, ce qui n'avait fait qu'accroître son désarroi. L'ordre ayant été finalement rétabli, le dîner familial avait été pire que le remue-ménage qui l'avait précédé : son père, visiblement accablé, n'avait mangé que quelques bouchées de chaque plat, et encore par pure politesse ; sa mère, invoquant une légère indisposition, n'avait pas touché à la nourriture ; son frère Guillermo, lui, avait dévoré de façon automatique ce qu'il avait dans son assiette, mais en s'enfermant dans un mutisme obstiné ; enfin, Lili, qui était la joie de la maison, semblait triste, trop absorbée dans ses préoccupations pour manifester un quelconque appétit. Au milieu du repas, le père Rodrigo les avait rejoints, et après avoir marmonné quelques prières, il avait mâchonné une tranche de pain, bu une gorgée de vin et quitté la salle à manger, non sans avoir foudroyé Paquita d'un regard chargé d'un profond mépris.

La nuit, la jeune marquise n'avait pratiquement pas dormi. Éveillée, elle s'efforçait inutilement de réfréner le tourbillon d'idées et de sentiments qui s'agitaient dans son esprit sans lui accorder le moindre répit. Quand la fatigue prenait le dessus, ses rêves ressemblaient à la projection d'un film obscène et délirant tourné par le diable. Quand l'aube avait pointé, le sabbat nocturne avait perdu de son intensité pour céder la place à une tristesse infinie et à un sentiment imprécis qui luttait pour s'affirmer, comme la lumière du jour qui délivre le monde de l'obscurité. Et de tous les tourments subis, ce vague sentiment était le pire. Elle avait passé une bonne partie de la matinée à tenter de l'éloigner. À deux reprises, elle avait croisé Lili dans les couloirs et celle-ci, au lieu de se jeter à son cou, de lui couvrir les joues de baisers et de la mettre au courant des mille gamineries qui papillonnaient dans sa tête folle, s'était bornée à lui lancer un regard furtif, voilé par quelque chose d'incompréhensible qui ressemblait à de la haine.

Vers midi, ne supportant plus l'ambiance de la maison, elle décida de sortir. Son état d'esprit l'incitait à chercher la solitude, mais elle se disait qu'en s'immergeant dans la masse, le contact muet d'hommes et de femmes anonymes vaquant à leurs affaires avec leurs joies et leurs peines l'aiderait à relativiser son propre cas. Elle avait déjà mis son manteau et ses gants et pris son sac à main, quand la femme de chambre entra chez elle. Une femme demandait à voir madame la marquise de Cornellá. En voyant sa mise déguenillée, le majordome l'avait réexpédiée à la porte de service et, maintenant, elle attendait dans la cuisine. Elle n'avait pas voulu dire son nom ni révéler l'objet de sa présence dans l'hôtel particulier ; elle avait donné le nom de madame la marquise et manifesté, non le désir, mais la nécessité de lui parler de toute urgence. Elle ne donnait pas l'impression d'être folle ni dangereuse, elle portait un gros baluchon et tenait un bébé dans ses bras.

La première réaction de Paquita fut de renvoyer purement et simplement la visiteuse inopportune, mais la mention du bébé la fit changer d'idée. Comme la prudence conseillait de ne pas permettre l'accès de la maison à l'inconnue, elle alla la voir là où on l'avait confinée au vu de son aspect lamentable. Dans une pièce attenante à la cuisine, une femme amidonnait et repassait le plastron d'une chemise sur lequel étaient brodées des initiales surmontées d'une couronne. Paquita la fit sortir et c'est là, debout, qu'eut lieu l'entretien avec la Toñina.

– Peut-être, commença celle-ci après beaucoup de grattements de gorge et autres sons correspondant à autant de tentatives infructueuses de prononcer une phrase, peut-être que Madame se rappelle que, hier, quand on s'est rencontrées dans la chambre de l'hôtel où c'est que le monsieur étranger…

– Je me rappelle très bien, la coupa Paquita en exagérant son ton hautain pour qu'il soit clair dès le début que la rencontre évoquée et tout ce qui s'y rapportait n'établissaient entre elles aucune complicité et ne comblaient nullement l'abîme qui les séparait.

La Toñina le comprit ainsi, et elle apprécia la noblesse implicite de cette reconnaissance des faits. Elle avait eu peur de se heurter à une négation catégorique qui eût mis par terre le but de sa visite.

– Merci, dit-elle en baissant la voix. Je disais ça pour… Je veux dire que votre servante n'est pas venue pour vous donner des explications, mais pour autre chose. Votre servante, sauf votre respect, fait la putain. Si je dis ça, c'est parce que je connais ma place. Faites aussi excuse si j'ai amené le mouflet. J'avais personne à qui le laisser. Ma mère s'en occupe, mais aujourd'hui c'était pas possible… je veux dire, pas pour ma mère, mais pour moi. En résumé, je vais me tailler de Madrid en douce. Je sais pas si je reviendrai un jour. Personne n'est au courant de ma fuite : juste moi, et maintenant, Madame.

À la mention du bébé, Paquita ne put s'empêcher de diriger son regard vers le fichu qui l'enveloppait. Entre les plis, elle distingua des paupières gonflées et une figure chiffonnée et sans grâce. Cette physionomie si peu angélique l'émut. Elle redressa la tête pour ne pas perdre contenance et ordonna :

– Dites-moi une bonne fois pourquoi vous êtes venue.

– C'est pour le monsieur anglais. Je savais pas à qui m'adresser, sauf à Madame.

– Je n'ai rien à voir avec cet individu. Je le connais à peine.

La Toñina se souvint du sang sur le drap, mais elle comprit que ce n'était ni le lieu ni le moment d'aborder le sujet.

– Votre servante dit pas le contraire. Madame est bien libre de connaître ou de pas connaître qui elle veut. Mais si personne ne fait rien, ils vont le tuer. Cette après-midi même. Tout est prêt, et l'ordre est donné.

– L'ordre ?

– Oui, Madame, l'ordre de le tuer. Et votre servante ne voulait rien avoir à faire avec ça. Le monsieur anglais, sauf le respect de Madame, s'est toujours bien comporté avec moi. Il m'a bien traitée et bien payée. Et avec le bébé aussi, quand il fallait. C'est un monsieur bien.

– Alors pourquoi veut-on le tuer ?

– Pourquoi vous voulez que ça soit ? Pour la politique.

La buanderie baignait dans une buée chaude et, comme elle ne disposait que du mobilier strictement nécessaire à son emploi, les deux femmes restaient debout. Paquita gardait son manteau, pour signifier que l'entrevue devait être concise, et la Toñina le bébé endormi dans les bras.

– Je ne peux pas faire grand-chose si tu n'es pas plus précise, dit Paquita, impatiente et fâchée.

Elle aurait préféré ne rien connaître de cette affaire, mais il était trop tard maintenant pour revenir en arrière.

– Et moi je peux pas vous en dire beaucoup plus, répliqua la Toñina. Votre servante y comprend goutte, et elle veut compromettre personne. Je peux pas donner de noms. Il y a quelques jours, une personne est venue chez nous. Moi, je l'ai pas vue. En secret, on l'appelle Kolia. Ça dit quelque chose à Madame ?

– Non. Qui est-ce ?

– Un agent de Moscou. L'Higinio… je veux dire un ami qui est pour moi comme un père, est au Parti communiste. Des fois, il reçoit des ordres et il doit les exécuter sans discuter. Kolia est venu lui dire de dézinguer Antonio. Antonio, c'est le monsieur anglais.

– Je sais. Et quoi d'autre ? Dis-moi tout.

– Votre servante était pas présente. Quand je suis arrivé, Kolia était parti. Ma mère et l'Higinio discutaient. Devant moi, ils l'ont bouclée, mais je les entendais de ma chambre. Ils étaient très embêtés et ils parlaient fort. L'Higinio, il a jamais tué personne. Ça lui est même jamais passé par la tête. Il est bon comme le bon pain.

– Mais cette fois, il le fera.

– Si le Parti donne l'ordre, il peut pas refuser. L'obéissance au Parti passe avant tout. C'est seulement comme ça que nous atteindrons nos objectifs, comme a dit Lénine.

À la mention de ce nom, le bébé ouvrit les yeux et poussa quelques gémissements.

– Il a faim, annonça la Toñina.

– Tu lui donnes le sein ? demanda Paquita.

– Non, Madame. Il est déjà trop grand. De la mie de pain avec du lait quand c'est possible, sinon avec de l'eau.

– Je vais dire qu'on fasse chauffer un peu de lait. Il aime le cacao ?

– Oh, Madame, chez nous on fait pas ces folies.

Paquita alla dans la cuisine, où la chaleur se mêlait à l'odeur du ragoût. Elle se sentit mal mais résista à la tentation d'ôter son manteau, donna les ordres adéquats et revint dans la buanderie.

– Où en étions-nous ? demanda-t-elle.

– Cette après-midi, votre servante devait conduire le monsicur anglais dans un endroit près de la porte de Tolède, où l'Higinio l'attendra, peut-être avec d'autres camarades, pour lui régler son compte. Mais votre servante ne veut pas être complice, et c'est pour ça qu'elle met les bouts. Bien sûr, si c'est pas moi qui les aide, ça sera quelqu'un d'autre, sauf si Madame l'empêche. Mais

Madame doit me promettre qu'elle ira pas tout raconter à la police. Je veux pas qu'il arrive quelque chose à l'Higinio. Vous me promettez ?

Paquita suffoquait et la tête lui tournait. Elle avait besoin d'air et de temps pour réfléchir.

– Viens, dit-elle, sortons d'ici.

En sortant, elle manqua renverser une femme de chambre en robe noire et tablier blanc qui s'apprêtait à entrer dans la buanderie avec un plateau. Paquita lui ordonna de les suivre, et les trois femmes et le bébé sortirent dans une partie resserrée et ombragée du jardin traversée par un courant d'air froid. Paquita conduisit le petit cortège jusque dans un coin au soleil où se trouvaient un banc et une table en pierre, près d'une statue en marbre au centre d'une niche formée par des cyprès taillés. Ce lieu paisible était visible des fenêtres de l'hôtel particulier et Paquita se demandait comment justifier la scène, si quelqu'un venait à l'apercevoir. Les femmes de la maison s'occupaient fréquemment d'œuvres charitables et Paquita elle-même avait plusieurs familles de mendiants à sa charge, mais elle n'avait jamais amené une malheureuse à la maison, et moins encore à cette heure-là pour causer dans le jardin. La vie devenait vraiment très compliquée pour la jeune marquise de Cornellá.

La femme de chambre posa sur la table le plateau qui portait un bol de lait avec du cacao et une assiette avec un petit pain viennois et des rondelles de saucisson.

– Le saucisson est pour toi, dit-elle à la Toñina quand la femme de chambre se fut retirée. J'ai pensé que tu devais avoir faim. Sinon, tu peux l'emporter pour le voyage.

– Mille mercis, Madame, dit la Toñina tout en essayant d'introduire le lait au cacao dans la bouche du bébé avec une petite cuillère.

Comme la difficulté de l'opération ne laissait guère place à la conversation, Paquita profita de la trêve pour réfléchir. Tout d'abord, rien ne lui garantissait la véracité de l'histoire que venait de lui conter une inconnue qui n'éprouvait aucune gêne à divulguer sa dégradante profession. Il était bien possible, se dit-elle, que cela fasse partie d'un plan sordide pour lui soutirer de l'argent. Cette fille l'avait surprise en train de sortir de la chambre d'Anthony et se proposait de tirer profit de sa découverte, mais, sans autre preuve que le peu de valeur de sa parole, elle essayait de l'embobiner par un récit rocambolesque. Le seul parti raisonnable était d'appeler les domestiques et de flanquer la femme et le bébé à la porte.

– Je continue à ne rien comprendre, dit-elle à haute voix. Pour qu'on envoie un agent de Moscou dans le seul but de tuer un homme, il faut que cet homme ait commis quelque chose d'énorme.

– Je sais pas quoi vous dire, Madame. Votre servante sait seulement des bribes. Le monsieur anglais, quand il a trop bu ou qu'il est excité, excusez le mot, il parle toujours d'un tableau. Si ça a un rapport ou pas, votre servante en sait rien, mais j'en parle au cas où ça servirait de référendum à Madame.

Les soupçons de Paquita perdaient de leur consistance devant cette preuve patente de la confiance qui existait entre Anthony et la femme qu'elle avait devant elle.

– Est-ce que cela n'aurait pas été plus simple de prévenir directement ce monsieur anglais, au lieu de venir me le dire, à moi qui le connais à peine ? demanda-t-elle.

– Plus simple, peut-être que oui, répliqua la Toñina, mais inutile. Le monsieur anglais est un peu nigaud pour certaines choses.

Paquita ne put s'empêcher de sourire. Cette concordance dans leurs jugements combla un instant la brèche qui séparait les deux femmes. Puis tout se remit en place.

– À part ça, poursuivit la Toñina, y a le risque pour moi. Trahir le Parti, c'est mauvais pour l'avenir du prolétariat, mais ça l'est encore plus pour le présent de celui qui le fait. Je joue déjà gros jeu en venant voir Madame. Et si je suis plus là, qui s'occupera de ce pauvre enfant du péché ?

À la mention de cette perspective dramatique, l'enfant du péché vomit tout ce qu'il avait ingéré et éclata en sanglots inconsolables.

– Tu as pensé où aller ? s'enquit Paquita en détournant les yeux et en signifiant par cette question que l'entretien était terminé.

– À Barcelone, comme toutes les filles.

Paquita ouvrit son sac et sortit quelques billets et une carte de visite.

– Prends ça, dit-elle. Tu en auras besoin. Et si, quand tu seras à Barcelone, tu veux changer de vie, va voir le baron de Falset, montre-lui ma carte et dis-lui que c'est sa cousine Paquita de Madrid qui t'envoie. Il t'aidera. Si tu préfères attendre que se réalise ce que dit Lénine, c'est ton affaire.

Elle accompagna la Toñina et le bébé jusqu'à la porte latérale du jardin. Avant de partir, la Toñina voulut lui baiser la main en signe de reconnaissance, mais Paquita la retira brusquement et abrégea les formalités d'adieu. Puis elle ferma la porte et fit les cent pas au milieu des myrtes, en tentant de résoudre l'imbroglio émotionnel, intellectuel et pratique dans lequel elle était prise. Elle ne pouvait guère soupçonner qu'au même instant l'objet de ses préoccupations se trouvait tout près de l'hôtel particulier.

En effet, immédiatement après sa conversation avec le duc de la Igualada, Anthony Whitelands était sorti dans la rue, avait cherché un téléphone, appelé la maison qu'il venait de quitter et demandé à parler au jeune monsieur Guillermo. Par chance, contrairement à son habitude, celui-ci n'était pas sorti. La veille, il était resté à travailler jusque tard dans la nuit, et maintenant, après un bain, il s'apprêtait à prendre son petit-déjeuner. Quand il l'eut à l'appareil, Anthony donna son nom et lui fixa rendez-vous au café Michigan. Le jeune Guillermo ne tarda pas à accourir. Pendant qu'il expédiait un copieux petit-déjeuner, l'Anglais lui demanda s'il avait trouvé de nouveaux éléments concernant le traître présumé au sein de la Phalange. Comme il n'y avait rien de neuf, Anthony lui redemanda si l'idée qu'il aborde la question avec José Antonio lui semblait toujours bonne. Guillermo manifesta son entière approbation. Anthony le chargea de ménager la rencontre.

– Cherche un lieu discret, à l'heure qui lui conviendra, et tiens-moi au courant. Bien que je m'y présente sans arme, dis-lui qu'il peut venir avec ses pistolets, mais pas avec ses pistoleros. Nous devons nous voir seul à seul.

Guillermo se mit en devoir d'accomplir promptement sa mission, mais il se heurta à plus de difficultés qu'il ne l'avait prévu. Au Centre de la rue Nicasio Gallego où il se présenta vers deux heures de l'après-midi, on n'avait pas de nouvelles du Chef. Une réunion du Conseil national était convoquée pour sept heures ; jusqu'à ce moment, personne ne savait où se trouvaient les conseillers. Guillermo del Valle quitta le Centre et passa à l'hôtel où logeait Anthony pour l'informer du résultat de sa démarche. Comme le réceptionniste lui disait que monsieur Whitelands était parti depuis un moment sans dire où il allait, Guillermo del Valle laissa un mot pour préciser qu'il repasserait à l'hôtel dès qu'il aurait du nouveau, même si cela semblait désormais improbable d'obtenir un rendez-vous avant le lendemain comme le souhaitait Anthony. Les réunions du Conseil national duraient ordinairement plusieurs heures et, une fois terminées, ses membres allaient dîner puis boire et discuter à la Baleine Joyeuse jusque très tard.

Le retard dans ses plans contraria l'Anglais. Il monta dans sa chambre en espérant y trouver la Toñina, et son absence ne fit qu'accroître son irritation. Incapable de se concentrer sur une tâche intellectuelle et sans savoir comment occuper son temps, il se laissa tomber sur le lit et ne tarda pas à s'endormir profondément.

Il faisait déjà noir quand il ouvrit les yeux. Il descendit à la réception et demanda si quelqu'un avait laissé un message. Le réceptionniste répondit affirmativement. Environ une heure plus tôt, un monsieur avait appelé et prié le réceptionniste de dire de sa part à monsieur Whitelands de le rejoindre à huit heures précises à un endroit qu'il avait indiqué. Le monsieur en question parlait avec un accent anglais et avait donné un nom impossible à comprendre. Anthony supposa qu'il s'agissait d'un fonctionnaire de l'ambassade. Quand le réceptionniste lui montra le lieu du rendez-vous qu'il avait écrit sous la dictée, l'Anglais fut incapable de le situer.

– Est-ce que la rue de la Arganzuela est loin d'ici ? demanda-t-il.

– Assez, dit le réceptionniste. Il vaut mieux prendre un taxi ou le métro jusqu'à la porte de Tolède. La rue de la Arganzuela est dans les parages.

37

L'indépendance de jugement, la capacité de prendre hardiment une décision et de la maintenir sans hésitation avaient été les traits dominants de son caractère depuis le berceau et lui avaient valu l'admiration de ceux qui la connaissaient et parfois la méfiance de ceux qui avaient affaire à elle. Si elle était venue au monde dans une famille moins contraignante, elle aurait sans doute subi l'influence de l'Instituto Libre de Enseñanza, adhéré aux principes du mouvement féministe espagnol naissant et appartenu au Lyceum Club, comme d'autres femmes de son temps. Ces voies de développement personnel lui étant fermées, elle avait mis l'immense capital de ses dons au service des siens. Son intelligence n'était pas dupe de la futilité de ce gaspillage : elle la ressentait souvent comme une offense et, en plusieurs occasions, elle s'était lancée dans des aventures hors des sentiers battus pour se libérer de la pression qui menaçait son équilibre mental. Elle était l'aînée de quatre enfants, mais le fait d'être une femme l'excluait des droits et des fonctions inhérents aux règles de la primogéniture. Elle les exerçait dans la pratique, parce que son père était conscient de ses qualités et s'appuyait davantage sur elle que sur ses enfants mâles, mais cette reconnaissance tacite de la part de quelqu'un qui était immergé dans l'archaïque tradition patriarcale espagnole était vue par tous comme une faiblesse, ce qui annulait la position ainsi obtenue et fermait aussitôt les portes ainsi ouvertes.

Telle était la femme qui promenait son agitation dans les chemins bien ordonnés du jardin d'un hôtel particulier du Paseo de la Castellana, une après-midi de mars 1936, cherchant en vain une issue positive à son dilemme. Elle était si absorbée qu'elle n'entendit pas une autre personne approcher d'un pas léger et qu'elle sursauta quand une voix joyeuse et tendre l'interpella :

– Qu'est-ce qu'il t'arrive, Paquita ? Ça fait un moment que je t'observe depuis le balcon de ma chambre et tu sembles terriblement nerveuse.

Paquita éprouva un grand soulagement en voyant que celle qui l'interrogeait était sa sœur Lili. Même si la différence d'âge, à des étapes de la vie marquées par des changements rapides et déterminants, avait empêché que fleurisse entre elles une véritable amitié, au courant d'affection naturelle entre sœurs s'ajoutait dans leur cas une affinité qui dérivait autant des similitudes que des différences de leurs personnalités respectives. À l'égal de Paquita, Lili possédait intelligence, vivacité et esprit, mais son tempérament était plus réfléchi, plus concret et moins romantique. Paquita adorait Lili, en partie parce qu'elle voyait son reflet dans beaucoup de ses aspects et en partie parce qu'elle devinait chez sa sœur des qualités supérieures aux siennes : plus de capacité intellectuelle pour aborder les questions fondamentales, un meilleur contrôle des émotions et une prédisposition à l'altruisme dont elle croyait manquer. Dans ces conditions, l'irruption de Lili ne pouvait être plus opportune : tôt ou tard la barrière de l'âge devait tomber et le moment était idoine pour cette métamorphose, car Paquita perçut que sa sœur était devenue subitement une femme en mesure de comprendre son désarroi.

– Ah, Lili, je me trouve devant un terrible dilemme, dit Paquita.

Et, en exprimant à haute voix son angoisse face à une âme jumelle, ses yeux se remplirent de larmes.

Lili prit sa sœur dans ses bras. Toute malveillance avait disparu de ses yeux où brillait maintenant une lueur nouvelle et étrange que Paquita, dominée par ses propres souffrances, ne remarqua pas ; mais l'eût-elle remarquée, elle n'aurait su l'interpréter.

– Viens, dit Lili, asseyons-nous sur ce banc et raconte-moi ce qui te rend malheureuse. Je n'ai pas une grande expérience du monde des adultes, mais je suis ta sœur, je te connais et je t'aime plus que personne, ce qui suppléera à mon ignorance.

Elles allèrent, toujours enlacées, jusqu'au banc de fer situé sous la pergola, éloigné de celui qui conservait encore les traces récentes d'un bébé indisposé ; elles s'assirent et Paquita ouvrit son cœur à Lili, en lui rapportant l'essentiel de tout ce que le lecteur connaît déjà : son amour pour José Antonio, l'opposition obstinée du duc à une union dont il savait d'avance qu'elle était semée de dangers et de déboires, et la noble acceptation de ladite décision par José Antonio, convaincu du rôle que lui réservait l'Histoire et conscient d'être prédestiné à une mort héroïque et prématurée ; encore que cette mâle renonciation soit aussi due au fait que, tout héros de la patrie et candidat au martyre qu'il était, il n'en était pas moins aussi un incorrigible coureur de jupons. Par ailleurs, bien que José Antonio soit sensible aux justes revendications de la femme moderne et qu'il n'ait pas hésité à inclure dans son programme une réponse circonstanciée à la question, sa perception personnelle du problème était seulement intellectuelle. Dans la pratique, jamais il n'aurait accepté d'entretenir une relation socialement répréhensible avec la femme qu'il aimait ; sous beaucoup d'aspects, il était un révolutionnaire, mais il était aussi un défenseur acharné du catholicisme ranci indissociable de l'essence même de l'Espagne. Ainsi, à mesure que Paquita voyait s'écouler les jours, les mois et les années, sa résignation se transformait en exaspération et l'exaspération en rébellion ouverte. Lorsque le hasard avait introduit dans l'étroit cercle familial un étranger bien fait de sa personne, discret et destiné à disparaître très vite et pour toujours de leurs vies, Paquita avait conçu un projet insensé.

Quand elle en fut à ce point du récit, Lili, qui l'écoutait avec la plus grande attention, ne put réprimer un soupir. Paquita le prit comme une marque de compassion ; elle sourit tristement, prit les mains de sa sœur dans les siennes et voulut dissiper ses craintes enfantines. Contre toute attente, lui expliqua-t-elle, l'expérience n'avait pas été terrible. L'Anglais s'était comporté avec une gentillesse exempte de précipitation et un enthousiasme réellement contagieux. En fin de compte, l'opération – et Paquita ne put s'empêcher de rougir jusqu'à la racine des cheveux en l'avouant –, loin d'être douloureuse, s'était révélée plutôt agréable.

– Que Dieu me pardonne, s'exclama-t-elle, et toi aussi pardonne-moi, Lili chérie, pour le mauvais exemple que je te montre. Tu es encore une enfant et, même en imagination, tu ne peux connaître ces choses-là. Si je te les conte, c'est parce que je suis désespérée et que je n'ai personne d'autre à qui me confier.

Perdue dans ses souvenirs et accablée par les conséquences de ses actes, Paquita ne perçut pas le changement d'attitude de son interlocutrice : Lili avait retiré ses mains, s'était redressée et avait détourné légèrement la tête, tandis que ses yeux mi-clos dissimulaient un regard glacé.

– Mais c'est ce qui est venu ensuite, poursuivit Paquita, qui a été terrible.

Consciente d'avoir commis un péché qui lui vaudrait la damnation éternelle si elle venait à mourir, elle avait recouru au père Rodrigo dans l'espoir d'obtenir l'absolution. La réaction du prêtre lui avait fait comprendre qu'elle s'était laissée aller à un acte abominable non seulement aux yeux de Dieu mais aux yeux des hommes. Elle s'était rendu compte trop tard qu'il n'y avait pas de pardon pour elle et qu'elle ne serait jamais capable d'avouer sa conduite inqualifiable à José Antonio.

– Il y a un instant, une pauvre fille des rues est venue me voir, portant le fruit de sa débauche, ajouta-t-elle avec un regard furtif vers le banc où ledit fruit de la débauche avait laissé son éphémère empreinte. Et pendant que je parlais avec elle du haut de ma soi-disant honorabilité, je me demandais quelle différence il y avait, ou plutôt quelle différence il y a, entre cette femme dépravée et moi. Mais le pire, Lili chérie, le pire…

Ici, les paroles de Paquita furent interrompues par un sanglot, suivi de pleurs abondants. Dans l'esprit de Lili se livrait une bataille entre l'envie de prendre sa sœur dans ses bras et de la consoler tendrement, et la rivalité secrète dont l'Anglais était la cause. Finalement, elle resta immobile et attendit. Au bout d'un moment, Paquita recouvra son calme et fit un suprême effort pour affronter une réalité qu'elle n'avait pas le courage d'admettre et moins encore de formuler. Comme souvent chez les âmes nobles, guidées par un ardent désir de perfection, elle souffrait atrocement de ressentir l'appel humiliant de la vulgarité.

– Je l'aime, murmura-t-elle. C'est absurde et pathétique, mais je suis tombée amoureuse d'Anthony Whitelands.

Lili ferma les yeux et garda sa contenance. Après un silence, elle s'éclaircit la gorge et dit :

– Et que va-t-il se passer maintenant avec José Antonio ?

Au même moment, l'intéressé était occupé par une affaire d'une tout autre importance.

Deux ans plus tôt, Ramón Serrano Suñer, son ami intime et son camarade de parti, s'était marié avec Zita Polo, une belle Asturienne de bonne famille, dont la sœur Carmen était, de son côté, mariée au général Francisco Franco. Décidé à épuiser tous les moyens susceptibles de conduire à une alliance avec l'armée qui permette de sauvegarder auprès des généraux putschistes l'indépendance d'action de la Phalange et de s'assurer pour l'avenir l'acceptation de son programme social avancé, José Antonio avait demandé la médiation de Serrano Suñer pour obtenir une entrevue avec Franco, laquelle avait été acceptée par ce dernier avec autant de promptitude que de pessimisme quant au résultat. De dix ans plus jeune que Franco, grand, beau, élégant, sympathique et excellent danseur, Serrano Suñer était l'exact opposé de son insipide beau-frère, ce qui ne les empêchait pas d'entretenir d'excellentes relations. Franco respectait scrupuleusement les liens familiaux et, dans son cas particulier, il estimait à sa juste valeur ce que ceux-ci pouvaient apporter, en termes d'ascension sociale, à un militaire sans fortune personnelle et avec plus de mérites que d'éclat. Il n'ignorait pas l'amitié et la concordance d'idées qui unissaient Serrano Suñer et Primo de Rivera, mais il n'en tenait pas compte, parce qu'il appréciait l'intelligence et l'habileté politique de son beau-frère, dont l'adhésion à sa personne pouvait s'avérer profitable pour tous deux dans un avenir proche, et parce qu'il savait que ses précieux contacts à l'étranger, particulièrement avec le comte Ciano, bras droit et gendre de Mussolini, et l'accès à ces alliés potentiels pouvaient être déterminants à l'heure de décider à qui reviendrait le commandement unique du soulèvement. Car, à la différence des autres conjurés, qui considéraient qu'ils auraient suffisamment fait leur devoir en rétablissant l'ordre public, l'unité de l'Espagne et l'éventuelle restauration de la monarchie, Franco savait que le militaire qui prendrait la tête du coup d'État finirait par tenir les rênes du pays, avec le roi ou sans le roi, et il n'avait nulle intention de céder une telle mission à Mola, pas plus qu'à Sanjurjo, Goded ou Fanjul, ni à aucun des ivrognes qui jouaient les coqs de basse-cour dans les mess d'officiers. C'est pour ces raisons qu'il avait accepté de rencontrer Primo de Rivera, bien que cela retarde d'autant son retour aux Canaries, d'où il s'était absenté en secret, et qu'il soit bien décidé à ne rien lâcher face à un individu qu'il tenait pour un freluquet, et encore moins face à la Phalange qu'il considérait comme un obstacle dont il faudrait procéder tôt ou tard à l'élimination.

L'entrevue avait eu lieu chez les parents de Serrano Suñer le matin même, et non seulement son résultat avait été négatif, mais elle avait mis José Antonio dans un état d'extrême irritation. En dépit de son apparente maîtrise de la situation et de son éloquence brillante, José Antonio était timide hors du cercle de ses amis ; Franco, au contraire, faisait preuve d'un aplomb imperturbable, il était patient et rusé, et il savait tirer parti de sa morosité congénitale, ce qui lui permettait de sortir vainqueur de toutes les discussions avec des adversaires écœurés et épuisés. Cette fois, il avait reçu José Antonio avec de grandes démonstrations de sympathie, et avant que celui-ci n'ait pu exposer le motif de leur rencontre, il lui avait dit qu'aux Canaries, où le climat était doux et les paysages d'une grande beauté naturelle mais le travail d'un militaire peu contraignant, il s'était consacré intensément à l'étude de la langue anglaise, et que, sachant par son beau-frère que José Antonio avait une parfaite connaissance de ladite langue, il ne voulait pas laisser passer cette occasion de lui demander de l'aider à résoudre quelques difficultés propres à un idiome si riche et si différent du nôtre. Poliment, José Antonio avait fait tout ce qu'il pouvait pour éclaircir les incertitudes de son interlocuteur, puis il avait tenté en vain de diriger la conversation vers les sujets brûlants qui l'amenaient, mais Franco détournait la question sur des détails hors de propos, répondait évasivement et insistait pour aborder tous les aspects possibles de l'emploi du mot *nevertheless*, sans oublier les propositions subordonnées. D'abord déconcerté, puis furieux, José Antonio avait compris que le rusé général se payait sa tête. Après des heures d'efforts inutiles, le Chef national de la Phalange et le général s'étaient séparés avec une froide politesse. Ils ne devaient jamais se revoir.

Le fringant marquis de Estella aurait été encore plus malheureux s'il avait su que, pendant que tous ses efforts se heurtaient à l'opacité de Franco, la femme qu'il aimait et dont il se croyait aimé décrivait à sa sœur le tourbillon de passions qui dévastait son cœur en des termes qui ne lui étaient guère favorables.

– Je n'ai pas le moindre doute que Dieu m'a punie. Croyant commettre le péché de chair, je suis tombée dans le péché de la manipulation d'autrui. J'ai voulu me servir d'un homme pour mes fins indignes et Dieu s'est servi de lui pour m'humilier. Je suis devenue amoureuse d'Anthony, et je ne pourrai jamais être sienne.

– Pourquoi pas ? demanda Lili dans un filet de voix.

Paquita avait passé la nuit à réfléchir à la question, et elle put en donner un exposé détaillé.

– Avant tout, il est anglais. Il aime beaucoup l'Espagne, c'est vrai, et ça ne le gênerait probablement pas de vivre à Madrid. Mais personne ne ferait chose pareille à la veille de la révolution bolchevique. Et moi, si j'allais à Londres, papa me déshériterait.

– Paquita, je ne te reconnais pas ! Hier, tu étais prête à unir ton destin à celui de José Antonio, avec tous les dangers et les épreuves que ça implique, et aujourd'hui tu recules devant l'idée de vivre du salaire d'un professeur, dit Lili avec un soupçon d'ironie que, par chance, sa sœur ne remarqua pas.

Paquita baissa la tête et essuya une larme qui glissait sur sa joue.

– Ah, Lili, s'il n'y avait que l'argent ! Mais il s'agit de quelque chose de beaucoup plus compliqué et, avant tout, d'une question d'honneur. Pour commencer, lui-même ne connaît pas la véritable nature de mes sentiments. Pour vaincre sa résistance, j'ai fait semblant d'être une femme de mœurs légères. En ce moment, il doit penser que j'ai fait avec lui ce que je fais avec le premier venu. Et comment le convaincre du contraire, après ce qui s'est passé entre nous ? Ensuite, dans la situation où nous sommes, je ne peux pas abandonner José Antonio. Même si notre amour est impossible, il compte sur moi ; savoir que je l'aime le soutient moralement dans les moments d'inquiétude ou de faiblesse, au milieu de toute cette haine que soulèvent sa personne et ses idées. Si aujourd'hui je l'abandonne, quelle consolation lui reste-t-il ? Et ça, sans compter que notre relation est le secret de Polichinelle ; si le bruit commence à circuler que je l'ai trompé avec un étranger, lequel de plus passe pour un grand dadais… Oh, Lili, je ne veux pas imaginer l'usage que ferait la presse d'une telle nouvelle ! Non, non, j'ai bien tout retourné dans ma tête et il n'y a pas d'autre solution : c'est le sacrifice qui s'impose. Je ferai comme s'il ne s'était rien passé. De ce que je t'ai raconté, je ne dirai pas un mot, ni à Anthony, ni à José Antonio, ni à personne : ce sera un secret entre toi et moi. Parce que tu ne me trahiras pas, n'est-ce pas, Lili ?

– Mon Dieu, Paquita, comment peux-tu en douter ? répondit Lili.

Et après un moment, changeant de ton, elle ajouta :

– Mais en échange de mon silence, révèle-moi un secret qui m'intrigue énormément.

– Dis-moi.

– Qui est en réalité Anthony Whitelands et qu'est-ce qu'il est venu faire à Madrid, et plus précisément dans notre maison ?

Incapable de refuser de satisfaire le désir raisonnable exprimé par sa sœur, Paquita lui révéla l'existence du tableau de Vélasquez caché dans la cave, la décision de le vendre à l'étranger par l'intermédiaire de Pedro Teacher et d'Anthony Whitelands, ainsi que les successives vicissitudes de l'opération. Lili écouta l'explication sans aucun commentaire et, à la fin, s'exclama :

– C'est à ça que se réduit le grand mystère ? Un tableau de Vélasquez ? Quelle déception !

Paquita sourit et répondit :

– À toi, ça peut te sembler peu de chose, et moi, si je veux être sincère, je te donne raison. Mais ce tableau, outre qu'il vaut une fortune, a une importance extraordinaire pour comprendre la vie et l'œuvre du plus grand peintre de tous les temps. C'est du moins ce que dit notre cher ami le professeur Whitelands. Pour lui, il n'y a rien de plus précieux au monde, pas même moi. Quand il parle du tableau, il oublie tout et se transforme en un être merveilleux, comme si Vélasquez en personne s'incarnait en lui. Ou c'est peut-être moi qui le vois ainsi, avec les yeux de l'amour. À dire vrai, ça me fait de la peine qu'il ne puisse réaliser le rêve de sa vie : s'attribuer la découverte d'un chef-d'œuvre comme celui qui est caché à quelques mètres d'ici.

Lili se leva du banc et agita les bras en signe de véhémente agitation.

– De la peine ? Paquita, cet homme t'a volé ton honneur et a ruiné ta vie ! Au lieu d'éprouver de la peine pour les déboires de sa carrière professionnelle, tu devrais réfléchir à la manière de le tuer.

Malgré son désespoir, Paquita ne put réprimer un rire sonore.

– Lili, tu as de ces idées ! Tu es une enfant adorable !

Puis elle redevint tout de suite sérieuse et ajouta :

– C'est plutôt du contraire que nous devrions nous occuper. La pauvre fille que tu as vue avec moi tout à l'heure venait justement me prévenir que les marxistes complotent la mort d'Anthony. Elle ne m'en a pas dit la raison, mais elle m'a donné l'heure et le lieu approximatif. J'ai d'abord pensé qu'il s'agissait d'une histoire tirée d'un roman à quatre sous, mais elle a fini par me convaincre qu'elle disait la vérité. Apparemment, c'était elle qui devait conduire l'Anglais sous de faux prétextes là où l'attendent les tueurs, mais au dernier moment elle s'est sentie incapable de faire une chose aussi crapuleuse. À ce que j'ai pu comprendre, il y a eu aussi une petite histoire entre Anthony et elle. Rien de sérieux.

– Et qu'est-ce que tu vas faire ? demanda Lili avec impatience.

– En vérité, je ne sais pas. J'étais en train d'y réfléchir quand nous nous sommes rencontrées. Ensuite, en parlant d'autre chose, ça m'est sorti de la tête. Ma première idée était d'aller à la police, comme c'est logique, mais cette femme me l'a catégoriquement interdit : pour sa propre sécurité et aussi, peut-être, pour celle d'Anthony. Telles que les choses se présentent, il est possible que la police du gouvernement, au lieu de le protéger, couvre les assassins. Et si nous écartons la police, une seule personne possédant les moyens et le cran nécessaires me vient à l'esprit. Mais le courage me manque pour lui demander cette faveur ; j'ai peur que, s'ils entrent en contact, notre histoire apparaisse au grand jour.

Lili s'était rassise et regardait fixement sa sœur, la tête penchée et le visage reposant dans sa main ouverte, comme si elle tentait de reconnaître l'authentique Paquita dans la personne abêtie et privée de bon sens qu'elle avait devant elle. Je n'arrive pas à croire que ce soit ça l'amour, semblait-elle penser. Elle aussi avait senti son aiguillon, mais, en ce qui la concernait, son attitude à cet égard était bien différente.

38

Les événements dramatiques qui se déroulèrent à une vitesse accélérée à partir de ce moment furent dus pour une part – la plus importante –, à l'intersection des multiples facteurs intervenant dans cette histoire, pour une part au climat de peur et de violence régnant dans toute l'Espagne, et pour une part à une malheureuse conjonction d'erreurs et de coïncidences.

Vers six heures du soir, Anthony Whitelands quitta l'hôtel où il logeait pour aller au rendez-vous avec la personne qui l'avait appelé, sans connaître l'identité de ladite personne ni savoir l'objet du rendez-vous. Semblable négligence de sa part pourrait être qualifiée de stupidité, si elle n'avait été, jusqu'à un certain point, justifiée par la confusion où l'avaient plongé les épisodes sentimentaux et autres qu'il venait de traverser, et par la nervosité que provoquait en lui l'imminente confrontation avec José Antonio Primo de Rivera, dont l'importance à ses yeux passait au-dessus de tout le reste.

Suivant le conseil du réceptionniste, il emprunta la rue Carretas pour prendre le métro à la station située Puerta del Sol. Dès qu'il eut mis le pied dans la rue, deux agents en civil affectés à sa surveillance par le lieutenant-colonel Marranón avec l'ordre formel de ne pas le perdre un instant de vue commencèrent leur filature. Après ce qui était arrivé au capitaine Coscolluela, le lieutenant-colonel avait confié la mission à deux hommes, mesure raisonnable à tout point de vue mais qui, dans la pratique, devait se révéler fatale.

Comme il ne maîtrisait pas le réseau du métro madrilène,

Anthony dut revenir plusieurs fois sur ses pas dans les couloirs avant de trouver la ligne et le quai qu'il cherchait. Vu sa position centrale, la station était pleine de monde, et ses brusques changements de direction firent qu'en dépit de sa grande taille les agents le perdirent de vue. Au bout d'un moment de recherche effrénée, ils crurent l'avoir récupéré, mais comme c'était la première fois qu'ils le suivaient et qu'ils n'étaient pas aussi familiarisés avec sa silhouette que leur prédécesseur le capitaine Coscolluela, ils se trompèrent de personne et suivirent un autre individu sans s'apercevoir de leur erreur, chacun étant sûr que l'autre savait ce qu'il faisait. Quand, enfin, une réflexion fortuite leur révéla qu'ils s'étaient trompés, plus d'une demi-heure s'était déjà écoulée. Comme il était impossible de retrouver la piste perdue, ils décidèrent de revenir à l'hôtel, d'informer de là leur supérieur et d'attendre que l'Anglais réapparaisse. La fausse filature les avait conduits passablement loin et, bien qu'ayant pris un taxi, ils n'arrivèrent devant la porte de l'hôtel qu'à sept heures et demie, quelques minutes à peine après Guillermo del Valle.

Guillermo del Valle avait passé l'après-midi au Centre de la Phalange, 21 rue Nicasio Gallego, dans l'espoir de croiser José Antonio et de convenir avec lui d'un rendez-vous entre Anthony Whitelands et le Chef national, comme le lui avait demandé l'Anglais. La réunion du Conseil national était prévue pour sept heures et Guillermo supposait que José Antonio arriverait au Centre en avance, mais il n'en fut pas ainsi. Vers six heures et demie, Guillermo del Valle entendit Raimundo Fernández Cuesta dire que José Antonio lui avait téléphoné pour l'informer qu'il était retenu par une affaire personnelle et que la réunion était reportée jusqu'à nouvel ordre. Au cours de la communication, José Antonio avait expliqué à son ami et camarade que ce report était sans importance, vu que la réunion avait pour but d'analyser le contenu de l'entretien du matin entre le Chef et le général Franco et que ce contenu, malheureusement, ne laissait pas le moindre espace à l'éventualité d'un accord entre la Phalange et l'armée. En conséquence, il était nécessaire de réexaminer la politique générale du parti, et cela ne pouvait se faire sans une minutieuse préparation. La réunion du Conseil national pouvait attendre. À aucun moment de la conversation José Antonio n'avait indiqué d'où il appelait ni quel genre d'affaire personnelle le retenait.

Informé de l'annulation, et comme il avait promis de communiquer à Anthony le résultat de ses démarches, Guillermo del Valle appela l'hôtel depuis le Centre. Le réceptionniste lui dit que monsieur Whitelands s'était absenté. Guillermo del Valle n'estima pas prudent de faire part au réceptionniste de l'objet de son appel et décida de passer personnellement par l'hôtel en rentrant chez lui. Quand il sortit du Centre, la nuit était tombée et un vent froid soufflait ; l'hôtel était trop loin pour qu'il fasse le trajet à pied. Il était sur le trottoir, hésitant entre prendre un taxi ou utiliser les transports en commun, quand deux camarades, vêtus de la chemise de nankin bleue avec les insignes de la Phalange brodés en rouge, sortirent à leur tour et lui demandèrent ce qu'il faisait là. Mis au courant de la situation, un des deux camarades, qui disposait d'une voiture, proposa d'accompagner Guillermo jusqu'à l'hôtel. Enchanté, celui-ci accepta et l'autre camarade se joignit à l'expédition. Ils garèrent le véhicule dans la rue Espoz y Mina et entrèrent dans l'hôtel ensemble, au grand dam du réceptionniste. Comme Anthony n'était pas revenu, Guillermo del Valle rédigea un bref message l'informant de l'annulation de la réunion du Conseil et, par conséquent, de l'entrevue, le glissa dans une enveloppe qu'il ferma et qu'il remit au réceptionniste ; après quoi, les trois camarades ressortirent tout farauds dans la rue au moment même où, après avoir perdu dans le métro l'Anglais qu'ils étaient chargés de filer, les deux agents de police arrivaient à l'hôtel. Comme les conséquences prévisibles de leur maladresse les rendaient nerveux, la brusque rencontre avec trois jeunes phalangistes les prit de court. Ils crurent être tombés dans un guet-apens et, instinctivement, sortirent leurs pistolets pour prévenir l'attaque. Surpris de ce geste inattendu venant de deux individus en civil, les camarades de Guillermo empoignèrent leurs armes, et tous les quatre ouvrirent le feu en même temps. Chacun étant plus soucieux de ne pas être touché que de faire mouche, personne ne prit le temps de viser et les tirs se perdirent en l'air. Immédiatement après, les deux camarades de Guillermo s'enfuirent, car les phalangistes avaient ordre de refuser le plus possible les affrontements dans la rue afin d'éviter des victimes et des représailles politiquement improductives.

Guillermo del Valle n'avait pas l'expérience de ce genre d'escarmouches. S'il ne manquait pas de courage, il manquait de capacité de réaction et de sang-froid. Pendant que les autres tiraient, il était resté pétrifié. Mais quand il fut remis de sa stupeur et qu'il empoigna à son tour son pistolet, il se trouva seul devant deux policiers armés. Se voyant visés, ceux-ci tirèrent de nouveau sans lui donner le temps d'appuyer sur la détente. Son corps tomba de tout son long sur le trottoir, atteint de plusieurs balles, dont l'une, après lui avoir traversé la poitrine, alla briser une vitre de la porte tournante de l'hôtel.

Bien loin de ce terrible incident dont il avait été la cause indirecte, Anthony Whitelands sortit du métro et déboucha non loin de là sur l'esplanade du marché aux poissons situé aux abords de la porte de Tolède. À cette heure toute activité était terminée et, sur la place, chats et rats se disputaient des déchets pestilentiels à la lumière avare des réverbères. Dans l'air glacial de la nuit que la puanteur du poisson et des fruits de mer pourris rendait irrespirable, vrombissaient des essaims de mouches. Anthony cherchait vainement dans ce désert dantesque quelqu'un qui puisse lui indiquer la rue de la Arganzuela. À une extrémité de l'esplanade étaient rangés des camions. Enfonçant ses chaussures dans les ornières détrempées, Anthony y alla dans l'espoir de trouver un camionneur endormi dans sa cabine, mais elles étaient toutes vides, chose compréhensible, vu les relents nauséabonds que répandaient les camions.

Finalement, après s'être fatigué à sillonner méthodiquement la zone, il finit par trouver l'endroit qu'il cherchait. Quand il parvint au coin de la rue de la Arganzuela et de la ruelle du Mellizo, il était déjà sept heures et huit minutes.

Pendant qu'il se livrait à ces recherches, le soupçon lui vint que tout cela était plutôt étrange. Jusque-là, il ne s'était pas posé de questions : le réceptionniste lui ayant dit qu'un Anglais avait fixé un rendez-vous, rien de dangereux ne pouvait venir d'un compatriote. Mais maintenant il se demandait quel genre d'Anglais pouvait avoir choisi pour lieu de rencontre ces parages abandonnés et sinistres, si ce n'était dans l'intention de se soustraire à la curiosité de la police locale.

Sa destination finale s'avéra être une maison en fin de construction, toute en hauteur et hideuse, avec une façade grise et des fenêtres étroites protégées par des barreaux. La porte de la rue était fermée et il n'y avait aucun moyen d'appeler. Près d'elle, une autre porte plus large, en bois, donnait probablement accès à un établissement commercial, un atelier ou des magasins. Cette seconde porte étant également fermée, Anthony décida de renoncer et de prendre le chemin du retour. Après tout, le plus probable était que le réceptionniste avait mal enregistré le message. Mais il n'avait pas fait deux pas que la porte s'entrouvrit et qu'une voix chuchota :

– Entrez.

Anthony entra et se trouva dans un vaste espace à moitié vide. Des ampoules pendant du plafond permettaient de voir les murs nus, les poutrelles de fer et une lucarne sale. Des cartons étaient empilés au fond, et une voiture déglinguée et sans roues était échouée sur un côté. Il y avait aussi quatre hommes en canadiennes et casquettes à visière. Trois d'entre eux, la mine louche, fumaient avec frénésie. Le quatrième était celui qui avait ouvert la porte, après quoi il s'était posté à l'écart de ses camarades, la casquette enfoncée jusqu'aux yeux et détournant la tête comme s'il ne voulait pas être reconnu : tentative ratée, car Anthony, malgré la faible lumière, vit tout de suite de qui il s'agissait et s'adressa à lui pour obtenir une explication.

Higinio Zamora Zamorano baissa la tête et haussa les épaules.

– Pardonnez-moi, don Antonio, bafouilla-t-il en fuyant le regard de son interlocuteur.

– Ça n'a pas de sens, protesta l'Anglais. Me faire venir dans cet endroit sordide à une heure pareille… Je croyais que nous avions réglé une fois pour toutes la question de la Toñina.

– C'est pas ça, don Antonio. La fille a rien à voir là-dedans. Les camarades et moi, on est venus ici pour vous tuer. Croyez-moi, je suis sincèrement désolé.

– Pour me tuer ? dit Anthony, incrédule. Allons, mon vieux, ne dites pas n'importe quoi ! Pourquoi voulez-vous me tuer ? Pour me voler ? Je n'ai rien sur moi. Ma montre et…

– Laissez tomber, don Antonio. Ce sont les ordres d'en haut. Moi et mes camarades, on est membres du Parti. Et le camarade Kolia m'a donné l'ordre de procéder, ou comme qui dirait de me farcir l'exécution. Pour la cause.

– Quelle cause ?

– Quelle cause vous voulez que ça soit, don Antonio ? Celle du prolétariat international !

Un des individus présents interrompit l'échange.

– Pas de discours, Higinio. On est là pour faire un travail, pas pour tailler une bavette. Plus vite on le fera, mieux ça sera.

Il parlait sans irritation ni dureté. C'était évident que la mission qui leur avait été confiée ne lui plaisait pas plus qu'aux autres.

– Fais pas chier, Manolo, répliqua Higinio. On peut exécuter un type pour la révolution d'Octobre sans être forcé de l'expédier comme un goret. Après tout, don Antonio n'est pas un ennemi du peuple. Dites-leur, don Antonio.

– Higinio, c'est pas toi le juge, trancha un autre camarade.

Anthony décida de ramener le débat sur un terrain moins théorique. Il ne parvenait pas à prendre la menace au sérieux, mais si ces hommes lui avaient tendu un piège aussi compliqué, ils devaient bien avoir quelque puissant motif.

– Ne s'agirait-il pas d'un malentendu ? suggéra-t-il. Je ne sais pas qui est le camarade Kolia et il ne sait pas qui je suis. On ne s'est jamais vus de notre vie.

– Ça, vous pouvez pas savoir. L'identité du camarade Kolia est un secret. Et puis la question n'est pas là. Les ordres du camarade Kolia ne se discutent pas. Manquerait plus que ça.

– Bien dit, confirma le quatrième homme, qui était resté muet jusque-là.

Sur ce, il sauta du carton sur lequel il était juché et Anthony découvrit que c'était un nain. Alors seulement il comprit que ce simulacre de tribunal qui le jugeait sommairement n'était pas une comédie de mauvais goût mais un bref prélude à sa propre mort. Cette idée lui procura une étrange sensation de sérénité et d'apathie. Il ne voyait rien de mal à ce qu'une trajectoire commencée dans les salles de cours et les bibliothèques de Cambridge, poursuivie dans les galeries du musée du Prado, se termine là après des années de travail, de rares succès, quelques échecs et une dose limitée d'attentes et de fantaisie, prise au piège d'un Madrid aveuglément livré à la violence et à la haine, entre les mains de rufians qui incarnaient à la perfection les traits distinctifs du baroque espagnol.

– D'accord, on y va, entendit-il dire Higinio Zamora. J'ai seulement besoin de quelques secondes pour préciser avec don Antonio quelques détails relatifs à sa relation avec ma fille adoptive. Quand il s'agit de la famille, on peut pas laisser les choses en suspens. Les camarades qui sont ici, ajouta-t-il pour l'information de l'Anglais, sont au courant de votre histoire avec la Toñina.

Anthony se laissa docilement guider par Higinio. Il se demandait quels détails pouvaient avoir une telle importance dans les dernières secondes de sa vie, mais ne manifesta aucune objection. Quand ils furent à la porte, Higinio Zamora l'empoigna par le bras et, feignant un échange secret, lui chuchota à l'oreille :

– Je l'ai laissée ouverte.

Anthony tarda un instant à comprendre qu'il parlait de la porte. Les années consacrées aux études ne l'avaient pas entièrement privé de réflexes. Sans prendre le temps de réfléchir, il expédia une forte poussée à Higinio Zamora, dont la faible constitution ne résista pas au coup, ou qui simula une chute afin d'accaparer l'attention de ses camarades la fraction de temps nécessaire à l'Anglais pour ouvrir la porte du local, bondir dans la rue et filer à la vitesse d'une étoile filante. Des pas précipités, des jurons et une détonation lui indiquèrent que ses poursuivants lui collaient aux talons. Ses longues foulées lui permirent de gagner une distance suffisante pour ne pas être touché par les coups de feu peu précis qu'ils tiraient en courant. Il déboucha bientôt sur l'esplanade du marché qu'il avait parcourue un moment auparavant. Là, il était une cible facile, même à la faible lumière des réverbères. Il zigzagua entre les camions, suivi de près par trois hommes et de plus loin par le nain, forcément à la traîne. Une fois là, il tenta de se cacher, sans trop d'espoir, et il entendit le nain crier :

– Coupez-lui la retraite ! Je regarde sous les châssis !

Accroupi et haletant, Anthony avait renoncé à sa sereine résignation et sentait la panique envahir son esprit et paralyser ses membres. Il ferma les yeux et laissa s'écouler ce qui lui parut un temps très long, jusqu'à ce que le rugissement d'un moteur tournant à plein régime l'oblige à les rouvrir. Le faisceau des phares balaya l'esplanade, faisant fuir rats et chats, et s'arrêta juste à portée des camions dans un grand crissement de pneus. Une main tenant un pistolet sortait de la fenêtre du conducteur. Anthony reconnut, sans risque de se tromper, la Chevrolet jaune ; il courut à la portière ouverte, plié en deux ; il sauta à l'intérieur ; la Chevrolet repartit comme un boulet de canon, soulevant un nuage de poussière et de boue et laissant derrière elle les gesticulations d'Higinio Zamora et de ses camarades, ainsi que quelques coups de pistolets tirés au petit bonheur la chance.

Quand ils eurent fait un bout de trajet, la voiture ralentit et le conducteur se tourna vers Anthony avec un sourire narquois.

– Peut-on savoir comment tu as fait pour te fourrer dans ce merdier ? À quoi tu joues ? Tu veux faire le héros ?

– Tu ne t'es pas regardé ! répliqua l'Anglais.

39

À la différence des violents événements survenus dans les parages déserts de la porte de Tolède, la fusillade de la Plaza del Ángel avait attiré un grand nombre de clients des brasseries animées de la place Santa Ana toute proche. Parmi eux se trouvaient deux médecins qui, tout de suite, s'offrirent à examiner le corps de Guillermo del Valle et décrétèrent qu'il était toujours vivant, bien que son pouls soit très faible. Les mêmes agents qui avaient tiré aidèrent à transporter le jeune homme à l'intérieur de l'hôtel, laissant sur la chaussée une grande flaque de sang, et le déposèrent sur une table. Le réceptionniste exécutait tout ce qu'on lui ordonnait sans cesser de trembler, de soupirer et de murmurer qu'il avait prédit que toutes ces allées et venues ne pouvaient que mal finir. À son émoi bien naturel s'ajoutait la perspective d'un long interrogatoire et de la perte probable de son emploi.

Deux agents de la garde d'assaut ne tardèrent pas à se présenter sur les lieux ; ils apostrophèrent les curieux et leur intimèrent l'ordre de se disperser en agitant leurs matraques. Pendant ce temps, un des médecins avait téléphoné à l'Hôpital général et une ambulance était déjà en chemin. Puis les agents appelèrent le lieutenant-colonel Marranón pour le mettre au courant. À son tour, le lieutenant-colonel appela le ministère de l'Intérieur avant de se rendre sans délai à l'hôtel. À ce moment-là, l'ambulance avait déjà emporté le jeune homme. Le lieutenant-colonel demanda si quelqu'un connaissait l'identité de la victime, et la réponse fut négative : le jeune homme ne portait pas de papiers sur lui ; seul le réceptionniste dit l'avoir déjà vu en plusieurs occasions, dont il décrivit les circonstances.

– Maudit Anglais, grogna Marranón, il ne peut rien se passer dans ce pays sans que cet emmerdeur y soit mêlé. Est-ce qu'on sait où il est ?

Personne ne le savait. Si le lieutenant-colonel avait appris où se trouvait au même moment Anthony Whitelands, il en serait resté sans voix. Pendant qu'il s'informait, le téléphone de l'hôtel sonna. Le lieutenant-colonel répondit personnellement. C'était don Amós Salvador, ministre de l'Intérieur. On l'avait informé de ce qui était arrivé et il avait pris les mesures appropriées. Il avait également trouvé l'identité de la victime : Guillermo del Valle, fils du duc de la Igualada, celui qui voulait vendre le tableau de Vélasquez. Les camarades du jeune homme étaient revenus au Centre pour rendre compte de ce qu'ils considéraient, non sans raison, comme une agression injustifiée. Un grand ponte de la Phalange avait appelé la famille de la victime pour lui communiquer la triste nouvelle.

– Le duc est en route pour l'hôtel, dit le ministre. Faites partir le plus vite possible les responsables de cette fâcheuse affaire et préparez une explication plus ou moins vraisemblable. Et ne restez pas dans la rue ce soir : on peut s'attendre à des feux d'artifice.

Le lieutenant-colonel renvoya les deux agents, non sans les avoir copieusement insultés : en quelques heures, ils avaient commis deux erreurs l'une après l'autre, dont chacune aurait de graves conséquences. Un moment plus tard, on vit arriver, dans une voiture conduite par un chauffeur en livrée, le duc de la Igualada accompagné de sa fille Francisca Eugenia et du père Rodrigo.

L'annonce de l'événement avait causé dans l'hôtel particulier du Paseo de la Castellana l'émotion que l'on peut imaginer. Éperdu de douleur et d'indignation, le duc en avait fait part à toute la maisonnée, à l'exception de la duchesse, laquelle, au grand étonnement de sa famille et de la domesticité, s'était absentée du domicile sans aviser personne et sans dire où elle allait. L'heure tardive excluait l'éventualité qu'elle soit sortie faire une visite ou assister à l'un de ces services religieux qui constituaient sa seule occupation hors du foyer familial. Trop bouleversés pour s'attarder à la chercher, le duc, Paquita et le père Rodrigo étaient partis en toute hâte pour l'hôtel en laissant Lili à la maison avec la délicate mission de mettre sa mère au courant des faits dès qu'elle réapparaîtrait. L'autre fils des ducs, qui voyageait en Italie, était recherché par les autorités consulaires.

Profitant de la consternation du malheureux père, le lieutenant-colonel omit les explications, excuses et condoléances, et il expédia le duc et les siens à l'Hôpital général. Auparavant, il avait pris contact avec les médecins de garde : le blessé avait été opéré d'urgence et son état était critique. Avant de remonter dans sa voiture, le duc se tourna vers le lieutenant-colonel.

– Je crois avoir compris qu'il y a deux responsables, dit-il, dents serrées.

Le lieutenant-colonel soutint son regard.

– C'est exact, Votre Excellence : celui qui a remis un pistolet à un gosse de dix-huit ans, et celui qui a donné l'argent pour l'acheter.

Sans lui laisser le temps de saisir le sens de cette réplique, Paquita, avec autant de fermeté que de délicatesse, poussa son père dans la voiture et donna l'adresse de l'hôpital au chauffeur. Elle était très pâle, et le lieutenant-colonel, qui connaissait la relation unissant la jeune femme à José Antonio Primo de Rivera mais ne l'avait encore jamais vue et l'observait maintenant avec attention, jugea qu'il y avait dans ses yeux une lueur démente. Du fond de la voiture qui démarrait, le père Rodrigo, bras levé, glapissait un *Arriba España !* en manière d'excommunication implicite.

Lorsque, finalement, ils arrivèrent à Atocha, un chirurgien de l'hôpital vint les accueillir. Il portait encore sa blouse blanche tachée de sang. En phrases brèves et directes, il leur dit que le jeune homme était déjà sorti de la salle d'opération où l'on avait fait tout ce qui était humainement possible, et que les perspectives n'étaient pas encourageantes. Néanmoins, ajouta-t-il en adoucissant sa voix et son expression, on ne devait pas perdre espoir : la médecine était loin d'être une science exacte ; Dieu seul avait le dernier mot, et lui-même, au cours de sa longue carrière, avait été témoin de nombreux miracles.

En entendant le mot miracle, Paquita fut prise d'un grand trouble. De la chambre sortaient des religieuses avec des cuvettes dont elles s'efforçaient de cacher le contenu pendant qu'elles récitaient tout bas des prières qui n'auguraient rien de bon. Pendant que le médecin accompagnait au chevet du mourant le duc et le père Rodrigo qui avait apporté ce qu'il fallait pour administrer l'extrême-onction, Paquita demeura en arrière, se retira dans un coin discret à l'abri des regards, s'agenouilla et s'immergea dans une ardente prière.

La journée avait été particulièrement intense pour la malheureuse jeune femme. Elle avait ouvert son cœur à Lili dans le jardin de l'hôtel particulier, mais le soulagement que lui avait apporté une confidence livrée à des oreilles toutes disposées à la compréhension n'avait servi qu'à dissiper le brouillard qui l'avait empêchée jusque-là de voir avec netteté la gravité de la situation. Si elle voulait sauver Anthony, dont la vie, en prenant au sérieux le témoignage de la Toñina, était à cette heure même en danger, elle devait agir sans tarder et sans s'arrêter aux conséquences possibles de ses actes. Dans des situations extrêmes, Paquita savait être forte. Elle retourna à la maison, téléphona au Centre de la Phalange et demanda à parler à José Antonio. Une femme de la section féminine qui s'occupait des appels lui dit que le Chef national n'était pas là et qu'on ne l'attendait pas avant le milieu de l'après-midi.

Elle avait encore son manteau sur elle. Sans perdre un instant, elle ressortit, arrêta un taxi et lui dit de la conduire au 86 de la rue Serrano. Là, elle descendit, congédia le taxi et entra dans le hall luxueux. En la voyant, le portier se leva de sa chaise et ôta sa casquette. Une domestique d'âge mûr lui ouvrit la porte de l'appartement. À la vue de Paquita, elle fit un geste involontaire de surprise et de crainte. Elle se reprit tout de suite, esquissa une révérence respectueuse et baissa la tête.

– Madame la marquise, quel honneur !

Paquita agita sa main gantée.

– Laisse de côté les compliments, Rufina. Il est là ?

– Non, Mademoiselle.

– Il viendra pour le dîner ?

– Il ne me l'a pas dit.

– Peu importe. Je l'attendrai. Tu vas me laisser ici, en plein courant d'air ?

La domestique s'effaça, l'air inquiet. Paquita passa sans la regarder et pénétra dans le salon voisin de l'entrée. Les meubles étaient grands, nobles, de styles hétérogènes, provenant de divers héritages. Sur une console, elle vit sa photo dans un cadre en argent.

Deux heures venaient de sonner à la pendule murale quand le maître des lieux arriva. Paquita feuilletait distraitement un petit volume de poésie de la bibliothèque. En la voyant, le visage de l'homme s'éclaira et, tout de suite après, s'assombrit de nouveau.

– Je suis venue te dire quelque chose, dit Paquita sans autre préambule. Quelque chose que tu dois savoir.

José Antonio se défit de son pardessus et le posa sur une chaise.

– Tu peux t'éviter cette peine, dit-il sèchement. Je suis au courant. Ce rat en soutane que vous entretenez à domicile n'a pas perdu de temps pour venir me le raconter. À moins que tu ne veuilles ajouter quelque chose…

Paquita ouvrit la bouche et la referma aussitôt. Elle allait confesser son subit amour pour l'Anglais, mais avant de prononcer une syllabe, comme si une puissante lumière venait de dissiper l'obscurité qui l'enveloppait, elle se rendit compte de la sottise qu'elle était sur le point de commettre. L'évidence la fit sourire. C'était maintenant à son tour de baisser les yeux. En les relevant, ses larmes brouillaient le contour de l'homme qu'elle avait devant elle et qui la regardait fixement, sans comprendre.

– J'ai été folle, murmura-t-elle comme si elle se parlait à elle-même. Dans ma vie, je n'ai aimé qu'un homme. Jamais je ne pourrai en aimer un autre. Je me suis comportée comme une idiote. À présent, il est trop tard pour revenir en arrière. Je ne suis pas venue te demander pardon. Je ne te demande rien d'autre que de me prêter ton mouchoir.

Il s'empressa de le lui offrir en évitant d'établir un contact physique avec la jeune femme. Paquita essuya ses larmes et lui rendit le mouchoir. Elle faisait des efforts pour réprimer le rire incongru qui lui échappait en pensant à Anthony Whitelands ; le souvenir de ce qui s'était passé entre elle et lui dans la chambre d'hôtel lui apparaissait maintenant comme une scène de film comique, où les sentiments et les actes ne sont que des mécanismes ingénieux pour divertir un public tout acquis aux conventions de la farce. José Antonio perçut l'hilarité et en fut décontenancé. Elle recouvra son sérieux.

– Pardon, dit-elle. Cette histoire n'a rien de drôle. C'est que je me sens ridicule. Mais ce n'est pas de ça qu'il s'agit. Pour tout dire, je suis venu te demander une grande faveur. C'est quelque chose de très important pour ma conscience. Cet individu, l'Anglais... on veut le tuer.

– Un mari jaloux, sûrement.

Paquita prit un air de dignité blessée.

– Garde ton humour pour tes admiratrices. Toi et moi, on se connaît.

– Qui t'a dit qu'on voulait tuer ce type ?

– Je le sais, voilà tout. Il semble que l'ordre soit venu de Moscou.

– Il ne l'aura pas volé. Ça ne me regarde pas, et si on lui fait avaler son extrait de naissance, ce n'est pas moi qui irai pleurer à son enterrement.

Sans faire cas de sa colère, Paquita prit sa main dans les siennes.

– Idiot, ce que j'ai fait, je l'ai fait pour toi, murmura-t-elle. Tu serais bien bête de ne pas en profiter.

Il retira sa main et fit un pas en arrière.

– Paquita, tu vas me rendre fou !

Elle rougit. Elle ne parvenait pas elle-même à croire ce qu'elle faisait, et elle était scandalisée de ne pas en éprouver de la honte. Elle était probablement entrée dans ce que le père Rodrigo appelait la spirale du péché : une fois engagée sur la pente descendante, ce n'était plus possible d'arrêter la chute, sauf intervention de la grâce divine. Mais ce n'était pas le moment de se perdre en spéculations théologiques : la grâce divine pouvait attendre.

Quelques heures plus tard, la petite Chevrolet jaune filait dans les rues de Madrid, emportant à son bord José Antonio et l'Anglais. Dans la rue d'Alcalá, près de la Maison de la Poste, le conducteur arrêta la voiture.

– Allons prendre un verre, dit-il gaiement. Je te laisse m'inviter. Après tout, tu me dois quelque chose.

Il était encore tôt et le Bar Club ne contenait que trois couples en train de roucouler dans les coins les plus obscurs. José Antonio et Anthony s'installèrent à une table et le garçon vint prendre leur commande avec empressement. Ils ne parlèrent pas avant d'avoir vidé la moitié du premier whisky. José Antonio se bornait à observer l'Anglais sous tous les angles avec une sévérité où se mêlaient quelques étincelles d'ironie. Anthony était inquiet : il se trouvait face à un rival qui avait tous les atouts en main, et d'une victoire définitive de ce dernier dépendait probablement son avenir, voire sa vie. Finalement, il prit l'initiative.

– Pourquoi m'as-tu amené dans ce bar ? demanda-t-il.

– Pour parler. On m'a dit que tu voulais me voir pour un motif important. Ça ne m'est pas facile de faire un trou dans mon agenda, comme tu peux le supposer.

– J'en suis conscient et je ne te volerai pas beaucoup de ton temps, dit Anthony. Mais ôte-moi d'un doute : comment m'as-tu trouvé ?

– Une petite amie à toi a prévenu Paquita, et celle-ci est venue me demander mon aide. Étant au courant de ce qu'il y avait entre vous, j'ai refusé de te sortir de ce mauvais pas. Mais, comme tu sais, les dons de persuasion de Paquita sont irrésistibles.

Anthony s'alarma. Il ne s'attendait pas à ce que la conversation prenne un tour aussi peu conforme à ce qu'il avait prévu.

– C'est elle qui t'a mis au courant ?

– Aucune importance. Nous parlerons de Paquita tout à l'heure. Pour le moment, termine ton histoire.

Moins assuré, Anthony reprit le fil de son récit.

– Il y a quelques jours, un phalangiste dont je ne révélerai pas l'identité est venu me voir. Il croyait avoir découvert un cas de haute trahison au sein du parti et m'a demandé de t'en faire part. Ma condition d'étranger me conférait une neutralité présumée et cela, selon lui, rendrait mon intervention plus crédible. Je lui ai répondu que, précisément, du fait même de cette neutralité, j'étais réticent à m'immiscer dans la politique espagnole, surtout sans disposer de preuves concrètes. Il a compris ma position et s'est engagé à fournir ces preuves, tandis que de mon côté, devant son insistance, j'ai accepté de te parler dès que je les tiendrais. Il a tenté à plusieurs reprises de reprendre contact avec moi, mais chaque fois sans succès. Nous ne nous sommes pas revus. Notre seule rencontre a eu lieu dans ma chambre d'hôtel.

En voyant les verres vides, le serveur s'approcha pour demander s'ils désiraient autre chose. José Antonio lui tendit un billet de banque et lui dit d'apporter la bouteille de whisky avec de la glace et un siphon, et de ne plus les déranger. Cela fait, l'Anglais poursuivit son récit.

– Peu de jours après, un marchand mi-anglais mi-espagnol nommé Pedro Teacher m'a donné rendez-vous au Chicote et a essayé de me communiquer une information d'une importance vitale. Il a été assassiné avant d'avoir pu le faire. Avant cela, on m'avait averti de la présence à Madrid d'un agent secret du NKVD portant le nom de code de Kolia. Faisant semblant de se lier d'amitié avec moi, des communistes espagnols aux ordres de Moscou m'avaient suivi depuis le premier jour. Maintenant le dénommé Kolia venait avec la ferme intention de liquider l'affaire par des méthodes expéditives. Ce soir, sous un faux prétexte, un traquenard m'a été tendu dans un lieu sinistre et isolé, où des tueurs m'auraient liquidé si je n'avais pas été sauvé par la loyauté de l'un d'eux et par ton apparition providentielle.

Il s'arrêta pour boire, puis continua.

– Depuis le début, je me suis demandé s'il pouvait exister une quelconque relation entre ces épisodes, apparemment sans lien entre eux et difficilement explicables, et le motif pour lequel j'ai été initialement engagé. La conclusion à laquelle je suis arrivé est : oui. Et je dois dire que la Direction générale de la Sécurité, le ministère de l'Intérieur et la Présidence du gouvernement elle-même pensent la même chose que moi. Je parlerai sans détour : le traître infiltré dans la Phalange, l'assassin de Pedro Teacher et le mystérieux Kolia ne sont qu'une seule et même personne : toi. Inutile de nier : tu es un agent soviétique.

José Antonio regarda instinctivement autour de lui, et après s'être assuré que personne n'avait entendu les paroles de l'Anglais, riva sur lui ses yeux pénétrants et dit :

– On m'a déjà accusé de beaucoup de choses, mais ça, c'est nouveau. Puis-je connaître sur quoi tu fondes tes supputations ? Ou as-tu cédé à la mode de m'accuser sans preuves ?

– Je n'ai pas de preuves matérielles, si c'est ce que tu veux dire. Pour satisfaire ta curiosité, je peux seulement te proposer la chaîne des déductions qui m'ont conduit jusque-là. Elle est la suivante : tous les Espagnols pensent que la situation est insupportable. Un coup d'État s'impose. Reste à savoir s'il viendra de la droite ou de la gauche. Les deux camps sont prêts, et les deux sont empêtrés dans leurs divisions. Les militaires sont les mieux préparés et peut-être les plus motivés, mais ils traînent les pieds : ils ne savent pas s'ils peuvent compter sur l'appui unanime de l'état-major et des officiers, ils n'ont pas confiance en la loyauté de la troupe, ils ne voient pas clairement l'objectif final de l'insurrection et, surtout, ils ne se mettent pas d'accord sur le commandement. Pendant qu'ils discutent, la gauche s'arme et s'organise. Mais chez elle la coordination est encore plus difficile. Coincés entre les deux blocs, les fascistes sont un petit groupe sans soutien réel, sans troupes et sans idées claires : ils ne veulent pas entendre parler du socialisme soviétique, mais ils ne veulent pas non plus être assimilés à la réaction obscurantiste des militaires, des prêtres et des riches. En fin de compte, la Phalange est seulement une force de choc, avec plus d'image que de contenu. Elle vit de ses rodomontades et de quelques concepts creux : « Une unité de destin dans l'universel ! », « Espagne, une, grande, et libre ! ». Des phrases ridicules et des slogans qui ne font de l'effet que quand ils sont criés à pleins poumons, surtout si celui qui les crie est un jeune avocat, beau, brillant, audacieux et portant un titre de noblesse. Et c'est là que nous arrivons au cœur de la question. Le jeune avocat est un orateur efficace et un personnage public séduisant, mais comme homme politique, c'est une nullité. Dans ses discours il galvanise l'assistance, mais dans les urnes il n'obtient pas de votes. Lui s'en moque, car il a d'autres centres d'intérêt : ce qu'il aime, c'est aller à la piscine et au Club royal de la Puerta de Hierro, faire la conquête de femmes faciles et parler de littérature avec ses amis. Il dit s'être engagé dans la politique pour défendre la mémoire de son père et pour sauver la Patrie, et c'est en partie vrai : il est mu par un sentimentalisme filial et patriotard de carton-pâte qui n'est rien de plus que de la vanité. Comme il est juriste de formation et fils de famille, il hait la brutalité des basses classes, mais il ne peut éviter que son parti ne se transforme peu à peu en une bande de voyous. Les capitalistes l'utilisent sans scrupule pour agiter l'opinion publique, les syndicats ouvriers ridiculisent son plan pour mettre fin à la lutte des classes et, pendant ce temps, il voit ses partisans se faire tuer quotidiennement dans des bagarres de rue dénuées de sens. Le projet, s'il a existé, lui a échappé des mains, et l'éloquence vibrante qui le soutient peut continuer à enthousiasmer ses auditeurs, mais lui, elle l'ennuie et lui répugne. Tu me suis ?

– Il manque un détail, dit José Antonio en traînant la voix, les yeux mi-clos, comme s'il se parlait à lui-même. Le jeune avocat de ton histoire avait un amour impossible. Par dévotion et par respect, il n'a pas voulu embarquer la femme aimée dans un bateau à la dérive : il ne voulait pas que cela aussi perde sa pureté. Quelque chose au moins devait rester à l'écart de la violence, du mensonge et de la trahison. Et à la fin, le sacrifice s'est révélé inutile, parce que son grand amour a quand même perdu sa pureté, à la première occasion, de la façon la plus stupide et avec la personne la plus indigne. Laissons cela de côté pour le moment.

Les couples avaient quitté l'établissement, et ils restaient seuls avec le serveur. Cette anomalie aurait dû attirer leur attention s'ils n'avaient été tellement absorbés par leur conversation.

– Dégoûté de l'idée pour laquelle il a tout donné, continua Anthony satisfait de l'effet produit par ses paroles sur son interlocuteur, dégoûté de ceux qui auraient dû rejoindre ses rangs et ne l'ont pas fait par intérêt ou par lâcheté, dégoûté du peuple qui ne l'écoute pas, le jeune et brillant avocat décide de dynamiter le pays qui l'a si mal payé de ses sacrifices. Il prend contact avec les services secrets soviétiques et leur fait une proposition : si Moscou lui donne les moyens nécessaires, il lui servira la révolution sur un plateau. Avec ses troupes clairsemées mais motivées, il fomentera un soulèvement dans toute l'Espagne. Confrontés à la menace réelle du fascisme, socialistes et anarchistes laisseront de côté leurs divergences ; le résultat sera la révolution populaire. Tout plutôt que de permettre au système libéral corrompu de perdurer ou aux militaires d'instaurer un régime au service de la Banque et des propriétaires terriens. Trop de sang a été versé pour que tout aille se dissoudre dans une simple rhétorique où il n'est question que de marcher sous des soleils éclatants vers des empires chimériques[1]. Ou tu es Kolia, ou Kolia est ton agent.

– Fantastique ! s'exclama José Antonio, tout réjoui.

– Oui, ce n'est pas mal, mais pour que le plan fonctionne deux conditions sont primordiales : la première est que les phalangistes ne subodorent pas le rôle qui leur est assigné dans la pantomime ; la seconde est d'agir avec le maximum de rapidité, avant que les groupes de droite ne se mettent d'accord ou qu'un incident imprévu ne vienne précipiter les événements. Bien entendu, les choses tournent différemment, comme d'habitude. La situation

1. Allusion au chant de la Phalange, *Juventud Española* (« Jeunesse espagnole ») : *José Antonio nos guía [...] Bajo un sol de luceros / del Divino y Eterno resplandor / por la ruta del Imperio / marcharemos, juventudes, hacia Dios.* « José Antonio nous guide [...] Sous un soleil éclatant / de Divin et Éternel rayonnement / sur le route de l'Empire / marchons, jeunesses, vers Dieu. »

internationale évolue très vite : Staline s'inquiète des intentions bellicistes d'Hitler et préfère ne pas indisposer les démocraties européennes. Mieux vaut remettre à plus tard les aventures secondaires. Moscou donne l'ordre d'un soutien total à la République espagnole. Le plan du jeune avocat tombe à l'eau. Mais comme le premier pas est déjà fait et que tout retour en arrière est impossible, il choisit de poursuivre la rébellion sans aide extérieure en obtenant des armes et de l'argent par n'importe quel moyen. Un jeune phalangiste découvre des irrégularités ; incapable de soupçonner qu'elles proviennent du propre Chef national, qu'il vénère, il me demande de t'en parler. Pour l'empêcher, tu donnes l'ordre de m'éliminer. Tu t'occuperas plus tard de faire taire le bavard. Je parviens à m'enfuir et tu m'amènes ici afin de me tirer les vers du nez et ensuite de terminer le travail.

Il arrêta net son discours. Il avait la gorge sèche et la tête lui tournait. La bouteille de whisky était vide. Il aperçut le regard froid et moqueur de José Antonio rivé sur le sien. Au bout d'un moment, celui-ci s'exclama :

– Mon cher Anthony, tu es complètement fou ! Et tu dis que tu as raconté ça au directeur général de la Sécurité ?

– Parfaitement ! Et à Azaña en personne !

Sans pouvoir se contenir davantage, José Antonio éclata d'un rire tonitruant. Anthony l'imita. Tous deux riaient, se donnaient des tapes dans le dos et cognaient sur la table, faisant tomber la bouteille et les verres, incapables de maîtriser leur accès d'hilarité. De nouveau, le courant d'amitié qui les unissait par-dessus leurs rivalités coulait entre eux.

Le serveur s'approcha, le visage sévère.

– Excusez-moi de vous interrompre. Il y a un appel urgent pour monsieur Primo de Rivera.

40

Après avoir laissé passer un temps raisonnable, Lili téléphona à l'Hôpital général pour s'informer de l'état de son frère. Elle eut le père Rodrigo après plusieurs tentatives. Le jeune homme était toujours vivant, mais les médecins ne lui avaient guère laissé d'espoir et le dénouement fatal pouvait intervenir d'un moment à l'autre. Monsieur le duc ne quittait pas son chevet et Paquita, incapable de supporter l'angoisse de l'attente, entrait et sortait de la chambre avec de bruyantes démonstrations de désespoir. Anéantie par ces nouvelles, Lili était rongée par l'inquiétude que lui causait la mystérieuse disparition de sa mère. Un moment plus tôt, elle avait envoyé le majordome à sa recherche dans les environs immédiats, mission qu'il avait exécutée le fusil caché sous les pans de son manteau.

Le majordome revint au bout d'une heure sans avoir aperçu madame la duchesse. Cette nuit, le temps était détestable et ni dans le Paseo de la Castellana, ni dans les rues voisines, il n'avait rencontré de passant qui aurait pu croiser la disparue. Lili préféra ne pas s'adresser à la police ; pour le moment, elle ne pouvait qu'attendre et faire confiance à la protection de la Providence. Elle donna l'ordre qu'on la prévienne s'il y avait quoi que ce soit de nouveau et s'enferma dans sa chambre. Le décor familier, loin de lui apporter la paix souhaitée, ne fit qu'accroître son désarroi : tout, ici, lui rappelait la récente présence de l'Anglais. Peut-être, à cet instant même, était-il mort, lui aussi. Son imagination débridée d'adolescente le lui montra gisant au sol et exsangue, abattu par les balles d'un pistolero ou le couteau d'un tueur. Peut-être sa dernière pensée avait-elle été pour elle.

Chez ceux qui croyaient la connaître intimement, Lili passait pour jouir d'un tempérament équilibré, d'une attitude positive devant la vie, d'une disposition festive, un peu immature et candide. En réalité, elle était tout le contraire. Ce qui aggravait son cas, c'est que son cerveau froid et analytique, et son cœur ardent et rebelle l'avaient poussée à rejeter en secret les enseignements religieux qui lui avaient été prodigués. Aujourd'hui, privée de la consolation de la prière et de la foi en l'intervention divine, aux limites de sa résistance après trop d'expériences intenses, elle croyait devenir folle.

À onze heures et demie, on frappa à la porte de sa chambre. Lili plaqua ses mains sur ses oreilles pour ne pas entendre le héraut porteur de nouvelles dévastatrices. Puis, tout de suite, elle se domina et ouvrit. La femme de chambre l'informa que son père était au téléphone. Elle courut à l'appareil. Le duc parlait d'une voix presque inaudible, avec des phrases entrecoupées par l'excitation. Entre sanglots et hoquets, il lui dit que la duchesse était arrivée à l'hôpital dix minutes plus tôt et que, repoussant le père Rodrigo qui s'interposait entre elle et le lit où gisait son fils, elle était entrée dans la chambre et s'était précipitée vers le jeune homme, en l'appelant et en le couvrant de baisers. Et c'était à cet instant précis que s'était produit le miracle. Guillermo del Valle avait ouvert les yeux et souri en reconnaissant le visage de sa mère. Les médecins, déconcertés devant cette réaction inexplicable en termes purement scientifiques, avaient dû soigner Paquita qui s'était évanouie. À cette scène de bonheur indescriptible, seule manquait Lili.

– Cours nous rejoindre, ma fille, s'exclama le duc, unis-toi à nous pour rendre grâce à Dieu. Et dis à Julián de t'accompagner. C'est dangereux, cette nuit, de se promener dans les rues. Il semble qu'il y ait eu de nouveau des tirs et des incendies.

Elle venait de raccrocher, quand l'appareil sonna une seconde fois. Comme elle était à côté, Lili répondit elle-même. Une voix masculine inconnue demanda mademoiselle Paquita.

– Elle n'est pas là. Qui l'appelle ?

– Un ami, répondit la voix à l'autre bout du fil. Dites-lui seulement que l'Anglais est sauf.

Lili se laissa tomber sur une chaise. La femme de chambre lui demanda si elle se sentait bien. Lili répondit affirmativement et lui dit de convoquer tous les domestiques dans le salon de musique. Quand elle les eut tous autour d'elle, elle leur fit part du réveil inespéré de Guillermo. Une fois achevées les manifestations d'allégresse, elle leur dit de réciter leur chapelet pour remercier Dieu de la grâce qu'il venait d'accorder, puis ordonna au majordome d'aller chercher un taxi et de l'accompagner à l'hôpital. Après quoi, elle retourna dans sa chambre et s'habilla pour sortir.

Le majordome mit vingt minutes pour revenir à la porte de l'hôtel particulier dans un taxi. Du fait des troubles en certains points du centre, beaucoup de chauffeurs de taxi avaient déserté les rues pour ne pas être pris dans des incidents qui pourraient endommager leurs véhicules.

– Ils te brûlent ta bagnole, et tu l'as dans le cul, avait commenté le chauffeur.

Effectivement, la lueur rougeâtre d'incendies se reflétait dans le ciel.

Il était minuit passé quand Lili arriva finalement à Atocha sans contretemps et put entrer dans la chambre de son frère où régnait une joie contenue. Certes la vie du jeune homme était hors de danger, mais le pronostic restait réservé et l'on ne devait pas se laisser aller à un optimisme prématuré : on ne pouvait écarter une rechute, et les séquelles possibles des blessures et d'une intervention chirurgicale pratiquée in extremis restaient à déterminer.

Lili se joignit à l'allégresse du reste de la famille, puis prit Paquita à part pour la mettre au courant du coup de téléphone concernant Anthony. Paquita accueillit la nouvelle avec indifférence : à l'évidence, l'Anglais avait cessé de l'intéresser. Lili s'interrogeait sur la cause de ce subit changement et se demandait aussi où avait bien pu passer la duchesse pendant le long laps de temps qui séparait sa disparition de son arrivée à l'hôpital.

La réponse à cette dernière question était aussi simple qu'insolite, et elle nécessite une brève digression.

À l'aube de sa soixantième année, don Niceto Alcalá Zamora voyait venir le terme de sa vie politique active. Il avait été le premier président élu de la Seconde République et s'était maintenu à ce poste en exerçant la responsabilité suprême durant les cinq ans de son existence agitée. Conservateur et catholique, il avait eu à combattre les extrémismes de gauche et de droite, les mouvements ouvriers, les exigences des nationalistes, la pression de l'Église et de l'armée qui attendaient de lui qu'il garantisse l'ordre public, la paix intérieure et l'unité de l'Espagne : il avait eu aussi à combattre une presse toujours prête à attribuer à ses décisions tous les maux du pays, et, pire encore, les intrigues, les jalousies et les mesquineries inhérentes au pouvoir. Il lui avait été impossible de les satisfaire tous : de fait, il s'était attiré l'hostilité de la plupart ; mais il s'enorgueillissait d'avoir sauvegardé la démocratie des desseins et des délires de ses détracteurs par son opiniâtreté, son talent de manœuvrier et son verbe ardent. Cependant, il voyait maintenant arriver la fin de son mandat. Ni sa personne, ni sa méthode n'étaient du goût du Front populaire, et encore moins de Manuel Azaña. L'idée de renoncer à sa charge et peut-être plus généralement à la politique l'attristait mais ne le désespérait pas : pessimiste quant à l'avenir, il voyait approcher l'hécatombe et ne voulait pas présider aux funérailles d'un régime pour lequel il avait tout donné et qu'en de nombreuses occasions il avait sauvé à la dernière minute. Pour comble, une de ses filles était mariée au général Queipo de Llano : en cas d'insurrection, il aurait la guerre jusque dans sa maison. Comme tout homme politique, l'idée de renoncer au pouvoir lui brisait le cœur, mais à son âge et handicapé par une cécité croissante, il pensait souvent à la retraite avec plus de plaisir que de mélancolie.

Ce soir-là, il était sur le point de donner sa journée pour terminée quand un attaché lui annonça la présence d'une dame qui insistait pour le voir. La carte de visite portait une couronne ducale ; l'attaché lui lut le nom ; le président donna l'ordre de faire entrer la dame séance tenante. Sa vision affaiblie lui permit de distinguer les contours flous de la duchesse de la Igualada et, avec l'habileté d'un homme qui connaît par cœur chaque mètre carré des lieux qu'il a occupés depuis si longtemps, il navigua entre les meubles et les attachés pour aller baiser la main de la chère amie.

– Marujín !

– Niceto !

Une fois le personnel congédié, il l'invita à s'asseoir. La duchesse et le président étaient tous deux originaires de Priego, localité de la province de Cordoue. Garçon d'une intelligence hors du commun, doué de persévérance et d'application, Alcalá Zamora avait quitté Priego pour faire ses études à l'université, entrer dans la politique et parvenir à la plus haute magistrature de la nation. Un peu plus jeune que son compatriote, elle avait quitté le village peu après lui pour recevoir une éducation soignée au pensionnat des sœurs du Sacré-Cœur de Séville, d'où elle était sortie pour épouser don Álvaro del Valle, duc de la Igualada. Avant de se séparer, Niceto et Marujín, qui avaient partagé les jeux et les espiègleries de l'enfance, avaient encore eu le temps d'ébaucher le flirt innocent de la puberté. Puis ils s'étaient rencontrés occasionnellement, toujours dans le cadre protocolaire de cérémonies.

– Tu es toujours aussi belle, Marujín. Le temps n'a aucun effet sur toi.

– On m'avait prévenue que tu y vois moins qu'une taupe, Niceto. Je suis faite comme un épouvantail. De plus, il vient de m'arriver la pire chose que puisse vivre une femme. C'est la raison de ma visite.

Alerté par cette déclaration inattendue, don Niceto Alcalá Zamora caressa sa moustache.

– Raconte-moi tes soucis, ma fille, dit-il affectueusement.

La duchesse eut un geste de sa main gantée qui fit tinter ses breloques.

– Je suis venue te demander un petit service. Ça doit rester entre toi et moi, Niceto. Pour venir, je me suis échappée de chez nous par la porte de derrière ; personne ne sait que je suis ici et personne ne doit le savoir. Pas pour notre réputation : l'âge nous met à l'abri du qu'en-dira-t-on. Mais à cause de ce que je vais te demander.

– Je ferai tout ce qui est en mon pouvoir, tu le sais.

– Je veux que tu mettes en prison le marquis de Estella. Promets-moi que tu le feras, Niceto, au nom de notre vieille amitié.

– Le fils de Primo ? Sapristi, je reconnais que, parfois, ce n'est pas l'envie qui m'en manque. Ce garçon est un écervelé. Ce n'est peut-être pas de sa faute : il a perdu sa mère à cinq ans, et ensuite, les extravagances de son père... Mais ce que tu me demandes échappe à mes attributions, Maruja. Je ne suis pas un dictateur. Je dois veiller à la légalité républicaine, par la parole et plus encore par l'exemple.

La duchesse passa sans transition de la frivolité à la tragédie. Durant un moment, le président l'entendit pleurer tout bas et vit s'agiter la forme confuse qu'il avait devant lui. Ses prières réitérées et ses marques d'affection rendirent peu à peu la parole à la mère affligée.

– Ce petit marquis de pacotille est la source de tous mes cauchemars, dit-elle. Pas plus tard qu'hier j'ai surpris ma fille aînée transformée en torrent de larmes. Elle n'a pas voulu m'en donner la raison, mais une mère n'a pas besoin d'explications. Le petit marquis lui tourne autour depuis longtemps. Paquita est une femme achevée, elle a la tête sur les épaules et les pieds sur terre, mais elle est quand même une femme. Et le diable enseigne bien des tours à ce genre de don Juan au petit pied.

– Maruja, nous n'avons rien de certain. Et sans délit prouvé, aucune inculpation n'est possible.

– Rien de certain ! Je suis la duchesse de la Igualada et ma parole est largement suffisante ! Mais il y a encore autre chose. Avec ses belles paroles, il a tourné la tête à toute la famille : mon mari veut aliéner son patrimoine, mon fils aîné est à Rome en train de lécher les bottes de ce clown gesticulant, et le cadet se promène dans Madrid habillé de bleu comme un plombier. Tout ça va mal finir. Niceto, tu es le président de la République, débarrasse-moi de cette engeance !

Devant l'imminence d'un nouveau déluge, Alcalá Zamora opta pour une solution à la Salomon.

– Ne pleure pas, Maruja. Je vais te dire ce que je peux faire. Je donnerai des instructions à la police pour qu'on l'arrête sous un prétexte quelconque. Vu le personnage, ça ne sera pas difficile de lui trouver ne serait-ce qu'une peccadille. Et quand nous l'aurons derrière les barreaux, nous réfléchirons à la suite. Fais-moi confiance.

Avant que la duchesse ait eu le temps de peser la proposition, un attaché entra dans un état de grande excitation. Sans s'excuser de l'interruption, il alla droit au président et lui chuchota quelque chose à l'oreille. Alcalá Zamora pâlit.

– Maruja, très chère amie, dit-il d'un ton solennel, j'ai une mauvaise nouvelle à t'annoncer. On me fait savoir que ton fils Guillermo a été blessé dans un échange de tirs. Je ne sais pas si c'est grave. Il est soigné en ce moment à l'Hôpital général. Ta place est maintenant auprès de ton fils. Il a besoin de toi. Je vais t'y faire conduire dans une voiture officielle. Et, je t'en prie, tiens-moi au courant de l'état de ce garçon.

Il appuya sur une sonnette, des attachés accoururent et, après de brefs adieux, la duchesse partit, bouleversée. Resté seul, Alcalá Zamora fit appeler le ministre de l'Intérieur et, lorsqu'il l'eut au téléphone, lui donna l'ordre de faire rechercher et arrêter José Antonio Primo de Rivera. Quelque peu interloqué, don Amós Salvador se risqua à présenter des objections.

– Légalement, il ne devrait pas y avoir de problème, monsieur le Président. Mais le Chef national de la Phalange en prison, c'est une bombe à retardement. Ses troupes descendront dans la rue. Et nous ne pouvons pas les arrêter tous.

– Arrête quelques têtes de file. Il s'agit de les désorganiser, provisoirement. Dans ce pays, passer quelque temps à l'ombre ne nuit pas à une réputation. Moi-même, j'ai été détenu en 31.

Mets-les à la prison Modelo, et s'ils font du tapage, tu les sors de Madrid et les transfères dans un endroit tranquille : à Lugo, à Ténériffe, à Alicante, où tu voudras. Là, ils seront à l'abri des autres et d'eux-mêmes.

41

Anthony Whitelands se réveilla en sursaut. Son compagnon venait de lui envoyer un jet de siphon en pleine figure. Il eut du mal à se rappeler où il était jusqu'au moment où, après avoir nettoyé ses lunettes, il vit tout près du sien le visage fermé et sombre de José Antonio Primo de Rivera. Ils se trouvaient toujours au Bar Club de la rue d'Alcalá. Quand il le vit réveillé, José Antonio lui dit :

– Mauvaises nouvelles. On vient de tuer Guillermo del Valle.

Il n'y avait plus personne dans le bar ; même le serveur semblait avoir disparu. Anthony recouvra d'un coup sa lucidité.

– Guillermo mort ? répéta-t-il, incrédule. C'est toi ! Guillermo del Valle était le phalangiste qui est venu me voir. Celui qui avait découvert l'existence d'un traître. Maintenant, je comprends ! De l'armoire de la chambre où elle s'était cachée, la Toñina a entendu la conversation. Ensuite, elle a simulé un évanouissement et, dès qu'elle l'a pu, elle a couru tout raconter à Higinio Zamora. Ce salaud d'Higinio m'avait refilé sa pupille pour qu'elle me surveille...

– Ne continue pas à dire n'importe quoi. Même s'il y avait quelque chose de vrai dans ton délire, je ne toucherais pas à un cheveu du frère de Paquita. Guillermo a été tué par deux agents de ton ami le lieutenant-colonel Marranón. Et maintenant, on a donné l'ordre de m'arrêter. Ils ont déjà pris mon frère Miguel et d'autres chefs de la Phalange, et des patrouilles me recherchent dans tout Madrid. Elles ne tarderont pas à être là. Le serveur a dû cafarder. C'est pour ça qu'il a filé.

– Que vas-tu faire ? Tu peux encore fuir.

– Non. Je suis le Chef national de la Phalange. Je ne me cache pas. S'ils veulent m'arrêter, qu'ils en assument les conséquences.

Tout en parlant, il sortit le pistolet de sa poche. Anthony prit peur.

– Tu ne vas pas te battre contre la police.

José Antonio sourit, ôta le chargeur du pistolet et posa l'un et l'autre sur la table.

– Pas si fou. Je laisse l'arme ici pour qu'ils ne puissent pas me tirer dessus en prétextant la légitime défense. Je ne veux plus de violence. Crois-le ou non, j'ai toujours refusé le recours à la violence. Dieu sait les efforts que j'ai dû déployer pour réfréner la juste indignation des camarades devant les exactions des voyous socialistes et la connivence des autorités, et pour empêcher la Phalange de se précipiter sur cette pente sans fond. Malheureusement, j'ai dû céder devant la réalité et accepter le recours aux armes pour éviter qu'ils ne nous exterminent comme des bêtes nuisibles. Aujourd'hui, je suis fatigué. Tu as peut-être raison, les motifs pour renier mon propre personnage sont peut-être devenus trop nombreux. Je voulais la paix et la réconciliation. Mais on ne m'a pas laissé le choix. J'ai donné ma vie pour l'Espagne et l'Espagne m'a tourné le dos. J'ai défendu la classe ouvrière et la classe ouvrière, au lieu de m'écouter, m'attaque. Personne ne me croit. Et pourtant, j'aurais pu obtenir ce que personne n'a obtenu ni n'obtiendra : dépasser cette lutte des classes insensée, poser les fondations d'une Espagne nouvelle, la patrie de tous. Je me suis dépensé en vain : les Espagnols préfèrent suivre leurs idéologies anachroniques, leur démagogie obscurantiste, leurs caciques déguisés en démocrates et leur sauvage règlement de comptes. Quelle différence y a-t-il entre marcher en procession derrière l'image du Sacré-Cœur et la brûler ? Ce pays en est toujours à l'âge des cavernes, plongé dans la misère, l'apathie et l'absence d'hygiène.

Il posa la main sur l'épaule d'Anthony et poursuivit sur un ton plus personnel.

– Rentre chez toi, mon ami, cet endroit n'est pas pour toi. Retourne dans l'Angleterre des verts bocages et raconte ce que tu as vu : explique mon combat, mes aspirations et les obstacles que je dois affronter.

Anthony hocha la tête et fit un geste d'excuse.

– Je regrette, dit-il, mais j'ai bien peur de n'en rien faire. Je retournerai en Angleterre comme j'en suis venu : sans prendre parti. Ce n'est pas que tout me soit indifférent ; au contraire : la situation me désole, et plus encore ce qui s'approche. Mais ça ne me concerne pas. Personne ne m'a consulté à l'heure de jeter les bases, d'établir les objectifs, de fixer les règles du jeu. Aujourd'hui, qu'on ne me refile pas le rôle du juge. Mon engagement est strictement personnel. S'ils t'attendent dehors, je sortirai avec toi. Non parce que je pense comme toi, mais parce que nous sommes entrés et que nous avons bu ensemble. S'ils ont l'intention de tirer, peut-être qu'ils y penseront à deux fois en te voyant accompagné d'un sujet britannique, ou peut-être que non. Mais pour ce qui est des idées pour lesquelles vous êtes prêts à vous entre-tuer, je ne veux pas en entendre parler.

La rue d'Alcalá était interdite à la circulation. On voyait seulement deux voitures noires stationnées devant le bar et six gardes d'assaut armés de mousquetons, à couvert dans le renfoncement des porches. Lorsque Antonio Primo de Rivera et Anthony Whitelands sortirent les mains en l'air, le lieutenant-colonel Marranón descendit d'une voiture et marcha à leur rencontre.

– Ça m'étonnait aussi, de ne pas voir votre tronche, dit-il à l'Anglais. Vous êtes arrêtés tous les deux.

– Pour quel délit ? questionna José Antonio.

– Port d'armes sans licence.

– Ni moi, ni ce gentleman ne portons d'armes, protesta Anthony.

– Merde, Vitelas, ne m'obligez pas à inventer ! Je vous mets au trou et demain le juge décidera du chef d'accusation. Vous venez avec moi. Monsieur Primo dans l'autre voiture.

José Antonio tendit la main à l'Anglais.

– Je ne crois pas qu'on se reverra.

Anthony lui serra la main en le regardant droit dans les yeux.

– S'ils n'étaient pas venus nous arrêter, tu m'aurais tué ? Dis-moi la vérité.

José Antonio sourit, haussa les épaules et se dirigea vers la voiture qui lui avait été assignée, escorté des six gardes. Avant de monter sur le marchepied, il se retourna et salua en tendant le bras. Anthony et le lieutenant-colonel s'installèrent sur le siège arrière de l'autre. Un agent prit place sur le strapontin.

– De quoi avez-vous parlé ? demanda en chemin le lieutenant-colonel.

– Principalement de femmes.

– C'est bien ce que je supposais. Vous êtes au courant pour ce jeune homme, le frère de la femme qui a été le sujet de votre conversation ?

– Oui. Il est mort ?

– Allons donc. Ces petits jeunes gens sont comme les chats. On peut les jeter du sixième étage, ils retombent toujours sur leurs pattes.

Anthony se laissa aller sur la garniture de cuir, ferma les yeux et poussa un profond soupir. Quand il les rouvrit, ils avaient stoppé devant la porte de l'hôtel.

– Vous ne m'arrêtez pas ?

– Non, pas vous. Je ne veux plus vous voir. Vous êtes une calamité ambulante. Et vous empestez le whisky. Pour se mêler d'intrigues internationales, il faut être plus malin, plus circonspect et ne pas avoir un cœur d'artichaut. Votre train part d'Atocha demain à quatorze heures. Ne le manquez pas et ne tentez pas de descendre avant d'avoir passé la frontière. La garde civile possède votre signalement et elle a la mauvaise habitude de tirer sans sommations.

Il monta dans sa chambre à tâtons et s'écroula tout habillé sur son lit mais ne parvint pas à s'endormir avant que la première lueur de l'aube ne filtre à travers les volets. Il se réveilla secoué sans ménagement par un inconnu. Habitué à ce genre d'anomalies, il ne s'en alarma pas.

– Qui êtes-vous, et qu'est-ce que vous faites dans ma chambre ? se borna-t-il à demander.

– Vous ne vous souvenez pas de moi, Whitelands ? Harry Parker, de l'ambassade. J'ai su que vous partiez et je suis venu vous conduire à la gare. Nous serons tous plus tranquilles quand le train aura démarré avec vous dedans.

– Grand Dieu, Parker, le train part à deux heures de l'après-midi et il est neuf heures moins dix.

– Oui, nous avons juste le temps. Nous avons encore quelques petites questions à régler. Habillez-vous et faites votre valise. J'ai une voiture devant la porte. Nous prendrons un café à côté d'ici. Avec des churros, si ça ne nous retarde pas trop.

Trop fatigué pour exprimer des objections, Anthony obéit. Il descendit sa valise et, en réglant la note, il vit que le réceptionniste n'était plus le même ; le nouveau était aussi maussade et encore plus distant. Une vitre manquait à la porte tournante, mais, sur le seuil, les débris de verre avaient été balayés. Ils déposèrent la valise dans la berline de l'ambassade à la garde du chauffeur et prirent un petit-déjeuner frugal et silencieux sur la place Santa Ana. Tant dans le café qu'au cours du trajet qui suivit, Anthony remarqua chez son accompagnateur un léger malaise, comme s'il devait faire un effort pour ne pas dire quelque chose d'important. Ils descendirent devant la porte de l'ambassade.

– Laissez la valise, dit le jeune diplomate. Nous ne resterons pas longtemps. Des gentlemen désirent vous saluer. Vous les connaissez déjà.

– Et si je refuse de les voir ? dit Anthony sur un ton de défi.

– Vous me créerez des difficultés, Whitelands, et vous m'avez déjà donné assez de maux de tête comme ça. Soyez bon garçon ; rien qu'une minute.

Ils montèrent dans le somptueux salon présidé par le portrait de Sa Majesté Édouard VIII, le même où s'était déjà tenue la réunion avec lord Bumblebee et deux fonctionnaires de l'ambassade. Un feu réconfortant flambait dans la cheminée. Lord Bumblebee vint à la rencontre des nouveaux arrivants.

– Heureux de vous revoir, Whitelands. Vous connaissez déjà David Ross, premier secrétaire d'ambassade et Peter Atkins, attaché culturel. Cette fois, nous sommes également en compagnie de… Enfin, les présentations sont inutiles.

À sa surprise et son désagrément, Anthony s'aperçut de la présence d'Edwin Garrigaw, le conservateur cacochyme, maniéré et malfaisant. Il salua tout le monde d'une inclination de la tête et, à l'invite de lord Bumblebee, s'installa dans un fauteuil. Puis lord Bumblebee s'adressa à Harry Parker et l'interrogea :

– Vous lui avez dit ?

– Non, monsieur. J'ai préféré que vous le lui disiez personnellement, répondit le jeune diplomate.

Lord Bumblebee acquiesça, bourra sa pipe avec une lenteur délibérée, regarda un à un les hommes qui l'entouraient, comme s'il cherchait leur soutien moral, s'éclaircit la gorge et, se tournant vers Anthony, dit :

– Bon, Whitelands, j'irai droit au fait. Nous avons deux nouvelles à vous annoncer : une bonne et une mauvaise. Je commencerai par la mauvaise. Cette nuit, pendant que la famille de votre ami le duc de la Igualada se trouvait réunie à l'Hôpital général de cette ville pour… enfin, vous savez, l'histoire du phalangiste gravement blessé… Une affaire désolante, certes, monsieur. Fréquente, vraiment désolante. Finalement, par chance, le jeune homme semble être hors de danger. À Verdun, en 1917, j'ai vu des cas semblables. Bien peu, à vrai dire. Bref, comme je le disais, pendant que la famille était à l'hôpital, il s'est produit… bon, il s'est produit un incendie dans l'hôtel particulier de la Castellana. Un attentat ? Nous ne devons pas en écarter la possibilité, les choses étant ce qu'elles sont, encore que j'en doute, vu les caractéristiques du sinistre. Plutôt un accident domestique : un court-circuit, une cigarette mal éteinte, n'importe quoi. Avec l'agitation du moment, la famille absente, l'émotion régnant dans la domesticité, une bévue n'est que trop prévisible. Heureusement, il n'y a pas eu de blessés. Quelqu'un s'en est aperçu, les pompiers sont accourus et le feu a été étouffé sans plus de problèmes. En fait, seule a été touchée la cave. Apparemment, on y reléguait de vieux meubles, des tapis, tout un bric-à-brac. Ces choses-là prennent feu comme de l'amadou. Quelques tableaux ont également brûlé… Irrécupérables, semble-t-il. Je vous raconte ça parce que j'ai cru comprendre qu'à un certain moment votre Vélasquez présumé était dans cette cave.

À mesure que lord Bumblebee avançait dans son récit, Anthony avait pâli. Il regarda du coin de l'œil Edwin Garrigaw et crut distinguer un sourire sarcastique sur ses lèvres rehaussées de carmin. Il demanda un verre d'eau. Harry Parker lui proposa un breuvage plus roboratif, mais ni l'organisme ni la tête d'Anthony n'étaient en état de subir de nouvelles agressions.

– Ne vous décomposez pas, Whitelands. Ça, c'était la mauvaise nouvelle. La bonne, c'est notre ami Garrigaw qui va vous la donner. Quand vous voudrez, Edwin.

Le vieux conservateur laissa passer quelques secondes destinées à savourer d'avance son triomphe.

– La bonne nouvelle, Whitelands, est que le tableau n'était pas un Vélasquez. N'explosez pas avant de m'avoir entendu. D'abord votre honorabilité et votre réputation universitaire sont sauves. Ce n'était pas un faux, et compte tenu des conditions dans lesquelles vous avez effectué votre examen, l'attribution est compréhensible. Je dirai plus : vos hypothèses n'étaient pas sans fondement. Je suis très impressionné.

– S'il vous plaît, dit Anthony dans un filet de voix, expliquez-vous.

– J'y viens, j'y viens. Si ma mémoire ne me trompe pas, vous aviez identifié le sujet du tableau, un nu féminin, comme étant doña Antonia de la Cerda, épouse de don Gaspar Gómez de Haro. Vous aviez sûrement raison, et dans ce cas, cela viendrait confirmer l'identité de la femme qui a posé pour la *Vénus de Rokeby*. Une découverte importante, Whitelands. Si vous pouvez la démontrer, je vous prédis un succès retentissant dans notre cercle de connaisseurs. Mais le second portrait, celui que vous avez vu, n'a pas été peint par Vélasquez : il l'a été par son assistant.

– Martinez de Mazo ?

– Non, Juan de Pareja. Pour ceux qui ne sauraient pas de qui il s'agit, dit-il en faisant un geste vers les personnes présentes, je dirai que c'était un Maure, un esclave acquis à Séville, qui a travaillé pour Vélasquez pendant de nombreuses années, et cela dès le début de la carrière artistique du maître, auprès duquel il a acquis les rudiments techniques de la peinture. Vélasquez l'appréciait sur le plan professionnel et aussi personnel, car il l'a emmené avec lui dans ses deux voyages en Italie. On ignore la date exacte et le lieu de naissance de Juan de Pareja – dit le vieux conservateur en poursuivant son explication –, mais il était plus jeune que Vélasquez. Doué d'un authentique talent naturel, il a appris non seulement de son propriétaire mais des grands maîtres italiens qu'il a eu l'occasion d'admirer et même de fréquenter dans leur pays. Il a peint quelques portraits et des tableaux à thèmes religieux ; du fait de sa condition d'esclave, il n'a pu les exposer au cours de sa vie, mais on peut les voir aujourd'hui au Prado, à Valence et même dans des musées étrangers. Proche de Vélasquez, il est logique que l'influence de ce dernier ait été grande, raison pour laquelle certaines œuvres de Pareja ont été attribuées par erreur à son maître.

Il marqua une pause pour que cette ultime observation pénètre bien dans l'esprit des auditeurs, puis poursuivit sur le même ton didactique.

– Lors du second voyage en Italie, Vélasquez a fait le portrait de Pareja. Quand il est reparti, le tableau est resté en Italie, et il se trouve aujourd'hui en Angleterre dans la collection de sir William Hamilton. Je l'ai vu, et je puis vous assurer que c'est une œuvre d'une très haute qualité. Vous en avez peut-être vu des copies. Si c'est le cas, vous devez parfaitement savoir comment était Juan de Pareja. Peau sombre, yeux ardents, cheveux bouclés, port altier. On dit que Vélasquez l'a peint en manière d'exercice préalable au portrait du pape Innocent X. Je ne partage pas cette opinion. En 1650, Vélasquez avait peint beaucoup de portraits de Philippe IV et de la famille royale ; il n'avait pas besoin d'essais et il était sûr de lui. Simplement, il a peint Juan de Pareja parce qu'il était las de peindre des cardinaux et parce qu'ils étaient amis et compères. Pour cette raison, il l'a affranchi de l'esclavage. Si, à Madrid, c'est bien la femme de don Gaspar Gómez de Haro qu'a peinte Vélasquez sous les traits de Vénus, il est probable que le modèle et le disciple du maître ont lié connaissance, et c'est sans doute à partir de là que s'est produit quelque chose de plus fort. Des rumeurs ont peut-être couru dans Madrid, et comme un maître devait répondre des crimes de son esclave, Vélasquez et Pareja se sont enfuis à Rome.

Il se tut et regarda Anthony, dans l'attente d'une réaction.

– D'où sortez-vous cette théorie, Garrigaw ? Vous n'avez même pas pu voir le tableau.

– Pedro Teacher le savait. Il n'en a jamais parlé à personne et j'ignore comment il l'a découvert. Après sa mort, l'Intelligence Service a perquisitionné sa galerie et sa maison de Londres et a trouvé les documents. Nous en avons eu communication ce matin même. Si le duc de la Igualada savait ou croyait de bonne foi que le tableau était de Vélasquez, nous l'ignorons et, maintenant qu'il a disparu, la question est superfétatoire.

David Ross, le premier secrétaire de l'ambassade, crut de son devoir d'apporter sa contribution.

– Pedro Teacher était un agent au service de l'Allemagne. Nous étions au courant depuis longtemps et nous le suivions à la trace. Il travaillait pour l'Abwehr de l'amiral Canaris. Peut-être aussi pour d'autres puissances. Un agent double. Ils le sont presque tous.

– C'est pour ça qu'on l'a tué ?

– Je ne crois pas. Les espions ne se tuent pas entre eux. Ils sont collègues. Ils s'aident et collaborent si ce n'est pas au détriment de leurs propres intérêts. Et les gouvernements de même. Si le service de contre-espionnage découvre un agent, il tente de le convaincre de changer de camp et, ordinairement, il y parvient. Un espion vivant est utile, mort il ne sert à rien. Parfois, son propre gouvernement estime opportun de le retirer de la circulation. Mais, je vous l'ai dit, c'est rare. Nous ne savons pas qui a tué Pedro Teacher, et encore moins pourquoi.

– Quand on l'a tué, il allait me révéler un secret très important, suggéra Anthony.

– N'en soyez pas si sûr, répliqua David Ross. C'était un beau parleur. Il essayait certainement de gagner votre confiance pour vous soutirer une information. Il était inquiet pour la vente du tableau. Ses relations avec le duc s'étaient récemment refroidies et il se sentait exclu d'une opération qu'il avait organisée avec beaucoup de soin.

– Et Kolia ?

– Nos informateurs ont perdu sa trace. Et nous continuons à ne pas connaître sa véritable identité. Après tout, Kolia était peut-être Pedro Teacher. Il pourrait aussi bien être n'importe laquelle des personnes présentes ici. Ces damnés espions s'infiltrent partout. Peu importe. Oubliez Kolia. Le tableau disparu, vous ne présentez plus le moindre intérêt. Ni pour lui, ni pour Moscou. Ni pour nous, si vous me permettez.

– Mais il a essayé de me tuer.

– Non, dit David Ross. Si Kolia avait voulu vous tuer, vous ne seriez pas ici. L'affaire de la porte de Tolède était une comédie. Higinio Zamora travaille pour nous.

Harry Parker regarda sa montre.

– Le temps passe, dit-il d'un ton neutre. Il serait peut-être temps de partir, sauf si vous avez quelque chose à ajouter ou une question à poser, Whitelands.

Anthony laissa son verre sur une petite table et se leva de son fauteuil. Il avait mal à la tête et au ventre. Remarquant sa tristesse, lord Bumblebee posa sa main sur son épaule.

– Parker a raison. Rentrez chez vous, oubliez Madrid. C'est une ville sale, brouillonne, les gens ne savent pas rester à leur place. Et ne vous faites pas de souci pour votre ami Primo ; il ne lui arrivera rien. Le fascisme est embêtant, mais il n'est pas un problème. Le problème vient de la Russie. Tôt ou tard l'Angleterre devra s'allier avec l'Allemagne pour faire face à la menace communiste.

Il se tourna vers le portrait de Sa Majesté Édouard VIII, et le désigna avec sa pipe.

– Sa Majesté l'entend ainsi et ne cache pas ses sympathies pour Hitler. Hitler n'est pas un démocrate, c'est vrai, mais la politique ne permet pas de faire ce genre de distinguo. C'est pour ça qu'elle n'est pas l'affaire de personnes bien élevées et sensibles comme vous, Whitelands. Retournez à Londres, à vos tableaux et à vos livres. Et demandez pardon à Catherine. Elle vous couvrira de noms d'oiseaux, mais elle vous pardonnera. Vous en mourez d'envie. Les femmes sont des enquiquineuses, mais on n'a encore rien inventé de mieux. La politique, en revanche, est horrible. Les communistes et les nazis sont des monstres et nous, qui sommes les bons, nous ne sommes que des canailles.

Épilogue

Au sortir de l'ambassade, le soleil brillait haut dans un ciel sans nuages, l'air était tiède, il y avait des bourgeons sur les arbres et des fleurs jaunes et blanches dans les parterres, proclamant le beau printemps de 1936. En arrivant près de la berline, Harry Parker regarda de nouveau sa montre et retint Anthony Whitelands au moment où celui-ci s'apprêtait à monter.

– Il est encore tôt, dit le jeune diplomate, et je me dis que nous pourrions peut-être faire une dernière visite au musée du Prado. Si vous me promettez de ne pas me fausser compagnie, je vous y dépose et je reviens vous prendre dans une heure. La valise restera dans la voiture.

– Merci, Parker, dit Anthony, ému. Je suis sensible à cette attention.

Au musée, il salua la dame du guichet et alla droit à la salle des Vélasquez. Une fois là, il resta au milieu, indécis : il disposait de peu de temps et devait se concentrer pour profiter d'une chance qui ne se représenterait peut-être plus avant des années. Au moment où il levait les yeux pour les porter sur une œuvre précise, il entendit prononcer doucement son nom et il sentit son cœur tressaillir.

– Toi ici ? s'exclama-t-il. Comment savais-tu que tu m'y trouverais ?

– Il n'y a rien de secret, répondit-elle. J'ai demandé à monsieur Parker de t'y conduire. Ça m'a paru un bon endroit pour des adieux.

– Ah, oui ! Si, en effet, nous devons nous dire adieu, il n'y a pas de meilleur lieu. Faisons un tour dans la salle. Si un tableau t'intéresse, je peux te le commenter.

Paquita lui prit le bras et, l'un contre l'autre, ils entamèrent une lente déambulation.

– Tu as dû apprendre l'incendie de la cave, dit-elle. Je suis réellement désolée, Anthony.

L'Anglais haussa les épaules.

– À ce qu'il semble, c'est une chance pour moi. Si vraiment le tableau a été peint par un Maure, je me serais rendu atrocement ridicule. Pour vous, par contre, c'est une grande perte.

– Tant pis. Nous sommes riches. Et la peur que nous a causée Guillermo nous a fait voir le peu de valeur des biens de ce monde.

– Tu as peut-être raison. Comment va Guillermo ? Et les autres membres de la famille ? Je regrette de ne pouvoir leur dire adieu à tous.

– Guillermo récupère admirablement. Sauf rechute toujours possible, nous l'aurons de nouveau à la maison dans quelques jours. Mes parents, comme tu peux le supposer, sont fous de joie. La pauvre Lili, en revanche, est toute retournée. Elle est encore une enfant et tous ces chocs ont brisé sa résistance. Elle n'arrête pas de pleurer et de dire qu'elle est la responsable de l'incendie. C'est une folie, naturellement. Nous ne saurons jamais l'origine du feu. Quoi qu'il en soit, papa a décidé d'envoyer Lili à Badajoz, dans la propriété de notre parent, le duc d'Olivenza. Là, elle oubliera cet enfer et retrouvera la santé et la bonne humeur.

Anthony ouvrit la bouche pour dire quelque chose, mais il sentit peser sur lui le regard sévère du comte et duc d'Olivares qui l'observait du haut de son cheval. De son bâton de commandement, il semblait lui désigner le chemin à suivre. L'Anglais hocha la tête et murmura :

– Pauvre Lili !

Et pour détourner la conversation, il ajouta :

– Et José Antonio ? On sait quelque chose ?

– Ce matin de bonne heure, don Alonso Mallol, le directeur général de la Sécurité, a eu un entretien avec lui. Ça n'a pas été une conversation amicale ; apparemment, José Antonio l'a traité de cornard. On l'a transféré à la prison Modelo, et à la détention d'armes s'ajoute maintenant l'outrage à magistrat. J'irai le voir demain. À lui aussi, je veux dire adieu.

– Adieu ?

– C'est bien ça, dit la jeune femme. Il sera relâché dans quelques jours. Mais moi, je ne serai plus là. Je m'en vais, Anthony Je ne suis pas seulement venue te dire adieu mais te confier quelque chose que, je le crois, tu dois savoir.

Dans l'imposante salle des tableaux, il n'y avait personne d'autre. Paquita observa une pause avant de poursuivre :

– Hier a été une journée hors du commun. Je me suis toujours considérée comme une personne sensée, mais en un seul jour j'ai changé trois fois d'avis. Le matin, j'étais convaincue d'être tombée follement amoureuse de toi. J'étais anéantie par cette découverte, quand est arrivée à la maison la fille de l'hôtel, celle du nourrisson. Elle savait qu'il se préparait un attentat mortel contre le monsieur anglais si bon et venait me prévenir ; elle ne voulait pas être complice du crime. Pour cette raison, elle quittait Madrid avec son enfant. Que Dieu ait pitié d'elle et du pauvre bébé. Au prix d'un immense effort, je me suis rendue chez José Antonio. Pour rien au monde je n'aurais voulu le voir en un tel moment, mais je savais que lui seul pouvait te sauver la vie. Une fois là, face à face, j'ai compris que mon amour pour toi n'avait été qu'un égarement passager. Pour moi, il n'y aura jamais eu qu'un homme dans ma vie. Notre histoire a été un faux pas. On ne change pas de sentiments aussi rapidement.

– Tu l'as fait trois fois en une journée, répliqua Anthony, blessé dans son amour-propre. Quelle a été la troisième ?

– La définitive, dit Paquita avec un grand sérieux. Quand nous avons été prévenus de ce qui venait d'arriver à Guillermo, j'ai compris que nous étions tous en train de nous précipiter dans un abîme et qu'il fallait faire quelque chose pour arrêter la chute. À l'hôpital…

Elle interrompit son récit quelques secondes, accablée par l'évocation de ce moment, puis poursuivit plus fermement.

– Je refuse de dramatiser. À l'hôpital, j'ai fait une promesse solennelle. Si mon frère était sauvé, je me retirerais du monde. Quand Dieu a opéré ce miracle, j'ai reçu la confirmation de ce que déjà j'imaginais : tous les maux survenus dans ma famille étaient un châtiment de mes péchés. Je ne sais si, maintenant, le Ciel et moi sommes en paix, mais je sais au moins quelle est ma voie. Une cousine de ma mère est supérieure d'un couvent cloîtré à Salamanque. Quand j'aurai réglé mes affaires, j'irai m'y retirer. Pour le moment, je ne pense pas prononcer les vœux. Ce serait de la précipitation et j'en ai commis suffisamment ces derniers temps. Je passerai plusieurs mois à prier et à méditer, et je déciderai après la fin de l'été.

Anthony essayait d'assimiler l'étrange succession de nouvelles. Toutes les femmes avec lesquelles il avait eu une relation changeaient de vie et de domicile : la Toñina, Lili et maintenant Paquita. Par ma faute, Madrid se dépeuple, pensa-t-il. Plutôt que de dire quelque chose, il conduisit Paquita devant le portrait de la mère Jerónima de la Fuente. Bien que le tableau soit relativement grand, la religieuse semble très petite, comme si le passage des ans, l'ascétisme et l'expérience avaient rétréci son physique sans insuffler de l'énergie dans son caractère. Elle a le regard fatigué, les paupières lourdes, légèrement rougies, la bouche contractée en un rictus forcé. Dans une main osseuse, sillonnée de veines, elle tient un livre ; de l'autre, elle empoigne un crucifix très grand. Elle a détourné un instant les yeux de l'effigie de Jésus sur la croix pour les poser fugacement sur l'homme qui la peint et ensuite, pour les siècles à venir, sur tous ceux qui s'arrêteront pour contempler le tableau. Son aspect est sévère, mais son regard est chargé de pitié et de compréhension.

– À Madrid, il y a deux portraits identiques, dit Anthony. Tous les deux attribués à Vélasquez. Celui-ci est le meilleur ; l'autre est dans une collection privée. Les deux portent une légende, obscurcie par le passage du temps, mais facilement lisible : BONUM EST PRAESTOLARI CUM SILENTIO SALUTARE DEI. Ce qui signifie : « Il est bon d'espérer de Dieu le salut dans le silence. »

Sur le second portrait il y a aussi une flamme avec une autre légende, je ne me la rappelle pas en entier mais elle dit à peu près : « Sa gloire sera mon unique satisfaction. » Je crains que, seule dans ta cellule, tu n'aies à décider laquelle des deux versions est la tienne.

Sans rien dire, Paquita lâcha le bras de l'Anglais et partit d'un pas lent et irrévocable. Il resta un moment à contempler le portrait de la mère Jerónima de la Fuente, puis alla vers l'endroit où étaient exposées *Les Ménines*. Là, il trouva Harry Parker qui venait le chercher, inquiet de son retard.

– Il est l'heure, Whitelands.

– Vous vous rendez compte, Parker ? dit Anthony. Après une longue période de silence, Vélasquez a peint ce tableau à la fin de sa vie. L'œuvre maîtresse de Vélasquez et aussi son testament. C'est un portrait de cour à l'envers : il représente un groupe de personnages triviaux : des petites filles, des servantes, des nains, un chien, et le peintre lui-même. Dans le miroir se reflète l'image confuse des rois, les représentants du pouvoir. Ils sont en dehors du tableau et, par conséquent, de nos vies, mais ils voient tout, et ce sont eux qui donnent au tableau sa raison d'être.

Le jeune diplomate consulta une fois de plus sa montre.

– Vous avez sûrement raison, Whitelands, mais il se fait tard et pour rien au monde nous ne pouvons rater ce train.

RÉALISATION : NORD-COMPO À VILLENEUVE-D'ASCQ
IMPRESSION : CPI FIRMIN DIDOT AU MESNIL-SUR-L'ESTRÉE
DÉPÔT LÉGAL : MARS 2012. N° 105064 (109275)
Imprimé en France